CARDINAL'S RULE

SUNCOAST SOCIETY
BUCH 3

TYMBER DALTON

LESLI RICHARDSON

Übersetzt von
LITERARY QUEENS

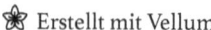 Erstellt mit Vellum

INHALT

HOLEN SIE SICH IHR KOSTENLOSES BUCH!

Tragen Sie sich in meine E-Mail Liste ein, um als erstes von Neuerscheinungen, kostenlosen Büchern, Sonderpreisen und anderen Zugaben zu erfahren.

https://geni.us/jungfrauunddervampir

ANMERKUNG DER AUTORIN

Anmerkung der Autorin

Ursprünglich habe ich dieses Buch 2010 geschrieben, bevor die Eheverbote fielen und lange bevor Covid ein Thema war, also berücksichtigen Sie das bitte.

Die Figuren in diesem Buch tauchen in mehreren anderen Büchern der Reihe auf.

Die meisten Bücher der Suncoast-Society-Reihe sind eigenständig und können unabhängig voneinander gelesen werden. Um Spoiler zu vermeiden und keine Hintergrundgeschichte zu verpassen, können Sie auf meiner Website eine vollständige Liste der Serie finden:

http://www.SuncoastSociety.com

Für Hubby und Mr. B.

KAPITEL EINS

Redbird

Tilly Cardinal machte sich nicht die Mühe, ihr Lächeln zu verbergen, als sie ihren Einkaufswagen durch die Gänge schob und die Artikel auf ihrer Liste abhakte. Heute Abend war etwas Besonderes. Es war zwar nicht ihr Hochzeitstag, aber Cristo war vier Wochen lang geschäftlich unterwegs gewesen. Es würde Spaß machen, seine Rückkehr zu feiern.

Verdammt, sie hatte ihn vermisst. Es war ein komisches Gefühl, allein in ihrer Wohnung herumzuwuseln. Sie hatten angefangen, sich Häuser anzuschauen, bevor er die Stadt für diesen Job verlassen hatte. Sie konnte es kaum erwarten, ihm die Häuser zu zeigen, die sie in seiner Abwesenheit besichtigt hatte. Vor ein paar Wochen hatte er sogar angedeutet, dass er sie heiraten würde, wenn sie es wollte.

Zum ersten Mal in ihrem Leben merkte sie, dass der Gedanke an eine Heirat sie nicht mit Angst erfüllte. Sie hatte noch nie in ihrem Leben jemandem so vertraut wie Cristo.

Nachdem sie alle seine Lieblingssachen eingekauft hatte,

lud sie die Einkäufe ins Auto und fuhr nach Hause. Sie hatte vier Stunden Zeit, um sich vor seiner Rückkehr vorzubereiten. Während der Fahrt ließ sie ihre Gedanken schweifen. Sie hätte nie gedacht, dass sie lieben könnte, bevor sie Cristo kennenlernte, geschweige denn vertrauen. Nicht nach allem, was sie durchgemacht hatte.

Freund, Seelenverwandter, Geliebter, Partner. Meister.

An einer roten Ampel wanderte ihre Hand automatisch zu dem Luorit-Anhänger an ihrer Halskette, den er ihr geschenkt hatte, als sie sich ihm zum ersten Mal anvertraut hatte.

Ihr Tageshalsband.

Ihr stummes Zeichen zwischen ihnen, dass sie nur ihm gehörte, mit Herz, Seele und Körper.

Gott sei Dank wohnten sie in der ersten Etage des Wohnkomplexes und nicht in der zweiten. Sie brauchte nur zehn Minuten, um die Einkäufe hineinzuschleppen. Als sie alles einräumte, bekämpfte sie ein ungutes Gefühl in ihrem Bauch. Sie drehte sich um und betrachtete die Wohnung.

Alles sah gut aus.

Oder nicht?

Der Fernseher, die Stereoanlage, die DVDs, ihr Laptop – alles war da, wo es hingehörte. Kein Raubüberfall.

Warum fühlte es sich dann so an, als wäre jemand dort gewesen?

Sie unterdrückte einen Schauer und rieb sich mit den Händen über die Arme, um ihre Gänsehaut zu vertreiben. Sie hasste es, allein zu sein, aber Cris' Job als Computerprogrammierer für ein staatliches Unternehmen erforderte es manchmal, dass er für längere Zeit verreisen musste. Leider war es ihm auf dieser Reise aus Sicherheitsgründen nicht möglich, mit ihr in Kontakt zu bleiben. Das ärgerte sie, aber es beunruhigte sie nicht, denn es war nicht ungewöhnlich. Sein Einkommen war die gelegentliche Funkstille wert.

Sie ging ins Schlafzimmer. Jetzt, da sie das Menü für ihr

Essen kannte, wurde die Frage, was sie anziehen sollte, zur entscheidenden Herausforderung. Sollte sie sein braves kleines Mädchen sein, das Daddy zu Hause willkommen heißt? Eine geile Schlampe, bereit für einen langen, harten Fick? Oder eine Sklavin, die völlig aus dem Häuschen ist? Worauf hätte er Lust? Diesmal hatte er ihr keine genauen Anweisungen hinterlassen. Er hatte sie weder angerufen noch eine SMS oder eine E-Mail geschickt. Auch das war nicht besorgniserregend, aber normalerweise gab er ihr in den Tagen vor seiner Rückkehr zumindest einen Hinweis.

Als sie sich umsah, spürte sie wieder dieses Unbehagen. Irgendetwas stimmte nicht, irgendetwas war falsch.

Dann entdeckte sie den großen Briefumschlag auf der Kommode. Darauf stand ihr Name.

In Cris' Handschrift.

Bevor sie an diesem Morgen zur Arbeit gegangen war, hatte er nicht dort gelegen. Sie schwor es.

Als sie ihn aufhob, spürte sie das Gewicht des Umschlags, der so voll war, dass er sich gegen die versiegelte Lasche abzeichnete. Sie setzte sich auf das Bett und öffnete ihn vorsichtig.

Oben fand sie einen Brief, geschrieben in seiner Handschrift.

Mein liebster kleiner Redbird ...

Ihre Hände zitterten. Sie konnte nicht weiterlesen. Der restliche Inhalt des Umschlags fiel ihr in den Schoß. Die Schlüssel und der Eigentumsnachweis für seinen Lexus, den er ihr überschrieben hatte. Er hatte ein Auto gemietet, um nach Tampa zum Flughafen zu fahren, und hatte den Lexus auf seinem üblichen Platz neben ihrem kleinen Civic geparkt. Ein

Schlüssel für ein Bankschließfach. Notariell beglaubigte Papiere, die ihr die Erlaubnis erteilten, verschiedene Dinge in seinem Namen zu übernehmen, wie z. B. die Versorgungsleistungen und Bankkonten.

Der Mietvertrag für die Wohnung, der auf sie überschrieben wurde, und eine Quittung von diesem Morgen, aus der hervorging, dass die Miete für ein weiteres Jahr im Voraus bezahlt worden war.

Alles trug das Datum dieses Tages. Wieder versuchte sie zu lesen.

Tilly brach schluchzend zusammen, als sie den Brief las. Sie musste ihn mehrere Male durchgehen, bevor sie die ganze Tragweite begreifen konnte.

Als sie ihre beste Freundin Loren anrief, konnte sie am Telefon nur noch hemmungslos weinen. Loren und ihr Mann Ross benutzten ihren Zweitschlüssel, um sich Zutritt zu verschaffen, als sie zwanzig Minuten später in Panik zu ihr kamen. Tilly lag immer noch schluchzend auf dem Bett, zusammengerollt wie ein Baby.

Loren nahm ihre Freundin in die Arme und sah ihren Mann an. Sein Gesicht verfinsterte und sein Kiefer verkrampfte sich, als er vom Bett zurücktrat und den Brief las, den er dort gefunden hatte, wo er Tilly auf den Boden gefallen war.

MEIN LIEBSTER KLEINER REDBIRD,

das ist das Schwerste, was ich je tun musste, und ich will es nicht tun. Ich habe Verpflichtungen, die vor dem Leben mit dir liegen. Ich wünschte, ich könnte ihnen den Rücken kehren, aber ich kann es nicht. Es gibt Dinge über mich, die ich dir nie anvertraut habe und von denen ich nie dachte, dass du sie jemals wissen müsstest. Es ist nichts Kriminelles, und du bist nicht in Gefahr. Das macht zwar nicht wett, was du durchmachen wirst, aber ich überlasse dir alles. Ich habe nur meine Kleidung mitgenommen.

Mein letzter Gehaltsscheck wird wie immer direkt auf unser gemeinsames Konto überwiesen, einschließlich des Urlaubsgeldes, das man mir noch schuldet. Wie du sehen kannst, habe ich die Miete für die Wohnung für ein weiteres Jahr bezahlt. Verkaufe eines der Autos und bringe das Geld zur Bank. Lass dir dabei von Ross helfen, um das bestmögliche Angebot zu bekommen. Mit dem, was jetzt auf der Bank ist, und mit deinem Job wirst du über die Runden kommen, bis du nächstes Semester die Schule beendest und in Vollzeit arbeitest. Das sollte dir auch ein kleines Polster verschaffen.

Du sollst wissen, dass ich dich von ganzem Herzen liebe, und das werde ich auch immer tun. Für immer und ewig. Ich weiß, dass du mich wahrscheinlich hassen wirst, und ich akzeptiere das und übernehme die volle Verantwortung. Ich wünschte, ich müsste das nicht tun. Bitte lebe dein Leben so, dass es dich ehrt und du dir selbst gegenüber ehrlich bist. In diesem Sinne muss ich dich jetzt freilassen. Mögest du den Frieden, die Freude und das Glück finden, die ich dir nicht geben kann, auch wenn ich wünschte, ich könnte es.

C.

FÜNF STUNDEN später trug Ross Tilly in die Notaufnahme des Sarasota Community Hospital, während Loren ihre Handtasche und ihre Versicherungskarten trug. Tilly war praktisch katatonisch geworden und reagierte nicht mehr auf die beiden. Sie wussten genug über ihre Vorgeschichte und was sie in der Vergangenheit durchgemacht hatte, um sich Sorgen um ihren Geisteszustand zu machen, von ihrer Sicherheit ganz zu schweigen.

Sie wurde zwei Tage lang mit Medikamenten behandelt, bevor sie mit einem Psychiater sprechen konnte. Er entschied, dass sie sicher entlassen werden könne, solange sie in den nächsten Tagen engmaschig überwacht wurde, bis der emotionale Schock abgeklungen war. Loren wich nur selten von ihrer

Seite, und es war immer mindestens ein anderer enger Freund bei ihr, wie Kaden, Tony, June, Eliza und andere.

Tilly verbrachte die nächsten Tage im Bett bei Ross und Loren. Sie sprach nicht, aß und trank nur und stand auf, um das Bad zu benutzen, wenn Loren sie dazu zwang. Ihr schönes langes, dunkelrotes Haar hing in dünnen Strähnen herunter.

Als sie am Sonntagmorgen aufwachten, stand Tilly bereits in der Küche, um ihnen das Frühstück zuzubereiten. Loren und Ross tauschten einen nervösen Blick aus, bevor sie an den Küchentresen traten.

»Schatz, geht es dir gut?«, fragte Loren.

Tilly nickte und lächelte. »Ich bin in Ordnung.« Sie hatte offensichtlich geduscht und ihr feuchtes Haar zu einem tiefen Pferdeschwanz zusammengebunden.

Ross war nicht überzeugt. »Willst du darüber reden, Süße?«

»Worüber reden?« Tilly rührte eifrig Pfannkuchenteig mit einem Handrührgerät. »Ich bin in Ordnung. Ich muss sehen, ob ich noch einen Job habe. Wenn nicht, muss ich mir einen neuen suchen. Ich habe eine Menge Dinge zu tun. Ich muss mich auch mit meinen Lehrern treffen und meinen Unterricht nachholen.« Sie überprüfte die elektrische Pfanne, stellte fest, dass sie heiß genug war, und schüttete den Teig aus. »Kannst du mich nach dem Frühstück zu mir nach Hause fahren?«

Loren ging um den Tresen herum. »Süße, ich bin mir nicht sicher, ob es eine gute Idee ist, wenn du jetzt allein nach Hause gehst.«

Tilly zögerte, dann gewann sie ihr Lächeln zurück. Sie deutete auf Lorens Lederhalsband. »Ich wollte dir noch sagen, dass ich das hübsch finde. Es gefällt mir.«

»Tilly, es ist in Ordnung«, versicherte Ross ihr. »Du kannst mit uns reden.«

Sie holte tief Luft und schüttelte energisch den Kopf. »Ich bin fertig mit Reden. Ich habe die letzten sechs Jahre damit verbracht, zu reden. Sieh dir an, wohin mich das gebracht hat. Nein, ich habe nichts mehr zu sagen.«

»Was wirst du jetzt tun?«, fragte Loren.

»Ich habe es dir gesagt. Ich werde meinen Scheiß auf die Reihe kriegen. Ich habe gestern Abend beschlossen, dass ich nicht mehr zurückblicken werde. Er kann einfach so von mir weggehen, ohne auch nur einen Gedanken daran zu verschwenden? Der kann mich mal.« Sie schlürfte die Pfannkuchen. »*Scheiß. Auf. Ihn.* Er ist für mich gestorben. Oder? Er ist so gut wie tot und geht, ohne zu erklären, warum und ohne sich zu verabschieden.« Ohne darüber nachzudenken, strich sie mit der Hand über ihren Fluorit-Anhänger. »Es ist eine ganz neue Welt da draußen.«

Tilly schaffte es, ihre Fassade aufrechtzuerhalten, bis sie gegessen hatten. Dann brach sie auf dem Küchenboden zusammen und weinte, während ihre Freunde sie stützten. Dieses Mal riss sie sich zehn Minuten später zusammen und stand auf. Nachdem sie sich das Gesicht gewaschen hatte, zwang sie sich zu einem weiteren Lächeln. »Seht ihr? Ich kann alles tun, was ich mir vornehme, genau wie ...«

Tilly konnte den Satz nicht laut aussprechen.

Genau wie Cris mir immer gesagt hat, dass ich es kann.

Ross hielt sie in seinen Armen, als sie wieder zu weinen begann. »Til«, sagte er sanft, »wir lieben dich. Das weißt du doch. Du machst mir Angst.«

»Was soll ich nur ohne ihn machen?«, weinte sie leise. »Er ist mein Leben.«

Er neigte ihr Gesicht zu seinem. »Versprich mir etwas.«

Sie schniefte und nickte.

»Du liebst uns, richtig?«

Sie nickte.

»Es würde uns umbringen, dich zu verlieren. Alles, worum ich dich bitte, ist, dass du mein Halsband trägst. Nicht zum Spielen, nicht um dein Meister zu sein, sondern damit ich mich um dich kümmern kann und weiß, dass du auf mich hörst. Du und Loren seid sowieso wie Schwestern. Du musst mir nur versprechen, dass du es nicht abnimmst, bis du mir schwören kannst, dass du dir nicht wehtust und auf dich selbst aufpassen kannst. Wenn du diesen Tag erreicht hast, nehme ich es gern zurück. Trage es so lange, wie du es brauchst. Bis dahin möchte ich wissen, dass ich mir keine Sorgen machen muss, dass du dir wehtust, und dass du weißt, dass du immer zu uns kommen kannst, egal was passiert, und dass wir für dich da sind.«

Tränen rannen über ihr Gesicht, als sie ihren Kopf an seine Schulter legte. »Okay«, flüsterte sie.

Sie schloss die Augen und hörte, wie Ross Loren etwas zuflüsterte und spürte, wie ihre Freundin den Raum verließ. Einen Moment später kam sie mit etwas in der Hand zurück und reichte es Ross. Er legte ihr das Halsband sanft um den Hals und drückte ihr einen Kuss auf die Stirn. »Du kannst bei uns bleiben, wenn du willst, Schatz. Das weißt du doch.«

Sie setzte sich auf, wischte sich über das Gesicht und schniefte. »Nein. Ich muss nach Hause gehen.« Sie schaute Ross an, dann Loren. »Danke. Euch beiden. Ohne euch könnte ich das nicht tun. Aber irgendwo muss ich ja anfangen. Irgendwann muss ich nach Hause gehen.«

»Ich fahre dich«, sagte Loren leise. »Wenn du dir sicher bist.«

»Ich bin sicher.«

Im Badezimmer betrachtete Tilly sich im Spiegel, bevor sie losfuhren, ihr langes Haar.

Ein Bild schoss ihr durch den Kopf, bevor Cris sie verließ, wie er seine Hand in ihr Haar steckte und sie zu sich zog, wie er sie küsste und ihr das übliche Ritual erzählte ...

Sie drückte ihre Augen zu und versuchte, die Erinnerung zu verdrängen. Sie versuchte, den Klang seiner Stimme zu vergessen, als er sagte: »Ich liebe dich, Redbird. Für immer und ewig.«

KAPITEL ZWEI

Herrin Cardinal

Der Mann, nackt bis auf sein maßgefertigtes Lederhalsband, kniete auf der Tür in der Frühstücksecke und berührte mit der Stirn die kühlen Fliesen, die er Minuten zuvor mit der Hand geschrubbt und mit dem Handtuch abgetrocknet hatte. Er sprach nicht, sondern wartete einfach auf sie. Sie ließ ihn zehn Minuten lang dort knien, während sie ihren Sarasota Herald-Tribune las.

»Bist du fertig?«, fragte sie schließlich, ohne von ihrer Zeitung aufzuschauen.

»Ja, Herrin. Wie du es befohlen hast.«

»Sehr gut.« Endlich blickte sie zu ihm hinunter. »Ich habe Lust auf ein Spiel.« Sie warf einen Blick auf die Uhr. »Unsere Sitzung endet in zehn Minuten. Ich möchte heute Abend ins Venture gehen, aber ich habe noch keinen Partner ausgewählt. Wenn du möchtest, darfst du mit mir gehen.«

Er nickte, ohne den Blick zu heben. »Ja, Herrin. Es wäre mir eine Ehre, mit dir zu gehen.«

»Das ist außerhalb unserer geschäftlichen Vereinbarung. Ich werde streng sein.«

»Ja, Herrin. Ich verstehe.«

»Sehr gut. Du kannst dich anziehen. Komm heute Abend um acht Uhr wieder hierher, um mich abzuholen.«

»Danke, Herrin!« Er kroch zu ihr hinüber, küsste ihre Füße und zog sich dann zurück, bevor er aufstand und die Frühstücksecke verließ. Er war einer der beiden einzigen Kunden, die sie überhaupt anfassen durfte, auch wenn es nur zum Küssen ihrer Hände und Füße war.

Sie untersuchte ihre Nägel. Sie hatte sie an diesem Morgen lackieren lassen, ein tiefes, metallisches Blutrot. Perfekt zum Spielen.

Sie stand auf und streckte sich, um seine Arbeit zu begutachten. Die Küche war absolut makellos. Er hatte seinen ›Tribut‹ auf dem Tresen liegen lassen: 100 Dollar. In bar.

Lächelnd nahm sie das Geld und steckte es in ihre Jeans. Er war ein guter Kunde. Er bat auch nie darum, sie zu ficken. Sie hatte aufgehört, die Kunden zu zählen, die sie fallen gelassen hatte, weil sie eine zu starke emotionale Bindung zu ihr aufbauten oder sie zu sexuellen Handlungen drängten. Das gehörte nicht zu ihren Dienstleistungen. Sie war eine Profi-Domme.

Wenn sie Sex wollten, konnten sie sich eine Prostituierte nehmen. Sie gab ihnen mehr. Sie gab ihnen, was sie brauchten, nicht, was sie wollten.

Einen Moment später kam er zurück, bekleidet mit Jeans und einem hellblauen Hemd mit Knopfleiste. Mit gesenktem Kopf ging er zu ihr hinüber. Sein Halsband war immer noch um seinen Hals geschlossen. Er war einer der wenigen Kunden, für die sie extra ein Halsband bestellt hatte. Die meisten von ihnen bekamen eines der allgemeinen Spiel-Halsbänder aus der Tierhandlung, mit denen sie sich unterwürfig fühlten. Bob nahm ihre Dienste seit über drei Jahren in Anspruch und war einer ihrer ältesten Kunden. Mindestens alle zwei Wochen, manchmal auch öfter, wenn es sein Zeitplan zuließ. Sie gab ihm sogar jeden vierten Besuch zum halben Preis und jeden zehnten umsonst.

Sie nestelte an dem Halsband. »Musst du heute noch woanders hin?«

Er schüttelte den Kopf. »Nein, Herrin. Direkt nach Hause und dann wieder hierher, um dich zu treffen.«

Sie lächelte. »Dann behalte das Halsband an.« Mit einem elegant lackierten Finger neigte sie sein Kinn, sodass sie in seine blauen Augen schauen konnte. Selbst mit ihren Stöckelschuhen war er größer als sie. Er hatte schöne Augen. Und auch einen schönen Körper. Schöner als der Durchschnitt. »Heute Abend ist etwas Besonderes. Privat. Nicht geschäftlich. Verstehst du?«

»Ja, Herrin.«

»Du warst ein außergewöhnlich braver Junge für mich. Ich belohne braves Verhalten gern. Willst du meine Zeichen mit Stolz tragen?«

»Ja, Herrin. Bitte.«

»Du brauchst heute Abend keinen Tribut zu zahlen, aber ich erwarte, dass du unseren Obolus bezahlst. Kannst du das bezahlen?«

»Ja, Herrin! Mit Freuden.«

Sie lächelte. »Dann sehen wir uns heute Abend.« Sie reichte ihm die Hand und er küsste sie, bevor er aus der Tür eilte.

Würden ihre Nachbarn sein Halsband bemerken? Wahrscheinlich nicht. Durch das Wohnzimmerfenster beobachtete sie, wie er zu seinem Mercedes huschte, der in ihrer Einfahrt parkte. Er war zwar schon fünf Jahre alt, aber er hielt ihn in Schuss.

Ein netter Kerl. Geschieden, keine Kinder. Er hatte eine Hypothekenbank und keine Zeit für eine Freundin. Er stand nicht auf Erniedrigung, aber er sehnte sich nach strengem Gehorsam und Disziplin. Er war zwar keine Schmerz-Schlampe, aber weil er gehorchen wollte, nahm er viele harte Schläge in Kauf.

Sie sah sich im Haus um. Ihr *eigenes* Haus, fast abbezahlt. Noch sechs Monate, dann würde es ihr ganz und gar gehören. Von Zeit zu Zeit arbeitete sie noch ehrenamtlich im Venture. Derrick und Marcia wussten, dass sie diese Arbeit jetzt als Profi machte, aber sie hatten vereinbart, dass sie im Venture nicht ›im Dienst‹ sein würde. Tilly wusste, dass sie umsonst reinkommen konnte, auch wenn sie nicht ehrenamtlich tätig war, aber sie wollte ihre Großzügigkeit – oder ihre Freundschaft – nicht als selbstverständlich ansehen. Wenn sie also zum Spielen ging, bezahlte sie immer.

Also, wer auch immer sie mitnahm, zahlte.

Sie hatte keine Zeit für ein Work-out. Sie zog sich um und drehte ihre Musik in der Stereoanlage laut auf, bevor sie sich eine Stunde lang auf den Ellipsentrainer schwang. Als sie fertig war, schwitzte sie und ihre Beine zitterten.

In der Dusche lehnte sie ihren Kopf an die kühlen Fliesen und ließ das Wasser über sich strömen, während sie versuchte, ihre Gedanken zu kontrollieren.

Im Laufe der Jahre war sie immer besser darin geworden, die Vergangenheit zu vergessen.

Zwei Männer saßen in einer abgedunkelten Ecke des Clubs. Sie waren schon fast eine Stunde zuvor eingetroffen. Der Meister, Landry, saß auf einem Ledersofa und beobachtete die Spieler an verschiedenen Geräten. Der andere saß mit gesenktem Kopf auf dem Boden zu seinen Füßen.

Closer von Nine Inch Nails dröhnte aus der Stereoanlage. »Siehst du jemanden, den du kennst?«, fragte Landry vom Sofa aus.

Der Mann auf dem Boden schüttelte den Kopf, ohne aufzusehen. »Nein, Meister.«

»Überhaupt niemanden?«

»Es ist schon über fünf Jahre her.«

»Stimmt.«

ROSS FÜHRTE Loren an der Hand in den Raum von Venture. Für sie war der heutige Abend ein Spiel, keine Freiwilligenarbeit. »Kommt Tilly heute Abend?«, fragte er, als sie hineingingen.

»Ja, Sir. Ich habe heute Nachmittag mit ihr gesprochen. Sie bringt ihren Jungen, Bob, mit.«

Er sah überrascht aus. »Sie muss es ernst mit ihm meinen. Das ist schon das dritte Mal, dass sie ihn in den Club mitbringt.«

Loren schnaubte amüsiert. »Ähm, ja. Das *glaube* ich aber nicht. Wir reden hier über *Tilly*. Er ist ihr bester Kunde. Sie wollte ihn belohnen, das ist alles.« Sie besann sich auf sich selbst. »Sir.«

Er überging ihren sarkastischen Tonfall und meldete sie an, bevor er ihre Ausrüstungstasche schulterte und Loren in den Spielbereich des Kerkers führte. Sie fanden einen Platz für ihre Ausrüstung. Bevor sie sich auf den Tisch stürzen konnten, kam ihr Freund Eddie auf sie zu und zog sie an sich.

»Rate mal, was ich gehört habe?« Seine Stimme klang wegen der schwarzen Lederkapuze, die er trug, etwas mulmig, aber sie erkannten ihn an den roten Stöckelschuhen und den Fußfesseln, die seine Frau ihn tragen ließ.

Ross grinste. »Haben die Wissenschaftler endlich deine Eier gefunden?«

»Arschloch. Nein. Es wird gemunkelt, dass Cristo gestern Abend in einem Club in Ybor gesehen wurde.«

Ross und Loren tauschten einen Blick aus. »Das ist nicht lustig«, sagte Ross.

»Sehe ich aus, als würde ich lachen?« Durch die Kapuze, die Eddie trug, konnten sie es ohnehin nicht genau sehen. »Sie sagten, er war mit einem Typen dort. Der Typ war sein Meister und hat es ihm in einer ziemlich heftigen Szene besorgt. Es wurde richtig wild.«

Loren schnaubte. »Okay, jetzt weiß ich, dass dich außer deiner Frau noch jemand verarscht hat. Craptastic wurde getoppt? Von einem *Kerl*? Auf *keinen* Fall.«

Graf Craptastic war nur einer der vielen Spitznamen, die sich Loren im Laufe der Jahre für Cristo ausgedacht hatte, und es war einer der netteren. Es war der einzige jugendfreie.

»Ich meine es ernst!« beharrte Eddie.

»Woher hast du das?«, fragte Ross.

»Kim und Kylee.«

Ross und Loren erstarrten. »Was?«, fragte Ross, der sicher war, dass er sich verhört hatte. »Ohne Scheiß?«

»Ja. Und Kim und Kylee haben ihn erkannt.«

»Haben sie mit ihm gesprochen?«, fragte Loren. »Haben sie ihn etwas gefragt? Oh, vielleicht, was zum *Teufel*?« Lorens Gesicht lief vor Wut rot an.

»Sie haben nicht mit ihm geredet. Zuerst waren sie sich nicht sicher, ob er es war. Erst als die Jungs sich umschauten, mussten Kim und Kylee gehen, weil sie mit jemand anderem dort hochgefahren sind. Sie sahen sein Tattoo. Sie sagten, sie würden schwören, dass er es war.«

»Wer weiß es noch?«, fragte Ross. Kim und Kylee konnten an diesem Abend wegen der Arbeit nicht in den Club kommen.

Eddie schüttelte den Kopf. »Keiner. Sie wollten, dass ich es dir sage, weil sie deine Telefonnummer nicht herausfinden konnten.«

»Wenn du irgendjemandem etwas davon erzählst, vor allem Tilly, werde ich dir persönlich in die Eier treten«, drohte Ross, »und zwar nicht auf die lustige Art.«

»Alter, ich bin doch nicht blöd. Kim und Kylee wollten, dass du vorgewarnt bist. Damit du, du weißt schon, Tilly im Auge behalten kannst.« Eddie schlurfte davon, wobei er auf die kurze Kette an seinen Knöcheln achtete, und ging zu seiner Frau zurück.

Normalerweise sprachen die Leute in der Szene nicht über andere. Das war eines der ungeschriebenen Gesetze.

Aber jeder in ihrem engen Freundeskreis erinnerte sich daran, wie zerbrechlich und zerrüttet Tilly anfangs gewesen war. Sie hatten miterlebt, wie sie sich zu dem entwickelt hatte, was sie heute war.

Sie alle wollten Cris umbringen, weil er sie im Stich gelassen hatte, selbst nach so vielen Jahren noch.

Loren sah Ross an. »Was sollen wir tun?«

Er zuckte mit den Schultern. »Wir können nichts tun. Wir wissen nicht einmal sicher, dass er es war, auch wenn sie es gesagt haben.« Seine Miene verfinsterte sich. »Wenn er auftaucht, werde ich mich um ihn kümmern. Er wird sich wünschen, er hätte sich nie wieder blicken lassen.«

DER SKLAVE SAß zu Landrys Füßen und sah zu. Ross und Loren unterhielten sich mit einem anderen Mann in der hinteren Ecke. Dann sah Ross einen Moment lang wütend aus, bevor er seine Fassung wiedererlangte.

Loren hingegen wirkte mehrere Minuten lang wie ein Mörder.

Er zuckte zusammen. Vielleicht war es nur Paranoia, aber vielleicht waren er und sein Meister in der Nacht zuvor in dem Club in Ybor gesehen worden.

Landry beugte sich vor und streichelte ihm über das Haar.
»Sprich mit mir. Wen siehst du? Kennst du jemanden?«

»Ja, Meister.«

Landry krallte seine Hand fest in das Haar des Sklaven und riss seinen Kopf schmerzhaft zurück. »Wen?«

Er sagte ihm, wer sie waren.

»Wir haben also eine gute Wahl getroffen heute Abend. Sehr schön.«

Er hätte wissen müssen, dass Landry seine Nachforschungen anstellen und das Venture finden würde. Sie hatten gestern Abend in Ybor angefangen, weil sie nach Tampa geflogen waren und es ganz in der Nähe lag.

»Können wir bitte gehen?«

Landry lachte. »Nein. Ich kann nicht glauben, dass du überhaupt fragst.«

Der Sklave senkte den Kopf und hoffte, dass er nicht gesehen oder erkannt wurde.

Er fühlte sich schon schlecht genug.

Landry spürte seine Gedanken. »Das hast du dir selbst zuzuschreiben, Sklave. Hättest du mir von Anfang an die ganze Wahrheit gesagt, wären wir jetzt nicht hier.«

Der Sklave blieb stumm und war dankbar für sein langes Haar. Es reichte ihm bis zu den Schultern, und wenn er den Kopf nach unten neigte, hing es ihm über die Wangen und verdeckte sein Gesicht. Er hielt seine Augen auf Ross und Loren gerichtet und betete, dass sie nicht vorbeikamen.

Zehn Minuten später betrat ein Pärchen den Spielraum des Verlieses. Mit dem Rücken zum Sklaven waren sie weit genug entfernt und das Licht war so schwach, dass er nicht erkennen konnte, ob er sie kannte oder nicht. Die Frau hielt eine Lederleine, die an einem Halsband um den Hals des Mannes befestigt war. Der Mann trug eine Ausrüstungstasche. Aufgrund ihres schlanken, fast hageren, aber kräftig bemuskelten Körpers vermutete er, dass sie eine Langstreckenläuferin war.

Ihr kurzes, hochgestecktes Haar war in der Farbe eines leuch-
tenden Kupferpfennigs getönt.

Als sie eine Handbewegung machte, ließ sich der Mann
gehorsam neben ihr auf die Knie fallen. Sie stand auf und
unterhielt sich einige Minuten lang mit Ross und Loren,
während sie ihre Finger ins Haar des Mannes verschränkte. Er
lehnte seinen Kopf an ihren Oberschenkel und entspannte sich
auf eine Art und Weise, die er selbst nur zu gut kannte.

Auch Landry sah zu. »Kennst du die Frau?«

Sie kam ihm irgendwie bekannt vor, aber der Sklave konnte
ihr Gesicht nicht richtig erkennen. Das wechselnde Licht
schimmerte im Stoff ihres knielangen grünen Rocks. »Ich bin
mir nicht sicher.«

»Den Mann?«

»Nein.«

Zufrieden lehnte sich Landry zurück und beobachtete sie
weiter.

Die Frau, die immer noch mit dem Rücken zu ihnen stand,
zerrte an der Leine und trieb den Mann auf die Beine. Sie
führte ihn quer durch den Raum zu einem Andreaskreuz. Dort
ließ sie ihn sich ausziehen, befestigte Lederfesseln an seinen
Hand- und Fußgelenken und hängte ihn dann an das Kreuz.
Nachdem sie ihn ein paar Minuten lang mit ihren bloßen
Händen aufgewärmt hatte, versohlte sie ihm den Hintern mit
einem kräftigen Auspeitscher. Sie war brutal, eine echte Sadis-
tin, die nur wenig Sinnlichkeit in ihrem Stil zeigte. Nach ein
paar Minuten hielt sie inne, untersuchte den Mann und wechselte dann zu einer Reitgerte. Rote Striemen erschienen auf
dem Gesäß und den Oberschenkeln des Mannes.

»Sie ist gut in Form«, bemerkte Landry. »Ich frage mich, von
wem sie das gelernt hat.«

Als sie nach fast dreißig Minuten fertig war, hatte der Mann
auf dem gesamten Rücken, den Schultern, dem Arsch und den
Schenkeln Spuren von der Gerte, dem Rohrstock und der

Einschwanzpeitsche, die sie an ihm benutzt hatte, doch er sagte kein einziges Safeword. Sie half ihm in eine nahe gelegene Ecke und wickelte ihn in eine Decke ein. Dort saß sie mehrere Minuten lang mit ihm und kümmerte sich um ihn – das erste Mal, dass sie auch nur die geringste Zärtlichkeit mit dem Mann zeigte. Schließlich ließ sie ihn dort sitzen, während sie das Kreuz und ihre Ausrüstung aufräumte. Dann setzte sie sich wieder zu ihm und reichte ihm eine Flasche Wasser.

Sie legte ihren Arm um ihn und ließ den Mann seinen Kopf an ihre Schulter lehnen. Zum ersten Mal konnte der Sklave in dem abgedunkelten Raum einen braven, langen Blick auf ihr Gesicht werfen.

Sein Atem stockte.

Das konnte nicht sein!

Landry beugte sich wieder vor. »Bleib hier.« Er stand auf und ging hinüber zum Buffet, wo er ihnen Wasserflaschen aus einer Kühlbox holte. Er blieb stehen und unterhielt sich kurz mit einem Mann, dabei lachte er und grinste schelmisch, bis er sich bei dem anderen bedankte und zurückkehrte. Er nahm wieder auf dem Sofa Platz und reichte dem Sklaven eine Flasche.

»Ihr Name ist Herrin Cardinal.«

Der Sklave versuchte, nicht zu reagieren. Sie war nie dick gewesen, aber sie hatte nicht nur über zehn Kilo abgenommen, sondern auch ihr langes, schönes Haar abgeschnitten und gefärbt.

Das *konnte* sie nicht sein.

Nicht sein süßer, sanfter Redbird.

Er beobachtete, wie die Frau dem Mann schließlich erlaubte, sich anzuziehen.

Während er das tat, machte sie sich auf den Weg zur Toilette.

Landry stand auf und hob die Tasche auf, die er mitgebracht hatte. »Komm schon, Sklave. Lass uns gehen.«

Er hielt den Kopf gesenkt, als er Landry folgte. Er betete, dass Ross und Loren ihn nicht erkannten, aber sie gingen ohne Zwischenfälle an ihnen vorbei bis zum Ende des Kerker-Spielraums. Dort setzte Landry ihm schnell eine Kapuze auf und befahl ihm, sich auszuziehen.

Landry legte die Hände des Sklaven auf die Bank, damit er sie spüren konnte. Die Kapuze verhinderte, dass er etwas sehen konnte. »Stell dich hin und warte auf mich.«

LANDRY WOLLTE ihn noch nicht fesseln, da er ihn unbeaufsichtigt ließ. Er wartete, bis Herrin Cardinal aus dem Bad zurückkam, um sie aufzusuchen.

»Es tut mir leid, dass ich Sie störe«, begann er, »aber mir wurde gesagt, dass Sie mir vielleicht helfen können.«

Sie musterte ihn misstrauisch, ihre haselnussbraunen Augen waren wachsam. »Womit?«

Er reichte ihr eine Visitenkarte. »Ich habe einen Sub, der dringend eine Ausbildung braucht.«

Das schien sie zu beruhigen. Sie betrachtete seine Visitenkarte. »Es tut mir leid, Mr. LaCroux. Ich arbeite nicht mit Frauen.«

»Er ist keine Frau, obwohl ich manchmal ernsthaft in Erwägung gezogen habe, ihn kastrieren zu lassen.« Als er lachte, lachte sie mit ihm und ihre Körpersprache entspannte sich ein wenig.

»Einen Moment.« Sie ging zu ihrer Tasche und kam mit einer eigenen Visitenkarte zurück. Darauf standen nur ihr Name und eine lokale Telefonnummer, von der er vermutete, dass sie an ein nicht zurückverfolgbares Handy ging. »Rufen Sie mich an, um einen Termin zu vereinbaren. Ich bin sehr teuer. Ich biete keine sexuellen Dienstleistungen an. Und ich warne Sie – ich habe einen brutalen Ruf.«

»Perfekt. Genau das, was er braucht.« Er deutete quer durch

den Raum auf die Bank, auf der sein Sklave kniete und wartete. »Ich denke, dass ich nicht brutal genug bin.«

TILLY SAH ZU, wie der Mann zurück zur Bank ging. Sie sammelte Bob ein und ging, um sich von Ross und Loren zu verabschieden. Sie wirkten irgendwie nervös und waren den ganzen Abend über ein wenig angespannt gewesen. Sie fragte sich, ob sie sich gestritten hatten, aber sie würde bis morgen warten müssen, um Loren anzurufen und mit ihr zu reden.

Um zu gehen, musste sie an den Bänken am anderen Ende des Raumes vorbeigehen. Als sie das tat, sah sie den Mann, Landry LaCroux, der mit seinem Sklaven spielte. Bob wäre fast in sie hineingelaufen, als sie plötzlich ohne Vorwarnung stehen blieb. Es waren nicht die blauen Flecken, die den Körper des Sklaven bedeckten und die in verschiedenen Heilungszuständen von dunkelviolett bis blassgrünlich-gold waren. Das war es nicht, was ihre Aufmerksamkeit erregte. Es war die Tätowierung auf der linken Arschbacke des Sklaven ...

Sie starrte sie an. Die Tätowierung war nicht ungewöhnlich. Wahrscheinlich hatten viele Menschen die gleiche oder eine ähnliche. Ein Kanji-Zeichen. Für die meisten Leute waren diese Zeichen kaum voneinander zu unterscheiden, so auch für sie.

Sogar an derselben Stelle. Sie hatte schon viele Leute mit Tattoos an dieser Stelle gesehen. Sie war beliebt, weil sie diskret war.

Und es war schon fünf Jahre her. Sie konnte sich also leicht irren.

Ohne Vorwarnung erinnerte sie sich daran, wie ihre Finger das Kanji-Zeichen auf Cris' Haut nachgezeichnet hatten. Sie war immer wieder davon gefesselt und nie ganz zufrieden gewesen, wenn Cris sagte, er habe das Tattoo betrunken machen lassen und wisse nicht mehr, was es bedeute, aber sie hatte akzeptiert, dass sie keine Erklärung bekommen würde.

Er war ihr Meister.

Und in ihrem Herzen kannte sie die Form dieses Zeichens, konnte es in ihren Träumen nachzeichnen.

Ihr Verstand rebellierte und beharrte darauf, dass sie sich täuschte.

Landry fing an, den Kerl mit bösartigen Schwüngen einer Gerte zu bearbeiten, die sofort Striemen über die bereits vorhandenen blauen Flecken auf seinem Hintern und seinen Schenkeln zogen. Dieser Mann brauchte Hilfe, um seinen Sklaven zu züchtigen?

Nun, Geld war Geld.

»Bitte bring mich nach Hause, Bob«, sagte sie und zwang sich, ihren Blick von der Szene abzuwenden.

Bob fuhr Tilly nach Hause. Dort angekommen, öffnete er ihr die Autotür, trug die Ausrüstungstasche und begleitete sie zur Haustür.

Sie fragte sich, ob er ihr einen Gutenachtkuss geben würde oder nicht.

Sie schloss die Haustür auf und sagte: »Bring das bitte ins Haus und stell es ins Spielzimmer.«

Er folgte ihr eilig, während sie ihr Portemonnaie auf den Tresen legte und sich erleichtert auf die Fersen klopfte. Als er zurückkam, ließ er sich vor ihr auf die Knie fallen und wartete.

Sie betrachtete ihn schweigend. Sie empfand Zuneigung für ihn, aber sie konnte nicht sagen, dass sie ihn liebte. Sie war nicht mehr fähig zu lieben.

Nach einem Moment fuhr sie mit ihren Fingern durch sein Haar. »Wie fühlst du dich?«

»Gut, Herrin.«

»Tut es weh?«

»Ja, aber es macht mir nichts aus.«

»Du bist ein sehr braver Junge, Bob.«

»Danke, Herrin.«

Einen Moment lang versuchte sie sich vorzustellen, wie er aussehen würde, wenn er auf dem Boden neben ihrem Bett kniete und sie leckte.

Sie konnte es nicht.

Mit einem widerwilligen Seufzen strich sie ihm zärtlich über das Haar. »Kannst du diese Woche einen Tag oder Abend zum Spielen kommen? Umsonst. Ich habe Lust, dich wieder zu belohnen.«

»Ja, Herrin. Ich danke dir! Wann immer du willst.«

»Dienstagabend, sieben Uhr. Du darfst gehen.«

Er stand mit gesenktem Kopf auf und küsste ihre Hand, als sie sie ihm reichte. »Danke, Herrin. Gute Nacht.«

»Gute Nacht.«

Sie rührte sich nicht, bis sie hörte, wie sein Auto ansprang und aus der Einfahrt fuhr. Sie schloss die Haustür ab und schaltete das Licht aus. Sie wusste nicht, warum sie ihm noch einen Gefallen getan hatte. Das war nicht ihre Art. Sie legte die Belohnungen gern so weit auseinander, dass der Kunde sie nicht erwartete.

Er war Single.

Sie zog sich aus und stellte sich unter die Dusche, das Wasser war so heiß, wie sie es ertragen konnte. Wenn sie doch nur Leidenschaft verspüren könnte, Liebe.

Irgendetwas.

Sie konnte es nicht einmal auf die Antidepressiva schieben, denn die hatte sie sechs Monate danach abgesetzt, nachdem …

Sie hielt sich selbst davon ab, an seinen Namen zu denken. Das verdammte Tattoo auf Landrys Sklaven hatte sie völlig aus dem Gleichgewicht gebracht.

Schon vor langer Zeit hatte sie aufgehört, sich auf das Spiel ›Wo ist er wohl?‹ einzulassen. Denn das tat fast genauso weh wie das Spiel ›Mit wem er wohl zusammen ist?‹, aber nicht annähernd so sehr wie das Spiel ›Warum war ich nicht gut genug für ihn?‹.

Das war die einzige Erklärung, die Sinn machte. Eine andere Frau. So musste es sein. Cris sprach nie über seine Familie oder seine Vergangenheit, außer auf die unscheinbarste Weise. Sie wusste, dass er sich seit Jahren von seiner Familie entfremdet hatte. Sie wusste nur nicht, warum.

In Anbetracht ihrer eigenen beschissenen Vergangenheit respektierte sie seinen Wunsch, nicht darüber zu sprechen.

Als sie mit dem Duschen fertig war und ins Bett kletterte, versuchte sie, sich auf Bobs Gesicht zu konzentrieren und stellte fest, dass sie an nichts außer an seine blauen Augen und die runde Form seines nackten Rückens erinnern konnte, während er auf dem Boden kniete und auf ihre Anweisungen wartete.

NACKT KNIETE der Sklave auf dem Boden des Motelzimmers und wartete darauf, dass sein Meister mit dem Duschen fertig war. Wie der Sklave erwartet hatte, war Landry in dieser Nacht während ihrer Szene besonders brutal gewesen. Er war brutal, seit sein Meister das Geheimnis entdeckt hatte, das er verschwiegen hatte.

Der Sklave leugnete nicht, dass er es verdiente. Und noch mehr.

Aber nichts, was sein Meister ihm antat, war vergleichbar mit den seelischen Qualen, die er jeden Tag durchlitt. Die Schuldgefühle.

Der Selbsthass. Das Bedauern.

Er hörte, wie das Wasser abgestellt wurde, und einen Augenblick später kam Landry heraus und trocknete sich mit einem Handtuch ab. »Du schläfst heute Nacht auf dem Boden, Sklave«, sagte er. »Kein Kissen, kein Laken.« Er ging zum

Schalter der Klimaanlage und drehte die Temperatur so weit wie möglich herunter.

Es würde eine lange, kalte Nacht werden. »Ja, Meister.«

Landry setzte sich auf die Kante eines der Betten und starrte ihn an. »Ich habe mich noch einmal umgehört, bevor wir den Club verlassen haben. Dieser Mann war nicht ihr Freund. Er war einer ihrer Kunden.«

Der Sklave dachte, er würde seine Überraschung verbergen, um sie nicht zu zeigen.

Und seine Hoffnung. Natürlich wusste er, dass Hoffnung ein dummes Gefühl ist. Er gehörte voll und ganz seinem Meister, mit Herz, Verstand, Körper und Seele, und sie gehörte nicht mehr zu ihm.

Doch alte Gewohnheiten und Gefühle starben nur langsam.

Landry fuhr fort. »Anscheinend ist sie Single. Eine Person hat angedeutet, dass ihr vor ein paar Jahren etwas sehr Schlimmes passiert ist, aber sie wollte nicht darüber sprechen. Natürlich konnte ich sie nicht drängen, das hätte Verdacht erregt.«

Der Sklave schloss die Augen und wünschte sich, er müsste nicht dasitzen und sich das anhören. Ihm wäre eine weitere Tracht Prügel lieber. Wenigstens endete dieser Schmerz relativ schnell und schickte seine Gedanken an einen schönen Ort, an dem er vorübergehend das Denken sein lassen konnte.

Landry spreizte seine Beine und befahl auf Französisch: »Komm her und lutsch meinen Schwanz.«

Gehorsam kniete er sich zwischen Landrys Beine und tat, wie ihm geheißen, wobei er sich ein wenig Zärtlichkeit wünschte, sogar ein freundliches und sanftes Wort, aber er wusste, dass sein Meister noch nicht bereit war, ihm das zu geben. Landry packte seinen Kopf und drang tief in ihn ein. Er schluckte seinen Schaft und wartete ab, bis er endlich kam.

Als Landry ihn endlich losließ, deutete er auf die Tür. »Geh schon. Du bist fertig.«

Der Sklave senkte seinen Kopf, rollte sich auf der Seite zusammen und betete um Schlaf.

Betete um Vergebung.

Betete, dass sein Meister ihn nicht zur Konfrontation mit Tilly zwingen würde.

KAPITEL DREI

Am Dienstagnachmittag parkte Tilly in der öffentlichen Garage des Ringling in der Innenstadt von Sarasota und setzte ihre dunkle, verspiegelte Sonnenbrille auf. Das Café, in dem sie sich treffen wollten, hatte Sitzplätze im Freien. Obwohl sie sich mit Rauchern herumschlagen musste, wollte sie in der Öffentlichkeit sein, wenn sie mit diesem Mann sprach.

Landry LaCroux. Er hatte die leiseste Spur eines Akzents, aber sie konnte nicht genau sagen, welchen. Sie vermutete Französisch. Allerdings nicht aus Quebec, sondern eher aus Frankreich.

Als sich die Erinnerung daran, woher sie das wissen könnte, einzuschleichen drohte, verdrängte sie sie sofort. Zu viele alte Erinnerungen hatten versucht, sich einzuschleichen, seit sie Landrys Sklaven im Club gesehen hatte. Das passierte hin und wieder. Ein Lied erwischte sie unvorbereitet und riss sie fast in die Knie. Oder das Anschauen eines Films brachte eine Erinnerung zurück und ließ sie abends weinend ins Bett gehen.

Zum Glück kamen diese Schwächephasen in letzter Zeit

seltener vor. Die Nacht im Club war ihr erster Ausrutscher seit mehreren Monaten.

Vielleicht sollte ich das als ein braves Zeichen werten.

Sie kam fast eine halbe Stunde zu früh und brachte ihr Tablet zum Lesen mit. Sie wollte die Situation kontrollieren, wo sie saßen, einfach alles.

Sie ließ sich vom Kellner am anderen Ende der Terrasse platzieren, wo sie die Leute im Ringling beobachten konnte. Zehn Minuten später tauchte LaCroux auf.

Ihr Instinkt war genau richtig gewesen.

»Sie sind sehr früh dran, Herrin Cardinal«, bemerkte er, als er sich setzte.

»Sie auch.« Sie lehnte sich zurück und musterte ihn. »Sagen Sie mir, Mr. LaCroux, warum braucht ein Mann wie Sie überhaupt Hilfe? Ich habe gesehen, wie Sie neulich mit ihrem Sklaven gespielt haben. Zumindest ein paar Minuten lang. Sie scheinen ihn gut im Griff zu haben.«

Der Kellner kam, um seine Bestellung aufzunehmen. Als er ging, beugte sich LaCroux vor. »Bitte, du kannst mich Landry nennen.«

»Du kannst mich Herrin Cardinal nennen. Du hast meine Frage noch nicht beantwortet.«

Er lächelte. Charmant, entwaffnend. Tiefgrüne Augen, die entweder Heiterkeit oder mörderische Absichten zeigen konnten, vermutete sie. Braunes Haar, ein wenig grau an den Schläfen. »Selbst der talentierteste Hundetrainer weiß, wann ein Tier an andere mit anderen Fähigkeiten übergeben werden sollte, wie man so schön sagt. Die klügsten Trainer riskieren es nicht, einen Hund aus Überheblichkeit über ihre eigenen Talente zu ruinieren.«

Das war's. Die bohrende Frage machte sie wahnsinnig. »Sind Sie aus Frankreich, Mr. LaCroux?«

Er beschloss offenbar, ihr die Formalität nicht streitig zu machen. »Hervorragend erkannt, Herrin Cardinal. Ich bin in

Paris aufgewachsen, aber ich habe hier in den USA studiert und mich nach meinem Abschluss entschieden, hierzubleiben. Ich lebe seit über zwanzig Jahren hier und bin inzwischen Staatsbürger. Ich habe nicht den Wunsch, nach Frankreich zurückzukehren. Um dort zu leben«, fügte er hinzu. »Ich habe dort zwar Familie, die ich gelegentlich besuche. Aber mein Leben ist hier.«

Als sie das erledigt hatte, betrachtete sie ihn. »Wie ich dir neulich schon gesagt habe, biete ich keine sexuellen Dienstleistungen an. Überhaupt nicht. Ich betreibe ein völlig legales Geschäft, und ich möchte, dass das auch klar ist.«

»Das würde ich nicht von dir verlangen.«

Sie hatte es geschafft, für die Strafverfolgungsbehörden unauffällig zu bleiben. Sie brach nie ihre ›Kein Sex‹-Regel und machte keine Werbung. Alle ihre Kunden kamen durch Mund-zu-Mund-Propaganda, und ein freier Termin blieb nie länger als ein oder zwei Wochen unbesetzt.

»Ich nehme Bargeld. Im Voraus. Für die erste Sitzung, um ihn zu beurteilen, eine Stunde, eintausend Dollar. Danach kostet jede Sitzung von einer weiteren Stunde dreihundert.« Das war mehr, als sie normalerweise verlangte, aber es war ein einfacher Weg, um einen Angeber von den anderen zu unterscheiden. Er würde entweder würgen, zustimmen oder verhandeln. »Außerdem darfst du nach den ersten Verhandlungen nicht mehr da sein. Das dauert etwa zwanzig Minuten. Der einzige Grund, warum ich dich überhaupt dabei sein lasse, ist, weil er dein Sklave ist und du an den Verhandlungen teilnehmen musst.«

»Erledigt.«

Sie spürte, wie sich ihre Augenbrauen überrascht hoben. Ganz ehrlich? Sie hatte nicht erwartet, dass er zustimmen würde, schon gar nicht zu der Klausel, dass er nicht dabei sein würde. Das weckte ihre Neugierde. »Was genau versprichst du dir von meinen Diensten?«

»Sklaven neigen manchmal dazu, Dinge zurückzuhalten. Informationen, Emotionen, aus welchen Gründen auch immer.«

»Er lügt?«

»Nein, er lügt nicht per se. Trotz meiner wiederholten gegenteiligen Anweisungen denkt er oft zu viel nach und gibt mir nicht alle Informationen, die ich verlange. Ob das an seinen Gefühlen liegt, weiß ich nicht.«

» Was hat dich dazu bewogen, eine Person zu beauftragen, um ihn zu schulen?«

Dabei stellte sie fest, wie sich sein Gesicht verdüsterte. »Ich habe vor Kurzem zufällig entdeckt, dass er mir einige wichtige Informationen vorenthalten hat. Jahrelang. Hätte er mir davon erzählt, als wir zusammenkamen, hätte ich damals ganz andere Entscheidungen getroffen. Wir waren ein paar Jahre lang zusammen, dann haben wir uns getrennt. Das war ganz klar meine Schuld. Als wir uns nach einer mehrjährigen Trennung wieder versöhnten, war ich bereit, alles für eine weitere Chance mit ihm zu tun. Ich hatte nie aufgehört, ihn zu lieben.«

Sein Blick fiel auf seine Hände. »Die Umstände unseres Wiedersehens waren, gelinde gesagt, schwierig. Ich hörte bereitwillig zu, als er mir die Wahrheit erzählte, anstatt tiefer nach ihr zu suchen. Meine Handlungen – oder besser gesagt, meine Untätigkeit – verletzten unglücklicherweise einen anderen Menschen. Ich bezweifle, dass es eine Möglichkeit gibt, das zu sühnen oder die Situation zu bereinigen. Ich muss den Sklaven dazu zwingen, zu erkennen, was er mit seiner Zurückhaltung von Informationen angerichtet hat. Er muss sich den wahren Konsequenzen seines Handelns stellen.«

Tilly betrachtete ihn eine Weile, ohne ein Wort zu sagen. Ihr Bullshit-Alarm war noch nicht verstummt ... noch nicht. »Noch einmal: Ich weiß nicht, was du von mir erwartest.«

»Ich will, dass er ein brutales Training mit einem anderen Top absolviert. Jemand, der seinen Eigensinn angemessen durchbrechen kann. Jemand, der vielleicht eine bessere Auffassungsgabe hat als ich. Vielleicht jemand, der ihm eine andere Sichtweise zeigt, als er sie bei mir sieht. Jemand, der ihm helfen kann, seine Fehler zu erkennen.«

Das sagte ihr nicht so viel, wie sie es gern hätte, aber sie ließ es durchgehen. »Mir ist aufgefallen, dass deine Telefonnummer nicht von hier ist.«

»Das wird sich bald ändern. Wir werden von Los Angeles hierher ziehen. Ich habe unser Haus dort auf dem Markt.«

Hinter der Sicherheit ihrer dunklen Brille beobachtete sie sein Gesicht.

Er sah zu blass aus für jemanden aus L.A., zu gezeichnet.

»Gibt es irgendwelche gesundheitlichen Probleme, auf die ich aufmerksam gemacht werden muss, Mr. LaCroux?«

Er lächelte blass. »Nächste Woche beginne ich mit einer Krebsbehandlung. Zuerst eine Biopsie, wahrscheinlich gefolgt von einer Operation, dann Chemo und Bestrahlung, wenn es nötig ist. Ich habe dem Sklaven noch nichts davon erzählt und bitte um deine Diskretion. Wenn du fragst, ob wir HIV-negativ sind: ja, sind wir. Ich kann dir Kopien meiner letzten Krankenakte und der letzten Untersuchung des Sklaven von vor drei Monaten geben, wenn du das möchtest. Kein HIV, keine Hepatitis oder andere Krankheiten. Wir sind monogam und waren es auch in den fünf Jahren seit unserer Wiedervereinigung. Abgesehen von meinem Krebs sind wir beide gesund. Und ich versichere dir, dass du dich nicht mit meinem Darmkrebs anstecken kannst, Herrin Cardinal.«

Sie errötete. »Es tut mir leid.« Sie wurde leiser, denn der Mann vor ihr war jetzt so menschlich, wie er es vorher nicht gewesen war. »Wird man ihn behandeln können?«

Er zuckte mit den Schultern. »Hoffentlich. Die Zeit wird es zeigen. Ich habe vor ein paar Jahren einen Dickdarmkrebs überlebt. Meine Ärzte sind optimistisch, aber es gibt natürlich nie eine Garantie.«

Sie schnappte einen Hinweis auf etwas anderes auf. »Du willst doch, dass er auf einen anderen Meister oder eine andere Herrin reagieren kann, oder? Für den Fall, dass du ...« Sie konnte ihre Bemerkung nicht zu Ende führen, als ihr die ganze Tragweite der Aussage bewusst wurde.

Er neigte den Kopf und nickte. »Du bist sehr scharfsinnig, Herrin Cardinal. Deshalb denke ich, dass der Sklave in deinen fähigen Händen gut aufgehoben sein wird. Ich möchte ihn nicht in die Hände eines anderen Besitzers geben, wenn ich mir nicht sicher bin, dass er sich ihm gegenüber völlig öffnen kann. Ich möchte ihn auch nicht ... im Stich lassen, falls sich die Umstände gegen mich wenden. Er braucht eine starke Hand.«

»Die meisten meiner Kunden sind keine ernsthaften Spieler. Sie mögen nur gelegentlich ein wenig Demütigung oder Dominanz. Du klingst nach einer ernsthaften Vierundzwanzig-Sieben-Beziehung.«

»Mein Sklave gehört mir. Er hat sich mir hingegeben. Ich nehme diese Verantwortung nicht auf die leichte Schulter. Ihm gehört nichts in seinem Namen. Er arbeitet für mein Unternehmen. Wir haben einen Vertrag, in dem meine Rechte als sein Meister und Eigentümer festgelegt sind.«

Sie kannte ernsthafte Spieler. Ross und Loren, zum Beispiel. Sie war selbst mal einer gewesen, vor einem ganzen Leben. Bevor ...

»Mr. LaCroux, wenn du willst, dass ich brutal bin, werde ich brutal sein. Ich werde ihn nur benutzen, wenn ich ihn nicht dauerhaft kennzeichnen oder verletzen kann. Es wird ein Safeword für ihn geben. Wenn er es ausspricht, haucht oder auch nur denkt, endet die Session sofort und wird nicht neu gestartet. Ich erstatte kein Geld zurück, wenn er das Safeword sagt, auch wenn es nur fünf Minuten nach Beginn der Session ist.«

»Er wird kein Safeword benutzen, das kann ich dir versichern.«

Sie hatte das Gefühl, dass auch das mehr als nur blöde Angeberei war. »Wo ist er jetzt gerade?«

»Er ist in unserem Hotelzimmer, nackt, kniet auf dem gefliesten Badezimmerboden und wartet auf mich.«

Sie hoffte, dass der Schock auf ihrem Gesicht nicht zu sehen war. »Wie kannst du dir da sicher sein?«

»Weil ich dem Zimmermädchen, das unser Zimmer putzt, hundert Dollar gezahlt habe, damit sie mehrmals zufällig nach ihm sieht. Ich habe sie auch dazu eingeladen, dass einige ihrer Kolleginnen einen Blick auf ihn werfen und sich über ihn lustig machen. Ich habe ihr gesagt, dass es ein Schikanierungs-ritual ist.«

»Kreativ.«

»Er verabscheut Demütigung. Normalerweise wende ich sie bei ihm auch nicht an, aber unter diesen Umständen hat er die harte Behandlung verdient. Sie ist Teil seiner laufenden Bestra-fung, bis ich ihn in deine fähigen Hände übergebe.«

»Es sind nicht meine Hände, die ich bei ihm verwenden werde.«

Er sah amüsiert aus. »Damit rechne ich.«

SIE EINIGTEN sich auf Mittwochnachmittag um fünf Uhr. Landry würde den Sklaven, wie er verlangte, dass der Mann angesprochen wurde, zu ihrem Haus bringen, nach der ersten Verhandlung gehen und ihn um sechs Uhr wieder abholen.

Sie machte noch ein paar Besorgungen, bevor sie nach Hause ging. Bob würde an diesem Abend vorbeikommen, und sie musste zugeben, dass sie sich darauf freute.

Vielleicht hatte sie endlich angefangen, sich zu erholen. Das war längst überfällig, aber dass Bob ihr in den Sinn kam, wenn er nicht vor ihr stand, war bei keinem anderen Kunden passiert.

Oder einem anderen Mann. Nun, außer ...

Sie verwarf diesen Gedanken.

Er erschien pünktlich. Bob kam nie zu spät. Den ganzen Nachmittag über hatte sie etwas an ihm gezweifelt. Sie beschloss, es herauszufinden. Anstatt ihn auf die Knie zu zwingen, bat sie ihn, ihr in die Frühstücksecke zu folgen und deutete ihm an, sich ihr gegenüber an den Tisch zu setzen.

Wie ein braver Junge hielt er ihr zuerst den Stuhl hin.

Sie betrachtete sein Gesicht einen langen Moment lang. Blaue Augen, ein schöner Körper, eine gute Hand – ein gutes Aussehen. Er war kein Filmstar, aber auch kein schlechter Kerl.

Die Szenen mit ihm machten sie feucht, und das passierte bei keinem anderen Sub. Er war das Einzige, was seit ihrem Verlust so etwas wie Leidenschaft in ihrem ansonsten gefühlsmäßig toten Körper weckte. »Ich möchte dich etwas fragen und ich will eine ehrliche Antwort, nicht irgendeinen Scheiß, von dem du denkst, dass ich ihn hören will. Hast du verstanden?«

»Ja, Herrin.«

»Ich weiß, dass du geschieden bist, aber bist du mit jemandem zusammen oder hast du eine Beziehung?«

»Nein, Herrin.«

»Warum?«

Er zuckte mit den Schultern. »Ich bin zu beschäftigt.«

»Du hast aber auch Zeit, mich zu sehen.«

»Ich muss dich sehen.«

Sie lehnte sich in ihrem Stuhl zurück und betrachtete ihn einen Augenblick lang.

»Warum?«

»Ich kann es mir nicht leisten, aufzufliegen. Wenn ich die Wahl habe, meine Freizeit mit dir zu verbringen, um das zu bekommen, was ich brauche, oder mich in Bars oder auf Craigslist nach einem Date umzusehen, verbringe ich sie viel lieber mit dir.«

Nun, Ehrlichkeit gefiel mir. »Wenn du mich irgendwo außerhalb unserer geschäftlichen Vereinbarung kennenlernen würdest, würdest du dann mit mir ausgehen?«

Er antwortete nicht sofort.

»Ich will Ehrlichkeit. Egal, wie deine Antwort ausfällt, sie wird in keiner Weise gegen dich verwendet.«

»Sicher?«

»Ja.« Jetzt wünschte sie sich, sie hätte nicht gefragt. Sie hatte das Gefühl, dass ihr Ego gleich in den verdammten Keller gestoßen werden würde.

»Ich finde, du bist wunderschön. Wenn die Situation anders wäre, würde ich fast alles dafür tun, um mit dir auszugehen.«

Oh.

Oh!

»Wirklich?«

Er nickte. »Wirklich.«

Sie lehnte sich zurück und musterte ihn weiter. Sie war sich nicht sicher, ob ihr das Gefühl, das seine Antwort in ihr auslöste, gefiel. Vorfreude.

Hoffnung.

Sie wollte nicht hoffen. Hoffnung war etwas für Dummköpfe. Hoffnung war es, die ihr vor fünf Jahren das Herz gebrochen hatte.

»Würdest du mich fragen, ob ich mit dir ausgehe?«

»Ich kann nicht.«

Aaaaalso, da war's. »Warum nicht?«

Er schaute auf den Tisch. »Du hast mir gesagt, als wir angefangen haben, dass das nicht erlaubt ist. Das war eine der Regeln, von denen du gesagt hast, wenn ich sie breche, ist unsere Vereinbarung sofort beendet.«

Oh.

Oh!

»Stimmt, das habe ich.« Sie betrachtete ihn. »Und wenn es die Regel nicht gäbe?«

Er schaute zu ihr auf, mit unverkennbarer Hoffnung auf seinem Gesicht. »Dann würde ich dich um ein Date bitten.«

Sie holte tief Luft und hielt den Atem für ein paar Sekunden an, bevor sie ihn wieder ausblies. »Ich werde jetzt etwas tun, was ich sonst nie tue und dir ein wenig über mich erzählen. Ich habe kein Date. Ich habe keinen festen Freund. Ich bin komplett Single. Aber wenn ich mit jemandem auf ein ›Date‹ gehe, möchte ich nicht mit meinem ›Jungen‹ ausgehen. Es sei denn, ich habe ihm gesagt, dass ich das will. Im wirklichen Leben bin ich nicht die Herrin Cardinal. Wenn mich jemand nach einem Date fragt, dann möchte ich, dass er mich einlädt, weil er mich im wirklichen Leben kennenlernen möchte, nicht weil er denkt, dass er ein Gratisgeschenk bekommt oder weil er eine Vollzeit-Domme in seinem Leben haben möchte. Ich will jemanden, der mich um meinetwillen will und nicht nur, weil es ihn anmacht.«

Er nickte. »Ich verstehe.« Er sah aus, als wolle er noch etwas sagen.

»Was?«

»Darf ich dir eine Frage stellen, Herrin?« Sie nickte.

»Wenn ich dich um ein Date bitten würde, wie sollte ich dich dann nennen?«

Sie lächelte. »Ich würde wollen, dass du mich bei meinem Namen nennst. Matilda. Nun, Tilly. Ich bevorzuge Tilly. Ich mag Matilda nicht.«

»Das ist schön.« Er klang aufrichtig. Bob klang immer aufrichtig. Er war noch nie ein ›Ich bin der Mittelpunkt‹-Sub gewesen. Seit ihrer ersten Beurteilung hatte er immer zugelassen, dass sie den Ton und das Tempo angab. Er hatte nie gefragt. Er hatte nie von unten getoppt. Er war ein braver Junge.

»Danke.«

Er sah sie einen langen Moment lang an. »Darf ich dich noch etwas fragen?«

»Sicher.«

Als er sich zu ihr beugte, spürte sie, wie sich seine Energie veränderte. Ihr ›Junge‹ war verschwunden, und nun saß Bob ihr gegenüber auf seinem Stuhl. Keine Spur von Unterwürfigkeit in seiner Haltung. Sie vermutete, dass der Rest der Welt ihn so sah. Sein Blick wurde intensiv. »Tilly, ich würde dich heute Abend gern zum Essen einladen, wenn ich darf.«

Ein köstlicher Schauer durchlief ihren Körper, als sie nickte.

SIE ZOG sich schnell eine Bluse, einen Rock und flache Schuhe an. Normalerweise trug Herrin Cardinal für die Sessions Pfennigabsätze, aber die waren Mord für ihre Füße. Tilly ging für gewöhnlich barfuß durchs Haus oder trug Turnschuhe oder bequeme Sandalen oder Crocs, wann immer es möglich war, auch wenn Herrin Cardinal ein bestimmtes Image zu wahren hatte.

Bob stand an der Eingangstür. Kein Junge, der auf seine Herrin wartet, sondern ein Mann, der auf sein Date wartet.

Er zeigte nicht das geringste Anzeichen von Ungeduld.

Sie hielt ihn auf, bevor sie aus der Tür traten. »Warte mal. Komm her.« Ohne die üblichen zehn Zentimeter hohen Absätze, die sie während seiner Sessions trug, war er fast einen halben Meter größer als sie. Als er sich zu ihr hinüberbeugte, löste sie sein Halsband, nahm es ab und legte es auf den Tisch neben der Eingangstür. »So ist es besser.«

Er lächelte. »Danke, Tilly.«

Es gefiel ihr, wie ihr Name aus seinem Mund klang. »Wie weit wohnst du von hier?«

»Meine Wohnung ist zwanzig Minuten entfernt.«

»Ich möchte erst dort vorbeischauen, bevor wir essen gehen.«

»Okay.«

Sie sah ihn an. »Keine Fragen?«

Er zuckte mit den Schultern. Auch diese Geste gefiel ihr an ihm. Unbeschwertheit. »Ich dachte nur, du wolltest sichergehen, dass ich keine Leichen herumliegen habe.« Sie liebte sein verspieltes Lächeln.

Er konnte sie auch zum Lachen bringen. Bonuspunkte.

ER BESTAND WEITERHIN DARAUF, Türen für sie zu öffnen. Mehr Bonuspunkte. Er war ein Gentleman. Auf dem Weg zu seiner Wohnung sprachen sie über Musik. Sie war überrascht, als sie erfuhr, dass er eine große Bandbreite an Musik mochte, von Klassik bis Heavy Metal, und dass sie viele gemeinsame Lieblingslieder hatten. Er liebte es, zu lesen, und tat dies auch oft. Außerdem sammelte er Hallmark-Ornamente.

Der letzte Punkt überraschte sie. Nervös fuhr er sich mit einer Hand durch das Haar. »Ja, ich weiß. Meine Mutter hat sie immer gekauft. Als sie dann älter wurde und nachdem mein Vater gestorben war, habe ich angefangen, sie für sie zu kaufen, weil ich nicht wollte, dass sie das Geld dafür ausgab. Dann ist sie gestorben und ich …«

Er zuckte mit den Schultern und schaute sie an. »Ist das komisch?«

Sie brach wieder in Gelächter aus. »Es tut mir leid«, sagte sie, als sie sich wieder gefasst hatte. »Du kommst wegen bestimmter Dinge zu mir«, sagte sie, »und du fragst mich, ob das Sammeln von Ornamenten seltsam ist?«

Er lächelte. Dann lachte er. Er hatte ein schönes Lachen. »Ja, ich schätze, du hast recht. So habe ich noch nie darüber gedacht.«

»Ich finde es nicht nur nicht seltsam, sondern auch süß.«

Sie beobachtete ihn, während er fuhr. Selbstbewusst, einen Arm über das Lenkrad gelegt, nicht zu schnell, keine plötzlichen Stopps, keine Pisswettbewerbssprünge an der Ampel. Ruhig.

Seine Wohnung lag in einer bewachten Golfplatzanlage. Sie wusste, dass es seine Wohnung war, weil sie seinen Ausweis gesehen hatte, als er sie das erste Mal sah. Zur Sicherheit hatte sie sich die Daten aufgeschrieben. Damals fühlte sie sich noch super-paranoid. Seitdem war sie viel lockerer geworden und sortierte seltsame Kunden aus, bevor sie sie überhaupt annahm.

»Ich spiele kein Golf«, sagte er, »aber ich mochte die Landschaftsgestaltung. Außerdem wollte ich mich nicht um einen Garten oder die Instandhaltung kümmern. Normalerweise bin ich zu beschäftigt.« Er führte sie zu seiner Tür, schloss sie auf und ließ sie vorgehen.

Drinnen warf er seine Schlüssel auf einen Tisch neben dem Eingang und schaltete das Licht ein.

Schön.

Kein Saustall, was ihre erste Sorge gewesen war. Aber auch nicht penibel und wie geleckt. Bewohnt, sauber, aufgeräumt. Sie brauchte nie eine Reinigungsfirma zu bezahlen, weil sie eine Reihe von Kunden hatte, die sie dafür bezahlten, bei ihr putzen zu dürfen. Wäre das nicht der Fall, würde ihr Haus ungefähr so aussehen wie seines. Bewohnt, aber nicht perfekt.

Er hob ein paar Bücher und seine Post auf, die verstreut auf dem Couchtisch lagen. »Tut mir leid. Ich habe keinen Besuch erwartet.« Er schenkte ihr ein leicht verschämtes Lächeln.

Die Wände seines Arbeitszimmers waren bis unter die Decke mit Büchern tapeziert. Die Küche war sauber, eine Frühstücksschüssel und ein Kaffeebecher standen in der Spüle. Der Küchentresen war aufgeräumt. Sein Schlafzimmer war ebenfalls ordentlich. Das Bett war gemacht, aber nicht frisch, nur die Decke war hochgezogen. Wenigstens hatte er es versucht.

Sie ging ins Badezimmer. Sauber genug. Die Kleidung lag im Wäschekorb, das Handtuch hing gefaltet an einer Stange.

Er lehnte sich gegen die Schlafzimmertür. »Habe ich die Inspektion bestanden?«

Sie nickte. »Ja, hast du.«

»Das war ein Scherz.«

»Von mir nicht.« Sie drehte sich zu ihm um. »Ich weihe dich in ein weiteres Geheimnis ein, das nur wenige Menschen kennen. Es gibt einen Grund, warum ich in den letzten Jahren niemanden in mein Leben gelassen habe. Ich wurde von jemandem, dem ich vertraute, auf schlimme Weise verbrannt. Ich vertraue nicht mehr so leicht.«

»Das verstehe ich.«

»Wird das ein Problem sein?«

Er schüttelte den Kopf. »Eigentlich nicht. Wenn man bedenkt, dass ich dir vertraue, dass du während unserer Sessions keine Fotos von mir machst und sie später ins Internet stellst, denke ich, dass wir schon eine ziemlich solide Vertrauensbasis haben.«

Sein Gesichtsausdruck brachte sie wieder zum Lachen. »Okay. Ich verspreche, dass ich heute Abend nicht mehr zicke. Es tut mir leid.«

Er machte einen Schritt zur Seite, um sie vorbeizulassen, als sie zurück ins Wohnzimmer ging. »Nein, ist schon okay«, sagte er. »Ich verstehe dich.«

»Wirklich?«

Er nahm seine Schlüssel in die Hand und schaltete das Licht aus. »Ich war schon bei dir zu Hause. Du warst noch nie hier. Du wolltest sichergehen, dass ich kein schmuddeliges, lügendes Arschloch bin. Oder verheiratet. Hätte ich dich nicht hierherkommen lassen, hättest du dich gefragt, was ich zu verbergen habe.«

»Oder wen.«

»Ja. Ich hab's verstanden.«

Sie drehte sich zu ihm um. »Nein«, sagte sie leise, »ich denke nicht, dass es jemand verstehen kann, wenn er mich damals nicht gesehen hat und die Hölle nicht kennt, durch die ich gegangen bin. Vielleicht ...« Sie schaute zu ihm auf. Er hatte wunderschöne, blaue Augen.

Gott sei Dank waren sie nicht braun, wie ... »Vielleicht lasse ich dich eines Tages, wenn es so weit ist, mit Ross und Loren reden. Sie werden es dir sagen. Dann wirst du es auf jeden Fall kapieren.«

ER FÜHRTE sie in ein sehr schönes, gehobenes Restaurant in der Innenstadt von Sarasota. Er fragte sie nicht, wohin sie gehen wollte. Er suchte einfach ein Lokal aus. Sie wäre auch mit etwas Preiswerterem zufrieden gewesen, aber er bekam eine weitere Eins für seine Bemühung.

Sie aßen gut zu Abend und unterhielten sich sehr lange über alles Mögliche. Vanille.

Total Vanille.

Sie waren die letzten Gäste im Restaurant. Er fuhr sie nach Hause und begleitete sie bis zur Tür.

Sie schaute zu ihm auf. »Sagen wir mal, das ist das normale Ende eines ersten Dates. Was würdest du als Nächstes tun?«

Er lächelte und machte einen Schritt auf sie zu. Sie vermutete – und hoffte – dass er sie küssen würde. Stattdessen griff er nach ihrer Hand und legte sie sanft in seine. Er hob sie an und strich mit seinen Lippen über ihre Fingerknöchel. Es war ganz anders als die anderen Küsse, die er ihr auf die Hand gegeben hatte.

Es fühlte sich sinnlich an. Verführerisch. Seine Augen verließen ihre nicht.

Ein Teil von ihr wollte ihn ins Haus zerren und ihm das Hirn rausvögeln. Vielleicht war ihr Körper doch nicht so tot, wie sie dachte. Es war das erste Mal, seit ihr neues Leben begonnen hatte, dass sie sich so fühlte.

»Bei einem ersten Date«, sagte er, »bin ich immer ein Gentleman.«

Ihr entging nicht der starke, dominante Unterton in seiner Stimme, das sinnliche Timbre, das er normalerweise nicht hatte, wenn er zu ihren Füßen kniete.

»Was, wenn es nicht unser erstes Date war?«, keuchte sie.

»Was wäre, wenn es unser fünftes oder sechstes Date war?«

»Soll ich es dir sagen oder zeigen?«

Sie schluckte schwer. »Zeig es mir.«

Seine Mundwinkel verzogen sich zu einem sexy Lächeln. Er trat auf sie zu, zog sie in seine Arme und küsste sie. Er bedrängte sie nicht, sondern strich zärtlich mit seinen Lippen über die ihren, bis sie ihn am liebsten ins Haus gezerrt hätte, um ihn zu ficken.

Dann hob er den Kopf. »Ich werde es nicht zu weit treiben und dich fragen, ob du sehen willst, was ich tun würde, wenn wir uns wirklich besser kennenlernen.«

Sie lachte und ließ ihren Kopf auf seiner Brust ruhen. Eine schöne, breite, starke Brust.

Er legte seine Arme um sie und hielt sie tatsächlich fest, statt nur höflich zu verharren. Sie nahm sich eine Minute Zeit, um dieses Gefühl zu genießen, bevor sie zurücktrat und in ihrer Handtasche nach ihren Schlüsseln kramte.

»Bob, ich danke dir für heute Abend. Ich weiß das wirklich zu schätzen. Ich hatte eine tolle Zeit.«

Er nahm ihr die Schlüssel ab, entriegelte ihre Tür und schob sie auf, bevor er ihr die Schlüssel zurückgab. »Danke, dass ich dich ausführen durfte, Tilly. Ich hoffe, du lässt es mich wieder tun.«

Ausnahmsweise ließ sie sich ihre nächste Aussage von ihren Instinkten diktieren, ohne dass ihr übervorsichtiges Herz ihr in die Quere kam. »Wenn du jetzt etwas zu Tilly sagen könntest, nicht zu Herrin Cardinal, was würde das sein? Ein absoluter Freischein.«

Er lächelte, griff nach oben und strich ihr sanft mit einem Finger über die Wange und über den Kiefer. »Ich weiß, dass

Herrin Cardinal ein Geschäft führt, und das respektiere ich. Aber ich würde gern mehr Zeit mit Tilly verbringen, auch außerhalb der Arbeit. Ich hoffe, Tilly hält mich für würdig, mir so viel zu vertrauen, dass sie mich öfter zu sich lässt, denn ich denke, sie ist eine wunderschöne Frau mit einem spektakulären Herzen. Wenn Tilly mir jemals erzählt, wer ihr wehgetan und ihr Vertrauen zerstört hat ...« Sein Gesicht verfinsterte sich. »Ich würde es lieben, wenn ich den Wichser verprügeln könnte. Ich hoffe, dass Tilly und Herrin Cardinal mich gut genug kennen, um zu wissen, dass ich kein gewalttätiger Mann bin.«

Ihr Atem stockte. Sein Blick wich nicht von ihrem. Sie schlang wieder ihre Arme um ihn und küsste ihn heftig, weil sie mehr wollte, aber sie spürte, dass er sie heute Nacht nicht drängen lassen würde.

Sie ließ ihn ins Haus kommen, um sein Halsband zu holen. Sie begann, es ihm anzulegen, zögerte dann aber. »Ich habe einen neuen Kunden, der morgen zu einer ersten Einschätzung kommt. Nach sechs Uhr habe ich Zeit. Wenn du nichts zu tun hast, könntest du mich dann abholen und dich von mir zum Essen einladen lassen?«

»Darf ich dir einen Vorschlag machen?« Sie nickte.

»Wie wäre es, wenn ich mit ein paar Dingen vorbeikomme und für dich koche?« Er lächelte. »Bob kann genauso gut nackt kochen wie jeder andere Junge auch.«

Sie fing an zu lachen. »Willst du Geschäft und Vergnügen vermischen?«

Er lachte mit ihr. »Okay, tut mir leid. Wie wäre es, wenn ich für dich koche und wir ein nettes Abendessen mit einem Gespräch haben, und dann kannst du wählen, ob Bob oder der Junge die Küche aufräumen soll?«

»Du lässt mich dich nicht zum Essen einladen?«

Er zuckte mit den Schultern. »Ich bin altmodisch. Vielleicht fühle ich mich wohler, wenn du mich besser kennst. Im

Moment würde ich es vorziehen, dich zum Essen einzuladen. Ich kann es mir leisten.«

Er war süß, ein Gentleman – und das Merkwürdigste an ihm war, dass er Hallmark-Ornamente sammelte.

Na ja, abgesehen von seiner schmutzigen Seite, aber damit konnte sie umgehen.

»Was ist das Geheimnis in deinem Kleiderschrank?«, fragte sie, ohne zu sticheln. »Ernsthaft. Was ist die schlimmste Leiche in deinem Schrank, die alle in den Wahnsinn treiben würde, wenn die Leute in Zukunft davon erfahren würden?«

Er nahm wieder ihre Hand und küsste sie. Der leidenschaftliche, sinnliche Kuss von Bob, nicht von einem Jungen. »Herrin Cardinal.«

Sie machten aus, dass er um sechs Uhr kommen würde. Normalerweise würde sie nach einem Termin ein Zeitfenster zum Entspannen einplanen, aber wenn sie ihn kommen ließ, würde das Landry und seinen Sklaven davon abhalten, länger bei ihr zu bleiben.

Um ehrlich zu sein, freute sie sich darauf, dass Bob für sie kochen würde.

Sie zog sich aus und ging ins Bett, mit einem Lächeln im Gesicht, das ihr den Kopf verdrehte.

Sie wollte und konnte es nicht als Liebe bezeichnen. Aber sie konnte nicht leugnen, dass ihr das Gefühl gefiel, das sie hatte, als sie die Augen schloss und feststellte, dass sie sich Bobs Gesicht deutlich vor Augen führen konnte, vor allem seine schönen blauen Augen.

KAPITEL VIER

Nackt, mit Ausnahme seines Halsbandes, kniete der Sklave den ganzen Vormittag im Hotelzimmer, während sein Meister sich um seine Angelegenheiten kümmerte. Er hörte zu, wie Landry telefonierte und sich mit anderen über seinen Laptop absprach. Als das Zimmermädchen klopfte, bat Landry sie herein. Offenbar stritten die Zimmermädchen inzwischen um das Recht, ihr Zimmer zu machen. Landry reichte jedem von ihnen einen Zwanziger, ohne sich die Mühe zu machen, sein Telefonat zu unterbrechen.

Die Frauen grinsten, als sie den auf dem Boden knienden Sklaven anstarrten. Er spürte, wie ihm heiß wurde, aber er bewegte sich nicht und sagte kein Wort.

Der Meister wusste, dass er die Demütigung verabscheute, aber der Sklave würde sich nicht wehren. Er würde es hinnehmen.

Als der Meister am nächsten Tag wegging, sagte er nicht, wohin er ging. Als er von seiner Verabredung zum Mittagessen zurückkam, lächelte er, verriet aber keine Details. Seitdem hatte der Sklave den Eindruck, dass sein Meister irgendeinen Plan hatte, in den er nicht eingeweiht war.

Landry ging nach draußen, um sein Telefongespräch fortzusetzen, während die Hausmädchen das Zimmer saugten. Der Sklave blieb in seiner Position auf dem Boden, an der anderen Seite des Bettes, damit er durch die offene Zimmertür nicht zu sehen war.

Es schien Stunden zu dauern, bis sie endlich fertig waren und der Meister zurückkehrte. Er setzte sich an den Tisch und rief den Sklaven zu sich.

Er stand auf und ging zum Tisch hinüber.

Landry zeigte auf den anderen Stuhl, was den Sklaven überraschte. Er setzte sich.

In dem Monat, seit er von den Informationen erfahren hatte, war Landry dem Sklaven nicht das kleinste bisschen entgegengekommen. Normalerweise wurde sein Sadismus durch eine gleiche oder größere Menge an Zärtlichkeit gemildert.

Doch seither war nichts mehr davon zu spüren. Nicht einmal ein ›braver Junge‹. Kein Gute-Nacht-Kuss.

Kein Schlafen im selben Bett. Kein ›Ich liebe dich.‹

Sein Meister hatte ihn gnadenlos zu seinem eigenen Vergnügen benutzt, sich von ihm einen blasen lassen oder ihn in den Arsch gefickt, ohne dem Sklaven irgendeine Art von eigener Lust zu gönnen. Selbst in der Öffentlichkeit behandelte ihn sein Meister ohne jeglichen Respekt und ging sogar so weit, ihn vor anderen, mit denen sie nicht zusammenarbeiteten, als ›Sklave‹ zu bezeichnen.

Das war das erste Mal seit der Enthüllung, dass der Meister ihn auch nur annähernd gleichberechtigt behandelte, außer in beruflichen Situationen, in denen er den Schein wahren musste.

»Du hast heute einen Termin, Sklave«, sagte er. »Offenbar

hat in all den Jahren nichts von dem, was ich getan habe, eine Delle in deinem Dickschädel hinterlassen. Vielleicht hilft es dir, eine andere Sichtweise zu sehen, um zu verstehen.«

Sein Herz krampfte sich zusammen, weil er schon wusste, wohin das führen würde, und er war entsetzt über die Aussicht.

»Nein, Meister, bitte! Nein!«

Landry lächelte, aber nicht vergnügt. »Oh, doch. Du hast zwei Möglichkeiten. Du gehst zu diesem Termin, oder du packst deine wenigen Sachen und verlässt mich in dieser Sekunde und ich kaufe dir ein One-Way-Ticket nach Hause, wo du besser nicht sein solltest, wenn ich von dieser Reise zurückkomme. Das sind deine einzigen beiden Möglichkeiten. Keine Diskussion.«

Der Sklave schloss die Augen und schluckte schwer, antwortete aber nicht. »Da du nicht packst, heißt das wohl, dass du gehorchen wirst?«

»Ja, Meister«, antwortete er leise.

»Das hast du dir selbst zuzuschreiben. Für uns alle. Du hast mich mit deinem Verhalten in Ungnade fallen lassen. Wenn du mir von Anfang an die Wahrheit gesagt hättest, wären wir jetzt nicht hier.« Er starrte seinen Sklaven an.

»Mach deine verdammten Augen auf und sieh mich an, wenn ich mit dir rede.«

Der Sklave gehorchte. Er hasste den Abscheu im Blick seines Meisters.

Er lehnte sich nach vorn. »Ich hätte dich nie im Stich gelassen, Sklave. Ich war nicht perfekt. Ich habe meine Unzulänglichkeiten zugegeben und mich zu ihnen bekannt. Aber du hast mich das erste Mal verlassen, nicht umgekehrt. Ich habe immer dafür gesorgt, dass ich mich so gut wie möglich um dich kümmern konnte. Dass du jemanden so im Stich lässt, vor allem jemanden, der emotional zerbrechlich und auf dich angewiesen ist ...« Er schüttelte den Kopf, als er sich zurücklehnte. »Du kannst froh sein, dass ich dich nicht gleich nackt rausgeschmissen habe, als ich es erfuhr. Das ist unentschuldbar. Es spielt keine Rolle, wie ehrenhaft deine Absichten sind.«

Der Meister sagte nichts, was der Sklave im Laufe der Jahre nicht schon unzählige Male zu sich selbst gesagt hatte. Aber als es geschehen war, konnte er es nicht mehr rückgängig machen, auch wenn er am Tag, nachdem er endgültig von Florida nach Kalifornien geflogen war, wusste, dass dies wahrscheinlich der größte Fehler seines Lebens war.

Er konnte es nicht mehr rückgängig machen.

Er beendete seine Beziehung, ließ sie finanziell im Stich und betete, dass Ross und Loren ihr helfen würden, die Scherben aufzusammeln.

Er betete, dass sie stark genug war, um ihre Trauer zu überwinden, was er auch vermutete.

Wochenlang durchforstete er online die lokalen Zeitungen, die Todesanzeigen, und betete, dass er ihren Namen nicht entdeckte. Er wagte es nicht, sie zu kontaktieren, weil er befürchtete, dass es für sie nur noch schlimmer werden würde ... oder dass er seinen Meister verließe, um zu ihr zurückzukehren. Ein langwieriger Abschied wäre nur noch schlimmer für sie. Ganz zu schweigen davon, dass Ross und Loren ihn wahrscheinlich umgebracht hätten, und er wollte nicht, dass ihre Wut auf ihn sie davon abhielt, sich um Tilly zu kümmern.

Also konzentrierte er sich auf die Genesung seines Meisters, die Operationen, Behandlungen und Arztbesuche und kämpfte darum, sein Leben zu retten, ohne an sie zu denken. Nach einer Weile erlaubte er sich nur noch, sich ab und zu auf seinen Meister und seine Genesung zu konzentrieren, indem er sich ihre Bilder ansah. Das und er betete, dass sie über ihn hinweg war und ein braves Leben ohne ihn führen konnte.

Er betete jeden Tag, dass sie ihm eines Tages verzeihen würde, auch wenn sie ihn verachtete.

Er hatte nie aufgehört, sie zu lieben und sie zu vermissen.

»Und was denkst du, wie ich mich dabei gefühlt habe, hmm?« fuhr Meister fort. »Wie ein Mitleidsfall. Du hast mich als Menschen nicht genug respektiert, geschweige denn als deinen Meister, um mir die Wahrheit zu sagen. Hast du erwartet, dass ich sterbe und gehofft, alles zu erben?«

»Nein, Meister. Ich wollte mich nur um dich kümmern.«

»Du hattest aber Mitleid mit mir, oder?«

»Sie sagten, du würdest vielleicht sterben. Ich wollte nicht, dass du allein bist.«

»Aber es war in Ordnung, sie zu verlassen und allein zu lassen? Was gab dir das Recht, das für sie zu entscheiden, Meister oder nicht? Wie fühlt es sich an, nur noch ein Stück Fleisch zu sein, das von meiner Laune abhängig ist? Magst du es? Denn ich möchte, dass du spürst, was du den Menschen in deinem Leben angetan hast, Sklave. Ich möchte, dass du eine Meile in ihren Schuhen läufst. Ich will, dass du begreifst, wie sehr du es vermasselt hast, indem du Annahmen und Entscheidungen für andere getroffen hast, ohne dass sie etwas dazu beigetragen haben. Jede Handlung hat Konsequenzen.« Er starrte ihn an. »Geh und zieh dich an. Jeans, Hemd mit Knopfleiste. Behalte dein Halsband an.«

Vor dieser Enthüllung hatte Meister ihn nie gezwungen, sein Halsband in der Öffentlichkeit zu tragen. Jetzt trug er es die ganze Zeit, außer unter der Dusche oder wenn sie ins Café gingen. Früher hatten sie eine Beziehung des Gebens und Nehmens, auch als Meister und Sklave. Landry war immer fair und konsequent.

Vorher.

Jetzt behandelte der Meister ihn auf eine Art und Weise, die er noch nie zuvor erlebt hatte, weder in ihrer ersten gemeinsamen Zeit noch seit ihrer erneuten Beziehung. Jetzt war der Sklave kaum mehr als ein Stück fickbares Fleisch, das nur für die Dienste und das Vergnügen seines Meisters da war.

Er hatte das Gefühl, dass er es verdiente.

. . .

TILLY BEENDETE ihr Telefonat mit Loren. Ihre Freundin hatte ihr versichert, dass sie sich nicht mit Ross gestritten hatte, aber irgendetwas stimmte nicht, obwohl Tilly sich nicht sicher sein konnte, was es war. Seit der letzten Nacht im Club waren ihre Freunde unruhig.

Loren war immer ihre sichere Anlaufstelle für neue Kunden. Kunden, die sie schon eine Weile hatte, vertraute sie. Für den Fall der Fälle hatte Loren Zugang zu ihrem privaten Online-Google-Kalender mit allen Kontaktdaten und Beschreibungen ihrer Kunden.

Das wurde allen Kunden im Voraus mitgeteilt. Nur für den Fall der Fälle.

Landry würde in zwanzig Minuten mit seinem Sklaven eintreffen. Sie hatte an diesem Morgen schon zwei andere Sessions gehabt, normale Sessions, nichts Ungewöhnliches für sie. Der Erste war ein übergewichtiger Sklave mittleren Alters, der es genoss, in Stöckelschuhen und einer französischen Dienstmädchenuniform herumzulaufen, während er ihr Haus mit einem Butt-Plug im Arsch putzte. Der andere genoss es, mit demütigenden Kommentaren über seinen kleinen Schwanz beworfen zu werden – der in Wirklichkeit ziemlich durchschnittlich war – während sie ihn als menschliche Fußbank oder Couchtisch benutzte.

Laaaaangweilig.

Nachdem sie einmal versucht hatte, drei Kunden an einem Tag zu haben und sich beim letzten fast die Schulter mit der Reitgerte ausgekugelt hatte, taumelte sie die ganze Woche über mit ihren Schmerz-Schlampen-Kunden.

Landry sagte ihr, er wolle, dass sie aufs Ganze gehe, und versicherte ihr, dass der Sklave eine hohe Schmerztoleranz habe, obwohl er kein Schmerz-Schwein sei. »Er ist darauf trainiert, es auszuhalten«, sagte Landry. »Ich würde ihn nicht als einen Sklaven ohne Grenzen bezeichnen, denn ich habe Grenzen. Ich möchte nicht, dass mein Eigentum beschädigt wird. Er bekommt alles, was du für richtig hältst, innerhalb der von uns vereinbarten Grenzen.«

Das könnte interessant werden. Der Abend mit Bob war eine nette Abwechslung gewesen, vor allem, weil er nicht damit geendet hatte, dass sie ihm eine Reitpeitsche auf den Hintern drückte, nur damit er es aushielt.

Einige ihrer Kunden wollten den Schmerz. Manche verachteten Schmerzen, wollten aber Gehorsam. Bob gehörte zu letzteren.

Und heute Abend ...

Sie lächelte. Ihr war zum Lachen zumute. Es war viel zu lange her, dass sie sich auf etwas gefreut hatte.

Das Letzte, worauf sie sich gefreut hatte ... Sie verwarf diesen Gedanken.

Es wäre schön, mal wieder mit jemand anderem als Loren und Ross zu kommunizieren.

Da kam sie wieder, die lästige Hoffnung. Gott, wie sie das hasste.

Für die heutige erste Beurteilung hatte sie sich für eine Mischung aus bequem und schick entschieden. Jeans, denn darin konnte sie sich bewegen und sie boten ihr einen besseren Schutz als ein Rock, falls etwas schiefgehen sollte. Vier-Zoll-Stiefel. Sie waren bequem, machten sie aber trotzdem groß und die Absätze waren stabil genug, um mit ihnen zu treten und sie als Waffe zur Selbstverteidigung zu benutzen. Wenn nötig, konnte sie auch in ihnen laufen. Push-up-BH, Tank-Top, darüber ein übergroßes, langärmeliges, schwarzes Button-up-Hemd, offen, mit aufgerollten Ärmeln bis zu den Ellbogen. Der Saum des Hemdes hing ihr über den Hintern und verdeckte den Elektroschocker, den sie in ihrem Hosenbund auf dem Rücken trug.

Eine weitere Vorsichtsmaßnahme bei neuen Kunden. Bis

jetzt hatte sie ihn noch nie gebraucht; zumindest nicht zur Verteidigung. Sie hatte zwei Kunden, die sie regelmäßig darum baten, ihn bei ihnen einzusetzen.

Kein Schmuck heute, vor allem keine klobigen Ohrringe, die sich verfangen oder gezogen werden könnten.

Sie betrachtete sich ein letztes Mal im Spiegel, als sie ein Auto in der Einfahrt hörte. Landry läutete eine Minute vor fünf an ihrer Tür.

Vielleicht dachte er sich, dass es besser war, nicht ganz so früh zu kommen.

Sie öffnete die Tür und musterte ihn. Sein Sklave stand mit hängendem Kopf hinter ihm, braunes, schulterlanges Haar verdeckte sein Gesicht. Sie führte sie ins Foyer.

»Ich bin froh, dass du deine Meinung nicht geändert hast, Mr. LaCroux. Ein Tausender in bar. Sofort zahlbar.«

Er lächelte, ohne seine grünen Augen von ihr zu lassen, und reichte ihr einen Umschlag. Sie öffnete ihn und zählte vor ihm zehn Hundertdollarscheine, die echt zu sein schienen, dann legte alles zurück in den Umschlag, faltete ihn in der Mitte und steckte ihn in ihre Gesäßtasche. »Danke, Mr. LaCroux.«

»Danke mir noch nicht, Herrin Cardinal. Du hast noch nicht mit dem Sklaven gearbeitet. Und bitte, nenn mich endlich Landry.«

Den letzten Teil ignorierte sie. »Hat der Sklave einen Namen?«

»Sklave.« Er lächelte. »Das ist der einzige Name, den er verdient.«

Sie führte sie hinein und zeigte auf die Couch. Dann drehte sie sich um, ging um den Couchtisch herum und setzte sich auf einen Stuhl auf der anderen Seite. Als sie das tat, sah sie, dass der Sklave bereits auf dem Boden zwischen der Couch und dem Couchtisch auf die Knie gesunken war und mit der Stirn den Teppich berührte, mit dem Gesicht zu seinem Meister.

Landry sah mit unverkennbarem Ekel im Gesicht auf ihn herab. »Ich habe nie gesagt, dass du mich anfassen darfst«, sagte er zu dem anderen Mann.

Der Sklave wich ein paar Zentimeter zurück. Sie hatte noch keinen Blick auf sein Gesicht werfen können.

Ooookay. Der Kerl tat ihr fast leid, aber sie wusste genau, dass manchmal das, was für Außenstehende schlimm aussah, für die einzelnen Spieler Teil eines geliebten Kinks war.

Sie richtete ihre Aufmerksamkeit wieder auf Landry. »Ich weiß, dass du den Vergleich mit dem Hundetraining gezogen hast, aber wir beide wissen, dass da noch viel mehr dahintersteckt. Ich muss genau wissen, was du dir davon versprichst und was er erwartet. Denk daran, wenn er sich nicht ändern will, wird nichts von dem, was ich ihm beibringe, von Bedeutung sein.«

»Ich weiß. Vielleicht hilft es dir, wenn ich dir ein wenig Hintergrundwissen gebe. Ich lernte Sklave als Neunzehnjährigen kennen. Ich war achtundzwanzig und seine erste ernsthafte Beziehung.« Er hielt inne und starrte auf seine Hände. »Ich war auch sehr jung, dumm und egoistisch. Ich habe dir erzählt, dass ich hier in den Staaten auf dem College war. Ich fühlte mich sehr selbstbewusst. Ich hatte meine Sexualität angenommen, so klischeehaft das auch klingen mag, und genoss es, die BDSM-Szene zu entdecken. Ich wollte das alles.

Ich lernte Sklave durch einen befreundeten Professor kennen. Sklave war einer seiner Studenten. Ich sah eine Gelegenheit, meinen eigenen Sklaven zu haben. Ich fürchte, dass ich mir damals nicht wirklich die Zeit genommen habe, ihn so gut und auf die Art und Weise kennenzulernen, wie ich es vielleicht hätte tun sollen.«

»Auf die vanillige Art und Weise?«, fragte sie.

Er nickte. »Genau. Das ist kein Vorwurf an den Sklaven, denn er war jung und leicht zu beeinflussen und wollte gefallen. Er kam aus einer sozial schwachen Familie. Weil ich älter war, sah er mich in vielen Rollen, die ich nicht nur nicht erkannte, sondern denen ich auch nicht gerecht wurde.« Er seufzte. »Wir waren fast sechs Jahre zusammen, als ich in meinem egoistischen Dominanzdenken beschloss, dass ich mehr brauchte. Ich dachte, ein Sklave sei nicht genug für mich. Ich teilte ihm mit, dass ich polygam sein wollte, und er sollte das akzeptieren oder gehen.«

»Er ist gegangen?« Während Landrys ganzem Monolog hatte sich der Sklave nicht gerührt, kein einziges Geräusch gemacht. Er hätte auch ein Möbelstück sein können.

Er nickte. »Das ist richtig. Die nächsten Jahre verbrachte ich voller Wut auf mich selbst, weil ich ihn hatte gehen lassen. Ich erkannte, dass ich ihn liebte, dass er wirklich mein Seelenverwandter war, und dass ich mein Ego dazwischenkommen ließ.« Sein Gesicht wurde weicher. »Ich schwor mir, wenn ich jemals eine zweite Chance mit ihm bekäme, würde ich alles tun, was nötig ist, um ihn zurückzuerobern, und nicht denselben Fehler zu begehen. Ich fühlte mich leer ohne ihn. Er hatte mich geliebt, wirklich geliebt, und ich war zu dumm, das zu erkennen, bis ich ihn verloren hatte.«

Tilly unterbrach ihn nicht. Sie spürte Landrys Aufrichtigkeit, sein Bedauern.

Er warf einen verächtlichen Blick auf den Mann auf dem Boden. »Vor fünf Jahren hat mir das Schicksal einen ziemlich üblen Streich gespielt. Abgesehen von meinen Angestellten und ein paar alten Freunden, die ich mit meiner Wut nicht vergrault hatte, war ich allein. Dann wäre ich bei einem Autounfall fast gestorben. Bei einer Notoperation entdeckten sie meinen Krebs. Nur zwei Menschen kamen ins Krankenhaus, um mich zu besuchen: meine ältesten Freunde. Einer von ihnen machte Sklave ausfindig und schickte ihm eine E-Mail über meinen Zustand. Die Ärzte hatten ihnen gesagt, dass ich ohne Krebsbehandlung wahrscheinlich sterben würde.«

Er sah Sklave wieder an, diesmal mischte sich seine Verachtung mit Liebe. »Stell dir meinen Schock vor, als ich auf der Intensivstation aufwachte. Ich konnte nicht sprechen, ich hatte einen Schlauch im Hals. Die Ärzte sagten mir, dass ich vielleicht nicht durchkommen würde. Ich musste die Behandlung gegen den Krebs fortsetzen, um eine Chance zu haben, ihn zu besiegen. Da stand mein Engel an meinem Bett und hielt meine Hand. Ich dachte, ich würde träumen, bis er meine Hand drückte und anfing, mit den Ärzten über unsere nächsten Schritte zu sprechen.«

Er schloss die Augen. »*Unsere.* Ich wollte weinen. Vielleicht habe ich auch geweint. Ich weiß es nicht mehr. Später erfuhr ich, dass der Sklave, als er herausfand, dass ich allein war, sofort einsprang und die Aufgaben übernahm. So schlecht wie ich ihn zuvor behandelt hatte, verzieh er mir trotzdem und bestand darauf, zurückzukommen. Er kündigte seinen Job, kehrte nach LA zurück, um bei mir zu sein, und übernahm mein Geschäft. Er hatte schon vor unserer Trennung für mich gearbeitet, war mein Stellvertreter gewesen und hatte mir geholfen, mein Unternehmen aufzubauen. Meinen Erfolg verdanke ich zu einem nicht geringen Teil ihm.«

Als sie schließlich den Beatmungsschlauch herausnahmen, waren meine ersten Worte: »Es tut mir so leid. Meine zweiten Worte waren: ›Ich liebe dich.‹ Er lächelte sein wunderschönes Lächeln und sagte mir, dass er mich auch noch liebte. Wie du weißt, habe ich schließlich den Krebs besiegt. Ich will ehrlich sein: Wäre er nicht gewesen, hätte ich es nicht versucht. Aber dann hatte ich etwas, jemanden, für den ich kämpfte. Er wollte mich, und ich wollte ihn. Ich wollte plötzlich wieder leben. Ich wollte ihn nicht wiederhaben, nur um ihn durch meinen Tod zu verlieren.«

Er wandte seinen Blick für einen Moment ab und starrte aus der Glasschiebetür, die den Garten im Hinterhof überblickte. Als er wieder sprach, klang seine Stimme sanft und traurig. »Ich habe ihn nach seinem Leben gefragt. Ich konnte nicht glauben, dass er Single war. Sein Job, all das. Er sagte mir, dass er mich nicht mehr verlassen würde, solange er der Einzige in meinem Leben wäre. In meinem Zustand war ich natürlich mehr als bereit, dem zuzustimmen. Er bat mich, nicht über sein Leben zu sprechen, seit er mich verlassen hatte. Er sagte mir, er wolle sich nur auf meine Heilung konzentrieren.« Er drehte sich wieder zu ihr um. »Und genau das taten wir.«

»Was hat sich denn geändert?« Sie mochte die plötzliche Kälte nicht, die sie überkam und die nichts damit zu tun hatte, dass die Klimaanlage ansprang.

»Ich hatte seit seiner Rückkehr eine tiefe Traurigkeit in ihm gespürt, aber ich hatte mir vorgenommen, nicht über sein Leben zu sprechen. Ich habe ihn gefragt, ob er Kinder hat, und er hat mir versichert, dass das nicht der Fall war. Ich hätte nicht damit leben können, ihm die Kinder wegzunehmen. Trotzdem wusste ich, dass da etwas war. Fünf Jahre später, vor fast einem Monat, arbeitete ich von zu Hause aus und mein Laptop war kaputt. Der Sklave war zur Arbeit in unsere Firma gegangen und hatte seinen Laptop zu Hause gelassen, also habe ich ihn benutzt. Ich habe das VPN-Portal unseres Unternehmens als Lesezeichen auf meinem Computer gespeichert und konnte mich nicht mehr an die genaue Webadresse erinnern. Ich wusste, dass sie in der Chronik seines Computers stand, und so schaute ich dort nach. Dabei entdeckte ich, dass er regelmäßig eine Online-Fotoseite besuchte. Aus reiner Neugierde folgte ich dem Link. Sein Log-in war derselbe wie für alles andere, was er laut meinen Anweisungen benutzt.

Stell dir meine Überraschung vor, als ich Bilder von ihm mit einer Frau fand. Ich wusste, dass Sklave bisexuell war, als wir uns kennenlernten. Das war nicht schockierend. Was mich schockierte, war der Zeitstempel auf den Bildern. Sie stammten aus den Jahren, in denen wir getrennt waren, und die letzten waren Wochen vor seiner Rückkehr zu mir aufgenommen worden.

Als er an diesem Abend von der Arbeit nach Hause kam, fragte ich ihn aus Neugierde nach den Bildern. Ich war nicht sonderlich besorgt – er war ja zu mir zurückgekehrt. Wie ich schon sagte, war keines der Bilder neu. Ich vermutete eine Trennung und dass das Schicksal ein perfektes Timing gewählt hatte, um uns wieder zusammenzubringen. Stell dir meinen Schock vor, als er sich weigerte, darüber zu sprechen.«

Er stand auf, umrundete die Couch und ging dann zu den Glasschiebetüren, wo er stehen blieb und hinausstarrte. »Das war das erste Mal in unserer Beziehung, dass er sich einem meiner Befehle widersetzte – außer natürlich, als er mich verließ. Schließlich befahl ich ihm, mir von ihr zu erzählen, und er gehorchte.« Seine Stimme wurde weicher. »Er hat gestanden, was er getan hatte.«

Tillys Herz pochte in ihrer Brust. Das wollte sie nicht hören. Sie wollte das nicht hören!

»Weißt du, was er getan hat, Herrin Cardinal?«, fragte Landry leise.

Da sie nicht mehr sprechen konnte, schüttelte sie nur den Kopf.

Landry wandte sich ihr zu. »Ich werde der Erste sein, der zugibt, dass ich Fehler gemacht habe. Aber in den Jahren, in denen wir getrennt lebten, habe ich aus ihnen gelernt. Ich habe mich verändert, bin gereift. Selbst als Sklave und ich das erste Mal zusammen waren, war er meine Priorität, auch wenn ich es am Ende vermasselt habe. Ich nahm meine Rolle als sein Meister, Beschützer und Besitzer sehr ernst. Ich habe ihn nie im Stich gelassen. Ich habe ihm nie willkürlich gedroht, ihn rauszuwerfen. Ich ließ ihm die Wahl, zu gehen, als ich ihm ein Ultimatum stellte, weil ich mich mit anderen außerhalb unserer Beziehung treffen wollte. Selbst dann habe ich ihn nicht ohne Unterstützung gehen lassen. Ich sorgte dafür, dass er versorgt war und auf sich selbst aufpassen konnte. Ich habe ihm Geld gegeben, um ihm ein Leben ohne mich zu ermöglichen. Ich habe ihn gleichberechtigt behandelt.«

Sie spürte, wie ihr Blick auf den Sklaven fiel, der immer noch auf dem Boden hinter ihrem Couchtisch kauerte. Sein braunes Haar.

Das Tattoo, das sie neulich im Club auf seinem Hintern gesehen hatte. Es fühlte sich an, als würde ihr Herz in ihrer Brust stehen bleiben.

Nein!

»Als ich ihn fragte, warum er zu mir zurückkam«, fuhr Landry fort, »sagte er mir, er wolle sich um mich kümmern, er wolle nicht, dass ich allein sei. Er liebte mich immer noch. Ja, wir dachten, dass die Chancen, dass ich sterben würde, mehr als hoch waren, aber er hat es auf sich genommen, einen anderen Menschen zu verlassen, um zu mir zurückzukehren. Er hat mich belogen, als er mir sagte, er sei Single. Nun, technisch gesehen hat er nicht gelogen, denn ich lag fast zwei Wochen lang bewusstlos auf der Intensivstation und er war die meiste Zeit dort gewesen. Außer, wenn er nach Hause fuhr, um sich um Geschäfte zu kümmern. Als er mir sagte, dass er Single sei, stimmte das größtenteils, denn zu diesem Zeitpunkt hatte er sich bereits von ihr getrennt.«

Sie stand auf. »Ich will das nicht hören.« Sie spürte, wie ihre Stimme zitterte.

»Das musst du aber. Ich will, dass Sklave die Konsequenzen für sein Handeln trägt.«

»Nein, im Ernst. Ich will nichts mehr hören.«

Unbeirrt fuhr er fort. »Ich habe ihm gesagt, dass er kein Recht hatte, diese Entscheidung für mich oder die, die er verlassen hat, zu treffen. Keinem von beiden etwas über den anderen zu erzählen. Seine Beweggründe waren zwar gut gemeint, aber natürlich ernsthaft bedenklich. Er dachte, er wüsste, was das Beste war, so wie ich vor all den Jahren dachte, ich wüsste, was das Beste war, als ich auf einem Lebensstil bestand, mit dem er nicht einverstanden war.«

Sie schüttelte den Kopf. »Wir sind hier fertig, Mr. LaCroux. Ich habe meine Meinung geändert und werde das nicht tun. Ich möchte, dass ihr beide geht. Und zwar sofort.« Sie wollte das Gesicht des Sklaven nicht sehen. Wenn sie sein Gesicht nicht sah, bedeutete das, dass nichts von alledem passiert war. Mit zitternden Fingern kramte sie den Umschlag aus ihrer Gesäßtasche und warf ihn auf den Couchtisch. »Ich will dein Geld nicht. Es tut mir leid, aber ich kann das nicht tun.«

»Bitte«, sagte Landry. »Ich muss das wiedergutmachen.«

Wütend stieß sie einen Finger nach ihm aus. »Ich weiß nicht, was du für einen Blödsinn treibst, aber ich mache da nicht mit!«

Er trat einen Schritt auf sie zu, bis er direkt vor ihr stand. »Ich fühle mich verantwortlich. Denn ich hätte ihn weiter befragen müssen. Ich hätte kein Auge zudrücken dürfen. Wegen meiner Versäumnisse als Meister beim ersten Mal habe ich es offenbar versäumt, ihm beizubringen, dass ein Meister einen Sklaven *niemals* im Stich lässt, schon gar nicht ohne Erklärung. *Niemals.*«

Tillys Knie gaben nach und sie sank schwer auf den Stuhl, während Landry dastand. Er beugte sich vor, sein Gesicht war nur Zentimeter von ihrem entfernt. »Ich habe dir erzählt, dass mein Krebs zurückgekehrt ist«, sagte er leise, kaum mehr als ein Flüstern; so leise, dass sie wusste, dass der Sklave ihn nicht hören konnte.

»Ich habe einen geschäftlichen Vorschlag für dich, Herrin Cardinal. Ich bin verdammt reich. Ich habe weder Frau noch Kinder. Wenn du mich heiratest und mindestens drei Jahre mit mir verheiratet bleibst, zahle ich dir zweihunderttausend Dollar für jedes Jahr, das du bis dahin mit mir zusammen bist. Wenn ich vorher sterbe, bekommst du alles, was ich besitze, einschließlich meines Geschäfts. Wenn du länger verheiratet bleiben willst, werden wir das tun, und dann werde ich dir alles überschreiben.

Bitte bedenke, was ich dir schulde. Ich schulde dir mehr, als ich dir jemals zurückzahlen kann, und das aus mehr als einem Grund. Ich muss jetzt damit beginnen, meine Schuld zu begleichen. Ich werde am Ende der Stunde zurückkehren, um den Sklaven zu holen. Sei brutal. Nimm dir dein Pfund Fleisch und noch mehr, im wahrsten Sinne des Wortes. Er wird alles nehmen, was du ihm gibst.«

Mit diesen Worten drehte er sich um und ging zur Vordertür hinaus.

Den Umschlag mit dem Geld ließ er auf dem Tisch liegen, während der Sklave auf dem Boden kniete.

Tilly war noch nie in ihrem Leben in Ohnmacht gefallen, aber jetzt war sie verdammt kurz davor. Sie beugte sich vor, legte ihren Kopf zwischen die Knie und atmete tief ein, wie sie es in der Krankenpflegeschule gelernt hatte. Als sie merkte, dass sie um Atem rang, wusste sie, dass sie die Grenze zum Hyperventilieren überschritten hatte und versuchte, langsamer zu atmen.

Scheiße!

Nach einer gefühlten Ewigkeit setzte sie sich auf und starrte den Mann an, der auf dem Boden kniete. Ihre Füße fühlten sich taub an, ihre Beine zitterten, als sie aufstand und langsam den Tisch umrundete.

Er schaute nicht auf, bewegte sich nicht.

Sie stand über ihm, ihr Atem ging rasend schnell. »Sieh mich an, verdammt noch mal«, sagte sie schließlich.

Langsam richtete er seinen Blick nach oben, seine vertrauten braunen Augen blickten in ihre.

Im Laufe der Jahre hatte sie sich viele Dinge vorgestellt. Zuerst hatte sie sich vorgestellt, dass sie ihn zurücknehmen würde, wenn er jemals wieder vor ihrer Tür stünde, auch wenn sie verletzt war und sich sauer fühlte. Im Laufe der Monate und

Jahre änderte sich diese Vorstellung. Sie stellte sich vor, wie sie ihn schubste und ihm ins Gesicht spuckte. Wie sie ihn auslachte. Vorzugeben, sie würde ihn nicht erkennen. Freundlich, aber cool zu sein, als hätte sein Weggang ihr nicht den Verstand aus der Seele gerissen.

Sie betete, dass er hässlich, fett und kahl geworden war.

Er sah immer noch aus wie ihr Cris, obwohl er sein braunes Haar viel länger trug, bis zu den Schultern. Als sie zusammen gewesen waren, hatte er es immer kurz und ordentlich gestylt.

Ihr schöner Meister war Landrys Sklave.

Sie starrte ihn lange, unzählige Minuten an, während das Blut durch ihre Adern pochte und ihr Puls raste.

Dann machte sie auf dem Absatz kehrt, ging in ihr Schlafzimmer und schlug die Tür hinter sich zu. Nach einer Sekunde schloss sie sie ab.

Sie schrie.

Nach zehn Minuten zitterte ihr Körper und ihre Kehle fühlte sich rau und heiser an. Sie schnappte sich eine Reitgerte aus ihrem Schrank. Als sie fast über ihre Absätze stolperte, riss sie ihre Stiefel auf, öffnete ihre Tür und warf sie so heftig auf, dass sie an der Schlafzimmerwand aufprallte.

Landrys Sklave kniete immer noch auf dem Boden, wo sie ihn zurückgelassen hatte.

Barfuß rannte sie zu ihm hinüber und begann auf seine Schultern und seinen Rücken einzuschlagen, während sie wüste, wortlose Schreie von sich gab.

Er schrie nicht, bewegte sich nicht, machte keine Anstalten, sich zu schützen.

Nach fünf Minuten stand sie da und starrte ihn an, während ihre Brust schwer wurde. Es fühlte sich an, als könne sie nicht atmen. Sie fühlte sich, als würde sie ersticken, dann merkte sie, dass sie wieder weinte. Sie ließ die Reitgerte fallen.

»Du verdammter Hurensohn!« Sie umrundete das Wohnzimmer, kam hinter ihn und trat ihm in die Rippen. So groß wie er war, tat ihm das wahrscheinlich nicht annähernd so weh, wie ihren Zehen. Sie fiel neben ihm auf die Knie und schlug ihre Hände gegen seinen Rücken, schrie und tobte. »Warum? Warum hast du mich verlassen? Warum war ich nicht gut genug für dich? Warum hast du dein Versprechen, mich zu beschützen, gebrochen!«

Jenseits aller Vernunft wusste sie, dass sie immer noch schluchzte, aber sie fühlte sich ausgelaugt und schwach. Er hatte sich nicht bewegt, obwohl er schwer atmete.

Sie schubste ihn, so fest sie konnte, und er rollte sich auf die Seite.

Er sah sie immer noch nicht an.

»Du verdammtes Arschloch!«, schluchzte sie. »Warum sagst du nichts, verdammt? Was zum Teufel ist *los* mit dir?«

»Es tut mir leid«, flüsterte er.

»Das ist nicht *genug*!« Als sie das Gleichgewicht verlor und auf den Hintern fiel, trat sie nach ihm und erwischte ihn am Oberschenkel. »Das ist verdammt noch mal nicht genug, du Mistkerl!« Sie trat noch einmal nach ihm, obwohl sie wusste, dass ihn das wahrscheinlich nicht im Geringsten verletzte.

Sie fiel zurück auf den Teppich und schluchzte, schrie, weinte und versuchte, ihren Verstand zu bewahren.

Er rührte sich nicht.

»Du verdammtes Arschloch«, wiederholte sie. Das konnte doch nicht wahr sein. Das musste ein wirklich schlimmer Albtraum sein.

Nachdem sie wieder zu Atem gekommen war, setzte sie sich auf. Er lag da, wo er hingefallen war, als sie ihn geschubst hatte. Sie fing wieder an, mit den Füßen auf ihn einzutreten. »Ich will ihn zurück!«, schrie sie. »Ich will meinen verdammten Meister zurück! Du hast ihn mir weggenommen und ich will ihn wiederhaben!« Sie fiel wieder zurück und schnappte nach Luft. »Setz dich auf!«, schrie sie. »Sieh mich an wie ein Mann!«

Er rollte sich auf seine Knie. »Es tut mir leid«, flüsterte er wieder. »Ich wollte dir nicht wehtun.«

Ein weiterer wortloser, erstickter Schrei brach los, als sie sich auf ihn stürzte und diesmal versuchte sie, ihm die Augen auszukratzen. Jetzt reagierte er. Er ergriff ihre Arme, drehte sie herum und drückte sie an sich, mit dem Rücken gegen seine Brust, die Handgelenke in seinen Händen, die er mit verschränkten Armen um sie legte.

Sie schrie, weinte, trat um sich und sackte schließlich schluchzend in sich zusammen. »Du hast ihn mir weggenommen, du verdammter Mistkerl! Ich will ihn zurück. Du verdammter Hurensohn, ich will ihn zurück!«

CRIS WUSSTE, dass er all das verdiente – und noch mehr. Er hielt sie fest, als sie in seinen Armen weinte, und versuchte zu ignorieren, wie schmerzhaft dünn sie sich im Vergleich zum letzten Mal, als er sie in den Armen gehalten hatte, anfühlte. Er hätte sie nie so dünn werden lassen, wäre er mit ihr zusammen gewesen.

»Es tut mir so leid, Baby«, flüsterte er durch seine eigenen Tränen. »Es tut mir so leid.«

»Das ist nicht genug!« Er ertappte sich dabei, wie er sie langsam in seinen Armen wiegte, während sie schluchzte. »Kaden ist gestorben und du warst nicht da!«

Schuldgefühle überkamen ihn, aber er hielt seine Tränen zurück und sagte nichts, weil er nicht wusste, was er sagen sollte.

»Er ist gestorben, und du warst nicht da!« Sie wehrte sich gegen ihn, aber er hielt sie fest, ließ sie nicht los und ließ sie auf diese vertraute Art und Weise zur Ruhe kommen, wie er es in der Vergangenheit in anderen Zusammenhängen getan hatte.

Sexy Zusammenhänge.

Aber nicht jetzt. Nicht dieses Mal.

Ihr Schluchzen zerrte an seiner Seele, zerriss ihn. »Du warst nicht hier, und wir haben ihn verloren, und ich wusste nicht einmal, ob du lebst oder tot bist, du verdammter Hurensohn!«

Nichts, was er sagte, würde richtig oder gar etwas wert sein. Mit dem Verlust seines Freundes würde er später fertig werden müssen, denn im Moment brauchte sie seine volle Aufmerksamkeit.

Nicht, dass sie Trost von ihm gewollt hätte, aber das war eine weitere Ladung Schuld, die er auf sich nehmen musste.

Und das zu Recht.

Tilly weinte lange und heftig und hörte schließlich auf, sich zu wehren. Schließlich versuchte sie, sich von ihm loszureißen, und erst dann lockerte er seinen Griff um sie. Sie löste sich von ihm und wandte sich ihm zu.

Er zwang sich, seinen Blick nicht wieder auf den Teppich fallen zu lassen. Ihr Haar war so schön gewesen. Er erinnerte sich daran, wie es sich anfühlte, wenn er mit seinen Händen hindurchfuhr und es um seine Finger wickelte, die natürliche Farbe war perfekt für sie. Sie hatte es kurz geschnitten und in einem grellen Ton gefärbt, der sie um Jahre älter aussehen ließ und überhaupt nicht zu ihr passte. Kleine Falten zierten ihr Gesicht, um die Augen herum und auf der Stirn. Falten, die vorher nicht da gewesen waren.

Sie sah abgemagert aus. Gespenstisch.

Sie rückte noch weiter von ihm weg. »Nein.« Sie stupste ihn mit ihrem Finger an. »Du darfst mich *verdammt noch mal* nicht *Baby* nennen. Nicht, nachdem du mich im Stich gelassen hast!« Sie rappelte sich auf und wich vor ihm zurück. »Raus hier!«

Er nickte und kletterte langsam auf die Beine, wobei ihm schon jetzt alles wehtat.

Verdammt, morgen würde er grün und blau sein. Er ging auf die Tür zu.

»Ich möchte nur eine Sache wissen«, sagte sie, bevor er den

Eingangsbereich erreichte. »Warum? Warum hast du es mir nicht gesagt? Warum hast du mich im Stich gelassen?«

Er holte tief Luft und zwang sich schließlich, ihrem Blick wieder zu begegnen. »Weil ich dachte, du würdest mich nicht wollen«, sagte er. »Wenn ich dir von meiner Vergangenheit erzählt hätte.«

Sie sah schockiert aus. »Was? Wie kommst du denn darauf?«

Nun, das war ein Fortschritt. Sie hatte ihn nicht wieder rausgeworfen und sie griff ihn nicht mehr an. »Weil ich dich, Loren und Leah eines Tages reden gehört habe. Über ein FetLife-Posting, das ihr beide gesehen habt. Ihr habt darüber diskutiert, was ihr denken würdet, wenn Ross, Kaden oder ich jemals tauschen wollten. Du hast ihnen gesagt, dass du damit nicht umgehen könntest. Dass du einen starken Meister brauchtest. Dass ihr ausflippen würdet, wenn ich das jemals täte.« Er zuckte mit den Schultern. »Es tut mir leid. Der Meister hat Recht. Ich hätte mit dir reden und dir von Anfang an die Wahrheit sagen sollen.«

Sie starrte ihn an. »Ist dir jemals der Gedanke gekommen, mich zu fragen, was ich denken würde?«

»Es tut mir leid.«

»Hör auf, das zu *sagen*!«, schrie sie mit brüchiger Stimme. »Das hilft nicht weiter! Es gibt nicht genug ›Es tut mir leid‹ auf der verdammten Welt, um wiedergutzumachen, was du mir angetan hast!«

Sie ging quer durch den Raum und schubste ihn erneut. »Hast du eine Ahnung, wie lange ich in dem verdammten Krankenhaus lag, völlig zugedröhnt, nachdem du weg warst? Ross und Loren haben mich in die Notaufnahme gebracht.« Sie schlug ihm fest auf die Schulter. Das tat weh. »Wenn sie nicht gewesen wären, und Kaden und Leah und Tony und alle anderen, wäre ich jetzt nicht mehr hier. Und ich musste allein zu der verdammten Bewährungsanhörung gehen, du Scheißkerl!«

Sie fing wieder an zu weinen. »Ist dir jemals in den Sinn gekommen, dass, wenn du mir die Wahrheit über ihn gesagt hättest, ich mich vielleicht, nur vielleicht, bereit erklärt hätte, mit dir zu gehen? Um dir zu helfen? Um ihm *mit* dir zu dienen?«

Das traf ihn härter als jeder ihrer Schläge. Nein, daran hatte er nicht gedacht. Es war ihm nie in den Sinn gekommen. »Ich dachte einfach ...«

Angewidert warf sie die Arme hoch. »Mein. Gott. Vielen Dank, Arschloch, dass du kein Vertrauen in mich und meine verdammte Liebe zu dir hattest!«

Sie drehte ihm den Rücken zu und ging zu den Glasschiebetüren hinüber. »Sie haben den Wichser rausgelassen«, sagte sie leise. »Sie haben ihn auf Bewährung entlassen.«

Sein Bauch zog sich noch mehr zusammen, aber er sagte nichts. Nichts von dem, was er sagte, konnte richtig sein, und das wusste er auch, aber er fragte sich, warum sich keiner ihrer Freunde getraut hatte, sie zu begleiten.

»Es war gleich nach Kadens Tod«, antwortete sie heiser auf diese Frage. »Ich wollte es niemandem sagen oder sie bitten, mit mir zu kommen. Also habe ich es auf mich genommen und bin mitgegangen. Ich *flehte* sie *an*, ihn nicht rauszulassen«, fuhr sie fort, »aber sie sahen mich an, als wäre ich ein bemitleidenswertes, hysterisches kleines Arschloch. Dann ließen sie den Wichser raus und sagten, er sei rehabilitiert. Ich konnte kaum sprechen, so viel Angst hatte ich, aber ich bin allein hingegangen und habe mit ihnen geredet, auch wenn es nichts gebracht hat. Dann vergewaltigte der Mistkerl sechs Monate später ein dreizehnjähriges Mädchen.«

Sie drehte sich zu ihm um. »Weißt du, wenn du da gewesen wärst, wenn ich mir nicht vor Angst in die Hosen gemacht hätte, hätte ich vielleicht wie ein intelligenter Mensch reden können. Vielleicht hätten sie mir dann zugehört. Ich habe nie aufgehört, dir die Schuld dafür zu geben.«

Das Horrorkabinett wuchs und wuchs.

Sie richtete sich zu ihrer vollen Größe auf, war aber barfuß immer noch fast einen Fuß kleiner als er. »Ich muss mich bei dir für eine Sache bedanken. Ich dachte immer ›Der kann mich mal.‹ Du hattest recht, dass ich alles tun kann, was ich mir vornehme.« Sie hob ihre Arme und drehte sich um. »Dieses Haus, mein Auto, alles. Ich habe den Psychoscheiß, den du mir angetan hast, in ein profitables Leben verwandelt.

Die ersten sechs Monate verbrachte ich mit Ross' Halsband, weil er und Loren Angst hatten, ich würde mich umbringen. Vielleicht hätte ich das auch getan, wenn sie und die anderen nicht gewesen wären. Ich musste Ross aber versprechen, es nicht zu tun und durfte einfach ich selbst sein. Er sagte mir, ich könne sein Halsband abnehmen, wenn ich mich stark genug fühle, um mein Leben weiterzuleben. Das konnte ich dann auch.«

Sie stemmte die Hände in die Hüften. »Dann habe ich beschlossen, dass du mich mal kannst! Ich will keine verdammten Halsbänder in meinem Leben. Nicht an *mir*.« Sie trat wieder auf ihn zu. »*Ich* lege Leuten Halsbänder an. Sie *bezahlen* mich dafür, dass *ich* Psychoscheiß mit *ihnen* mache. Sie bezahlen *mich* dafür, *sie* zu schlagen. Und sie bezahlen mich verdammt gut.«

Sie schüttelte den Kopf, während sie ihn von oben bis unten musterte. »Ein Teil von mir ist versucht, sein Angebot anzunehmen, nur damit ich dir jeden Morgen, wenn ich aufstehe, in die Eier treten kann.«

Angebot? Und er fragte sich, wer dieser ›er‹ war.

Sie war wieder den Tränen nahe. »Ich hätte alles getan, was du von mir verlangt hättest. Hätte es mich schockiert? Ja. Aber hättest du mir unter den gegebenen Umständen von ihm erzählt, hätte ich dir geholfen. Ich hätte dich geliebt, weil du dich verantwortlich fühltest. Ich war deine verdammte *Sklavin*! Ich war bereit, deine *Frau* zu sein! Denkst du, ich wusste nicht, wie stark diese Bindung sein kann? Schade, dass du mein Geschenk der Unterwerfung nicht zu schätzen wusstest.« Ihre Augen weiteten sich. »Warte. Rühr dich nicht vom Fleck, Arschloch.«

Sie drehte sich um und rannte aus dem Zimmer. Er hörte, wie sie in einem Zimmer herumwühlte, von dem er annahm, dass es ihr Schlafzimmer war. Wenige Augenblicke später kam sie mit etwas in der Hand zurück. Sie packte seine linke Hand, drückte ihm den Gegenstand in die Handfläche und schloss seine Finger darum.

»So. Du kannst es wieder haben. Ich hätte es fast weggeworfen. Als ich merkte, dass du nicht mehr zurückkommst und diese kleine Illusion aufgab, nahm ich es ab. Das war wahrscheinlich die drittschlimmste Nacht meines Lebens. Ich habe mich in dieser Nacht in den Schlaf geweint, weil ich wusste, dass du jetzt wirklich nicht mehr für mich da bist. Ich musste es mir endlich eingestehen. Ich konnte mich nicht mehr an meinen armseligen Traum klammern, dass du vielleicht wiederkommst. Du bist nicht mehr mein verdammter Meister. Es ist ein bisschen spät, es zu sagen, aber ich will es klarstellen, falls du noch Zweifel in deinem Erbsenhirn hast: Ich ziehe meine Unterwerfung unter dich zurück. Und jetzt. Verpiss. Dich. Gefälligst. Aus *meinem* Haus.«

Er kämpfte gegen seine eigenen Tränen an, als er spürte, wie sich der Fluorit-Anhänger in seine Handfläche grub. Er hatte wochenlang nach etwas gesucht, das sie als Halsband tragen konnte. Die Farben waren perfekt, lila, grün und blau, ihre Lieblingsfarben. Sie nahm es nie freiwillig ab, wenn sie zusammen waren, außer zum Duschen oder wenn er ihr ein formelles Halsband aus Leder zum Spielen anlegte. Einmal ging der Verschluss kaputt und sie weinte, als er sie zwang, es über Nacht beim Juwelier zu lassen, damit sie es reparieren konnten.

Er drehte sich um, um zu gehen.

»Du kannst nicht einmal ein Wort zu mir sagen?«

»Ich wünschte, ich hätte eine andere Entscheidung getroffen«, sagte er leise. »Ich liebe dich. Du hast es verdient, besser behandelt zu werden.«

»Verdammt, das habe ich.« Sie ging um ihn herum und hielt ihm die Tür auf.

Mit einem Seufzer und dem Gefühl, dass er das von ihr verdient hatte, ging er hindurch.

Sie schlug die Tür hinter ihm zu und schloss sie ab.

Cris wusste nicht, was er sonst tun sollte, also setzte er sich auf die Stufe am Ende des Ganges und wartete auf Landrys Rückkehr. Als er dort saß, hielt er den Anhänger hoch und starrte ihn an. Er konnte sich immer noch an ihr freudiges Quieken erinnern, als sie die Schachtel geöffnet hatte. Wie sie geweint hatte, Freudentränen, als er ihn ihr um den Hals gelegt und den Verschluss eingehakt hatte.

Wie er ihren Hals geküsst und gesagt hatte: »Für immer und ewig, Redbird. Mein Versprechen an dich.«

Er schloss seine Augen und machte sich nicht mehr die Mühe, seine Tränen zu unterdrücken.

Als er ein Auto in der Einfahrt hörte, öffnete er seine Augen und richtete sich auf, aber es war nicht Landry.

Der Mercedes war nicht neu, aber der Fahrer hielt ihn blitzsauber. Als der Mann ausstieg, kroch Eifersucht durch den Bauch des Sklaven.

Der Mann warf ihm einen Blick zu, dann ging er zum Kofferraum und lud mehrere Tüten mit Lebensmitteln aus. Er schloss das Auto ab und warf dem Sklaven im Vorbeigehen noch einen neugierigen Blick zu, sprach ihn aber nicht an.

Er erkannte ihn als den Mann, mit dem sie neulich in dem Club gewesen war.

Bevor der Mann die Tür erreichte, öffnete sie sich und er hörte *ihre* Stimme. »Hi!« Sie klang glücklich, ihn zu sehen.

Der Sklave schloss seine Augen und spürte, wie sich der Anhänger in seine Handfläche grub.

»Tilly, wusstest du, dass da ein Typ auf deiner Treppe sitzt?«

»Ja. Er wartet auf seinen Fahrer. Komm doch rein.«

TILLY KONNTE SICH KAUM ZUSAMMENREIßEN, als sie Bob hereinließ. Ihre Hände zitterten heftig, als sie den Riegel vorschob, sobald sie die Tür hinter ihm geschlossen hatte. Er ging zum Tresen hinüber und stellte die Taschen ab. Als er anfing zu sprechen, verstand sie nicht, was er sagte, denn das Zittern überkam sie.

Plötzlich hielt ein starkes Paar Arme sie fest und sie schluchzte an seiner Schulter. Er hob sie auf und trug sie zur Couch, seine Stimme war voller Sorge.

»Tilly, geht es dir gut? Hat er dir wehgetan?«

»Nein, mir geht es nicht gut, aber nein, er hat mir nicht wehgetan.« Sie lachte wütend. »Zumindest nicht in letzter Zeit.« Als sich der Elektroschocker in ihren Rücken grub, zog sie ihn vorsichtig unter ihrem Hemd hervor und legte ihn auf den Couchtisch. Als sie endlich den Mut aufbrachte, in Bobs Gesicht zu schauen, raubte ihr die Wut darin den Atem.

»Wer ist er? Willst du, dass ich die Bullen rufe?«

»Er ist eine Leiche aus meinem Keller.« Sie setzte sich auf und wischte sich mit den Händen über das Gesicht. »Eine alte Leiche.«

»Ist er ein früherer Kunde?«

Sie schnaubte. »Nein. Ich *wünschte*, es wäre so. Er ist mein alter Meister. Ein Ex-Freund. Er war das Thema unserer Unterhaltung gestern Abend, Überraschung, Überraschung. Aus heiterem Himmel, wenn man vom Teufel spricht, ist er da.«

Bis zu diesem Moment hatte sie noch nie buchstäbliche Mordlust im wirklichen Leben gesehen. Als Bob von der Couch aufsprang und sie aus seinem Schoß stürzte, wurde ihr klar, dass er es todernst mit Cristo gemeint hatte. Er hatte den Türriegel geöffnet und war schon zur Tür hinaus, bevor sie es überhaupt geschafft hatte, von der Couch aufzustehen.

Als sie die Haustür erreichte, war Bob schon den Gang hinunter und stand hinter Cris, der immer noch auf Landry wartete.

»Hey, Arschloch. Steh auf!«

Sie fluchte, während sie ihm nachrannte. Cris drehte sich um und sah ihn mit ... Resignation an?

In diesem Moment änderte sich ihre Sorge von der Hoffnung, dass Bob nicht in den Arsch getreten wurde, zu einem Gebet, dass Bob Cris nicht umbringen würde. Wo zum Teufel war Landry überhaupt? Er war spät dran.

Ich sagte: »Steh auf, Arschloch.«

Sie beobachtete, wie Cris den Anhänger betrachtete, bevor er ihn in die Tasche seiner Jeans steckte. Dann kletterte er langsam auf seine Füße. Er sah aus, als hätte er bereits Schmerzen von den Prügeln, die sie ihm verpasst hatte.

Sie packte Bobs Arm. »Bob, bitte, es ist alles in Ordnung. Lass uns wieder reingehen.«

»Nein, es ist *nicht* okay, Tilly. Endlich habe ich die Chance, dich glücklich zu machen, und am *nächsten Tag* kommt dieser Wichser zurück in dein Leben?« Er schüttelte sie sanft. »Ich weiß nicht, was du ihr angetan hast, und ehrlich gesagt geht es mich auch nichts an, es sei denn, sie will es mir sagen, aber du hast ihr verdammt wehgetan.«

Sie packte ihn wieder am Arm. »*Bitte*, Bob. Lass uns reingehen. Er ist es nicht wert.«

Er wollte ihr gerade widersprechen, als Landrys Auto vorfuhr. *Oh, danke, Gott!*

»Wer ist das?«, fragte Bob.

»Das ist sein Meister. Komm, lass uns reingehen.«

Landry schloss die Tür des Wagens und ließ sich Zeit beim Aussteigen. »Wie ist unsere Session gelaufen, Herrin Cardinal?

Ich hoffe, er hat viel mehr blaue Flecken, als ich ihm hinter-lassen habe.« Er schaute Bob an. »Du wolltest ihm doch nicht zufällig in den Arsch treten?«

»Ja, genau das wollte ich gerade tun.«

Tilly wollte Bobs Arm nicht loslassen. »Landry, *bitte*! Nimm ihn mit und verpiss dich von hier!«

Landry lachte und lehnte sich gegen die Motorhaube seines Autos. Er verschränkte die Arme vor der Brust. »Wenn der Sklave noch eine Tracht Prügel bezieht, würde ich wirklich gern zusehen. Ich würde ihn sogar für dich festhalten, wenn du möchtest.«

»Landry!«

»Ich brauche keine Hilfe«, versicherte Bob ihm.

Jetzt wünschte sich Tilly, sie hätte den verdammten Elektro-schocker an ihrem Gürtel behalten. Sie schob sich vor Bob, legte ihre Hände in seinen Nacken und zog seinen Kopf nach unten, um ihm in die Augen zu sehen, so wie sie es oft tat, wenn er ihr Halsband trug.

»*Bitte*«, flüsterte sie, »tu das *nicht*. Er ist es nicht wert und jemand wird die Polizei rufen. Ich könnte in große Schwierig-keiten geraten, wenn das passiert.«

Wie sie gehofft hatte, nahm ihm das den Wind aus den Segeln. Er starrte Cris immer noch an. »Wenn ich dich noch einmal treffe, *werde* ich dir in den Arsch treten«, knurrte er.

Landry klatschte auf die Motorhaube seines Autos. »Ver-dammt noch mal! Ich wollte wirklich eine Show. Ich kann dir die Adresse unseres Hotels geben, wenn du willst, und du kannst später kommen und ihm in den Arsch treten.«

Bob sah erschrocken aus. »Was?«

»Im Ernst.« Landry holte einen Stift aus dem Auto, schrieb Informationen auf eine Visitenkarte und wollte sie Bob geben.

Tilly riss sie Landry aus der Hand und steckte sie in ihre Gesäßtasche. »Verschwindet von hier, bevor ich die Polizei rufe.«

Landry seufzte. »Spielverderberin. Ich rufe dich an, um mit dir über mein Angebot zu sprechen, Herrin Cardinal. Ich habe es ernst gemeint.« Er sah Cris an. »Also, worauf wartest du, Sklave? Steig in das verdammte Auto, wenn du nicht zu Fuß zurück zum Hotel gehen willst.«

Während des ganzen Vorfalls stand Cris da, ohne etwas zu sagen oder irgendeinen Versuch zu machen, sich zu schützen oder wegzulaufen. Tilly beobachtete, wie er den Kopf senkte, bevor er schweigend zum Auto ging und einstieg.

Sie verachtete es, dass ein winziger Teil ihres Herzens ihn nicht gehen sehen wollte und hasste es, ihn wie einen geprügelten Hund sehen zu müssen.

Es dauerte fast zwanzig Minuten, bis sie Bob beruhigen konnte. Er schwankte zwischen einer Entschuldigung dafür, dass er die Nerven verloren hatte, und der Wut darüber, dass er Cris nicht trotzdem eine verpasst hatte.

Sie dankte Gott, dass es Bob gewesen war und nicht Ross oder Loren oder gar June und Scrye, die dabei gewesen waren.

Sie *hätten* ihn umgebracht.

Oh, Scheiße.

Sie schickte Bob in die Küche, um das Abendessen vorzubereiten, während sie ihren Notruf tätigte.

»Ich wollte gerade rüberkommen«, sagte Loren. »Mit einem Check-In-Anruf ist man nie zu spät dran.«

»Ich weiß, es tut mir leid. Es wurde hektisch.«

»Geht es dir gut? Du klingst komisch.«

»Ja. Bob kam zum Abendessen, nachdem mein Kunde und ich die Zeit aus den Augen verloren hatten.« Sie beschloss, dass es das Klügste wäre, die Details über Cris wegzulassen.

»Bob ...*Bob*? Aus dem Club? Dein Junge, Bob?«

»Ja, wir waren gestern zusammen essen und ...«

»Warte, was? Warte, du und Bob wart zusammen essen? Wann?«

»Ich dachte, das hätte ich dir gesagt?«

»Nein, das hast du mir nicht erzählt! Das ... das ist doch gut, oder?« Okay, *das* konnte sie heute Abend nicht gebrauchen. Sie hatte keine Geduld für Mama Lorens zwanzig Fragen.

»Ja, das ist gut. Er ist heute Abend hier und macht mir Abendessen. Und zwar genau jetzt.«

»Oooohhh.«

»Nicht so. Bob und Tilly essen zu Abend, nicht die Herrin und ihr Junge.«

»Oh!«

»Ja, oh. Kann ich jetzt zurück zu meinem Date, Mama Loren?«

Ihre Freundin lachte. »Ich will alle leckeren Details! Ruf mich morgen an.«

Tilly legte das Telefon weg, wusch sich das Gesicht und ging zurück in die Küche. Bobs Gesichtsausdruck wurde weicher, als er sie sah. Er zog sie in seine Umarmung.

»Geht es dir gut?«, fragte er.

»Ja. Ich stehe nur unter Schock. Ich habe nicht damit gerechnet, ihn zu sehen.«

Er schaute ihr ins Gesicht. »Wie wär's, wenn du duschen gehst und dir eine Jogginghose oder was auch immer anziehst, um dich zu entspannen, und ich kümmere mich um das Abendessen?« Er strich ihr über die Wange. »Du siehst aus, als wärst du völlig erschöpft. Geh dich entspannen.«

»Ich hoffe, du erwartest nicht, dass ich heute Abend eine Domme bin.«

Er lächelte. »Ich möchte den Abend mit Tilly verbringen. Trotz meiner Witze über Jungen, die kochen und putzen, hatte ich irgendwie gehofft, dass Herrin Cardinal sich entschließen würde, den Abend freizunehmen.«

Sie starrte in seine blauen Augen. »Ja?«

Er nickte. »Ich möchte Tilly kennenlernen. Ich möchte sie sehr gut kennenlernen.«

Tilly musste ihr Lächeln nicht erzwingen.

TILLY WÜNSCHTE, sie könnte ihre Gedanken von der Erinnerung an Cris ablenken, der sie von der Tür aus ansah, aber sie konnte es nicht. Schon gar nicht, wenn sie nach dem Abendessen mit Bob auf der Couch saß, fernsah und sich mit ihm unterhielt.

Ihr Blick wanderte immer wieder zu der Stelle, an der Cris hinter dem Couchtisch gekniet hatte.

»Es tut mir leid, dass das nicht der Abend ist, den wir uns vorgestellt hatten«, sagte Bob leise. Wieder war sie abgelenkt. Sie schaute ihn an. »Was?«

Er strich ihr über die Wange. »Ist schon gut. Das muss vorhin ein schlimmer Schock gewesen sein.«

Sie hatte geduscht und ein übergroßes T-Shirt und bequeme Shorts angezogen, während er das Abendessen gekocht hatte. Sie war ungeschminkt und ihr Haar war vom Lufttrocknen zerzaust. Er hatte so süße, blaue Augen, aber jetzt konnte sie nur an Cris denken.

Ganz zu schweigen von Landrys Angebot.

Sie kuschelte sich an ihn. Sein Körper fühlte sich sehr angenehm an, als er ihren hielt. »Es tut mir leid, dass ich heute Abend keine gute Gesellschaft bin.«

»Ist schon okay. Ich verstehe das. Wollen wir es nächsten Donnerstag wieder versuchen? Ich bringe das Abendessen mit und koche für dich.«

Sie kuschelte sich enger an ihn und schloss die Augen. »Das würde mir gefallen. Das wäre schön.«

»Sind heute Abend wirklich nur Tilly und ich da?«

Als sie ein Auge öffnete, sah sie sein spielerisches Grinsen. »Ja. Warum?«

»Weil ich nicht will, dass Herrin Cardinal mich dafür verprügelt.« Er drückte ihr einen langen, langsamen und sinnlichen Kuss auf die Lippen. Wie von selbst legten sich ihre Hände um seinen Hals, sie entspannte sich in seiner Umarmung und verdrängte ausnahmsweise alle anderen Gedanken für ein paar glückliche Momente aus ihrem Kopf.

Als er den Kuss unterbrach, blieb sein spielerisches Grinsen. »War das okay?«

Sie lächelte. »Weit mehr als okay.«

Er warf einen Blick auf die Uhr. »Ich sage es nur ungern, aber ich muss nach Hause.«

»Es ist erst halb elf.«

»Ich habe morgen früh ein Treffen mit Sunrise Rotary. Ich habe keine Lust, mir zwei Wochen hintereinander wegen Verspätung den Arsch aufreißen zu lassen.«

»Rotary, Christbaumkugeln – du bist genauso ein Bücherwurm wie ich. Kannst du mir erklären, warum wir uns nicht schon früher verabredet haben?«

Er streichelte ihre Nase mit seiner. »Weil ich ein braver Junge bin. Ich befolge Befehle.«

Widerwillig begleitete sie ihn zur Tür und überlegte immer noch, ob sie nicht versuchen sollte, ihn zum Bleiben zu überreden. Bevor er ging, drehte er sich zu ihr um und gab ihr eine letzte Umarmung und einen Kuss.

»Glaub mir, es ist nicht so, dass ich nicht noch bleiben möchte. Aber wenn ich das tue, bin ich zu sehr in Versuchung, mit dir ins Bett zu gehen.«

»Wer sagt denn, dass das etwas Schlechtes ist?«

Er strich ihr wieder über die Wange. Sie liebte das. »Es ist nicht schlecht, aber nach dem Schock, den du heute hattest, hätte ich das Gefühl, dass ich dich ausnutzen würde. Ich möchte die Dinge lieber etwas langsamer angehen. Ich habe fast drei Jahre darauf gewartet, dich um ein Date zu bitten. Es wird mich nicht umbringen, noch ein bisschen länger zu warten, um die Dinge auf den nächsten Level zu bringen.«

Nach einer letzten langen Umarmung ging er. Sie winkte ihm von der offenen Tür aus zu, bis seine Rücklichter in ihrer ruhigen Straße verschwanden. Dann trat sie ein, schloss die Tür und verriegelte sie hinter sich.

Ihr Wohnzimmer lag leer vor ihr, bis auf die geisterhafte Erinnerung daran, wie sie Cris getreten und ihn angeschrien hatte.

Die wunderbaren Gefühle, die ihr der Abend mit Bob beschert hatte, verflüchtigten sich.

Sie schloss die Augen.

Habe ich das wirklich gesagt? Habe ich ihm wirklich gesagt, dass ich meinen Meister zurückhaben will?

Sie hoffte, dass es ein Zeichen für ihre zerrüttete Fassung war, aber je mehr sie darüber nachdachte, desto mehr wurde ihr klar, dass sie wahrscheinlich exakt das gesagt hatte.

Ein neuer Schwall von Tränen drohte und sie kämpfte verzweifelt dagegen an. Trotz all ihrer Behauptungen war es tief in ihrem Herzen die Wahrheit. So sehr sie Cris für das hasste, was er ihr angetan hatte, und so sehr sie sich nie wieder so verletzlich machen wollte, so sehnte sich doch ein Teil von ihr tief im Inneren nach dieser Verbindung, nach dieser Liebe.

Das Dienen.

Die Geborgenheit.

Die Sicherheit, auch wenn sie nicht wusste, ob sie sich jemals wieder so sicher fühlen konnte.

An Schlaf war nicht zu denken, daran bestand kein Zweifel. Sie entdeckte Landrys Visitenkarte auf ihrer Kommode, wo sie sie hingelegt hatte. Als sie sie aufhob, sah sie, dass er ihre Hotel- und Zimmernummer darauf gekritzelt hatte. Ein Ort an der U.S. 41, in der Nähe der Grenze zu Fruitville.

Sie konnte in zwanzig Minuten dort sein. Nur um zu reden.

Nur um seinen verrückten Deal zu hören.

Sie schloss die Augen und versuchte, an Bobs blaue Augen zu denken, aber alles, was sie sah, waren Cris' braune Augen.

Oder Landrys intensive, grüne Augen.

Sie würde diesen Abend auf keinen Fall hinter sich lassen können, bevor sie nicht einige Antworten auf ihre Fragen bekommen hatte.

Fluchend zog sie sich ein Paar Jeans an und schnappte sich ihre Schlüssel.

KAPITEL FÜNF

L andry sah seinen Sklaven nicht an, als er von Herrin Cardinals Haus wegfuhr. »Und? Was ist passiert?«

Der Sklave blickte auf seine Hände, antwortete aber nicht.

»Zwanzig Schläge mit dem Rohrstock, weil du nicht sofort geantwortet hast«, sagte Landry. »Ich habe dir eine Frage gestellt. Antworte jetzt, oder du bekommst eine Strafe.«

»Sie war sehr aufgebracht.«

Er lachte. »*Was du nicht sagst.* Vor wem habe ich dich da draußen gerettet? Wie war sein Name, Bob?«

»Ich weiß es nicht. Er war der Mann, den wir mit ihr im Club gesehen haben.«

»*Ah.* Vielleicht stimmte es nicht, was ich im Club gehört habe, und sie hat doch einen Freund.« *Verdammt.* Das würde seinen Plänen einen Strich durch die Rechnung machen.

»Das denke ich nicht, Meister. Ich habe den Eindruck, dass sie sich noch nicht lange sehen.«

Ein wenig Erleichterung schlich sich ein. »Gut. Jetzt erzähl mir, was passiert ist.«

Als der Sklave erzählte, wie sie reagiert hatte, nickte Landry und versuchte, während der Erzählung nicht zu sprechen oder zu kommentieren. Sein Herz brach für die Frau, für den Schmerz, den sie seinetwegen hatte erleiden müssen.

Er wollte nie jemanden verletzen. Zumindest nicht *so*. Er war ein Sadist, kein Arschloch.

Der Sklave gab ihm eine möglichst wortgetreue Zusammenfassung und Landry dachte darüber nach, was sie gesagt hatte. »Du hast ihr den Meister weggenommen. Das ist eine interessante Bemerkung für sie, wenn man bedenkt, was sie dir angetan hat und wie sie ihre Unterwerfung formell zurückgenommen hat.«

Der Sklave zuckte mit den Schultern.

»Denkst du, dass sie dich immer noch liebt?«

Der Sklave schaute aus dem Fenster. »Ich bezweifle es«, antwortete er leise. »Dafür habe ich sie zu sehr verletzt. Ich denke, was sie gesagt hat, war wahrscheinlich eher aus Schmerz und Wut über das, was sie damals durchgemacht hat, und nicht wegen ihrer momentanen Gefühle.«

Landry war sich nicht sicher, ob er mit dieser Einschätzung einverstanden war, aber er ließ es dabei bewenden. Er kannte die Frau nur von dem, was ihm der Sklave erzählt hatte und von seinen eigenen kurzen Begegnungen mit ihr.

Aber er hatte die Absicht, ihr näherzukommen.

Viel näher.

Zurück in ihrem Zimmer zwang er den Sklaven, sich auszuziehen und sich über das Ende des Bettes zu beugen. Er versetzte ihm fünfundzwanzig harte Schläge mit dem Rattanstock, die keine offenen Wunden hinterließen, aber sofort Striemen auf seine Haut zeichneten, die sich mit den blauen Flecken von den Nächten in den Clubs vermischten.

Der Sklave nahm seine Bestrafung klaglos hin.

Nachdem die Pizza gekommen war, ließ Landry den Sklaven nackt am kleinen Tisch essen, bevor er ihn wieder auf den Boden beorderte, wo er an seinem Laptop arbeiten durfte.

Dann ließ sich Landry auf dem Bett nieder, immer noch angezogen, um fernzusehen.

Gelegentlich schaute er auf sein Telefon und fragte sich, ob
sie anrufen würde. Ihm war nicht entgangen, dass sie ihm die
Karte entrissen hatte, bevor Bob sie nehmen konnte.

Ihm war auch die kurze Sehnsucht nicht entgangen, die
ihren Gesichtsausdruck durchzogen hatte, bevor der Sklave bei
ihr zu Hause ins Auto stieg.

Er vermutete, dass ein winziger Teil von ihr ihn nicht gehen
sehen wollte.

LANDRY WARF einen Blick auf sein Handy, als es um Viertel
nach elf auf dem Tisch zwischen den Betten summte. Angenehm überrascht lächelte er, als er die Anrufer-ID las.

Ganz ehrlich? Er hatte schon fast die Hoffnung aufgegeben,
in dieser Nacht noch von ihr zu hören. Er nahm ab. »Hallo?«

Er hörte einen Moment zu und sagte dann: »Nein, ich war
noch wach. Ich bin gleich da.« Er beendete das Gespräch und
stand auf. Der Sklave blieb auf dem Boden knien. »Du bist
besser gleich noch da, wenn ich zurückkomme. Rühr dich
nicht vom Fleck. Ich weiß nicht, wie lang ich weg sein werde.
Vielleicht nur ein paar Minuten, vielleicht auch ein paar Stunden. Oder die ganze verdammte Nacht.«

Er schlüpfte in seine Schuhe, schnappte sich seinen
Zimmerschlüssel, tippte auf seine Hosentasche, um sicherzugehen, dass er den Ring dabei hatte, und ging nach draußen. In
der Dunkelheit suchte er schnell den Parkplatz ab und sah
Tillys Auto neben seinem Mietwagen. Sie fuhr einen nagel-
neuen Lexus SUV.

Das Beifahrerfenster war offen. »Steig ein.«

Er griff nach dem Türgriff. »Ich freue mich auch, dich zu
sehen. Ich gebe zu, das ist ziemlich unerwartet.«

Sie fuhr wortlos zu einem nahe gelegenen Park mit Blick

auf die Sarasota Bay und wartete lange Zeit, während sie auf das Wasser starrte.

»Was zum Teufel ist dein Spiel, Landry?«, fragte sie schließlich.

»Kein Spiel, das versichere ich dir.« Ihm entging nicht, dass sie seinen Vornamen benutzte.

»Warum überlässt du nicht alles Cris?«

»Weil er nach dieser Sache kein Recht mehr hat, etwas zu besitzen. Bevor ich von seiner Missetat erfuhr, betrachtete ich ihn als mehr als nur meinen Sklaven. Er war in jeder Hinsicht mein Partner. Mein Liebhaber. Mein Geliebter.« Er holte tief Luft. Warum sollte er an seinem Stolz festhalten, wenn er nichts mehr zu verlieren hatte? »Ich schulde dir was.«

»Du schuldest mir gar nichts.«

»Du irrst dich. Nein, eigentlich ist es nicht meine Schuld, was passiert ist, aber ich fühle mich trotzdem verantwortlich. Nimm zum Beispiel deinen Jungen heute. Wenn er in einem Club in eine Schlägerei geraten wäre ...«

»Er ist nicht mein Junge.«

Landry unterdrückte erfolgreich sein Lächeln. »Oh. Tut mir leid, ich dachte, nach dem, was ich gesehen habe ...«

»Er ist ein Kunde. Und ... ein Freund.«

»Freund?«

»Das geht dich einen Scheißdreck an.«

»Ich mache dir einen Heiratsantrag, also doch, es geht mich etwas an.«

»Du bist verrückt.«

»Nein«, sagte er und lehnte sich in seinem Stuhl zurück. »Ich bin müde. Ehrlich gesagt? Ich weiß nicht, ob ich das hier durchstehe oder nicht. Sie sagen, ich werde es wahrscheinlich schaffen, aber wie du selbst als Krankenschwester weißt, gibt es keine Garantien. Ich muss das ohnehin, so schnell wie möglich hinter mich bringen.«

»Liebt Cris dich nicht? Warum vergibst du ihm nicht und schaust nach vorn? *Dir* hat er nicht wehgetan.«

Landry senkte seine Stimme. »Er hat mir von deinem Stiefvater erzählt.«

Er sah, wie sich ihre Hände zu Fäusten ballten. Ihre Stimme wurde fester. »Trotzdem ist es nicht deine Schuld.«

»Ich liebe ihn. Ja, ich bin wütend auf ihn, weil er dich so behandelt hat, und ja, ich fühle mich schuldig, ob zu Recht oder zu Unrecht. Ich bin ein Mensch. Das ist ein anderes Thema.« Er sah sie an. »Er liebt dich immer noch. Ich bin kein Idiot. Ich weiß, dass er mich liebt, aber er liebt dich immer noch und hat dich immer geliebt. Er hat dich nicht verlassen, weil er dich nicht genug geliebt hat. Er dachte wirklich, dass ich sterben würde. Das dachte ich auch, eine Zeit lang. Er wusste, dass du Menschen hattest, die dich liebten und dir helfen würden. Ich hatte niemanden. Er hat eine Entscheidung für uns beide getroffen, ohne uns zu fragen, was wir wollen.«

»Warum willst du mich heiraten?«

»Nun, ich besitze einen Sklaven. Er würde Gemeinschaftseigentum werden«, scherzte er. »Im Ernst, ich wollte sowieso hierherziehen. Ironischerweise gibt es in Tampa eines der besten Krebszentren des Landes und es ist nicht weit von Sarasota entfernt. Ich hatte schon überlegt, in diese Gegend zu ziehen, weil das Leben hier billiger ist und ich Kalifornien satthabe. Die meisten meiner Kunden sind an der Ostküste, nicht im Westen. Leider gibt es in Florida ein paar Gesetze, die gleichgeschlechtlichen Paaren das Leben schwer machen können.«

Sie drehte sich um und sah ihn an, sagte aber nichts.

»Wenn du meine Frau bist, kannst du medizinische Entscheidungen für mich treffen und im Fall des Falles einspringen, ohne dass Sklave den ganzen bürokratischen Aufwand auf sich nehmen muss. Ganz zu schweigen davon, dass es den Sklaven noch mehr demütigen würde, wenn ich mit der Frau verheiratet wäre, die er liebt.«

»Warum kannst du seinen Namen nicht sagen?«

»Weil ich immer noch zu wütend bin.« Er starrte wieder auf das Wasser, aber seine Stimme wurde sanfter. »Du kannst dafür sorgen, dass er ins Krankenhaus kommt, um mich zu sehen, um bei mir zu sein. Um ehrlich zu sein, will ich nicht, dass er das ein zweites Mal allein durchmachen muss, wenn du dich dazu durchringen kannst, ihm zu helfen.«

»Wer sagt denn, dass ich in der Nähe dieses Mistkerls sein will?«

Er wagte einen Versuch. »Weil du ihn immer noch so sehr liebst, wie er dich liebt. Irgendwo, tief in deinem Inneren, wünscht sich ein Teil von dir ihn zurück.«

Sie schnaubte. »Ich will keinen anderen Meister. Schon gar nicht ihn.«

»Ich habe nicht von einem Meister gesprochen.« Ihm entging nicht, dass sie seine Aussage, sie liebe ihn noch immer, nicht leugnete.

Sie schwieg für einige Minuten – er wartete ab. »Was erwartest du von mir?«

»Wir wären nur dem Namen nach verheiratet. Du brauchst keinen Kontakt zu uns zu haben, wenn du nicht willst, außer wenn ich in Behandlung bin und du Formulare unterschreiben musst, damit er bei mir sein kann. Du kannst dein Leben so leben, wie du es jetzt tust. Du kannst sogar Bob haben, wenn du ihn willst. Verabrede dich, was auch immer. Zur Hölle, zieh mit jemandem zusammen, es ist mir egal.« Er hatte kein schlechtes Gewissen, ihr diese Lüge zu erzählen. Wenn sie nur zustimmen würde, könnte er sich einen Weg in ihr Leben bahnen.

Aber irgendwo musste er ja anfangen.

»Was soll denn jetzt passieren? Mit deiner Behandlung.«

Er zuckte mit den Schultern. »Ich habe am Mittwoch einen

Termin für eine Biopsie. Danach werden sie entscheiden, ob ich operiert, bestrahlt oder mit Chemo behandelt werde. Ich weiß es noch nicht.«

»Hast du es Cris gesagt?«

»Nein. Ich wollte erst eine Antwort von dir.«

»Warum?«

»Weil ich, wenn du Nein sagst, den Sklaven freilassen werde, ohne ihm von meinem Krebs zu erzählen. Ich möchte das lieber allein durchstehen, als dass er an mich gebunden ist, weil er meint, er müsse aus Mitleid oder aus Pflichtgefühl bei mir sein. Ich lasse ihn nicht im Stich, aber es wäre ohnehin nicht mehr seine Aufgabe.«

Sie starrte ihn einen Moment lang an, offenbar fassungslos. »Du bist wirklich verrückt.«

»Nein, ich habe es satt, zu wissen, dass sein Herz all die Jahre jemand anderem als mir gehört hat. Ich dachte, er liebt mich so sehr, wie ich ihn liebe. Ich liebe ihn *wirklich*. Ich habe nie aufgehört, ihn zu lieben, als wir getrennt waren, das habe ich dir gesagt.«

TILLY BETRACHTETE LANDRY, während ihre Gefühle sich überschlugen. Das war verrückt. Völlig verrückt. So sehr sie Cris für das, was er ihr angetan hatte, auch hasste, der Teil von ihr, der noch Mitgefühl und Empathie empfinden konnte, auch wenn er schon sehr geschrumpft war, hatte Mitleid mit Landry.

Und dann war da noch der winzige, aber ärgerlicherweise hartnäckige Teil ihrer Seele, der Cris immer noch liebte.

»Wenn ich Ja sage, und ich sage nicht, dass ich es tun werde, wie würde das genau funktionieren? Wir würden einen Ehevertrag unterschreiben?«

Er nickte. »Genau. Ich werde auch mein Testament ändern. Ich würde festlegen, dass alles, was du jetzt besitzt, ganz dir gehört und ich keinen Anspruch darauf habe. Aber alles, was ich habe und verdiene, gehört dir.«

»Ist das ein halbherziger Versuch, mich und ihn wieder zusammenzubringen?«

»Nein. Du kannst ihn so oft schlagen, wie du willst, solange wir zusammen sind.« Er lächelte. »Er hat es verdient.«

»Du bist ein verdammter Sadist, nicht wahr?«

Er lachte. »Nicht alle von uns tun es für Geld, Herrin Cardinal. Manche lieben es, Schmerzen zu empfinden. Aber ich habe ihn noch nie gedemütigt.«

»Tilly«, korrigierte sie ihn abwesend, da ihr Gehirn immer noch damit kämpfte, die Situation zu begreifen. »Wie stehen deine Chancen, das hier zu überleben? Ganz im Ernst.«

Er zuckte wieder mit den Schultern. »Ein Arzt sagte siebzig Prozent, ein anderer achtzig, ein dritter neunzig. Wenn man allerdings meinen früheren Kampf einbezieht, kann das die Chancen schmälern. Ich habe es erst vor zwei Wochen bei meinem regulären Check-up herausgefunden. Die Blutuntersuchung deutete darauf hin und die Scans bestätigten es. Ich könnte es dieses Mal besiegen und es könnte in einem Jahr oder in zehn Jahren wiederkommen, oder vielleicht auch gar nicht. Alle sind sich einig, dass es wahrscheinlich ist, dass ich die Krankheit besiege und in Remission gehe. Wie hart ich dafür arbeiten muss, wird sich zeigen.«

»Wie lange hat es beim ersten Mal gedauert, bis du dich davon erholt hast?«

»Über ein Jahr, bevor sie wussten, dass ich die Kurve gekriegt hatte, aber da war ich schon viel weiter fortgeschritten. Die meiste Zeit war ich zu schwach, um überhaupt aus dem Bett zu kommen, weil meine Verletzungen und die Krebsbehandlungen noch nicht abgeheilt waren.«

»Erzähl mir von deinem Unfall.«

Er wandte den Blick ab. »Das möchte ich lieber nicht.«

Das war der Moment, in dem ihr Bullshit-Alarm losging. »Solltest du aber.«

Er nahm einen langen, röchelnden Atemzug. »Ich habe das noch nie jemandem erzählt, und ich würde es auch begrüßen, wenn du niemandem etwas davon erzählst, aber ich habe versucht, mich umzubringen. Ich war sehr überrascht, als ich wieder zu mir kam.« Er lachte, aber es klang rau. »Was sagt es über mich aus, dass ich meinen eigenen Selbstmord vermasseln konnte? Ich habe vor dem Unfall vergessen, meinen Gurt abzunehmen. Sie sagten, das sei das Einzige, was mich gerettet hat.«

Sie unterhielten sich über zwei Stunden lang; meistens redete Landry, während Tilly ihm Fragen stellte. Sie hasste es, den Kerl eigentlich zu mögen. Es wäre viel einfacher gewesen, ihm zu sagen, dass er sich verpissen soll, wenn er ein Arschloch war.

Doch ihre Wut auf Cris brannte, brodelte. Ihr Schmerz. Ihre Erinnerungen an alles, was sie durchgemacht hatte.

Was Landry anging, so war er ein netter Kerl, klug, witzig und geistreich. Gutaussehend. Wäre er nicht schwul gewesen, hätte sie sich vielleicht mit ihm verabredet. Sie hatten eine Menge gemeinsamer Interessen.

Und dann war da noch seine Meister- und Sadistenseite, von der sie wusste, dass sie dunkel und tiefgründig war. Er war auf jeden Fall ein Lifestyle-Dom, nicht nur ein Spieler, der sich am Wochenende amüsierte.

Außerdem hatte er große Angst, auch wenn er das nicht in so vielen Worten zugab. Sie wusste es, weil sie zuhörte, wie er sprach und sah, wie sich seine Körpersprache veränderte. Das machte ihn menschlich und gab ihr einen Einblick in seine dürftige Fassade der Angeberei.

Er machte sich Sorgen, dass er Cris freilassen musste und

dann allein sein würde. Sein persönlicher Ehrenkodex würde es ihm nicht erlauben, Cris zu behalten, wenn sie diesem Wahnsinn nicht zustimmte.

»Was wäre, wenn der Krebs nicht zurückgekommen wäre?«, fragte sie. »Wärst du dann noch hier?«

»Ja. Ich hatte allerdings nicht erwartet, dass es so kommen würde. Ich hatte überlegt, ob ich ihn in einen Club bringen sollte, in dem ihn früher jeder kannte, und ob ich jedem, der ihn verprügeln wollte, eine Chance geben sollte, ihn zu verprügeln. Ich dachte auch ernsthaft daran, ihn vor allen Leuten freizulassen. Das wäre die ultimative Demütigung für das, was er getan hat. Ich hätte ihm befohlen, die Strafe zu nehmen, die ich für richtig hielt, und das hätte er auch getan.«

Sie erschauderte. Sie erinnerte sich daran, wie Cris dagestanden hatte, als Bob ihn bedrohte. Der alte Cristo hätte sich gewehrt. Mit einem schwarzen Gürtel in Karate hätte er Bob leicht in den Arsch treten können.

Aber Cristo, der Sklave, hätte es zugelassen, dass Bob die Scheiße aus ihm herausprügelt. Das einzige Mal, dass er sich wehrte, war, als sie auf seine Augen losging, und selbst dann, als er wusste, dass sie sich ein wenig beruhigt hatte, ließ er zu, dass sie weiter auf ihn einschlug.

So wütend sie auf Cris war, er tat ihr auch ein bisschen leid. »Du musst ihn nicht freilassen, wenn ich nicht damit einverstanden bin. Ich habe dir gesagt, dass ich dich nicht verantwortlich mache. Fühle dich nicht meinetwegen schuldig.«

»Doch, ich muss ihn freilassen. Denn ich möchte lieber allein sein. Das ist das Prinzip der Sache.«

»Du redest hier über dein *Leben*. Es ist an der Zeit, die Prinzipien beiseitezuschieben, denkst du nicht?«

»Da bin ich anderer Meinung. Es ist jetzt sogar noch wichtiger. Ich würde es hassen, mit dem Wissen zu sterben, dass ich nicht getan habe, was ich für nötig hielt, um es wiedergutzumachen.«

»Du hast gerade gesagt, die Chancen stehen gut für dich. Und du brauchst keine Wiedergutmachung zu leisten. Mein Gott, bist du blöd. Ich mache dich nicht verantwortlich.«

»Aber ich mache mich verantwortlich.«

Sie blickte wieder auf die Bucht hinaus. Ein paar Segelboote lagen in der Nähe vor Anker und schaukelten auf der tiefschwarzen Brandung. In einigen leuchteten Lichter, aber die meisten lagen im Dunkeln, festgemacht an den Bojen. »Drei Jahre?«

»Ja. Wenn du danach verheiratet bleiben willst, können wir das Jahresgehalt neu verhandeln, aber alles, was ich besitze, gehört dir, wenn du bei mir bleibst, falls du das willst.«

So viel Schmerz. So viel Wut. Würde sie Cris jemals wieder ansehen können, ohne ihm in die Eier treten zu wollen?

Dann die unwiderstehliche Anziehungskraft. Sie mochte Landry wirklich. Ehrlich gesagt, mochte sie ihn in vielerlei Hinsicht genauso sehr wie Bob. Auf unterschiedliche Weise.

Auf dominante Weise.

Die Tatsache, dass sie ihre Wut auf Cris gemeinsam hatten, brachte sie ihm nur noch näher. Nicht, dass sie es zugeben wollte, aber es berührte sie, dass er wegen ihr so wütend war, obwohl er sie nicht kannte. Das sprach Bände über seinen Charakter.

Er tat ihr auch leid. Offensichtlich hatte Cris ihn sehr geliebt, um das zu tun, was er tat, ob richtig oder falsch. Es war für sie nicht schwer zu verstehen, warum Cris ihn liebte.

Ein verdammt guter, garantierter Gehaltsscheck, eine Chance, ihre Fähigkeiten als Krankenschwester zu nutzen und eine Pause vom Domme-Dasein. Sie könnte Herrin Cardinal mit ihren Korsetts und Stöckelschuhen in den Schrank hängen und einfach wieder Tilly sein.

Sie hätte jemanden, um den sie sich kümmern könnte, so wie sie es seit Cris' Weggang nicht mehr getan hatte. Trotz allem, was sie tat, hatte sie ihre eigenen Bedürfnisse, die schon viel zu lange zu kurz gekommen waren.

Dienen zu wollen.

Nicht allein sein wollen, auch wenn das bedeutete, an den Mann gebunden zu sein, der ihr das Herz gebrochen und ihre Seele zerschmettert hatte.

Der Mann, von dem Landry behauptete, dass er sie immer noch liebte.

Was hatte sie zu verlieren? Nun, außer ihrem Verstand. Wenn sie die letzten Jahre überlebt hatte, sollte das ein Kinderspiel sein. Und es bedeutete, dass sie ihr Leben zurückbekäme und keine Profi-Domme mehr sein müsste.

»Wenn ich dich heiraten soll«, sagte sie, »brauche ich ein paar Zugeständnisse.«

»Natürlich.«

»Du bist weder mein Meister noch mein Dom, noch mein Top. Wenn du so einen Scheiß abziehst, wirst du dir wünschen, dass du es nicht getan hättest.«

»Natürlich.«

»Fürs Erste ziehst du bei mir ein. Ich habe dich lieber bei mir zu Hause, als dass ich dich woanders hinschleppen muss, um dich zu versorgen.«

Selbst im dunklen Auto sah sie, wie sich seine Augenbrauen hoben. »Was? Und was ist mit Cris?«

Sie biss die Zähne zusammen. »Er kann auch einziehen.«

»Das kann ich nicht von dir verlangen. Ich verlange nicht, dass du dich um mich kümmerst, sondern nur, dass du mich heiratest und dafür sorgst, dass Cris im Krankenhaus Zugang zu mir hat. Warum solltest du wollen, dass ich bei dir wohne?«

»Hat Cris erwähnt, dass ich eine Krankenpflegeschule besucht habe?«

»Nein.«

»Ja. Ich habe sie abgeschlossen und fast ein Jahr lang gearbeitet. Danach habe ich aufgehört zu arbeiten und meine

Lizenz wurde ungültig.« Sie tippte sich an den Kopf. »Das Wissen ist noch da. Wenn ich also das Geld verdiene, kann ich es mir auch wirklich verdienen.«

»Er wird aber immer noch mein Sklave sein. Ich werde ihn benutzen, wann und wo ich es will. Wird dich das stören?«

»Nein. Nimm ihn dir. Ich will ihn nicht als Sklaven haben, aber er kann mein verdammtes Haus putzen und Hausarbeiten erledigen, wenn ich es ihm sage.«

»Auf jeden Fall. Er gehört dir, du kannst ihn benutzen und missbrauchen, wie *immer* du willst.«

Ihr entging jedoch nicht, wie er das Wort betonte. »Ich werde mich nicht in das, was du mit ihm machst, einmischen, wenn du dich nicht in das, was ich mit ihm mache, einmischst«, sagte sie.

Er nickte und lächelte. »Das wird ihn demütigen. Gut.«

Eine Idee kam ihr in den Sinn. Das wäre eine besonders schmerzhafte Rache für Cris. »Hast du schon mal mit einer Frau geschlafen?«

Er sah verwirrt aus. »Tilly, das verlange ich doch gar nicht von dir. Ich erwarte so etwas nicht von dir.«

»Beantworte meine Frage.«

Sein Blick wurde noch verwirrter, als er ihr Gesicht einen Moment lang musterte. »Ich habe schon mit Frauen geschlafen, vor Jahren. Bevor ich mir eingestanden habe, dass ich schwul bin.«

»Wie lange ist das her?«

»Bevor ich Cris kennenlernte.«

»Denkst du, du kriegst ihn für mich noch hoch?«

»Tilly, ich sagte ...«

»Beantworte die verdammte Frage, Landry.«

Er brauchte eine Weile, um darüber nachzudenken. »Ich bin mir sicher, dass ich dir einen Gefallen tun könnte, aber während ich mich einer Krebsbehandlung unterziehe, könntest du mich mit Viagra vollspritzen und Adam Lambert über mich herfallen lassen und es würde keine Toten auferwecken.«

Sie lächelte. Er hatte einen guten Sinn für Humor. »Ich brauche dich nur ein einziges Mal. Ein wirklich gutes, hartes, langes Mal. Wenn ich dich heirate, wirst du mich in unserer Hochzeitsnacht ficken.«

Seine Kinnlade klappte herunter. »Was?«

Sie drehte sich auf ihrem Stuhl um und sah ihn an. »Ja. Das ist eine *meiner* Bedingungen. Ich will ein richtig großes ›Fick dich‹ in seinem Gesicht, bevor wir uns um dich kümmern. Ich will *mein* Pfund Fleisch. Ansonsten werde ich ihn nur noch mehr hassen, und zwar jeden Tag. Soll ich dir etwas sagen? Seit er weg ist, habe ich mit keinem Mann mehr geschlafen. Erst habe ich mich nicht getraut, dann kam ich endlich an den Punkt, an dem ich es in Betracht zog und Bob in mein Leben kam. Und dann bringst du Cris am *nächsten* Tag wieder zurück. Super beschissenes Timing, Alter.«

Sie holte tief Luft. »Also, ich will Folgendes. Ich will einen langen, guten, harten Fick in meiner Hochzeitsnacht. Ich will, dass du mich so hart kommen lässt, dass mir die Schädeldecke wegfliegt. Kein Meister/Sklave-Zeug, nur guter, harter Vanille-Sex. Ich will, dass du die ganze Nacht mit mir schläfst und Cris dabei zusehen und zuhören muss, während er gefesselt ist und sich nicht bewegen kann. Wer weiß, vielleicht lasse ich ihn dir einen blasen, nachdem du in mir gewesen bist. Cuckolding und Demütigung sind nicht mein Ding, aber ich bin bereit, mich für eine Nacht darauf einzulassen, wenn ich ihn so verletzen kann, wie er mich verletzt hat. Ich will meine Rache, damit ich mein Leben ein für alle Mal weiterleben kann. Andernfalls wird es mich bei lebendigem Leib auffressen, und so will ich nicht mehr sein. Ich will ihm genauso wehtun, wie er mir wehgetan hat. Und wenn du die Wahrheit darüber sagst, was er für mich empfindet, kann ich mir keinen besseren Weg vorstellen.«

Einen Moment lang starrte Landry sie schockiert an. Dann lachte er. Es sprudelte lange und heftig aus ihm heraus, bis er sich eine Minute später wieder beruhigt hatte. »Du hast mit *niemandem* geschlafen, seit er weg ist?«

»Ist das alles, was du von dem, was ich gerade gesagt habe, verstanden hast?«

Er lachte wieder. »Nein, das gefällt mir, es ist perfekt. Ja, es wird ihn demütigen, das ist klar.« Er schüttelte den Kopf. »Mein Gott, es ist perfekt. Du bist ein genauso großer Sadist wie ich. Daran hätte ich nie gedacht. Ich hätte nie gedacht, dass du das willst …«

»Das ist eine andere Sache. Keine gottverdammten Mutmaßungen mehr. Nie wieder. Du fragst mich, was ich will oder nicht will. Kapiert?«

Sein Gesicht wurde ernst. »Ja. Ich denke, da sind wir uns beide einig.«

»Eine weitere Regel, die ich habe: Wenn ich deine Frau bin und dir bei der Pflege helfe, *hörst* du auf mich und tust, was die Ärzte dir sagen. Richtig?«

»Okay.«

Das war verrückt. Warum stimmte sie dieser Sache überhaupt zu? Sie holte lange und tief Luft. »Morgen holen wir die Heiratsurkunde, du kannst den Ehevertrag aufsetzen und wir heiraten am Montag vor dem Gericht.«

»Warum Montag?«

»In Florida gibt es eine Wartezeit, sie lassen uns morgen nicht heiraten. Meine Freundin Loren ist Notarin und führt Eheschließungen durch, daher kenne ich sie.«

»Willst du, dass sie die Zeremonie durchführt?«

»Auf *keinen* Fall, sonst landet sie im Knast, wenn sie Cris umbringt. Wir machen das auf dem Standesamt.« Sie konnte nicht glauben, dass sie in diesen verrückten Plan einwilligte. »Wenn du am Mittwoch eine Biopsie bekommst, sollten wir uns am Dienstagabend ausruhen. Dann also Montag.«

Schließlich nickte er. »Dann also Montag«, stimmte er leise zu. Er griff in seine Tasche und holte einen Ring heraus. Er deutete auf ihre linke Hand.

Zuerst begriff sie nicht, was er tat, bis er ihr einen wunderschönen, riesigen Solitärdiamanten an den Ringfinger steckte. »Matilda Cardinal, willst du mich heiraten?«

So hatte sie sich ihre Verlobung nicht vorgestellt. Nachdem Cris sie verlassen hatte, dachte sie, dass sie wahrscheinlich nie heiraten würde. »Ja, aber wenn du mich noch einmal Matilda nennst, verpasse ich dir einen Tritt in die Eier.«

Er lächelte. »Ja, Liebes.«

Sie erwiderte sein Lächeln. »Und wer sagt, dass man Doms nicht beibringen kann, zu gehorchen?«

Sie liebte das Geräusch seines Lachens.

Sie setzte ihn an seinem Hotel ab. Bevor er aus dem Auto kletterte, drehte er sich noch einmal zu ihr um. »Vielen Dank, Tilly. Ich weiß das wirklich zu schätzen.«

»Um deine Schuldgefühle zu lindern?«

Er dachte einen Moment lang darüber nach. »Das ist ein Teil davon. Ich kann dir nicht zurückgeben, was du verloren hast. Ich kann es nicht wiedergutmachen. Du musst uns nicht zu dir ziehen lassen. Ich habe morgen einen Termin mit einem Immobilienmakler. Wir werden uns eine eigene Wohnung suchen.«

»Nein, wenn wir das schon machen, dann auf meine Art.« Sie dachte darüber nach. »Vielleicht behalte ich meine beiden besten Kunden. Um ehrlich zu sein, hatte ich es sowieso langsam satt.«

»Was ist mit Bob?«

Bob. »Ich weiß es nicht«, sagte sie wehmütig. »Ich dachte, er könnte derjenige sein, dem ich mich endlich öffnen könnte. Ich meinte es ernst, als ich sagte, du hättest ein furchtbar mieses Timing.«

»Tut mir leid.«

»Ich habe das Gefühl, wenn er Cris noch einmal sieht, wird er ihn sich schnappen.«

»Soll er doch.«

»Du wolltest Bob wirklich die Scheiße aus ihm rausprügeln lassen, oder?«

»Welchen Teil von Sadist verstehst du nicht?« Er lächelte. »Du bist nicht die Einzige, die auf ein Pfund Fleisch scharf ist.«

»Wie lange sollen wir ihn leiden lassen?«

»Ich weiß nicht, wie es dir geht, ich denke, das kannst nur du selbst beantworten. Ehrlich gesagt, ist mein Stolz immer noch im Eimer. Aber ich habe das Gefühl, dass ich nächsten Mittwoch meine Prioritäten neu setzen werde.«

»Wann sagst du ihm das?«

Er zuckte mit den Schultern. »Ich weiß es nicht. Ich habe mich noch nicht entschieden.« Er schaute sie an. »Wie willst du das anstellen?«

»Komm mich morgen um zehn abholen. Ich muss meine Kunden anrufen und absagen. Komm allein. Ich will ihn noch nicht wiedersehen. Wann stellst du meinen ersten Scheck aus? Ich habe Rechnungen zu bezahlen.«

Er gluckste. »Ich habe schon einen Anwalt hier in der Stadt. Wie wäre es, wenn wir zuerst dorthin gehen und das erledigen, dann lade ich dich zum Mittagessen ein und von dort aus gehen wir zum Büro des Gerichtsvollziehers. Wie viele Schulden hast du? Auch dabei helfe ich dir.«

»Ich zahle meine Kreditkarten jeden Monat ab und habe nur noch zwanzigtausend Schulden auf meinem Haus. Mein Auto habe ich bar bezahlt. Meine Studienkredite sind getilgt.«

Als er die Augenbrauen hochzog, verspürte sie wieder ein Gefühl der Zufriedenheit. »Was?«

»Als Profi-Domme verdient man in dieser Stadt ziemlich gut. Ich nehme sogar eine Gehaltskürzung in Kauf. Zum Glück ist mein Haus fast abbezahlt, sonst hätte ich dem hier nie zugestimmt.«

. . .

NOCH IMMER FASSUNGSLOS ÜBER ihre Offenbarung, sah er ihr nach, als sie losfuhr. Seltsam, er hatte gedacht, dass sie gerade so über die Runden kommen würde, selbst nachdem er gesehen hatte, wo sie lebte, und vor allem nach dem, was Cris ihm über ihre Persönlichkeit erzählt hatte.

Was Cris ihr angetan hatte, hatte sie verändert. Zum Besseren? Das würde nur die Zeit zeigen.

Eines war sicher: Sie war eine Frau, die ihre Ziele verfolgte. Er konnte sich niemanden vorstellen, der besser an seiner Seite sein könnte. Die Tatsache, dass sie seinen Zeitplan um Monate nach vorn brachte, indem sie darauf bestand, dass sie bei ihr einzogen, war ein Bonus.

Die Tatsache, dass er sich zu ihr hingezogen fühlte, war eine echte Überraschung. Er hätte wissen müssen, dass Cris sein Herz niemals an ein wehleidiges, schwachbrüstiges Flittchen verlieren würde. Tilly war anders als alle anderen Frauen, die er je gekannt hatte.

Er konnte es kaum erwarten, sie besser kennenzulernen, diese Frau, der das Herz seines Sklaven noch immer gehörte, obwohl sie selbst seine Sklavin gewesen war.

Er schloss die Tür des Hotelzimmers auf. Der Sklave kniete immer noch auf dem Boden, wo er ihn zurückgelassen hatte. »Musst du auf die Toilette?«

»Ja, Meister.«

»Geh und mach dich bettfertig.«

Der Sklave stand langsam auf, dann drehte er sich um und ging zum Schlafzimmer. Sein Rücken war mit frischen blauen Flecken übersät, die von den Schlägen stammten, die Tilly ihm verpasst hatte. Es sah aus, als hätte sie ihre Hände benutzt, vielleicht auch eine Gerte. Gut. Keine Schnitte von einem Rohrstock. Ein besonders großer blauer Fleck an seinem

Oberschenkel, wo Landry vermutete, dass sie ihn getreten hatte.

Verdammt. Das musste höllisch wehtun.

Er zog sich aus und zog die Decke auf seinem Bett zurück, bevor er sich hinlegte. Als der Sklave zurückkam, zeigte Landry auf seinen Schwanz. »Mach dich an die Arbeit.«

Der Sklave kniete sich zwischen seine Beine und beugte sich über ihn. Landry packte seinen Kopf fest, griff in sein Haar, zog an ihm, trieb seinen Schwanz tief in seinen Hals und würgte ihn fast.

Der Sklave wehrte sich nicht, sträubte sich nicht und versuchte nicht, sich zurückzuziehen, als Landry seinen Mund fickte. Der Sklave nahm es hin.

Nach ein paar Minuten schoss Landry eine Ladung in seinen Hals. Er gab dem Sklaven nicht einmal einen sanften Klaps auf den Kopf oder ein ›Braver Junge‹.

»Geh ins Bett. Du kannst heute Nacht auf dem anderen Bett schlafen. Oben auf der Decke.«

»Danke, Meister.«

Landry schaltete die Lampe aus und zog die Decke über sich. Er drehte die Klimaanlage nicht so weit auf wie in den letzten Nächten. Er hasste es, allein zu schlafen, und vermisste das Gefühl von Cris' größerem Körper, der sich neben ihm ausstreckte. Vielleicht würde er jetzt, da er das Geschehene wiedergutmachen konnte, Cris endlich wieder zu sich ins Bett lassen können, ohne sich schuldig oder wütend über seine Anwesenheit zu fühlen.

Oder ohne sich wie ein verdammter Mitleidsfick zu fühlen.

KAPITEL SECHS

Tilly lag im Bett und starrte an die Decke. Ihr war klar, dass der Schlaf noch lange auf sich warten lassen würde, während sie ihr Gespräch mit Landry Revue passieren ließ.

Was zum Teufel? Was. Zur. Hölle?

Warum zum Teufel hatte sie zugestimmt? Und warum zum Teufel war sie auf diese verrückte Idee gekommen?

Sie wollte Landry nicht wirklich ficken! Na gut, er war ein Hingucker, aber bei all ihren Rachefantasien, was sie tun würde, wenn Cris in ihr Leben zurückkehrte, gehörte das nicht dazu.

Trotzdem gab ihr die Vorstellung ein tiefes Gefühl der Befriedigung.

Sie versuchte, sich auf die Seite zu drehen. Kurz nach drei Uhr schlief sie schließlich ein und träumte von Cris und ihrem gemeinsamen Leben. In allen braven Zeiten, selbst in ihren schwärzesten Gefühlsstürmen, stand er fest und geduldig an ihrer Seite und liebte sie. Als sie am nächsten Morgen um kurz nach sieben Uhr aufwachte, war ihre Entschlossenheit ins Wanken geraten. Sie starrte auf den Ring an ihrer linken Hand.

Cris hatte ihr einen Ring schenken wollen, aber sie hatte sich lange geweigert, weil sie Angst vor dem Gedanken hatte, jemanden zu heiraten, nachdem sie gesehen hatte, was ihre Mutter durchgemacht hatte.

Nach dem, was sie durchgemacht hatte.

Was wäre, wenn sie ihm erlaubt hätte, sie zu heiraten, als er es wollte? Wäre er dann trotzdem zu Landry zurückgekehrt?

Von diesem Gedanken konnte nichts Gutes kommen, also verwarf sie ihn.

Es ist nur ein Job wie jeder andere, versuchte sie zu denken. *Ich wollte Krankenschwester werden, wollte Menschen helfen. Das kann ich jetzt tun.*

Das war es. Sie musste keine Männer mehr zwingen, sich Windeln anzuziehen, oder versuchen, ihnen nicht buchstäblich in die Fresse zu hauen, während sie ihre Stiefel leckten, oder was auch immer ihre Vorliebe war.

Nach ein paar Jahren war es viel einfacher geworden, in die Rolle der ›Herrin Cardinal‹ zu schlüpfen, denn für die meisten ihrer Kunden empfand sie nichts als Verachtung. Wenn es nicht um die Bezahlung ginge, würde sie es nie tun. Es hinterließ in ihr eine emotionale Leere, eine bodenlose Leere, die nur durch eine Sache ausgefüllt werden konnte.

Ihr Dienst und ihre Liebe zu Cris.

Es machte ihr nur Spaß, sich um Bob und einen anderen Kerl zu kümmern, aber der war verheiratet und seine Frau kannte seine Neigung. Eine Schmerz-Schlampe am oberen Ende der Skala, die hart benutzt werden musste. Am Anfang hatte sie einen Kaffee mit der Frau des Mannes getrunken, und Tilly war angenehm schockiert gewesen, als sie herausfand, dass seine Frau kein Problem damit hatte, solange es nicht um Sex ging. Vielleicht half ihr die Tatsache, dass sie Psychologin war. Sie wollte sich eine Session ansehen. Nachdem sie sich vergewissert hatte, dass die Grenzen der Ehe nicht überschritten wurden, erlaubte sie ihm eine Session pro Monat mit

Tilly. Normalerweise waren es zwei oder drei Stunden, in denen er kaum noch laufen konnte, aber er war glücklich. In letzter Zeit stellte sie Tilly Fragen über ihre Arbeit und bat sie um Ratschläge, was sie zu Hause für ihn tun könnte.

Tilly war gern bereit, ihr Ratschläge zu geben und ihr die richtigen Techniken zu zeigen, um Schmerzen zu verursachen, ohne ihn zu verletzen. Sie konnte sich zwar nicht so intensiv mit ihm in Szene setzen, wie er es sich mit Tilly wünschte, aber es half, sie als Paar enger zusammenzuschweißen.

Sie hatte ihre Arbeit gut gemacht. Dann ...

Sie seufzte. Dann war da noch Bob. Sie wollte Bob *nicht* aufgeben.

Und zwar nicht nur als Kunden. Es nervte sie zu Tode, als sie bei dem Gedanken an Cris' Gesicht einen Anflug von Schuldgefühlen verspürte.

Sie dachte auch daran, wie es mit Landry weitergehen sollte. Sich zunächst um Landry zu kümmern, würde höchstwahrscheinlich ein Vollzeitjob für sie sein. Aber darüber musste sie sich in den nächsten Tagen keine Gedanken machen. Bob sollte erst nächsten Donnerstag wiederkommen. Da hatte sie noch Zeit, sich zu entscheiden.

Zwei Tassen Kaffee, eine Stunde auf dem Heimtrainer und eine Dusche später zog Tilly sich an und wartete, als Landry in die Einfahrt fuhr.

Obwohl sie ihm gesagt hatte, dass er Cris nicht mitbringen sollte, mischte sich in die Erleichterung, Landry allein zu sehen, Sehnsucht und auch ein wenig Schmerz.

Verdammt noch mal.

Sie konnte das Arschloch doch nicht vermissen, oder? War sie so krank und gestört, dass sie ihn ernsthaft sehen wollte, nach dem, was er ihr angetan hatte? Sie ging nicht zu Landry hinaus. Sie ließ ihn zu ihrer Haustür gehen und bei ihr klingeln. Sie hatte sich für eine Hose, eine Bluse und einen Blazer entschieden.

Sie trug konservative Absätze und hatte ihr Haar geglättet und nicht wie sonst zu einem wilden Wirrwarr gegelt.

»Du siehst sehr gut aus. Ich fühle mich underdressed.« Er trug Jeans und ein langärmeliges Hemd mit hochgekrempelten Ärmeln.

»Das ist nicht mein Problem, Landry.« Sie nahm ihre Handtasche, zog die Haustür hinter sich zu und schloss sie ab.

Er blieb in einem lockeren Ton. »Das habe ich auch nicht gesagt.« Er öffnete und hielt ihr die Autotür auf. Als er ihre hochgezogene Augenbraue bemerkte, lächelte er. »Türen aufhalten ist nicht nur etwas für Sklaven, Tilly. Es ist eine Sache der Gentlemen.« Sein Gesicht verfinsterte sich. »Oder hat dir dein Sklave nie die Tür aufgehalten? Ich dachte, ich hätte es ihm besser beigebracht.«

»Doch doch, hat er schon. Ich hätte nur nicht gedacht, dass *du* ein Mann bist, der so etwas tut.«

»Es gibt eine Menge Dinge über mich, die du nicht weißt. War das gerade eine Mutmaßung von dir? Ich dachte, wir hätten vereinbart, diese Dinge aus unserer Ehe zu verbannen.«

Sie liebte den Klang seiner Stimme, den leichten Hauch seines Akzents. »Touché. Sehr wahr.« Sie atmete tief ein und aus, als er seinen Platz hinter dem Steuer einnahm. »Es tut mir leid, dass ich heute Morgen so zickig bin.«

»Ist schon in Ordnung. Es ist alles ziemlich stressig. Dessen bin ich mir bewusst. Du bist mit deinen Gefühlen nicht allein.«

Die Frage sprang ihr aus dem Mund, bevor sie sie zurückschlagen konnte. »Und, kniet er heute nackt auf dem Boden?«

Landry setzte sich die Sonnenbrille auf, während er fuhr. »Nein. Ich habe ihn sich anziehen und in den Park in der Nähe des Hotels gehen lassen. Ich habe ihm gesagt, dass er dort sitzen und über sein Leben nachdenken soll und über die Dinge, die er den Menschen, die ihn geliebt haben, angetan hat.«

»Was hast du ihm über heute erzählt? Über mich?«

»Überhaupt nichts.« Er drehte sich zu ihr um, als er an einer Ampel anhalten musste. »Es geht ihn nichts an. Er ist mein Sklave. Er hat in dieser Sache nichts zu sagen. Ich habe seine Rechte als mein Partner gekündigt, als ich herausfand, was er dir angetan hat. Ich will, dass er wirklich begreift, was er uns angetan hat.«

Sie schnaubte. »Dir hat er gar nichts angetan, wenn du mal darüber nachdenkst.«

Als die Ampel grün wurde, konzentrierte er sich wieder auf den Highway. »Du hast dich die letzten fünf Jahre gefragt, warum du nicht gut genug warst. Ich habe während der letzten Wochen auf die letzten fünf Jahre zurückgeblickt und mich gefragt, wie viel von dem, was wir hatten, eigentlich eine Lüge war. Ich habe mich nicht mehr geliebt gefühlt, sondern wie ein Mitleidsfick. Ich denke, dass wir beide eine Menge Probleme haben, die wir für uns selbst lösen müssen. Du hast dein Leben noch vor dir, egal wie. Du hast dich weiterentwickelt. Ich muss mich fragen, ob ich überhaupt überleben werde, geschweige denn, ob ich es will. Ob es sich diesmal lohnt, zu kämpfen. Oder ob der Mann, von dem ich dachte, dass ich den Rest meines Lebens mit ihm verbringen würde, lieber mit dir zusammen wäre.«

Sie starrte ihn an, sprachlos. *Ja, das wäre scheiße.*

DER ANWALT WARTETE AUF SIE. Tilly nahm an, dass die Aushandlung des Ehevertrags ein sehr komplexer Prozess sein würde. Landry überstimmte den Anwalt in den meisten Angelegenheiten und meinte es ernst, als er sagte, er wolle es ganz einfach haben. Tilly behielt ihr gesamtes voreheliches Vermögen und alles, was sie während ihrer Ehe verdiente. Wenn er starb, ging alles an sie.

Genau wie sie es besprochen hatten.

Während sie im Büro des Anwalts saßen und darauf warteten, dass die Sekretärin die Dokumente fertigstellte, starrte Tilly Landry an. »Wie viel Geld hast du eigentlich?«

»Ungefähr?« Sie nickte.

Er zuckte mit den Schultern. »Mit dem Geschäft und den Immobilien über fünfzig Millionen.«

Sie wusste, dass sich ihre Augen bei diesem Satz geweitet hatten, denn er lachte. »Das ist jetzt keine so große Gehaltskürzung, oder?«

»Ich hoffe nicht, dass du stirbst. Das ist dir doch klar, oder? Ich werde auch nicht versuchen, dich zu töten, um es zu bekommen.«

Er lächelte. »Ich weiß. Du hast ein gutes Herz. Du wärst eine ausgezeichnete Krankenschwester geworden, wenn du es dabei belassen hättest.«

»Wie kannst du das sagen, wenn du mich gar nicht kennst?«

Er lehnte sich nach vorn, sein Blick war auf sie gerichtet. »Weil du freundliche Augen hast. Nichts, was man dir angetan hat, konnte die liebevolle und hilfsbereite Seele in dir töten, die nichts anderes will, als voller Hingabe zu dienen. Sie ist zwar hinter einer sehr starken und gut verteidigten Mauer verborgen, aber sie ist immer noch da.« Er nahm ihre Hand in seine und küsste sie. »Ich leugne nicht, dass wir beide eine Menge Mist durchgemacht haben, um an diesen Punkt zu gelangen. Aber ganz ehrlich? Ich bin sehr froh, dass du mir zur Seite stehst.«

Na, *da* wurde ihr ja ganz warm ums Herz. Sie wusste nicht, was sie darauf antworten sollte, also hielt sie den Mund.

Landry musste recherchiert haben, wo sie essen konnten, denn er fuhr sie zum St. Armand's Circle, zu einem netten Restaurant mit einer Außenterrasse, ohne sie nach dem Weg zu fragen. Zum Glück gab es dort nicht viele Raucher, und sie konnten den schönen Tag genießen.

»Ich habe beschlossen, dass ich eine weitere Regel habe«, sagte sie, nachdem der Kellner ihre Getränkebestellungen aufgenommen hatte.

Landry sah amüsiert aus. »Und die wäre?«

Sie beugte sich vor und senkte ihre Stimme. »Was du im Auto auf dem Weg zur Anwaltskanzlei gesagt hast, dass du nicht weißt, ob du überhaupt kämpfen willst. Wenn ich das für dich tue, *wirst* du kämpfen. Habe ich mich klar ausgedrückt? Ich lasse mich nicht auf den Deal ein, nur damit du aufgibst und den Kopf in den Sand steckst. Verstehst du?«

Er sah sie lange an. »Du kennst mich nicht«, sagte er leise. »Warum ist das so wichtig für dich?«

»Ich will mein Leben umkrempeln. Ich würde es nicht tun, wenn ich nicht denken würde, dass du es wert bist.«

Er schlug die Hände auf dem Tisch zusammen. »Warum ist das *jetzt* so wichtig für dich?«

Sie schluckte den stechenden Schmerz hinunter, als ihr Kadens Gesicht in den Sinn kam, wie er in den letzten quälenden Monaten ausgesehen hatte. »Ein lieber Freund von mir – von uns – ist vor nicht allzu langer Zeit an Krebs gestorben. Der Meister seiner Sklavin. Er hatte alles geplant, damit sein bester Freund sie heiraten und ihr Meister werden konnte. Ich weiß nicht, ob ich es jemals so gut hinbekommen hätte wie er, aber du hast keine Ausrede, es nicht zu versuchen, wenn er mit einer so schlechten Prognose umgehen konnte, wie er es tat.«

»Es tut mir schrecklich leid. Es muss sehr schwer für dich gewesen sein, das allein durchzustehen.«

Sie schniefte und blinzelte die Tränen zurück. »Es war kein Kinderspiel.«

»Cris kannte ihn?«

»Ja. Er war ein guter Freund von uns. Kaden war eines der Gründungsmitglieder der Suncoast Society und hat Derrick und Marcia geholfen, Venture zu gründen.«

»Dann bedaure ich deinen Verlust sehr. Möchtest du, dass ich es Cris sage, oder möchtest du es ihm lieber selbst sagen?«

Sie schniefte wieder. »Ich denke, ich habe ihm das neulich zugebrüllt, ich weiß es nicht mehr.«

Landry griff nach ihr, zögerte und berührte leicht ihren Handrücken, bevor er sich wieder zurückzog. »Und deshalb bedeutet dir das jetzt so viel?«

Sie liebte seine Augen. *Verdammt, warum musste er auch noch süß sein?* »Cris hat mich für dich verlassen, um bei dir zu bleiben und dir bei deiner Genesung zu helfen. Du hast ihm offensichtlich so viel bedeutet, dass er das getan hat. Wenn du aufgibst und stirbst, dann habe ich diese Jahre verloren und bin umsonst durch die Hölle gegangen. Ich saß in der ersten Reihe und konnte miterleben, was Seth und Leah mit Kaden durchmachten. Ich habe Zeit damit verbracht, ihnen zu helfen, sich um ihn zu kümmern. Wenn Cris dir deinen Lebenswillen zurückgegeben und dich am Leben erhalten hat, dann kann ich ihm nicht vorwerfen, dass er dich so sehr liebt, dass er versucht, dir zu helfen, egal, wie falsch er damit umgegangen ist oder wie sehr es mich verletzt hat. Auch wenn er sich wie ein Vollidiot verhalten hat«, fügte sie hinzu.

Als er grinste, kräuselten sich seine Augenwinkel spielerisch. »Okay. Ich kann verstehen, warum du so denkst. Es ist schmeichelhaft.«

»Oh, Mann. Ego-Alarm.«

Er lachte und lehnte sich in seinem Stuhl zurück, um einen Schluck Wasser zu nehmen. »Du bist ein harter Knochen, Tilly.«

»Der Domme-Auftritt war kein Hinweis?«

Er beugte sich wieder vor und grinste immer noch. Er senkte seine Stimme. »Wegen der anderen ... Bedingung. Unsere Hochzeitsnacht. Kann ich auch eine Bedingung stellen?«

Sie nickte.

»Du hast gesagt, du willst Vanille. Damit bin ich einverstanden, solange du kein CBT an mir ausprobierst.«

Sie musste sich den Mund mit der Serviette zuhalten, damit sie nicht ihr eigenes Wasser über den Tisch spritzte, während sie lachte. Als sie sich endlich wieder gefangen hatte, lächelte sie. »Ich verspreche dir, dass ich dich nur verbal fertig mache.«

Er hob sein Wasserglas zum Anstoßen und sie prosteten sich zu. Er wartete, bis sie einen weiteren Schluck nahm und fügte hinzu: »Aber du kannst dem Sklaven buchstäblich in die Eier treten, so viel und so hart du willst.«

Sie lachten beide und er half ihr, die Wasserpfütze aufzuwischen, die sie auf ihre Seite des Tisches gespritzt hatte.

Sie half ihm, einen Parkplatz vor dem Amtsgericht zu finden. Ihr stockte der Atem, als sie das Gebäude betraten.

Ich ziehe diesen verrückten Plan wirklich durch.

Als sie in der Schlange standen, schaute sie auf ihre linke Hand. Der Ring musste teuer sein. Landry nahm sanft ihre rechte Hand und verschränkte seine Finger mit ihren. Sie schaute zu ihm auf. Er war ein paar Zentimeter kleiner als Cris, aber immer noch größer als sie. »Hast du es dir anders überlegt?«, fragte er.

»Dafür ist es etwa fünf Dutzend Mal zu spät.«

»Wie ich sehe, läufst du nicht weg.«

Sie seufzte. »Nein, ich werde das tun. Es wird eine schöne Abwechslung sein. Außerdem sind Krankenpflege und Domme sein ziemlich ähnlich.«

Als er lächelte, funkelten seine Augen wieder. Sie liebte es, dass sie seine Laune heben konnte. Normalerweise hatte er einen traurigen Gesichtsausdruck und sah aus, als hätte er genauso viel Liebeskummer wie sie einst.

Die Schlange bewegte sich vorwärts. Vier Paare warteten

vor ihnen. »Ich habe gerade an eine andere Regel gedacht«, sagte sie.

»Muss ich mir Notizen machen?«

»Arschloch. Nein.« Sie zerrte an seiner Hand. Er lehnte sich dicht zu ihr und sie senkte ihre Stimme. »Egal, was passiert oder wie schlimm es wird, du kannst dich nicht umbringen. Ganz im Ernst. Okay? Versprich es mir.«

Seine Miene wurde ernst. Er strich ihr über die Wange, und sie hasste es, dass ein Teil von ihr sich so sehr nach dieser Berührung sehnte, dass sie sich am liebsten in seine Hände begeben hätte. Wie lange war es her, dass jemand sie so berührt hatte?

Nun, abgesehen von Bob.

»Ich verspreche es. Wenn du bereit bist, an meiner Seite zu kämpfen, werde ich alles geben, was ich habe.«

Sie nickte. Ohne zu überlegen, stellte sie sich auf die Zehenspitzen und drückte ihm einen schnellen Kuss auf die Lippen. »Okay.« Sie stupste ihn in die Rippen. »Ich werde dich beim Wort nehmen.«

ER WAR NICHT auf die Welle der Gefühle vorbereitet, die ihn fast überschwemmte. Fast wollte er sich umdrehen und die Sache abblasen. Sie würde es durchziehen, ganz und gar. Wollte an seiner Seite stehen, ob richtig oder falsch. Nicht aus Liebe, nicht einmal aus Sympathie, weil sie sich kaum kannten. Nicht einmal wegen des Geldes, vermutete er.

Weil sie das Gefühl hatte, dass es das Richtige war. Er hatte es nicht verdient.

Als sie ihn küsste, verschlug es ihm fast den Atem, obwohl er schon lange nicht mehr ernsthaft hinter einer Frau her war.

Die rohe Ehrlichkeit in diesem einfachen Kuss.

Sie drückte seine Hand und schob ihn vorwärts, als ein

anderes Paar am Fenster des Angestellten fertig wurde. Sie waren die nächsten.

Er hatte sie nicht verdient.

Wie zum Teufel hatte Cris sie verlassen können?

Als sie in der Nacht zuvor zusammen waren, wurde Landry klar, wie viel sie gemeinsam hatten. Er konnte verstehen, warum Cris sie liebte.

Er würde nie zugeben, dass er ein wenig nervös war, weil er in ihrer Hochzeitsnacht so auftreten musste. Der Gedanke, Cris dort zu haben, aufgereiht und hilflos, würde ihm ironischerweise einen Schub geben.

Es ist gut, ein Sadist zu sein.

Sie waren dran. Er gab seine Daten ein, sie ihre, und sie füllten die Formulare aus. Fünfzehn Minuten später waren sie der Hochzeit einen Schritt nähergekommen.

Es fühlte sich ganz natürlich an, ihre Hand auf dem Weg zum Auto zu halten. »Wie kommen wir von hier aus zum Strand?«, fragte er. »Warum?«

»Ich würde ihn gern sehen. Darf ich nicht mit meiner Partnerin am Strand spazieren gehen?«

Es gefiel ihm, dass er sie zum Lächeln bringen konnte. »Okay. Bieg hier ab.«

Sie fuhren über den John Ringling Causeway, und zwanzig Minuten später waren sie wieder auf Siesta Key in einem öffentlichen Park. Sie ließ ihre Jacke im Auto, zog ihre Schuhe aus und schloss ihre Handtasche in seinem Kofferraum ein. Auch er zog seine Schuhe aus und gemeinsam liefen sie über den weißen Zuckersand zum Golf von Mexiko.

Wunderschön. Noch schöner als in Kalifornien, und er hatte geglaubt, dass das die schönsten Strände der Welt waren.

Sie ließ sich von ihm an der Hand halten und sie liefen fast eine Stunde lang in eine Richtung, während sie sich unterhielten. Irgendwann hielten sie an, um sich auszuruhen, und setzten sich in den trockenen Sand, damit sie nicht nass wurden.

»Liebst du ihn noch?«, fragte sie leise.

»Auf jeden Fall. Ein Teil von mir wünschte, ich würde es nicht tun. Das würde mein Leben in mancher Hinsicht einfacher machen. Ich könnte ein kaltherziger Mistkerl sein und ihn rausschmeißen.« Er legte seinen Arm um ihre Schultern. Es fühlte sich natürlich und angenehm an, sich an sie zu schmiegen. Seit der Enthüllung fehlte es ihm an Zuneigung, er vermisste den Kontakt zu Cris. Er drückte ihr einen Kuss auf die Stirn und nahm den süßen Duft ihres Shampoos wahr. »Liebst du ihn noch? Ganz ehrlich?«

Sie ließ ihren Kopf an seine Schulter lehnen und entspannte sich an ihm. »Ja«, gab sie zu. »Ich wünschte auch, ich täte es nicht. Zu was für einem bedauernswerten Freak macht mich das? Dass ich ihn nach allem, was er getan hat, immer noch liebe.«

»Das macht uns nicht bedauernswert. Es macht uns menschlich.« Er schmiegte sein Kinn an ihren Kopf. »Ich danke dir, Tilly. Ich weiß, ich habe es schon einmal gesagt, aber ich meine es ernst. Ich schätze, ich hätte dich warnen sollen, dass ich ein wirklich beschissener Patient bin.«

»Bedank dich noch nicht bei mir. Ich bin ein ziemlich herrisches Miststück.« Sie sah ihn mit einem Lächeln auf dem Gesicht an.

Er wollte sie wieder küssen, also tat er es.

Sie wollte nicht aufhören, ihn zu küssen ... er war ein verdammt guter Küsser.

Warum zum Teufel musste er schwul sein? Das ist eben mein Glück. Warum ist er ausgerechnet Cris' Meister?

Sie wollte nicht, dass er ging. Trotz der seltsamen, abgefahrenen Situation wollte sie mehr Zeit mit ihm verbringen.

Der Gedanke daran, nach einem so schönen Tag mit Landry den Abend allein zu verbringen, ließ ihr Herz auf unangenehme Weise pochen. Zurück im Auto drehte sie sich auf ihrem Sitz um und beobachtete ihn, während er fuhr. »Was hast du heute Abend geplant?«

Er zuckte mit den Schultern. »Zurück ins Zimmer, Abendessen, Sklave foltern. Das Übliche.«

Tilly lächelte. »Wollen wir ihn im Dunkeln lassen, bis es so weit ist?«

Er nickte. »Ich möchte es. Er weiß, dass etwas vor sich geht, aber er traut sich nicht zu fragen. Nicht, wenn er weiß, wie verärgert ich bin.«

Sie fasste sich ein Herz. »Warum verbringst du nicht die Nacht mit mir?«

»Ich dachte, das wolltest du in unserer Hochzeitsnacht tun.«

»Ich wollte reden.« Sie zupfte an ihren Fingernägeln. »Ich meine, es sei denn, du willst es nicht.«

Er griff nach ihr und tätschelte ihren Oberschenkel. »Das würde ich gern. Aber erst müssen wir einen kurzen Zwischenstopp einlegen.«

Kurz nach vier Uhr fuhren sie auf den Hotelparkplatz. Nervös sah sie sich nach einem Zeichen von Cris um, aber da war nichts. Landry parkte ein paar Türen von ihrem Zimmer entfernt. »Ich bin gleich wieder da. Ich muss ihm Geld für das Abendessen dalassen. Er hat nicht zu Mittag gegessen und nicht viel zum Frühstück.«

Sie unterdrückte ein weiteres Mitgefühl für Cris, als Landry ausstieg, zu seinem Zimmer ging und darin verschwand. Ja, sie war Cris' Sklavin gewesen, aber er hatte sie nie so kontrolliert. Sie hatte sich nie eingeschränkt gefühlt, konnte Geld ausgeben, wie sie es brauchte, ohne vorher zu fragen.

Wenige Augenblicke später kehrte Landry lächelnd zurück und trug einen Rollkoffer und eine Laptoptasche bei sich. Er legte sie auf den Rücksitz, bevor er sich hinter das Lenkrad setzte.

»War er da?«

»Oh, natürlich. Ansonsten hätte er besser gar nicht mehr kommen sollen.«

»Was ist so lustig?«

»Sein Gesichtsausdruck, als ich ihm den Zwanziger gab und ihm sagte, er solle lieber ans Zimmertelefon gehen, wenn ich anrufe. Er stirbt vor Neugierde und weiß genau, dass er nicht fragen darf, was hier los ist.«

Er wartete, bis sie die US 41 erreichten und nach Süden fuhren, bevor er sein Telefon herauszog und wählte. »Gut. Ich wollte nur nachfragen. Iss zwischen sechs und sieben.« Er legte auf und ließ das Telefon in die Mittelkonsole fallen, bevor er sie ansah. »Er verabscheut Mindfucks fast so sehr wie Demütigungen.« Ein böses Grinsen umspielte seine Lippen. »Deshalb machen sie ja auch so verdammt viel Spaß.«

»Wie oft wirst du heute Abend anrufen?«

»Ab und zu.«

»Hast du ihm gesagt, wohin du gehst?«

»Nö. Das geht ihn nichts an.« Er ergriff ihre Hand und schlang seine Finger um ihre. Als er sie sanft drückte, spürte sie, wie ihr Herz schneller schlug. »Wenn ich die Nacht mit meiner Verlobten verbringen will, dann tue ich das.«

SIE BOT IHM AN, für ihn zu kochen. »Wenn du mit mir zusammenleben willst, solltest du vielleicht erst einmal die Waren testen.«

Er lachte, als er in ihre Einfahrt fuhr. »Das könnte man auch anders verstehen.«

Ihr Puls pochte als Kontrapunkt zu ihrer Klitoris. »Vielleicht meinte ich es auch anders.«

Er beugte sich vor und strich ihr über die Wange. »Wie wäre

es, wenn wir uns heute Nacht bekleidet kennenlernen? Wenn wir dann unsere wilde Nacht haben, können wir beide entspannter sein.«

»Warum solltest du nicht entspannt sein?«

Er zuckte mit den Schultern. »Das ist eine Menge Druck. Ich möchte, dass du dich amüsierst.«

Sie spürte einen Gewissensbiss. »Wenn du es nicht willst, müssen wir das nicht tun. Ich weiß, ich habe gesagt, dass es eine Bedingung ist, aber ich will dich nicht zwingen.«

Er schüttelte den Kopf. »Oh, nein, das tust du nicht. Du kannst mich nicht einfach so im Stich lassen«, stichelte er. Er beugte sich vor und küsste sie. Sinnlich und zärtlich, seine Lippen und seine Zunge erforschten sanft die ihre, ohne sie zu vereinnahmen oder zu zerquetschen. »Ich weiß nicht, wie es dir geht, aber selbst, wenn es nicht um das Cuckolding und die Demütigung ginge, würde ich mich schon darauf freuen.«

»Wirklich?«

»Ich bin schwul, nicht tot. Ich habe die ›Mädchen haben Läuse‹-Phase meines Lebens überwunden, bevor ich in die Pubertät kam. Du bist wunderschön. Es ist ein großer Bonus, dass du meine Frau sein wirst.«

»Mal sehen, ob du immer noch so denkst, wenn ich dir Abendessen gekocht habe.«

Er bot sich an, bei den Vorbereitungen zu helfen. Sie machte ihnen einen Salat. Mit ihm zusammen zu sein, fühlte sich ganz anders an als mit Bob. Bevor sie sich zum Essen hinsetzten, hatte sie es erkannt.

Es fühlte sich sehr ähnlich an wie mit Cris. Landry war ihm sehr ähnlich, auch in seinen körperlichen Eigenheiten. Sie bewegten sich gemeinsam in der Küche, schlängelten sich zwischen den Schränken hindurch, ohne aneinander zu stoßen, als wären sie bereits aufeinander eingespielt.

Auf eine Art und Weise, die sie erschreckte. Wie einfach es sein könnte, mit ihm zu leben. Ihr Herz an ihn zu verlieren. »Hast du gesagt, du wärst Cris' erste ernsthafte Beziehung?«

Er lehnte sich mit dem Rücken gegen den Tresen. »Wie viel kannst du wissen?«

»Ich will alles wissen.«

»Hat er dir jemals von seiner Familie erzählt?«

»Nein. Nur, dass sein Vater gestorben ist. Er hat nicht über sie gesprochen. Vor allem nicht, als er von meinen familiären ... Problemen erfuhr.«

»Er wollte dich wahrscheinlich nicht belasten. Warum reden wir nicht darüber, während wir essen?«

Sie ließen sich auf dem Sofa vor dem Fernseher nieder. Sie mochte die vertraute Atmosphäre, die weniger förmlich war, als sich am Tisch anzustarren.

Als sie es sich bequem gemacht hatten, erzählte er die Geschichte, während sie aßen. »Sein Vater warf Cris raus, als er erst sechzehn war, nachdem er ihn dabei erwischt hatte, sich im Internet Schwulenpornos anzusehen. Eine sehr konservative spanisch-katholische Familie. Cris' Vater war das zweitjüngste von acht Kindern und das erste seiner Geschwister, das in den USA geboren wurde, nachdem seine Eltern von Barcelona nach Kalifornien gezogen waren.

Cris' Mutter wollte sich nicht gegen seinen Vater durchsetzen. Cris zog zu einem seiner Onkel väterlicherseits, der glaubte, dass Prügel die Lösung seien.« Er kaute auf seinem Essen herum, dann hielt er inne und sah nachdenklich aus. »Die Ironie ist natürlich, dass Cris nicht schwul ist, sondern bi. Aber ich muss dir nicht sagen, wie zerstörerisch das für einen Teenager in dieser Lebensphase und mit einer Familie sein kann, die ihn nicht gerade unterstützt. Nicht nur, dass sie streng katholisch waren, sondern auch die ganze männliche Macho-Dynamik.

Ich muss dir auch nicht sagen, wie klug Cris ist. Trotz allem, was er durchgemacht hat, hat er es geschafft, ein akademisches

Stipendium für das College zu bekommen. Dort lernte ich ihn bei einer Dinnerparty kennen, die einer meiner Freunde, Cris' Professor, gab. Er hatte keine Zeit für Verabredungen, denn zwischen den Vorlesungen und den drei Teilzeitjobs, mit denen er seine Rechnungen bezahlen musste, hatte er einen vollen Terminkalender. Ich erklärte mich bereit, ihn aufzunehmen, wenn er für mich arbeiten würde, obwohl ich andeutete, dass ich mich freuen würde, wenn ich ihn besser kennenlernen könnte. Innerhalb einer Woche lag er auch schon in meinem Bett.

Im Nachhinein denke ich, dass ich mich räuberisch verhalten habe, als ich seine Verzweiflung so ausnutzte. Ich habe ihn wirklich gemocht und bin dann gekommen, um ihn zu lieben. Er war mehr als bereit, seine Grenzen auszuloten und mir gegenüber eine unterwürfige Rolle einzunehmen. Ich war älter, ich hatte Geld und bot ihm Sicherheit. Ich gab ihm Verständnis und Zuneigung. Ich akzeptierte ihn. Zum ersten Mal in seinem Leben musste er nicht verstecken, wer oder was er war.«

Sie ließ das Schweigen zwischen ihnen ruhen, während er über seine nächsten Worte nachdachte. »Wir waren schon ein paar Jahre zusammen, als sein Vater einen schweren Herzinfarkt bekam. Seine Mutter rief ihn an und wir rasten ins Krankenhaus. Allerdings hatte er keinen Kontakt zu seinem Vater, seit er von zu Hause weggegangen war. Ich hatte die beiden nie kennengelernt, obwohl seine Mutter wusste, dass er bei mir wohnte, auch wenn sie unsere Beziehung nicht guthieß.

Der Mann wurde wütend, als er Cris dort sah, und das, obwohl ich außerhalb des Raumes stand, wo er mich nicht sehen konnte. Er schrie ihn an, dass er keinen Sohn habe, schon gar nicht einen ›schwulen‹ Sohn, und warf ihn aus dem Zimmer. Später am Abend ist er gestorben.«

»Was ist mit seiner Mutter?«

»Sie gab Cris die Schuld an seinem Tod. Sie hat sich einge-

redet, dass sein Vater nicht gestorben wäre, hätte er das Krankenhaus nicht aufgesucht.«

»Aber sie hat ihn angerufen!«

»Ganz genau. Es kam ihr sehr gelegen, dass sie diese
Tatsache vergaß. Ich denke, Cris wollte sich eine Zeit lang auch
selbst die Schuld geben. Die einzige Schuld lag bei seinem
Vater, einem Raucher und Trinker mit einer Vorliebe für Junk-
Food.« Er seufzte. »Ein paar Jahre später musste ich alles kaputt
machen, weil ich dachte, er sei mir nicht genug. Ich habe in
meinem egoistischen Gehirn nicht kapiert, dass, egal wie sehr
ich Cris versicherte, dass ich wegen mir Poly sein wollte und
nicht wegen irgendwelcher Unzulänglichkeiten von seiner
Seite, er sah das als eine weitere Zurückweisung in seinem
Leben. Erst als er mich verließ, wurde mir klar, wie dumm ich
mich verhalten hatte.«

»Wie ist das passiert? Dein ›Komm-zu-Jesus‹-Moment?«

Er lehnte sich zurück. »Einer unserer Freunde kam zu mir
und sagte, dass ich mich wie ein Arschloch benommen hätte,
so etwas mit Cris zu machen. Er fragte mich, warum ich nicht
gesehen habe, wie sehr ihn das verletzt hatte, wenn ich doch
sein Meister sein sollte. Das war natürlich nie meine Absicht.
Ich dachte nur, als Meister hätte ich das Recht, mir zu
nehmen, was ich wollte. Ich dachte, Cris sei ein schlechter
Sklave, weil er eifersüchtig war. Ich habe die Tatsache aus
den Augen verloren, dass ich als sein Meister versagt habe,
als ich ihm diese Entscheidung aufzwang. Als wir zusammenkamen, hatten wir vereinbart, monogam zu sein und keine
anderen Männer außerhalb unserer Beziehung zu suchen.
Ich hatte ihm versprochen, dass er der Einzige ist, den ich
will. Als ich versuchte, ihn ausfindig zu machen und ihm zu
sagen, dass ich es mir anders überlegt hatte, war er schon
weg. Die Freunde, zu denen er noch Kontakt hatte, bat er
darum, mir keine Informationen über ihn zu geben und
keine Nachrichten von mir an ihn weiterzuleiten. Er sagte, er

würde sie aus seinem Leben ausschließen, wenn sie es versuchten.«

»Warum hast du dann versucht, dich umzubringen?«

Er zuckte mit den Schultern. »Ich war wütend auf mich selbst und habe diese Wut dann fälschlicherweise auf Cris gelenkt. Ich habe mir eingeredet, dass ich jemanden finden könnte, der genauso gut oder besser ist als er. Dass es sein Verlust war, nicht meiner. Ich hatte eine Reihe von bedeutungslosen Beziehungen. Keine von ihnen war so gut wie mit ihm. Ich hatte nicht erkannt, wie selbstlos Cris mir auf jede Weise diente, die ich von ihm verlangte. Alles, was er wollte, war, der Einzige in meinem Leben zu sein. Das war alles, was er von mir verlangte: mich nicht teilen zu müssen. Er hätte buchstäblich alles getan, was ich von ihm verlangt hätte, egal wie banal oder wie schmutzig. Wenn ich ihn losgeschickt hätte, um einem anderen Meister zu dienen oder im Mittelpunkt eines Gangbangs zu stehen, hätte er es getan. Es hätte ihm zwar nicht gefallen, aber er hätte es getan.«

Sie fühlte sich ein wenig unwohl. »Das hast du aber nicht, oder?«

»Nein. Ich habe es ein paar Mal in Szenen als Drohung benutzt, um ihn in den Wahnsinn zu treiben, aber ich habe es nie getan. Ich will damit sagen, dass er zur Arbeit gehen, zehn oder zwölf Stunden dort sein, dann nach Hause kommen konnte, um bis zwei oder drei Uhr morgens das Haus zu putzen oder was auch immer und dann aufzustehen und das Ganze noch einmal für mich zu machen. Er hat mir geholfen, mein Geschäft aufzubauen. Er hat sich nie beschwert. Er hat mich nie infrage gestellt, bis ich alles weggeworfen habe. Ich hielt es für selbstverständlich, dass seine Liebe zu mir alles durchdrang, was er tat, ganz gleich, was er tat. Ich musste zu Hause nie einen Finger krumm machen. Nachdem ich ihn verloren hatte, konnte ich jemanden finden, der ein oder zwei Wochen lang Sklave spielen wollte, aber irgendwann jammerten sie und beschwerten sich, dass sie freie Zeit haben wollten, dass sie sich langweilten oder dass sie etwas anderes machen wollten.

Cris hat das nie gemacht. Niemals.«

Sie versuchte, das zu verarbeiten. Sie konnte den Cris von Landry nicht mit ihrem starken Meister in Einklang bringen. »Was denkst du, warum er ein Dom geworden ist?«

Er zuckte mit den Schultern. »Warum bist du es geworden?«

»Ehrlich gesagt? Ich habe es wegen des Geldes getan.«

»Nicht nur. Wegen der Kontrolle auch. Und der Unabhängigkeit. Wegen des ›Fick dich‹ an die Welt, oder?«

Sie dachte darüber nach. »Vielleicht. Meistens war es doppelt so viel Geld für einen Bruchteil der Arbeit.«

»Wie war er als Meister?«

»Ich habe mich gefragt, warum er nie ein Problem damit hatte, bei der Hausarbeit mitzuhelfen.«

Landry lachte. »Der Mann kann Wäsche falten wie kein anderer.«

»Amen.« Sie stießen mit den Gläsern an.

»Dafür hat er auch einen Kurs besucht. Eine der Gruppen, in der wir früher lebten, bot einen dreimonatigen Kurs für Lifestyle-Sklaven an. Ein professioneller Butler brachte ihnen solche Dinge bei.«

Sie aßen zu Ende und er half ihr beim Abwaschen. »Erzähl mir von dir«, sagte Landry. »Cris hat mir nur die Basics erzählt.«

Darüber musste sie die Stirn gerunzelt haben. Er erklärte es ihr. »Er wollte deine Privatsphäre schützen. Es war nicht so, dass er nicht über dich reden wollte, weil du ihm wenig bedeutest. An seinem Tonfall, wenn er über dich sprach, konnte ich deutlich erkennen, dass er dich liebte.«

Sie wusste nicht, wie sie mit dieser Information umgehen sollte. »Oh.«

»Er hat mir erzählt, dass dein Stiefvater im Gefängnis war, weil er dich angegriffen hat.«

Ihr drehte sich der Magen um. »Müssen wir jetzt darüber reden?«, fragte sie mit angespannter Miene.

»Nein, natürlich nicht. Nicht, wenn du es nicht willst.«

»Gut.«

Nachdem sie mit dem Essen fertig waren und er ihr beim Abwaschen geholfen hatte, gähnte sie. »Ich werde mich umziehen gehen. Wollen wir noch ein bisschen fernsehen?«

»Ah, wir benehmen uns schon wie ein altes Ehepaar.«

Sie zog sich ein übergroßes T-Shirt und bequeme Schlafshorts an. Er zog sich nicht um, aber er zog den Hemdzipfel aus seiner Jeans und knöpfte ihn auf. Ihr entgingen nicht die blassen Narben, die sich über seinen Bauch zogen.

Er folgte ihrem Blick. »Ja, ich bin nicht sehr hübsch, nicht wahr?« Er klopfte sich auf den Schoß. »Legen Sie Ihre Füße hier hoch, Madame.«

Sie legte sich zurück auf die Couch und seufzte, als er begann, ihre Füße zu massieren. »Das ist toll!«

Niemand hatte ihr die Füße massiert, seit …

Auch wenn einige ihrer Kunden auf Fußanbetung standen, konnte sie den Gedanken nicht ertragen, dass diese sie berühren würden. Seit Cris sie verlassen hatte, hatte sie niemand mehr wirklich angefasst. Cris hatte ihr immer sehr gut die Füße massiert.

»Ja, das habe ich ihm beigebracht«, sagte Landry, während er langsam ihre Füße knetete. »Überrascht dich das? Dass ein Meister das gern macht?«

Sie sah zu ihm auf und bemerkte seinen neckischen Blick. »Ich weiß. Keine Mutmaßungen.«

Er grinste. »Keine Mutmaßungen. Auf jeden Fall.«

Sie sprachen bis weit nach Mitternacht. Landry rief Cris noch zweimal an, ohne zu verraten, wo er war oder was sie taten. Schließlich gingen sie in ihr Schlafzimmer. Er ging ins Badezimmer und zog sich ein Paar Seiden-Boxershorts an.

»Also bekomme ich heute Abend keine Vorschau?«, stichelte sie.

Er lachte, als er mit ihr unter die Decke schlüpfte. »Lass uns die sexuelle Spannung aufbauen. Du kennst mich doch kaum.«

Sie konnte nicht leugnen, dass es sich gut anfühlte, als er sie an sich zog und sie in seine Arme schloss, sobald sie sich auf die Seite legten.

Verdammt gut.

Sie mochte es, wie sich sein Körper an ihren schmiegte. Er küsste ihren Nacken. »Bequem?«

»Ja. Tatsächlich sehr.«

»Gut.«

KAPITEL SIEBEN

Der Sklave wusste nicht, wo sein Meister die Nacht verbracht hatte. Es ging ihn nichts an, obwohl er es gern wüsste.

Er hoffte, dass, was auch immer der Meister geplant hatte, es nicht mit Tilly zu tun hatte.

Er hoffte auch, dass sein Meister sie nicht noch mehr in sein Leben hineinziehen würde, als er es ohnehin schon getan hatte. Er liebte sie, er würde sie immer lieben und vermissen, aber wie grausam war es, in ihr Leben einzugreifen, wenn sie es offensichtlich schon hinter sich gelassen hatte?

Bob. War er ihr Freund und nicht nur ein Kunde? Der Typ war auf jeden Fall sauer genug gewesen, um ihr Freund zu sein.

Wieder unterdrückte der Sklave seine Eifersucht. Er hatte sie freigelassen. Er hatte seinen Weg gewählt.

Er hatte kein Recht, eifersüchtig darauf zu sein, mit wem sie ihr Bett teilen würde.

Sicherlich hatte sie inzwischen einen anderen gefunden.

Oder vielleicht doch nicht?

Ein Teil von ihm betete, dass es so war, dass sie nicht all die Jahre allein verbracht hatte, während er Landrys Bett wärmte, relativ glücklich bis auf das Loch in seinem Herzen, wo er sie immer vermissen würde. Und falls sie es nicht getan hätte, würde er sich noch schuldiger fühlen.

Ein Teil von ihm hoffte, dass sie niemanden hatte, dass sie auf irgendeine Weise immer noch zu ihm gehörte. Denn der Gedanke, dass ein anderer Mann sie berührte, zerriss ihm das Herz, obwohl er wusste, dass er kein Recht hatte, so zu fühlen.

Um halb acht an diesem Morgen klingelte das Telefon in seinem Zimmer. Noch vor dem zweiten Klingeln ging er ran.

»Meister?«

»Das ist mein braver Junge. Geh duschen, zieh dich an und frühstücke. Geh ein bisschen spazieren, wenn du magst. Sei um zehn Uhr zurück im Zimmer. Du darfst angezogen bleiben, bis ich etwas anderes sage.«

»Ja, Meister.«

Der Meister legte auf und der Sklave hörte nur noch das Freizeichen. Er lächelte. Der Meister hatte ihn seinen braven Jungen genannt.

Das war die netteste Begrüßung, die er seit einem Monat von ihm bekommen hatte.

LANDRY LEGTE sein Handy auf den Nachttisch. Tilly schlief immer noch neben ihm. Sie würden ein größeres Bett brauchen, das stand fest. Er hatte gern Platz, um sich zu bewegen.

Würde er sie überzeugen können, auch nach dem Ende ihrer Vereinbarung zu bleiben? Gestern hatte er den ganzen Tag über einen Eindruck von ihrer Sklavennatur bekommen. Nein, so würde er sie nicht ausnutzen. Er hatte versprochen, sie nicht zu toppen und er hatte es ernst gemeint.

Wie würde Cris reagieren? Würde er seinen Sklavenstatus beibehalten, oder würde Tillys Anwesenheit seine dominante Natur zum Vorschein bringen und seinen Dienst beenden?

Könnte Cris mit seiner Doppelnatur mit beiden leben? Würde er versuchen, sie zurückzugewinnen?

Würde er bleiben?

Er rollte sich auf die Seite, um sie ansehen zu können. Ihre Bitte hatte ihn zutiefst schockiert. Er vermutete aber, dass es eher eine wütende Reaktion ihrerseits gewesen war als ein echter Wunsch nach Rache. Es würde ihn nicht überraschen, wenn sie es in letzter Minute doch nicht durchziehen könnte. Um ehrlich zu sein, freute er sich schon darauf. Er spürte, wie sein Schwanz in seinen Shorts steif wurde – die übliche Morgenlatte.

Normalerweise würden er und Cris Liebe machen, wenn sie Zeit hätten. Seit der Enthüllung hatte er den Sklaven aber nur zu sich ins Bett bestellt, um sich von ihm dienen zu lassen, wenn er Lust dazu hatte.

Er vermisste die Zuneigung mehr, als er jemals zugeben würde. Letzte Nacht hatte er so gut geschlafen wie seit einem Monat nicht mehr. Tilly in seinen Armen zu haben, fühlte sich definitiv nicht wie eine lästige Pflicht oder ein Opfer an.

Als sie die Augen öffnete, war er froh, dass er das Laken bis zu seiner Taille hochgezogen hatte. Sein Schwanz wurde steif und pochte, als sie seinem Blick begegnete. Ihr Blick wanderte hinunter zu seiner Taille und wieder hinauf zu seinem Gesicht.

»Soll ich dir dabei helfen?«

Er lachte. »Dann würdest du meine Geheimnisse noch vor unserer Hochzeitsnacht kennen.«

»Das macht mir nichts aus.«

Er beugte sich vor und küsste sie sanft, was seinen Schwanz noch härter pochen ließ. »Ich weiß, dass es dir nichts ausmacht, und ich weiß es zu schätzen. Ich werde es überleben. Ich denke, ich würde die süße Qual lieber noch ein bisschen länger hinauszögern.«

»Siehst du? Du magst mich als Domme. Du magst es, wenn ich dich reize und abweise.«

Er ließ sich auf sein Kissen zurückfallen und lachte lange über ihren spielerischen Ausdruck. »Du, meine Liebe, bist süß und böse. Ich bete dich schon jetzt an.«

ER FÜHRTE sie zum Frühstück aus und bat sie dann, ihm den Weg zum nächsten Einkaufszentrum zu zeigen.

»Warum?«

»Ich habe keine Anzüge mit auf diese Reise genommen. Ich hatte vor, uns eine Wohnung zu suchen, dann nach Hause zurückzufahren und den Umzug zu organisieren. Aber meine Diagnose hat diese Pläne geändert.« Er schaute sie an. »Ich weigere mich, zu heiraten, wenn ich wie ein Penner angezogen bin.« Sie hob daraufhin eine Augenbraue. Er sah aus wie ein Geschäftsmann am Casual Friday – gebügelte Khakis und geknöpftes Hemd. Keine Krawatte, aber das letzte Wort, das ihr in den Sinn kam, wenn sie ihn ansah, war ›Penner‹. »Meinetwegen brauchst du dich nicht hübsch zu machen.«

Er fuhr in eine Parklücke. »Meine Liebe, ich war noch nie verheiratet. Mir ist klar, dass das alles etwas überstürzt ist, aber ich möchte versuchen, es richtigzumachen.«

»Ich nehme an, du willst auch, dass ich mich schick mache?«, neckte sie ihn.

Er beugte sich vor und küsste sie. »Ich erwarte kein formelles, weißes Kleid.«

»Das will ich auch hoffen.« Sie lächelte. »Etwas so Helles zu tragen, liegt mir fern, fürchte ich.«

Er lachte. »Dann sind wir ja schon zu zweit.«

Er kaufte einen schwarzen Designeranzug in einem Nobelkaufhaus und bezahlte extra dafür, dass die Änderungen noch am gleichen Nachmittag abgeschlossen wurden. Er ließ sie die lila Seidenkrawatte aussuchen, und als sie fertig waren, führte er sie in die Damenabteilung und überredete sie, ein wunderschönes, dunkelviolettes Kleid zu tragen. Als sie es bezahlen wollte, nahm er es ihr behutsam ab und legte es auf den Tresen. »Ich zahle. Das ist für *meine* Verlobte.«

Sein Tonfall ließ ihr Herz in ihrer Brust hüpfen. Sie musste schlucken, bevor sie etwas sagen konnte. »Das musst du nicht tun.«

»Ich weiß.« Er beugte sich vor und küsste sie, sodass ihr der Atem stockte. »Ich will es aber.«

Aber er war noch nicht fertig. Auf ihrem Weg durch das Einkaufszentrum blieb er kurz vor einem Juweliergeschäft stehen und lächelte. »Komm mit, meine Liebe. Noch eine Kleinigkeit. Ich weiß nicht, warum mir das nicht früher eingefallen ist.« Er ging hinein.

Sie schluckte schwer und folgte ihm. Er stöberte durch die Vitrinen mit den Eheringen. »Was gefällt dir am besten?«

»Nimm einfach etwas Billiges. Was auch immer.« Ein anderer Gedanke kam ihr in den Sinn. »Woher kennst du meine Ringgröße?« Der Verlobungsring passte perfekt.

»Ich habe sie anhand deiner Bilder erraten. Schlanke Hände, leichte Knochen. Oh, dieses Set gefällt mir. Was hältst du davon?« Er deutete auf ein wunderschönes goldenes Set, in das ein kunstvolles Muster eingraviert war, besetzt mit kleinen Diamanten.

»Es ist wunderschön.« Die Verkäuferin holte es heraus. Als Tilly den Preis sah, stockte ihr der Atem. »Landry, ernsthaft? Das sind über zwei Riesen.«

Er richtete seine grünen Augen auf sie. »Und? Gefällt es dir?«

»Ja, aber ...«

»Wir nehmen es«, sagte er zu der Angestellten.

Tilly versuchte zu protestieren. »Okay, ich meine, ich weiß, dass du Geld hast, aber ernsthaft? Ist das wirklich nötig?«

Er drehte sich zu ihr um und ergriff sanft ihre Hände, während er sie an sich zog. Als er ihre Stirn berührte, flüsterte er: »Bitte, tu mir den Gefallen. Ich habe nicht vor, jemals wieder in meinem Leben zu heiraten, und ich würde es lieber so gut machen, wie es unter den gegebenen Umständen möglich ist. Ich kann das verkraften.«

Mein Gott, womöglich schafft der Kerl es nicht. Es fiel ihr schwer, sich noch daran zu erinnern, wann er so tat, als wäre alles in Ordnung.

Mit einem tiefen Seufzer stimmte sie zu. »In Ordnung.«

Ihr Herz schlug höher als sein strahlendes Lächeln. »Ich danke dir, mein Herz.« Er küsste sie.

Also dann, okay.

Er schickte sie in den Food-Court des Einkaufszentrums, um ihm Kaffee zu holen, während er die Ringe bezahlte. Dann aßen sie zu Mittag und kehrten zu ihrem Haus zurück. Er hatte Cris nicht angerufen, außer vielleicht, wenn er nicht in ihrer Sichtweite war.

Sie fragte sich, was Cris durch den Kopf ging, ob er sich Sorgen machte, eifersüchtig war.

Wütend.

Hatte er Angst, dass er vielleicht verlassen worden war?

Bei dem letzten Punkt hoffte sie es aufrichtig. Er sollte eine Kostprobe davon bekommen. »Er tut dir leid«, sagte Landry, als sie in ihre Einfahrt fuhren.

»Wie bitte?«

»Du siehst aus, als ob du tief in Gedanken versunken bist.«

»Du bist unheimlich.«

»Das sagt Cris oft zu mir.«

Sie lächelte. »Aha. Du hast schon wieder seinen Namen gesagt.«

Er trug ihre neuen Sachen für sie hinein, darunter auch neue Schuhe, die sie passend zum Kleid gekauft hatte. »Wie du schon sagtest, nach der großen Nacht wird es leichter sein, darüber hinwegzukommen.«

»Sei meinetwegen nicht sauer auf ihn.«

»Das bin ich nicht. Ich bin meinetwegen sauer auf ihn.«

Sie schlug sich an die Stirn. »Oh, Mist.«

»Was?«

Sie zuckte zusammen und sah ihn an. »Es ist Freitag. Ich soll mit Ross und Loren zu Abend essen und dann heute Abend mit ihnen in den Club.«

»Ah.« Er dachte einen Moment darüber nach. »Ich würde sie gern kennenlernen.«

»Oh, ja, toller Plan«, schnaubte sie. »Wie zum Teufel soll ich dich erklären? ›Hey, Ross, ich weiß, du hast gesagt, du würdest Cris mit einer Propanfackel kastrieren, wenn du ihn jemals wieder siehst, aber ich möchte, dass du meinen *Verlobten*, seinen *Meister*, kennenlernst. Oh, übrigens, sie leben beide bei mir.‹« Sie lachte. »Ähm, ja.«

Er hob eine Augenbraue. »Propangasfackel? Ich mag seinen Stil. Ich werde den Sklaven für ihn festhalten.«

»Das ist ein wiederkehrendes Thema bei dir, nicht wahr? Du bist *wirklich* ein Sadist.«

»Ich habe keine Verwendung für seine Hoden. Ich brauche nur seinen Arsch und seinen Schwanz.« Er runzelte die Stirn. »Andererseits brauche ich seinen Schwanz auch nicht. Wir haben ein paar wirklich schöne Spielzeuge, die genauso gut sind und nie weich werden.«

Sie schnaubte. »Nein. Seine Hoden und sein Schwanz bleiben an seinem Körper befestigt. Wenn irgendjemand sie zuerst anfassen sollte, dann ich.«

»Das ist mein Mädchen. Das sagst du jetzt.« Er setzte sich auf das Sofa und musterte sie. »Du hast dich also seit Cris mit niemandem mehr getroffen? Abgesehen von deinem Date mit Bob, meine ich.«

Hitze breitete sich in ihrem Gesicht aus. »Müssen wir jetzt darüber reden?«

»Na ja, es macht es natürlich schwerer, mich deinen Freunden zu erklären, denke ich«, sagte er. »Sie werden dir die Ausrede ›geheimer Internet-Freund‹ nicht abkaufen.« Er klopfte ihm auf den Schoß. »Komm her«, sagte er leise.

»Was?«

»Komm einfach her. Bitte?«

Misstrauisch beäugte sie ihn und ging zu ihm hinüber. Er ergriff sanft ihr Handgelenk und zog sie auf die Couch, sodass sie mit dem Gesicht zu ihm auf seinem Schoß saß. Er stützte seine Hände auf ihre Oberschenkel. In dieser Position sah sie ihm direkt in die Augen und ihre Jeans fühlte sich plötzlich viel zu eng an, sodass ihre Klitoris auf eine unangenehm erotische Weise gerieben wurde.

»Was möchtest du tun?«, fragte er. »Wenn du möchtest, erkläre ich dir gern die Situation. Ich werde gern die Hauptlast ihres Zorns auf mich nehmen.«

Sie stützte ihre Hände auf seine Brust. Schöne Brust. *Sehr schöne Brust.* Sie ließ sie auf seine Schultern gleiten und legte ihren Hintern ein wenig bequemer auf seine Oberschenkel. Schöne, feste Oberschenkel.

Oh fuck. Ich bin sooo am Arsch.

»Ich kann das nicht vor ihnen verheimlichen. Sie kommen zum Essen und zu Filmabenden. Loren kommt ein paar Mal pro Woche zum Mittagessen oder um einen Kunden zu demütigen, der einen Zeugen braucht. Wir können Cris nicht in einen Schrank sperren.«

Seine Hände glitten zu ihrer Taille hinauf und legten sich auf ihre Hüften. »Klar können wir das. Warum nicht? Es wird ihm nichts ausmachen.«

Sie lächelte. »Im Ernst«, sagte sie.

»Ich meinte es ernst. Ich frage dich noch einmal: Was willst du tun?«

Sie wusste, dass sich die Frage auf das Thema ›Loren und Ross rösten Cris' Kastanien auf einem nicht ganz so offenen Feuer‹ bezog, aber sie ließ es bleiben und beugte sich stattdessen vor, um Landry zu küssen. Sie ließ sich fallen und genoss das Gefühl seiner Arme, die sich um sie legten und sie an sich zogen, während sie ihre Arme um seinen Hals schlang.

Als sie schließlich den Kopf hob, fiel es ihr schwer, wieder zu Atem zu kommen. »Wenn du nur halb so gut fickst, wie du küsst, wirst du vielleicht regelmäßig von einer Frau flachgelegt, egal ob du schwul bist oder nicht.«

Er streichelte ihren Rücken. »Darf ich dir eine ernste Frage stellen?« Sie nickte.

»Hat er dich mit posthypnotischen Triggern verlassen?«

Ihr Gesicht rötete sich und sie versuchte aufzustehen, aber er ließ sie nicht. »Tilly, bitte«, sagte er. »Sag es mir.«

»Warum sollte ich?« Ihr Herz raste. *Das war eine gaaaanz, gaaanz schlechte Idee.*

»Ich verspreche, dass ich sie nicht ausnutzen werde. Bitte?«

Sie schloss ihre Augen und nickte. »Ich wusste, ich hätte Ross bitten können, sie für mich loszuwerden«, flüsterte sie, »aber ich habe es nicht übers Herz gebracht.« Es überraschte sie, als sie weinend zusammenbrach.

Es überraschte sie noch mehr, als sie sich von Landry trösten ließ, der sie in den Arm nahm und beruhigte. »Bist du deshalb nie mit anderen ausgegangen?«

»Nein«, schniefte sie. »Ich habe vor Bob nie jemanden kennengelernt, mit dem es sich lohnte auszugehen.« Sie wollte jetzt nicht an Bob denken. Sie fühlte sich schlecht wegen ihm, denn er würde zweifellos von dieser Entwicklung verletzt sein.

Vor allem jetzt, wo sie spürte, dass sie mit Landry in ungewohntes emotionales Terrain abglitt. »Ich meine, ich wusste, dass es mich nicht davon abhalten würde, mit jemand anderem zusammen zu sein, aber ...« Sie schniefte wieder.

Er streichelte weiter sanft ihren Rücken. »Es tat mehr weh, sie loszuwerden, als sie ruhen zu lassen«, sagte er leise.

»Ja.« Sie hob ihren Kopf. »Woher wusstest du das?«

Er lächelte traurig. »Was denkst du, wie Cris gelernt hat, sie zu platzieren? Das hat er auch gesagt, als er zurückkam. Ich denke, das war auch der Grund, warum er Dom wurde, denn er konnte es nicht ertragen, dass ihn jemand anderes toppen wollte, ohne dass er seine Trigger zuvor veränderte oder beseitigte. Er kannte seine Art und wusste, dass ein neuer Partner beim Spielen Trigger bei ihm einsetzen musste.«

Er bat sie, sich auf die Couch zu legen, den Kopf in seinem Schoß, und die Augen zu schließen. Seine Stimme beruhigte sie, daran bestand kein Zweifel. »Hat er Französisch benutzt?«, fragte Landry.

Sie nickte und ein weiteres Teil des Puzzles fügte sich zusammen. »Das hat er auch von dir gelernt.«

»*Oui, ma cherie.*« Sie lachte.

»*Pssst.*« Er strich ihr über die Stirn und sprach leise weiter mit ihr. Sie vertraute ihm, dass er sein Wort nicht brechen und sie ausnutzen würde. Sie ließ sich von ihm nicht in den Subraum führen, sondern in eine leichte Trance, in der sie sich unter seiner sanften Führung entspannte und ihre Anspannung losließ.

Als er anfing, ihre lange schlummernden Trigger zu entfernen, raste ihr Puls plötzlich und sie geriet in Panik. Sie griff nach seiner Hand, als sie wieder zu Bewusstsein kam. »Nein, warte. Hör auf. Ich kann nicht.« Sie fing an zu weinen. »Tu's nicht. Bitte, tu es nicht!«

Schnell zog er sie an sich und hielt sie fest. »Es ist alles gut, Liebes«, beruhigte er sie, während sie sich schluchzend an ihn schmiegte. Er streichelte ihr Haar. »Es ist okay.«

Sie wollte sich nicht bewegen. So dumm das auch war, sie fühlte sich in seinen Armen sicher. War das nur ein Wunschdenken von ihr? Sie wusste es nicht. Da kam ihr eine Idee. »Leg deine eigenen fest«, sagte sie. »Verankere mich an dir.«

LANDRY WAR FROH, dass sie ihr Gesicht an seiner Schulter vergraben hatte und den schockierten Ausdruck, von dem er wusste, dass er ihn trug, nicht sehen konnte. »Was?« Er konnte sie nicht richtig verstanden haben.

»Setze deine eigenen Trigger für mich. Lasse seine und setze deine eigenen.«

Seine Hand zögerte, als er ihr über das Haar strich. Das wäre nicht schwer. Bei jemandem, der diesen Prozess noch nie durchlaufen hatte, der nicht an Hypnose, Trance und Subraum gewöhnt war, dauerte es normalerweise eine Weile, bis ein Vertrauensverhältnis aufgebaut war. Aber sie hatte bereits Trigger.

Tief verwurzelte.

Die meisten Menschen, die dasselbe durchgemacht hatten wie sie, ließen sie irgendwann von allein los. Trotzdem liebte sie Cris noch immer. Hätte sie sich mit anderen verabredet und eine Beziehung gehabt, wären ihre Trigger verschwunden, als sie sich verliebte.

»Warum?«

»Ich werde dich heiraten.« Sie stupste ihn in den Arm, ohne ihr Gesicht von seiner Schulter zu nehmen. »Das bedeutet nicht, dass du mich wie ein Dom beherrschen kannst. Aber vielleicht macht es den Montagabend für uns beide einfacher, wenn du Trigger benutzt.«

Da hatte sie nicht ganz unrecht. »Wie viel Französisch kennst du denn?«, fragte er. Sie schaute zu ihm auf. »*J'ai confiance à toi.*«

Ich vertraue dir.

Das erwärmte sein Herz und machte ihm gleichzeitig eine Heidenangst. Er hatte es beim ersten Mal mit Cris vermasselt. Tilly hatte so viel durchgemacht, er wollte diese Verantwortung nicht auf sich nehmen, wollte nicht das bisschen Liebe und Vertrauen zerstören, das ihr noch geblieben war. »Das war keine Antwort auf meine Frage.«

»*Je parle un peu de français.* Nicht so viel wie du oder Cris, da bin ich mir sicher.«

Er lächelte. »Klugscheißer.«

»*Oui, Monsieur.*«

Er musste ihr zugestehen, dass ihre Aussprache genau richtig war. Cris wurde fälschlicherweise für einen Muttersprachler gehalten, als er ihn nach Frankreich mitnahm, und wenn er sie unterrichtet hatte, war es nur logisch, dass sie denselben Akzent gelernt hatte. Sie hatte ein gutes Ohr.

Kein Wunder, dass sie seinen Akzent herausgehört hatte, als sie sich unterhielten, obwohl die meisten Leute ihn nicht bemerkten. Er hatte sich verdammt viel Mühe gegeben, wie ein Amerikaner zu klingen.

»Leg dich hin.«

Sie ließ sich wieder zurückfallen und hielt seine Hand fest umklammert, sodass ihre Finger ineinander verschlungen waren. Er versetzte sie wieder in Trance und begann langsam mit ihr zu arbeiten, wobei sich ihr Griff um seine Hand lockerte, als sich ihr Trancezustand vertiefte. Behutsam umging er Chris' Trigger, die immer noch unglaublich tief in ihrem Kopf steckten.

Cris hatte gut gelernt.

Schade, dass er keine anderen Lektionen verinnerlicht hatte, wie zum Beispiel, kein Dummkopf zu sein. Landry hatte sich während seiner Bekanntschaft mit einem andern Dom eifrig mit NLP und später auch mit Hypnose beschäftigt, bevor er Cris kennenlernte. In seinem jugendlichen Egoismus hatte er Cris als Versuchskaninchen benutzt – mit verblüffenden Ergebnissen für sie beide.

Er verdrängte diese Erinnerungen, während er mit ihr arbeitete. Es war nicht gelogen, dass sie ihm vertraute. Hätte sie ihm in Anbetracht ihrer Vergangenheit nicht vertraut, würde sie ihn auf keinen Fall auf diese Weise durch ihren Kopf gehen lassen.

Er hielt es einfach, ein paar grundlegende Dinge, die den Montagabend für sie beide angenehmer machen würden. Und trotzdem hatte er ein schlechtes Gewissen. Wollte sie ihn um seiner selbst willen oder weil er es ihr mit der Hypnose leicht gemacht hatte, loszulassen und zu entspannen?

Oder weil sie dafür großzügig entlohnt werden würde?

Er drückte ihre Hand, während er die Trigger einstellte und sie schließlich wieder zu Bewusstsein brachte.

Sie lag da und starrte ihn mit diesen süßen haselnuss-braunen Augen an. Er stand auf, hob sie hoch und trug sie in ihr Schlafzimmer, obwohl sie lachend protestierte.

»Was machst du da?«

»Ich muss sie doch testen, oder?« Er küsste sie und brachte sie zum Schweigen, als sie sich fester an seinen Hals klammerte.

Sanft legte er sie auf ihr Bett und kletterte zu ihr hoch, sodass sie auf der rechten Seite lag und sich auf einen Arm stützte. »Schließ deine Augen«, flüsterte er.

Sie hatte sich auf die Unterlippe gebissen, was ihre Nervo-sität verriet, aber ihre Augen fielen zu.

Mit einer federleichten Berührung wanderte er mit seinen Fingern ihren linken Arm hinauf. »Du bist wunderschön, meine Liebe«, flüsterte er.

Ihr Körper begann sich unter seiner Berührung zu entspan-nen, obwohl ihre sexuelle Spannung anstieg. Ihr Gesicht errö-tete, ihr Atem wurde schneller.

Er zog seine Finger wieder an ihrem Arm hinunter und verschränkte sie mit den ihren. Behutsam führte er ihre Hand über ihren Bauch zum Bund ihrer Jeans.

Er küsste ihre Stirn, seine Lippen streiften ihre Haut. »Mach sie auf«, flüsterte er.

Sie lockerte seinen Griff, um eine Hand freizuhaben, öffnete die Jeans und zog den Reißverschluss runter. Er spürte das kurze nervöse Zittern in ihrer Hand, bevor er sie losließ.

»Sehr brav«, gurrte er leise. »Das ist mein braves Mädchen. Mein sehr schönes Mädchen.« Er küsste sie auf die Stirn und betete, dass sie nicht spürte, wie seine schmerzhafte Erektion gegen ihren Oberschenkel drückte. Er könnte sie in dieser Sekunde ficken, aber darüber mussten sie erst noch ein bisschen reden. Ganz zu schweigen davon, dass er sie in diesem Zustand nicht ausnutzen wollte. Er verschränkte seine Finger wieder mit ihren. »Halte deine Augen geschlossen und hör mir zu.«

Er drückte ihr einen sanften Kuss auf die Lippen, obwohl er sie am liebsten verschlungen hätte, seine Zunge in ihren Mund gesteckt und sie damit gefickt hätte, so wie er sie jetzt mit seinem Schwanz ficken wollte. »Wie lange ist es her, dass du das letzte Mal gekommen bist?«

»Seit damals.«

Er blinzelte, ihre Antwort ließ ihn fast aus seiner Rolle fallen. Er biss sein überraschtes »*Was*?« zurück, um eine ruhigere, kontrolliertere Antwort zu geben. »Nein, Liebes. Ich meinte nicht mit Cris. Ich meinte, wann hast du das letzte Mal mit dir selbst gespielt?«

»Habe ich nicht. Ich tue das nicht.«

Ein Teil von ihm wollte sich aufsetzen und sofort darüber reden, weil er vermutete, dass sie ihn nicht verstand. Der andere Teil sträubte sich dagegen, den Bann zu brechen, in dem er sie hielt.

Er führte ihre Hand unter den Bund ihres Höschens und war angenehm überrascht, dass sie sich rasiert hatte. Ihr Atem beschleunigte sich, flach, fast keuchend.

Er kraulte ihr Ohr und knabberte sanft am Ohrläppchen. »Spiel für mich mit dir selbst.«

In diesem Moment spannte sich ihr Körper an. »Ich ... kann nicht.«

»Ich werde meine Hand nicht bewegen, ich verspreche es. Ich bin hier bei dir.«

Langsam begannen ihre Finger ihren Kitzler zu streicheln, während er ihr leise ermunternde Worte ins Ohr flüsterte und sie sanft beruhigte, während sich ihr Körper erst entspannte und dann mit einer süßen, sinnlichen Spannung füllte, von der er spüren konnte, dass sie sich wirklich darauf einließ. Seine Hand glitt noch weiter nach unten, so dass er zwei Finger krümmen und in sie einführen konnte.

Sie keuchte bei diesem Gefühl und die Bewegungen ihrer eigenen Hand wurden schneller, als sie ihren Kopf zu ihm drehte und ihr Gesicht an seiner Schulter vergrub.

Er wechselte zu Französisch. »*Komm noch nicht. Sei mein braves Mädchen.*«

Sie wimmerte leise, als sich ihre Hüften mitbewegten und sie ihre Hand gegen seine drückte, während er ihre feuchte Muschi langsam fingerfickte.

Mein Gott, sie ist ja ganz feucht! Außerdem war sie verdammt eng. Ohne Penisring würde er in kürzester Zeit abspritzen. Er versuchte, seine pochende Erektion zu ignorieren, während seine Finger leicht in sie hinein- und wieder herausglitten.

Nach ein paar Minuten ließ sie sich völlig gehen, ihre Hüften bockten und schaukelten, als seine Finger immer wieder in sie eindrangen und ihr Körper sich gegen seinen stemmte, während sie auf Französisch um Erlösung bettelte.

Er betrachtete ihr Gesicht. »*Öffne deine Augen. Sieh mich an.*« Ihre Augenlider sprangen auf.

»*Komm jetzt!*« Er drückte seine Finger tief in sie hinein und spürte, wie ihre Muskeln sie zusammenpressten.

Er hoffte, dass sie ihn nicht stöhnen hörte, als sie aufschrie, weil es so schön war. Er presste seine Handfläche gegen ihre Hand und drückte ihre Finger fest gegen ihre Klitoris. »*Noch mal!*«

Ihr Rücken wölbte sich und sie stöhnte. Er beugte sich zu ihr und küsste sie heftig. Diesmal ließ er seine Zunge mit ihr machen, wovon er sich wünschte, sein Schwanz könnte es mit ihrem Körper tun. Er zog sie an sich und hielt sie fest, während sie in seinen Armen schluchzte. Er zwang seine Ungeduld, herauszufinden, ob es gute oder schlechte Tränen waren, und wartete ab.

Als sie sich entspannte und ihre Tränen zu leisen Schluchzern wurden, schaute er ihr in die Augen und lächelte.

Als sie zurücklächelte, entspannte er sich erleichtert und schaltete wieder auf Englisch um. »Gut?«

Sie nickte und wälzte sich absichtlich gegen ihn und erzeugte erotische Reibung an seinem Schwanz. »Was ist mit dir?«, fragte sie.

»Was soll mit mir sein?« Als sie versuchte, nach unten zu greifen und ihn durch seine Hose zu drücken, nahm er ihre Hand in seine und führte ihre Finger zu seinem Mund, wo er sie zwischen seine Lippen nahm und mit seiner Zunge darüber strich.

»Wie wäre es, wenn ich mich um dich kümmere?«, fragte sie.

»Ich brauche nichts.«

Sie schnaubte amüsiert. »Ähm, ja. Zwing mich nicht zu fragen, ob das ein Dildo in deiner Hose ist oder ob du dich einfach nur freust, mich zu sehen.«

»Ich kann bis Montag warten.«

Er wünschte sich, er hätte es anders formuliert, als ein Schatten durch ihre Miene zog. »Okay«, sagte sie leise. »Tut mir leid.«

Er fluchte im Stillen. »Ich habe es nicht so gemeint.«

Sie setzte sich auf und entfernte sich von ihm, während sie sich mit den Händen über das Gesicht wischte. »Nein, ist schon okay. Ich verstehe das. Es ist schwer, sich daran zu erinnern, dass du schwul bist, wenn du mich so umhauen kannst.«

Er legte einen Arm um sie, zog sie zu sich und rollte sie auf sich. »Vielleicht bin ich doch nicht schwul.«

Ihre Hände landeten auf der Matratze auf beiden Seiten seines Kopfes, als er sie festhielt. »Was zum Teufel bist du dann? Du bist nicht bi, das hast du selbst gesagt. Versuch nicht, mir zu erzählen, ich hätte eine ›magische Muschi‹ oder so einen Scheiß.«

Er zuckte mit den Schultern. »Vielleicht bin ich homoflexibel. Hetero für dich.« Er griff nach oben und streichelte ihr Haar, dann legte er seine Hand in ihren Nacken und zog sie herunter, um sie erneut zu küssen. »Was hältst du von Blowjobs?«

Sie drückte ihre Hüften gegen seine, sodass sein Schwanz auf gute Art und Weise schmerzte. »Ziemlich viel, solange es dir nichts ausmacht, dass ich aus der Übung bin.«

Er lachte über ihr spielerisches Grinsen. »Dann zögere nicht, mich zu schänden, Herrin Cardinal.« Ihr Körper spannte sich wieder an, und zwar nicht auf die gute Art. »Was ist los?«

Ihre Stimme wurde leiser. »Kannst du mich bitte nicht so nennen? Zumindest nicht so. Nicht, wenn wir allein sind.«

Er griff nach oben und strich ihr über die Wange. »Natürlich. Es tut mir leid.«

»Es fühlt sich einfach … komisch an. Sie ist kein echter Mensch. Sie ist ein Job. Ich will sie nicht in unserem Schlafzimmer haben.«

»Ist das eine weitere Kardinalsregel?«

Er liebte ihr vorsichtiges, verletzliches Lächeln. »Ja.«

»Was ist mit Montag?«

Ihr Gesicht verhärtete sich. »Das ist etwas anderes. Da werde ich ihm einen wohlverdienten Arschtritt verpassen.«

Er zog sie zu sich herunter und küsste sie. »Du hast ›unser‹ Schlafzimmer gesagt.«

Sie errötete. »Und?«

Er lächelte und strich ihr wieder über die Wange. »Wenn wir schon ein Bett teilen müssen, dann lass mich wenigstens mit dir ein neues Bett kaufen. Ein größeres, in dem wir uns bequem ausbreiten können.«

Damit war ihre Laune gebrochen. Sie lachte und ließ ihren Kopf auf seine Brust sinken, während er ihr den Rücken streichelte. Als er merkte, dass sie nach Süden kroch, ließ er sie gewähren und verschränkte seine Hände hinter dem Kopf, um sie beobachten zu können. Ihr Blick wanderte zu ihm, als sie seine Hose öffnete und herunterzog, angenehm überrascht darüber, dass er keine Unterwäsche trug. Ohne den Blickkontakt zu unterbrechen, streichelte sie seinen Schwanz langsam mit ihren Fingern, schob die Vorhaut zurück und arbeitete sich vom Sack zur Spitze und wieder zurück, bevor sie mit ihrer Zunge um die Spitze wirbelte und dabei die Eichel erkundete.

»Oh, fuck!«, hauchte er.

Quälend langsam sah er zu, wie sein Schwanz zwischen ihren Lippen und tief in ihrem Rachen verschwand, bis alle zwölf Zentimeter bis zur Wurzel in ihrem süßen, heißen Mund steckten.

Sie wusste, was sie ihm antat, und er beobachtete, wie ihre Augenwinkel amüsiert zuckten, als sie sich langsam wieder bis zur Spitze vorarbeitete. Als ihre Hand seinen Sack umfasste und ihre Finger tiefer wanderten, um mit seiner Brust zu spielen, machte er sich nicht die Mühe, sich zurückzuhalten. Seine Augen fielen zu und er wippte mit seinen Hüften im Takt mit ihren Bewegungen. Schließlich griff er nach unten und stützte seine Hände auf ihren Kopf, während er stieß, bis sie schließlich einen Finger an seinen Rand drückte und er explodierte.

Sie stieß erneut tief in ihn hinein und blieb bei ihm, bis er schließlich nachgab und sie sein verbrauchtes Glied befreite. Er streichelte ihren Kopf, während sie ihre Wange an seinen Bauchmuskeln lehnte.

Nach ein paar Minuten seufzte er. »Okay. Ich bin *definitiv* homoflexibel. Ich werde kein Problem damit haben, für dich hetero zu sein.«

Sie lachte und küsste seinen Bauch, bevor sie sich wieder rittlings auf ihn setzte. »Ja?«

Er öffnete seine Augen und sah sie an. »Ja.«

. . .

SIE DUSCHTEN und konnten gerade noch verhindern, dass sie wieder im Bett landeten. Sie genoss es, in seinen Armen unter der Dusche zu stehen und seine warme Haut zu spüren, während der Dampf sie umgab und das Wasser auf ihren Körper perlte. Danach rief sie Loren an und fragte, ob sie etwas gegen einen zusätzlichen Gast zu ihrem Abendessen hätten. Sie erfuhr, dass sie nicht nur nichts dagegen hatten, sondern auch Freunde von ihnen, Kim und Kylee, mitkommen würden. Tilly hoffte, dass sich die Fragen ihrer Freundin auf ein Minimum beschränken würden, bis Loren sie später unter vier Augen ansprechen konnte. Sie gingen in das Sigalo's, ein italienisches Bistro in Familienbesitz an der US 41, wo sie schon seit Jahren verkehrten.

Loren wollte Tilly über ihr Date ausfragen, aber sie wich ihren Fragen geschickt mit dem alten Spruch aus: »Tut mir leid, da kommt ein Anruf, wir sehen uns später«.

Dieser Kugel war sie ausgewichen. Fürs Erste.

Ihre Routine war es, zuerst zu essen und sich dann im Venture zu treffen. Manchmal brachte Tilly einen Kunden mit, normalerweise allerdings nicht. Wenn sie allein ging, half sie meist anderen Sub-Männern, die von ihren Freunden zum Spielen eingeladen wurden.

»Wir müssen auch ein Bett kaufen gehen, wenn wir Zeit haben«, sagte Landry. »Ich muss auch im Hotel vorbeischauen und mehr Geld für den Sklaven da lassen und meine Spielzeugtasche holen.«

Die Angst packte sie. Sie hob die Hände, und Wut durchfuhr sie. »Whoa! Hör verdammt noch mal sofort auf! Du wirst mich heute Abend nicht toppen!«

Er zog sie in seine Arme. »Natürlich nicht, meine Liebe.« Er küsste sie. Sie hasste es, dass sie auf der Stelle dahinschmelzen wollte. »Das ist nur, um den Sklaven zu verwirren. Ich habe nicht vor, die Spielzeugsammlung aus der Tasche zu nehmen.

Aber ich *werde* dafür sorgen, dass er sieht, wie ich sie mitnehme, ebenso wie die Klamotten für den Club.«

Erleichterung durchströmte sie, als sich ihr Puls verlangsamte. »Oh. Okay. Tut mir leid.«

»Nein, bitte entschuldige dich nicht. Mir tut es leid. Ich hätte diese Bemerkung klarstellen sollen. Ich wollte dich nicht verärgern.« Er nahm ihr Gesicht sanft in seine Handflächen. »Ich habe das ernst gemeint, was ich gesagt habe. Ich werde dich nicht toppen. Ich werde nicht versuchen, dein Meister oder Dom zu sein. Aber ich will der beste Ehemann sein, der ich sein kann.« Er küsste sie erneut. »Warum bist du so lange nicht gekommen?«

Sie errötete. »Das können wir später besprechen«, murmelte sie.

Er umarmte sie fest, bevor er sie losließ. »Also gut. Jetzt lass uns gehen.«

KAPITEL ACHT

L andry wollte das Wort nicht denken.
Liebe.
Er kannte Tilly kaum, aber er liebte sie. Sie fühlte sich so süß und verletzlich in seinen Armen an und er brauchte sie nicht zu toppen, um sie zu beschützen und für sie zu sorgen, um sie vergangene Verletzungen vergessen zu lassen, ihre emotionalen Wunden zu heilen und sie zum Lächeln zu bringen. Sie war die Art von Frau, die nicht das emotionale Heimwerkerprojekt von irgendjemandem sein wollte, aber er konnte nicht anders.

Liebe.

Sie hatten noch drei Stunden Zeit, bis sie Tillys Freunde kennenlernen würden. Er fuhr mit ihrem Geländewagen und sie besuchten zwei verschiedene Bettengeschäfte, bis sie eine Matratze fanden, die ihnen beiden gefiel. In einem dritten Geschäft fanden sie ein Bettgestell, das ihr gefiel und gut zu ihrer vorhandenen Schlafzimmereinrichtung passte. Alles würde am nächsten Tag geliefert werden. Weiter zum Hotel. Er spürte ihre Anspannung, als sie auf den Parkplatz fuhren. Bevor er ihr Haus verließ, hatte er Cris angerufen und ihm gesagt, er solle im Zimmer bleiben und sich ausziehen. Nachdem sie das Hotel erreicht hatten, hielt Landry an der Rezeption und bezahlte ihre Zimmerrechnung bis Montag, damit es keine Probleme geben würde.

Er parkte ein paar Türen von ihrem Zimmer entfernt. Selbst falls Cris nachschauen sollte, würde er Tillys Auto nicht erkennen, das sie in ihrer Garage aufbewahrte und das er am Vortag nicht gesehen hatte.

Als er das Zimmer betrat, fand er Cris nackt und auf dem Boden kniend vor.

Das ließ ihn innehalten. »Hast du den ganzen Nachmittag so dagesessen?« Er hatte ihm nur befohlen, nackt zu sein, nicht aber, sich förmlich in Pose zu werfen.

»Nein, Meister. Ich habe gehört, wie du die Tür aufgeschlossen hast.«

»Oh. In Ordnung.« Landry griff in seine Brieftasche, holte fünf Zwanziger heraus und ließ sie auf die Kommode fallen. »Ich werde das ganze Wochenende weg sein. Du kannst das für Essen und Ausgaben verwenden. Du darfst das Zimmer verlassen, wenn du dein Halsband trägst. Nimm dein Handy mit, wenn du den Raum verlässt. Wenn du nicht rangehst oder mich nicht sofort zurückrufst, wenn du den Anruf verpasst, brauchst du am Montag nicht hier zu sein, wenn ich wiederkomme. Hast du das verstanden?«

»Ja, Meister.«

Da bemerkte er das Kleingeld auf der Kommode, zwei Dollar in Quarter-Stücken. »Was ist mit dem Wechselgeld?«

»Ich habe die Wäsche gewaschen, Meister.«

»Ich habe dir kein Geld für die Wäsche dagelassen.«

»Ich habe mein Essensgeld benutzt.«

Landry fühlte sich sofort schuldig, was ihn wütend machte. »Was hast du gegessen?«

»McDonald's.«

Er fluchte vor sich hin. »Wenn ich dir das nächste Mal Geld für Essen hinterlasse, verwende es für Essen.«

»Ja, Meister. Es tut mir leid.«

Fuck.

So viel zu seinem großen Auftritt und Abgang. Es fiel ihm schwer, seine Schuldgefühle abzuschütteln, dass Cris sich auf Fast Food beschränkt hatte, um ihre Wäsche machen zu können. Landry ging zum Schrank, holte die Spielzeugtasche heraus und ließ sie auf den Boden neben der Zimmertür fallen, wo Cris sie auf jeden Fall sehen würde.

Cris fragte nicht nach. Er blieb auf dem Boden kniend sitzen, ohne aufzublicken.

Nachdem er seine Sachen aus dem Bad geholt hatte, durchwühlte Landry die Schubladen der Kommode, fand die Kleidung, die er brauchte, sowie zusätzliche normale Kleidung und packte alles in eine andere Tasche, die er ebenfalls neben die Tür stellte.

Dann drehte er sich um und starrte Cris an. Ein Teil von ihm wollte Cris in seine Arme ziehen und ihn umarmen, denn sein Herz schmerzte für ihn.

Er liebte Cris. Daran würde sich nie etwas ändern, egal, was passiert war.

Ein Teil von ihm wollte ihn verprügeln, weil er Tilly wehgetan hatte. Verdammt, er hatte sich schon nach ein paar Tagen in sie verliebt, und Cris verließ sie, nachdem er *jahrelang* mit ihr zusammen war?

»Ich werde dich am Montagmorgen zwischen zehn und elf Uhr abholen. Packe unsere Sachen, zieh dir eine Hose und ein anständiges Hemd an, trage dein formelles Halsband und knie dich auf den Boden, so wie du es jetzt tust. Ich will dich abholen und sofort losfahren.«

»Darf ich eine Frage stellen, Meister?«

»Nein.«

Cris' Körper spannte sich an, als wolle er Landry widersprechen, aber er blieb still.

»Also gut, was ist es?«, fragte Landry.

»Du hast deinen Laptop mitgenommen. Willst du, dass ich
mich im Büro melde, oder kümmerst du dich darum?«

Landry hob eine Augenbraue. Er hatte mit einer Frage über
seine Pläne gerechnet.

Er hätte es besser wissen müssen.

Er milderte seinen Tonfall. »Nein. Ich mache das schon. Du
trägst dieses Wochenende keine Verantwortung, außer der, die
ich dir gerade gesagt habe. Geh ans Telefon, wenn ich anrufe.
Du kannst dir gern die Stadt ansehen. Wenn du dein ganzes
Geld vor Montag ausgibst, wirst du hungern, bis ich zurückkomme. Behalte das im Hinterkopf.«

»Ja, Meister.«

Er vermutete, dass Cris das Zimmer nicht verlassen würde,
außer um zu essen oder vielleicht noch mehr Wäsche zu
waschen.

Er drehte sich um und hob die Spielzeugtasche auf. »Sei ein
braver Junge für mich. Enttäusche mich nicht. Ich habe Pläne
für dich am Montag. Es wäre eine Schande, wenn du sie
ruinieren würdest.«

Er ließ Cris dort sitzen und kehrte zum SUV zurück. Er
verstaute seine Taschen in den Kofferraum und setzte sich
wieder hinter das Lenkrad.

Tilly schaute ihn an, ihre Augen wurden von ihrer Sonnenbrille verdeckt. »Und?«, fragte sie leise.

Er lächelte grimmig. »Er ist ein braver Junge.« Er schnallte
sich an und fuhr rückwärts aus der Parklücke. »Ich habe ihm
gesagt, dass ich ihn am Montag abholen werde.«

· · ·

TILLYS HERZ SCHLUG SCHNELLER, als sie sich dem Restaurant näherten. Sie entdeckte das Auto von Ross und Loren auf dem Parkplatz und zeigte es Landry.

Er lehnte sich zu ihr und küsste sie. »Wir müssen das nicht heute Abend machen, wenn du nicht willst.«

»Wir müssen es hinter uns bringen. Vielleicht wird Ross nicht in der Öffentlichkeit explodieren.«

Er strich mit seinen Fingern über ihre Wange. »Willst du, dass ich es ihnen sage?«

Sie schüttelte energisch den Kopf. »Wenn ich dem Arschloch bei der Bewährungsanhörung die Stirn bieten kann, sollte ich das auch schaffen. Sie sind meine besten Freunde.« Sie schaute ihn an. »Und wenn sie zu dir kommen, denke ich, dass du dich gegen sie behaupten kannst.«

Er erwiderte ihr Lächeln. »Okay.«

Er stieg aus, ging herum und öffnete ihr die Tür. Als sie ausstieg, verschränkte er seine Finger mit ihren und ging mit ihr ins Restaurant.

Tillys Nerven spannten sich an wie Stacheldraht in ihrem Bauch.

Ich kann alles tun, was ich mir vornehme.

Loren lächelte, als sie Tilly entdeckte. Ross lächelte, aber sein leicht verwirrter Blick entging ihr nicht.

Landry drückte ihre Hand und schenkte ihr ein kurzes Lächeln, als er sich von ihr durch das Restaurant führen ließ. Tilly stellte sich vor, und Landry zog ihr sogar den Stuhl zurecht, bevor er sich neben sie setzte.

Der merkwürdige Gesichtsausdruck von Kim und Kylee war ihr nicht entgangen. Die Frauen wirkten schockiert, dass Tilly mit einem Gast ankam.

Wie Tilly erwartet hatte, kam Loren sofort zur Sache. »Also! Wie habt ihr euch kennengelernt?«

»Gemeinsame Bekanntschaft«, sagte Tilly und hoffte, dass

Loren sie später nicht umbringen wollte. »Langweilige Geschichte, ehrlich.«

Sie fragten ihn nach seinem Job und waren entsprechend beeindruckt, als sie erfuhren, dass er eine Softwarefirma leitete und gutes Geld verdiente. Loren hatte diese Frage gestellt und war damit schamlos in ihre Rolle als überfürsorgliche beste Freundin geschlüpft.

Die Kellnerin nahm ihre Bestellungen auf. Als sie ging, lehnte sich Kylee zu ihr. »Du kommst mir sehr bekannt vor. Als ob ich dich schon mal irgendwo gesehen hätte.«

Landry lächelte. »Man hat mir gesagt, ich hätte so ein Gesicht.« Kylee sah nicht überzeugt aus.

Bevor das Essen kam, musste Tilly auf die Toilette, denn ihr Glas Tee strapazierte ihre nervöse Blase bereits bis zum Äußersten. Wie sie erwartet hatte, sprangen Loren und Kim auf, um sie zu begleiten. Kaum war die Badezimmertür hinter ihnen geschlossen, standen die beiden Frauen vor ihrer Kabine und löcherten sie mit Fragen, denen sie schnell auswich. Dann wurde Loren seltsam still, als Tilly hörte, wie die Tür geöffnet wurde und jemand anderes eintrat.

»Hör mal, können wir später darüber reden? Ganz im Ernst?«, sagte Tilly. »Und bitte vergraule ihn nicht, ich mag ihn wirklich.« Sie wusch sich die Hände und flüchtete aus der Tür. Ross und Landry saßen allein am Tisch und unterhielten sich. Das bedeutete, dass Kylee höchstwahrscheinlich diejenige war, die das Badezimmer betreten hatte. Warum hatte sie sich dann nicht mit ihren Fragen gemeldet?

Sie verdrängte den Gedanken, als sie sich wieder an ihren Platz setzte. Landry schenkte ihr ein Lächeln und einen kurzen Kuss auf die Lippen.

Als sie Ross ansah, entging ihr sein strahlendes Grinsen nicht. »Ich habe Landry gerade gesagt, dass du sehr glücklich aussiehst und ihn gefragt, was für Drogen er dir gegeben hat.«

Sie lachte.

Ross räusperte sich. »Er, äh, hat mir auch gesagt, dass er krank ist.«

Sie warf einen Blick in Landrys Richtung. Der Mann zuckte mit den Schultern. »Er hat gefragt, ob wir nächste Woche auf eine Party kommen wollen. Ich habe ihm gesagt, dass du mit mir zu meiner Biopsie gehst und dass ich wahrscheinlich keine Lust habe, daran teilzunehmen. Ich konnte aber nicht sagen, ob du kommen wirst oder nicht.« Sie wusste, dass Ross nicht sehen konnte, wie Landry ihr zuzwinkerte.

Sie entspannte sich. Er hatte nichts ausgeplaudert.

Ross fuhr fort. »Du wärst eine tolle Krankenschwester geworden, Tilly. So kannst du dich jetzt eine Weile zurücklehnen und entspannen.«

Okay, vielleicht *hatte* er etwas ausgeplaudert.

Landry drückte ihre Hand. »Ich habe ihm auch gesagt, dass du mich während meiner Behandlungen bei dir wohnen lassen wolltest.« Er schaute zu Ross hinüber. »Ich würde mich nicht wohlfühlen, wenn ich nicht für meine Kosten aufkommen und sie für ihre Zeit entschädigen würde.«

Sie entspannte sich wieder. Ihre Verärgerung über ihn verflog. Vielleicht würde es ja doch noch gut gehen. Und warum zum Teufel brauchten die Mädchen so lange?

Ross sah plötzlich nach unten und holte sein Handy heraus. Sein Gesicht verzog sich zu einem finsteren Blick, als er eine Nachricht las, und wechselte dann zu einem seltsamen, leeren Ausdruck, den Tilly nicht zu deuten wusste.

»Kannst du mich für eine Minute entschuldigen?« Ross stand vom Tisch auf und ging nach hinten weg.

Landry beugte sich vor. »Es tut mir leid, Schatz. So war es am einfachsten. Ganz einfach. Ich habe ihm weder von der Heirat noch von Cris erzählt.«

»Toll«, flüsterte sie, fast zischend. »Und wie soll ich *diese* kleine Tatsache einarbeiten?«

Er wollte gerade antworten, als Kim und Kylee zurückkamen und beide ... seltsam aussahen.

Sie unterhielten sich ein paar Augenblicke lang, bis Ross und Loren zurückkamen.

Was auch immer Ross für eine Nachricht erhalten hatte, er sah aus, als wäre er bereit zu töten und warf einen mörderischen Blick auf Landry.

»Was ist los?«, fragte Tilly ihn.

Er schüttelte den Kopf und sein Gesicht hellte sich auf. »Nichts. Tut mir leid, ich habe ein Problem auf der Arbeit, um das ich mich kümmern muss.«

Sie fühlte sich erleichtert. Wenn sie es nicht besser wüsste, wäre es so, als hätten sie alle plötzlich ein schlechtes Urteil über Landry gefällt.

Das Gespräch fühlte sich von da an gezwungen an, aber Tilly konnte sich keinen Reim darauf machen. Kim und Kylee schienen nicht mehr mit Landry reden zu wollen, und Ross sprach kaum noch mit jemandem. Loren war in den pflichtbewussten Sklavenmodus geschlüpft und Tilly würde schwören, dass sie sich nur deshalb normal verhielt, weil Ross ihr das befohlen hatte.

Tilly war das unheimlich.

Nach dem Essen umarmte Tilly ihre Freunde und sagte ihnen, dass sie sie in einer Stunde im Club sehen würden. Als sie in den Geländewagen stiegen, schaute Landry sie an. »Ich vermute, dein Verdacht deckt sich mit meinem. Die SMS, die Ross erhalten hat, hatte nichts mit der Arbeit zu tun.«

»Ja«, gab sie zu. »Ich denke, du hast recht.«

Sie kehrten zu ihr nach Hause zurück, zogen sich um und machten sich wieder auf den Weg. Tilly gefiel es, dass er ihr half, ihr Korsett enger zu schnüren, aber sie fühlte sich unbehaglich. »Wir müssen heute Abend nicht gehen, wenn du nicht willst.« Um ehrlich zu sein, hätte sie nichts dagegen, zu Hause zu bleiben und zu versuchen, ihn zu einer Wiederholung des Nachmittags zu überreden.

»Schon gut. Es macht mir nichts aus. Es sei denn, du möchtest zu Hause bleiben?«

Ein Teil von ihr wollte genau das tun. Andererseits wollte sie die Chance haben, ihn ihren Freunden vorzustellen, bevor sie für seine Behandlungen eine Auszeit von der Szene nehmen mussten.

Er trug ihre Spielzeugtasche für sie in den Club. Ross und Loren waren schon da. Kaum waren Tilly und Landry eingetreten, drängte Loren sie zu sich.

»Ich brauche deine Hilfe mit meinem Korsett, bitte.«

Tilly bemerkte, dass Loren aufgeregt schien. »Seit wann?«

»Bitte, Til?«

Tilly verdrehte die Augen und ließ Landry im Spielraum des Verlieses zurück, während sie Loren ins Bad folgte. Sie waren allein, und Lorens Korsett musste nicht angezogen werden.

»Süße, ich weiß nicht, was mit dem Kerl los ist, aber bitte, lass ihn seine Probleme selbst regeln!«

»Was zum Teufel, Lor?«

Ihr Gesicht war hin- und hergerissen zwischen gequält und mörderisch. »Wir wollten dir das neulich Abend nicht sagen.« Sie holte tief Luft. »Dieser Typ, Kim und Kylee haben ihn in Tampa gesehen, in dem alten Club, in den wir alle gegangen sind. Der in Ybor.«

»Und?«

»Sie haben ihn mit Cristo gesehen.«

Tilly schloss ihre Augen. Okay, in mancher Hinsicht würde es einfacher sein, in mancher Hinsicht würde es schwieriger sein.

Loren war noch nicht fertig. »Also bitte, sag ihm einfach, dass du ihm nicht helfen kannst. Ich weiß immer noch nicht, wie du ihn kennengelernt hast, aber ...«

»Er ist Cris' Meister«, gab Tilly leise zu. Lorens Augen weiteten sich. »Was?«

Tilly nickte.

Ihre Freundin stand schockiert da. Nach einem langen Moment sagte sie schließlich etwas. »Was?«

»Das hast du gerade schon gesagt.«

»Was zum *Teufel*?«

»Das ist etwas anderes.«

»Tilly, hör auf mit dem Scheiß! Du weißt, dass er mit Cris zusammen ist?«

Sie lehnte sich gegen den Tresen und verschränkte die Arme vor der Brust. »Ja. Ich habe Cris schon gesehen und mit ihm gesprochen. Er weiß nichts von der Rückkehr von Landrys Krebs.«

Ihre Augen weiteten sich noch mehr. »Was?«

Tilly holte tief Luft und erzählte ihr die Kurzversion der Geschichte, wobei sie den Teil mit der Heirat und dem Racheplan wegließ.

Loren stand fassungslos da. »Willst du mir sagen, dass du ihn nach dem, was er dir angetan hat, einfach wieder in dein Leben lassen willst?«

»Nein, ich helfe *Landry*. Er ist ein netter Kerl, Lor. Wenn du ihn kennenlernst, wirst du ihn mögen. Wir haben eine Abmachung. Damit kann ich das Haus abbezahlen, während ich eine Zeit lang nicht arbeiten muss. Das ist das Richtige für mich.«

»Das ist doch Schwachsinn!« In dem Moment entdeckte sie den Ring. Sie griff nach Tillys Hand. »Verdammte Scheiße, wann hast du den denn gekauft?«

Da konnten wir ja gleich in den sauren Apfel beißen. »Habe ich nicht«, gab sie leise zu. Sie runzelte die Stirn. »Cris?«

Tilly schüttelte den Kopf.

Lorens Stimme sank auf ein Flüstern. »*Landry* hat ihn für dich gekauft?«

Sie schloss ihre Augen, bereit für den Ausbruch. *So viel*

dazu, es zu verschweigen. »Er hat mich gebeten, ihn zu heiraten. Das macht die Buchhaltung einfacher.«

Loren enttäuschte sie nicht. »Was zum *Teufel*?«, kreischte sie. »Bist du verrückt?«

»Ja, bin ich. Aber willst du etwas wissen?«, schoss sie zurück. »Er ist toll im Bett, ich habe es satt, allein zu sein, und alles, was ich in den nächsten Jahren tun muss, ist dafür zu sorgen, dass Cris ins Krankenhaus kommt!«

»Dieser Cris ... Warte mal. Gut im Bett? Hast du gesagt, er ist gut im Bett?«

Tilly presste ihren Kiefer zusammen. »Ja. Verdammt gut. Und bis jetzt haben wir noch nicht einmal gefickt.«

Das reichte, um Loren für einen Moment zum Schweigen zu bringen. Sie starrte Tilly eine lange Zeit an. »Was wird das emotional mit dir machen?«, fragte sie leise.

»Ich bin nicht mehr das Mädchen, das ich einmal war. Das weißt du doch. Ich bin eine starke, toughe Schlampe. Es ist das Richtige, Landry zu helfen. Ich tue es nicht wegen Cris. Außerdem tappt er völlig im Dunkeln. Er sitzt gerade in einem Hotelzimmer fest und hat keine Ahnung.« Tilly versuchte es mit einem Tiefschlag. »Ich denke auch an Kaden. Was Seth und Leah durchgemacht haben. Hoffentlich wird es Landry besser ergehen, aber Kaden hat mir gezeigt, dass das Leben kurz ist. Wir haben uns gegen Ende viel unterhalten und er hat mir beigebracht, wie wichtig es ist, jetzt zu leben, denn die Zukunft ist nicht garantiert. Bei Weitem nicht.«

Loren nickte langsam. »Ich denke, was sie durchgemacht haben, hat uns das alle gelehrt.« Sie schüttelte den Kopf. »Cris hat einen Meister. Ich kann diese Tatsache immer noch nicht fassen.«

»Oh, glaub es ruhig. Landry ist auch ein Sadist. Da komme ich mir vor wie Winnie Puuh.« Sie erzählte ihr die Geschichte von Bob und der Konfrontation mit Cris und dass Landry sich freiwillig bereit erklärte, Cris für Bob zu halten.

»Heilige Scheiße!«

»Ja.« Sie überprüfte ihr Make-up, während sie versuchte, ihr klopfendes Herz zu beruhigen. »Bitte, ich bitte dich als meine Freundin, gib ihm doch eine Chance. Er ist genauso verärgert darüber ...« Sie dachte darüber nach. »Landry ist verärgert über das, was mir passiert ist, und er versucht, es wiedergutzumachen. Er ist ein guter Mensch. Ich meine es ernst, wenn ich sage, dass ich ihn wirklich mag. Ich habe die letzten zwei Tage mit ihm verbracht.«

»Und was passiert mit Cris? Zieht er auch ein?«

»Ich denke schon.« Sie lächelte Loren im Spiegel an. »Ich habe Landry schon gesagt, dass er mich Cris herumkommandieren lassen soll.«

»Oh, verdammt, ja! Das will ich auf jeden Fall sehen!«

Als sie in den Kerker zurückkehrten, sah Ross alles andere als glücklich aus und Kim und Kylee waren schon da. Landry stand etwas entfernt von ihnen, an die Wand gelehnt und wartete.

Tilly winkte ihn zu sich und drückte seine Hand, während sie ihn zu Ross führte. »Ross, ich muss dir etwas sagen«, sagte sie.

Landry sah sie an, blieb aber stumm.

Sie erzählte ihm dieselbe Geschichte wie Loren, wobei sie den Teil mit der Rache wieder wegließ. Als sie fertig war, sah Ross etwas weniger mörderisch aus.

»Hältst du ihn für mich fest, wenn ich ihm die Eier abschneiden will?«, fragte er Landry.

Landry lachte. »Ich würde gern Ja sagen, aber Tilly hat mir schon gesagt, dass ich ihm weder die Nüsse noch den Schwanz abnehmen darf. Ich habe bereits zugesagt, dass du ihn mit einer Propanfackel bearbeiten darfst.« Er drückte ihre Hand. »Sie ist in manchen Dingen so ein Spielverderber.«

Ross' Gesicht spannte sich an, bevor er in Gelächter ausbrach. »Mein Gott, das ist doch verrückt.« Er wischte sich mit den Händen über das Gesicht, dann trat er zu ihr und umarmte sie. »Herzlichen Glückwunsch, mein Schatz.« Er drehte sich zu Landry um und hielt ihm die Hand hin. »Wenn du ihr weh tust, verlierst *du deine* Eier.«

Landry lächelte, als er Ross' Hand schüttelte. »Glaub mir, ich mag sie sehr und würde sie am liebsten unversehrt lassen.«

Loren klopfte ihr fest auf die Schulter. »Und warum wurden wir nicht zu der Hochzeit eingeladen? Und noch viel wichtiger: Warum hast du mich nicht gefragt, ob ich mitmache?«

Tilly zuckte zusammen und rieb sich die Schulter. »Okay, erstens: Au! Zweitens, ist doch klar! Ich habe mir Sorgen gemacht, dass die ganze ›Loren will Cristo tot sehen‹-Sache zu Problemen führen könnte.«

»Nein. Ihr werdet bei uns zu Hause heiraten. Und ich werde die Zeremonie durchführen.«

Landry räusperte sich. »Ist das ein Problem, wenn Cris dabei ist?«

Ross runzelte die Stirn. »Warum sollte er dabei sein? Ich dachte, er wüsste es nicht?«

»Nun, ich gebe zu, ich habe mich darauf gefreut, dass er es miterlebt. Um es ihm unter die Nase zu reiben. Ihm zu zeigen, was er weggeworfen hat.«

Loren lachte. »Okay, Til? Ich muss sagen, ich mag seinen Stil. Verdammt, wenn Graf Craptastic gedemütigt werden soll, bin ich auf jeden Fall dabei!«

SIE VERBRACHTEN DEN ABEND DAMIT, sich zu unterhalten und anderen beim Spielen zuzusehen. Landry genoss es, Tilly dabei zuzusehen, wie sie ein Schmerz-Schwein toppte, den Mann einer anderen Freundin von ihr. Als sie aufbrachen, hatte Loren bereits mehrere Dutzend von Tillys Freunden, von denen viele Cris kannten, zur Hochzeit eingeladen.

Es waren mehr, als Landry und Tilly geplant hatten.

Außerdem wurde die Hochzeit am Sonntagabend um sieben Uhr in den Club verlegt, weil es Probleme mit den Parkplätzen gab und damit mehr Leute kommen konnten.

Cris' Demütigung würde perfekt sein.

Als sie um kurz nach zwei Uhr morgens zu ihr nach Hause fuhren, dachte er an etwas. »Wie hat Loren ihn genannt? Graf irgendwas?«

Sie lächelte. »Graf Craptastic. Du weißt schon, Cristo, wie der *Graf von Monte Cristo*? Das ist das Netteste, was sie zu ihm sagt. Normalerweise nennt sie ihn ›das verdammte Arschloch‹.«

»Ihr Mann, das ist der, dessen Halsband du getragen hast?«

»Eine Zeit lang, ja.« Ihre Stimme wurde weicher. »Nicht zum Spielen oder zur Inszenierung, sondern um mir zu helfen, emotional wieder auf die Beine zu kommen. Wenn sie nicht gewesen wären, hätte ich es nicht geschafft. Cris hat das richtig erkannt. Sie haben mich aufgefangen, haben mich nicht aufgeben lassen, haben mich nicht aufgegeben. Gott sei Dank hatte ich sie.«

Zu Hause schmiss sie im Foyer ihre zwölf Zentimeter hohen Absätze weg. »Mann, diese Dinger sind mörderisch.«

Er schloss sie in seine Arme. »Erlaube mir, meine Liebe.« Er trug sie ins Schlafzimmer. »Ich massiere deine Füße für dich, bevor wir einschlafen.«

»Oh. Wir schlafen also ein, was?«

Er stupste ihre Nase mit seiner an. »Für heute Nacht, lass uns. Wir müssen morgen früh für die Lieferungen aufstehen. Sie haben uns bis zehn Uhr versprochen, erinnerst du dich? Und dann sollen wir uns mittags mit Loren treffen, um alles zu planen.«

Sie stöhnte auf. »Sie hat das Kommando übernommen. Mama Loren hat wieder zugeschlagen. Ich hätte es wissen müssen.« Er setzte sie auf dem Bett ab. »Können wir durchbrennen?«

Er lächelte. »Dafür ist es zu spät.« Er setzte sich auf das

Ende des Bettes und massierte ihre Füße. »Sie wäre untröstlich.«

»Stimmt.« Sie öffnete ihr Korsett, während sie die Fußmassage genoss. »Hey, ich habe noch eine Regel.«

Er lächelte. »Sag es.«

»Ich will Fußmassagen auf Abruf. Also, ich meine, ich werde natürlich nicht danach fragen, wenn du dich beschissen fühlst. Nur wenn du dich gut fühlst.«

Er hob ihren Fuß auf, nahm ihren großen Zeh in den Mund und umspielte ihn verführerisch mit seiner Zunge, bevor er ihn mit einem Knall entfernte. Seine Augen verließen ihre nicht. »Jederzeit, meine Liebe. Es wird mir ein Vergnügen sein.«

Ihr Kitzler pulsierte und sie stöhnte leise auf. Er lächelte, als er ihre Reaktion bemerkte. Er setzte den Fuß ab, wechselte zum anderen und wiederholte die gleiche Aktion.

»Fuuuuck me. Du bist zu gut, um wahr zu sein.«

»Ich werde dich ganz sicher am Sonntagabend ficken«, versprach er. »Ich werde dir das Hirn rausficken und noch mehr.« Sanft schob er ihre Beine auseinander und legte sich zwischen sie, dann zog er ihr Höschen beiseite und leckte ihre Klitoris.

Die Grenzen von Tillys Universum endeten mit dem Gefühl von Landry zwischen ihren Beinen. Ihr ganzer Körper zitterte, als ihre Hände zu seinem Kopf wanderten und ihn dort festhielten. Er glitt mit zwei Fingern in sie hinein und leckte mit seiner Zunge über ihren Kitzler, während er das tat. Er fühlte sich unglaublich gut in ihr an. Sie wusste nicht, ob es daran lag, dass es sich so verdammt gut anfühlte, nach einer fünfjährigen Durststrecke zum Höhepunkt zu kommen, oder ob er wirklich so gut war. Aber im nächsten Moment war sie da und schrie auf, als sie für ihn kam.

Er lachte und ordnete sanft ihr Höschen, bevor er das Bett hochkroch und sich neben sie legte. »Denkst du, du kannst jetzt schlafen, Liebes?«

Sie kuschelte sich an ihn. »Mhm.«

»Ziehst du dich jetzt aus?«

Sie stieß einen gequälten Seufzer aus. Er half ihr, ihr Korsett, den kurzen Rock, den Strapsgürtel und die Strümpfe auszuziehen. Er ließ seine Kleidung fallen und rollte sich hinter ihr im Bett zusammen, um sich an ihren Rücken zu schmiegen.

»Du fühlst dich so gut an«, murmelte sie.

Er küsste ihren Nacken. »Du auch. Darf ich dir diese Frage noch einmal stellen?«

»Welche Frage?«

»Warum du dich nicht selbst zum Kommen gebracht hast.«

Sie drehte sich mit dem Gesicht zu ihm. Er zog sie in seine Arme, während sie ihr Gesicht an seiner Brust vergrub. »Weil er mich dazu gezwungen hat. Nicht wie du«, fügte sie schnell hinzu. »Ich vertraue dir. Er war ... böse.«

»Cris?«

»Nein!« Sie konnte das Zittern nicht unterdrücken. »Mein Stiefvater«, flüsterte sie.

Fuck! Eine weitere Welle von Schuldgefühlen überspülte ihn. »Süße, es tut mir leid, ich wollte nicht ...«

»Nein, ist schon okay. Ganz im Ernst. Mit dir war es ganz anders.« Sie seufzte. »Cris hat das auch manchmal mit mir gemacht. Es ist okay, wenn du bei mir bist und mir hilfst. Wenn du es mir befohlen hättest und nur zugesehen hättest und nicht da gewesen wärst ...« Sie zitterte wieder in seinen Armen.

Er streichelte ihre Stirn, dann küsste er sie. »Das war also wirklich der erste Orgasmus, den du hattest, seit Cris weg ist?«

»Ja. Am Anfang hatte ich kein Verlangen. Dann habe ich eine Zeit lang Medikamente genommen. Antidepressiva. Die haben meiner Stimmung geholfen, aber nicht meiner Libido.«

»Und wie habe ich mich geschlagen?«

Sie hob ihren Kopf und sah ihn an. »Wenn du so weitermachst, bleibst du vielleicht dein Leben lang verheiratet, Mister.«

Er lächelte. »Versprochen?«

»Ja.«

Er küsste sie noch einmal und konnte sich nicht sattsehen an dem Geschmack und dem Gefühl ihrer Lippen. »Ich werde dich daran erinnern.«

KAPITEL NEUN

Tilly schlief wieder einmal sehr gut, während sie eng in Landrys Arme gekuschelt war. Landry half ihr Frühstück zu machen und sie duschten gemeinsam. Er widerstand ihren spielerischen Annäherungsversuchen, obwohl sie ihm dabei einen gewaltigen Steifen verpasste. Die Matratze und der Bettrahmen kamen fast zeitgleich an. Die Spediteure brachten die alten Laken weg und Landry half ihr, das Bett mit den neuen Laken zu beziehen, die er gekauft hatte.

Er streckte sich auf dem Rücken aus und hielt ihr seine Hand hin. »Komm her, meine Liebe.«

Tilly liebte seinen verspielten Gesichtsausdruck. Sie kletterte auf das Bett und spreizte sich auf ihm. »Was? Willst du es jetzt schon einweihen? Ich habe schon in der Dusche versucht zu spielen, wenn du dich erinnerst. Wir treffen uns in einer Stunde mit Loren.«

Er lächelte und ließ seine Hände auf ihre Hüften sinken. »Heute Abend können wir es richtig einweihen.«

»Oh, ermüde ich dich etwa? Vielleicht kann ich heute Nacht Sex haben?«

Er rollte sie auf den Rücken, unter ihm. »Nicht wirklich. Normalerweise können wir nicht viele Dinge tun, Liebes, aber ich möchte diese eine Sache unbedingt richtig machen. Unsere Hochzeitsnacht wirklich in unserer Hochzeitsnacht haben.«

Sie lachte. »Okay, mit ein bisschen BDSM, Cuckolding und Demütigung.«

»Jeder sollte ein Hobby haben.« Er küsste sie.

»Dir ist schon klar, dass morgen Abend eine Menge Leute da sein werden, die ihn verprügeln wollen, oder? Du und ich müssen ihn vielleicht bewachen.«

»Sie können eine menschliche Piñata aus ihm machen, wenn sie wollen.«

Sie stupste ihn sanft in die Brust. »Nein, das können sie nicht.«

Er fluchte.

»Was ist los?«

»Ich muss ihn anrufen und die Pläne ändern. Ich habe ihm gesagt, dass ich ihn am Montag abholen werde.« Er griff nach seinem Telefon auf dem Nachttisch. Sie beobachtete, wie er sich aufrichtete, immer noch auf ihr liegend und wählte. Er lehnte sich zu ihr und küsste sie kurz, bevor Cris abnahm.

»Sehr gut«, sagte Landry. Anscheinend nahm Cris schon beim ersten oder zweiten Klingeln ab. »Planänderung. Sei morgen früh um zehn Uhr bereit. Ansonsten gelten die anderen Anweisungen, die ich dir gegeben habe, weiterhin. Verstanden? ... Brav.« Er legte auf und ließ das Telefon auf das Bett fallen. Dann glitt er mit seinen Händen an ihren Armen entlang, hob sie über ihren Kopf und umfasste sanft ihre Handgelenke. Als er seine Hüften gegen ihre drückte, spürte sie, wie sein Schwanz durch seine Hose rieb. »In gewisser Weise ist es besser, wenn wir das auf morgen Abend verschieben, denn das bedeutet einen Tag weniger mit einem pochenden Schwanz.«

Sie verschränkte ihre Finger mit seinen. »Ich habe dir doch gesagt, dass ich das für dich erledige.«

»Ich weiß, Liebes. So haben wir noch einen Tag frei, um vor meiner Biopsie zu spielen.«

Ihr entging nicht der Schatten, der sich auf seinem Gesicht abzeichnete. Es war leicht zu vergessen, dass er über ihren Köpfen hing.

Sie drückte seine Hände. »Ich schätze, wir müssen auch deinen Anzug abholen.«

»Ah, ja, das müssen wir.« Er küsste sie, dann senkte er seine Lippen auf den Ansatz ihres Halses und knabberte sanft daran. »Vielleicht könnte ich mir ein paar Minuten Zeit nehmen, um erst einmal zu spielen.«

Sie wackelte mit ihren Hüften gegen ihn. »Jetzt redest du aber.«

Er kniff sie. »Ich weiß, ich habe gesagt, ich würde dich nicht toppen, aber habe ich schon erwähnt, dass ich gern beiße?«

Sie lachte. »Markierst du dein Revier?«

Sein tiefes, kehliges Knurren schickte eine Welle der Leidenschaft durch ihren Körper. »Auf jeden Fall.« Er hob den Kopf und seine Augen bohrten sich in ihre. »Ich möchte eine unserer Regeln neu verhandeln.«

Ihr Herz raste. »Ja?«

»Ja.« Er knabberte wieder an ihrem Hals. »Ich verspreche dir, dass ich dich nicht toppen werde, es sei denn, du verlangst das ausdrücklich von mir. Aber ich will der Einzige in deinem Leben sein, was die Liebe angeht. Ich will dich nicht teilen. Ich fühle mich extrem besitzergreifend von dir.«

Sie musste schlucken, um zu sprechen, und ihre Stimme war noch schwächer als zuvor. »Was ist mit letzter Nacht im Club?«

»Das war ganz anders. Du hast nur mit anderen gespielt. Ich betrachte das nicht als Sex. Sie waren nur deine Freunde.« Er hob wieder den Kopf und sah ihr in die Augen. »Ist das eine Regel, mit der du leben kannst? Denn die Vorstellung, dass ein anderer Mann dich liebt, erfüllt mich nicht mit glücklichen

Gedanken. Ich weiß, als ich dir das zum ersten Mal vorge-
schlagen habe ...«

»Ja.«

Ein langsames, schwüles Lächeln zeichnete sein Gesicht.
»Ja?«

»Ja. Ich meine, es ist ja nicht so, dass es ein großes Opfer
wäre. Du bist bisher verdammt gut im Bett und die Männer
haben mir noch nicht die Tür eingerannt. Aber der Reihe nach.
Ich bin auch die Einzige für dich.«

Er küsste sie erneut und sie musste sich ein Stöhnen
verkneifen. »Was ist mit Cris?«, fragte er.

Sie blinzelte. »Was ist mit ihm? Ich treibe es nicht mit ihm.«

Er lachte. »Nein, meine Liebe. Ich und er.« Sein Lächeln
verblasste. »Wenn du es von mir verlangst, werde ich keinen
Sex mit ihm haben.«

»Du hast gesagt, du würdest ihn nicht freilassen.«

»Das werde ich auch nicht, aber wenn du dich dabei
unwohl fühlst, werde ich ihn nicht so benutzen.«

Was für eine gemischte Sache. Ein Teil von ihr fand den
Gedanken aufregend, dass Cris auf diese Weise benutzt wurde.
Sie hatte den Gedanken an zwei Männer immer geliebt. »Ich
weiß es nicht«, antwortete sie schließlich. »Ich denke nicht, dass
es mich stören wird. Solange er es ist und nur er, keine anderen
Männer oder Frauen. Kann ich mir das Recht vorbehalten,
meine Meinung über Cris später zu ändern?«

»Auf jeden Fall.« Er knabberte an ihrem Hals, dieses Mal
hinter ihrem linken Ohr. »Wenn du ihn als meine Frau jemals
benutzen willst, kannst du das gern tun.«

Ihr Magen drehte sich, und ihre Gefühle kämpften um die
Kontrolle. »Ich denke nicht, dass ich das kann.«

»Selbst, wenn du ihn nur toppen willst, meine Liebe. Gott,
das wäre verdammt sexy, sich zurückzulehnen und zuzusehen,
wie du ihn mit einem Singletail bearbeitest, wie sein Arsch
tanzt, während du ihn markierst.«

Sie schwor sich, dass sie seinen Schwanz pochen spürte, sogar durch seine Unterhose. »Jetzt weiß ich, was ich dir zu unserem ersten Jahrestag schenken kann.«

»Wenn ich noch da bin.«

Sie starrte ihn an. »Hör auf damit. Was ist eine unserer Regeln?«

Er hob den Kopf und lächelte. »Tut mir leid, meine Liebe.«

»*Hmpf.* Wenn du das noch einmal machst, muss ich dir einen Stock auf den Hintern hauen. Ich will dich nicht mehr so reden hören.«

Er küsste sie, bevor er sich aufsetzte und ihre Hände losließ. »Stört es dich, dass ich fünfzehn Jahre älter bin als du?«

»Nein. Sollte es das?«

Er zuckte mit den Schultern. »Du wirst mit einem alten Mann verheiratet sein.«

»Okay, noch eine verdammte Regel ...«

Er lachte und unterbrach sie. »Lass mich raten. Ich darf mich nicht schlechtreden?«

»Bingo.«

»Unter einer Bedingung.«

»Was?«

Er beugte sich vor und strich mit seinen Lippen über ihre, zärtlich und sinnlich. »Heute Abend reden wir. Ganz im Ernst. Ich fühle mich schlecht, weil ich gestern leicht etwas hätte tun können, das bei dir schlechte Erinnerungen und Gefühle ausgelöst hätte. Cris hat deine Privatsphäre geschützt und mit mir nicht über diesen Aspekt eurer Beziehung gesprochen. Ich wünsche mir, dich auf diese Weise kennenzulernen.«

Sie nahm einen tiefen Atemzug und nickte. »Okay«, sagte sie leise.

»Ich danke dir, meine Liebe.«

ER PROBIERTE DEN ANZUG AN, als sie ihn abholten.

»Rwar!«, knurrte sie.

Er lachte und drehte sich vom Drei-Wege-Spiegel zu ihr um. »Ich nehme an, das ist die Zustimmung?«

»Auf jeden Fall!« Er hatte den perfekten Körper dafür: breite Schultern, die sich zu einer schmalen Taille verjüngten, und ein superfester Hintern. Er war ein paar Zentimeter kleiner als Cris, etwas kräftiger gebaut, aber immer noch schlank. Er sah verdammt brav aus.

Sie kamen pünktlich bei Loren an. Loren hielt ihnen die Tür auf, noch bevor sie den Gang hinaufkamen.

»Wartet, bis ihr seht, was ich mir ausgedacht habe!«, rief sie und winkte sie herein.

»Oh, Mann«, murmelte Tilly leise vor sich hin.

Landry kicherte leise, als er ihre Hand drückte. »Ganz ruhig, meine Liebe. Wenigstens ist es nur ein Tag.«

»Gott sei Dank! Wochen oder Monate mit ihren Plänen könnte ich nicht ertragen.« Loren führte sie zu ihrem Esszimmertisch, der bereits mit Papierkram und Broschüren bedeckt war. »Verdammte Scheiße, Lor! Was zum Teufel hast du gemacht?«

»Planen, was für eine Frage. Wenn du denkst, ich lasse dich hier sitzen und mache nichts weiter als eine Schüssel Chips und Dips und eine Schachtel Kekse als kleine Snacks, dann hast du dich geschnitten!«

Landry rutschte auf einen Stuhl und amüsierte sich. »Ich werde meine Kreditkarten bereithalten.«

Tilly starrte ihn an. »Das ist keine Hilfe. Außerdem werde ich dich bei der Sache unterstützen.«

Er zog eine Augenbraue zu ihr hoch. Sie hatte bemerkt, dass das ein beliebter Gesichtsausdruck von ihm zu sein schien. »Nein, das wirst du nicht. Ich habe dir doch gesagt, dass ich für all das hier bezahle.«

Tilly drehte sich zu ihm um, die Hände fest in die Hüften gestemmt. »Ich wittere unseren ersten Streit.«

»Ich habe *dich* gebeten, *mich* zu heiraten. Ich habe dich damit überrumpelt. Glaub mir, mich zu versorgen, während ich mich wegen der Chemo auskotze, ist kein schönes Bild. Du wirst dir wünschen, ich hätte das alles bezahlt, wenn du mich das nicht machen lässt.«

Loren schlug ihr auf die Schulter. »Hör auf den Kerl, ja?«

Sie rieb sich die Schulter. »Okay, noch mal, *au*! Würdest du bitte damit aufhören? Warum zum Teufel schlägst du mich plötzlich?«

»Soll ich dich küssen, damit es besser wird?« mischte sich Landry ein.

Sie starrte ihn an. »Sooo wenig hilfreich.«

Loren lachte. »Tilly, so verrückt das auch ist, ich muss sagen, dass ich den Kerl wirklich mag.«

»Du magst ihn nur, weil er Cris verprügelt hat.«

»Der Feind meines Feindes ist mein Freund«, zitierte Loren. »Habe ich recht, Landry?«

Er nickte. »›Würde Hitler in die Hölle einmarschieren, würde ich den Teufel im Unterhaus zumindest wohlwollend erwähnen.‹ Winston Churchill.«

Loren grinste. »Ooooh, er ist reich, süß und schlau!«

»*Oui, Madame.*«

Loren seufzte. »Und er spricht Französisch. Verdammt, Mädel, du hast mit ihm das große Los gezogen und er ist schwul. Was für ein Glück hast du?«

»Er ist Franzose, nicht nur fließend darin. Er hat auch beschlossen, dass er homoflexibel ist, wenn es um mich geht.« Sie zwinkerte Landry zu. »Übrigens, nur damit du es weißt, *Schatz*«, sagte sie ihm, »Loren und ich sind beste Freundinnen, das heißt, sie wird am Montagmorgen an unsere Haustür klopfen und von mir wissen wollen, wie es um dich im Bett steht.«

Loren tat so, als wäre er beleidigt. »Nein, das würde ich

nicht tun! Ich würde bis nach dem Mittagessen warten. Dann kannst du ausschlafen.«

Landry lächelte, lehnte sich in seinem Stuhl zurück und verschränkte die Arme. »Wäre es einfacher, dir hier und jetzt eine Demonstration mit ihr zu geben?«

Tilly starrte ihn wieder an. »Ich spüre, dass da eine neue Regel kommt, Kumpel.«

Er hob seine Hände zur Kapitulation. »Ich weiß, ich weiß. Setz dich hin, halt die Klappe und halte das Plastik bereit.«

Loren seufzte wieder glücklich. »Und er ist ein ›Ja, Liebes‹-Dom. Ich bin neidisch, du glückliche Schlampe. Und ja, ich will am Montag einen Statusbericht.«

»Er ist nicht mein Dom, er ist mein Verlobter.«

Loren winkte ab. »Ja, wie auch immer, wir müssen das *jetzt* entscheiden, damit ich so schnell wie möglich alles bestellen kann. Buttercreme oder Frischkäseglasur auf deiner Torte?«

TILLY FRAGTE SICH, wie viele Leute bei Publix eine Rechnung von zweitausend Dollar für Last-Minute-Hochzeits- und Empfangspläne aufstellten. Loren fuhr mit ihnen zu dem Laden in der Nähe ihres Hauses und sie besprachen alles mit den Managern der Bäckerei und der Feinkostläden, die gern einwilligten, als Landry seine American-Express-Centurion-Karte vorlegte, um alles zu bezahlen.

Loren griff nach seiner Hand, und ihr stand die Kinnlade herunter. »Heilige Scheiße!«, sagte sie ehrfürchtig und schaute dann zu Tilly. Sie hielt seine Hand, in der sich immer noch die Amex-Karte befand. Sie schüttelte seine Hand an Tilly. »Weißt du, was das für eine Scheiße ist?«

»Seine Hand?« Tilly schnaubte.

Loren funkelte sie an. »Das habe ich nicht gemeint. Weißt du, was das ist?«

»Das ist eine Kreditkarte, Lor. Ich habe selbst ein paar.«

Landry schaute amüsiert, blieb aber still. Tilly entging nicht, dass er nicht einmal schockiert blinzelte, als die Summe genannt wurde.

»Es ist eine *schwarze* Amex, Babe«, sagte Loren. »So nennt man sie.« Sie starrte Landry an. »Wie zum Teufel hast du so eine bekommen? Das ist eine verdammte *Centurion*!«

»Ich weiß. Ich arbeite für einige sehr elitäre und wohlhabende Kunden. Ich lasse mir meine Dienste gut bezahlen.«

»Lor, lass seine Hand los. Du geiferst ihn ja an.«

»So ein Ding habe ich nur einmal gesehen, als ich im Ritz-Carlton gearbeitet habe. Ein Filmstar hatte eine.« Loren arbeitete mehrere Jahre lang als Managerin in diesem und anderen Spitzenresorts, bevor Ross' Geschäft anlief und sie ganz zu Hause bleiben konnte. Ihre Spezialität war es, als private Concierge für die Reichen und Berühmten zu arbeiten, die Sarasota besuchten, vor allem während der hektischen Filmfestwoche. »Unglaublich!« Endlich ließ sie seine Hand los und sah Tilly an. »Hast du eine *Ahnung*, wie viel Geld man haben muss, um eins dieser Babys zu bekommen?«

Tilly antwortete nicht, weil sie es ehrlich gesagt nicht wusste. Landry reichte die Karte an die Bäckereileiterin weiter, damit sie alles abrechnen konnte.

»Ja«, sagte Landry. »Eine *Menge*.« Er zwinkerte Tilly zu.

Landry lud Tillys Geländewagen vor Lorens Haus aus und schickte die Frauen ins Haus, während er das tat.

Loren packte Tilly am Arm. »Drei Jahre, hm? Kein schlechter Deal. Ich kann verstehen, warum du zugestimmt hast. Er ist ein Schatz.«

»Ja«, stimmte sie zu, während ihr Magen nervös wurde. Das war nicht wie bei ihrer Mutter, die keine Wahl hatte und ein Kind zu versorgen hatte. Sie hatte einen Job, ein Haus und ein beachtliches Sparkonto. Sie konnte sogar wieder als Krankenschwester arbeiten.

Sie war nicht gefangen. Ganz zu schweigen davon, dass sie durch den Ehevertrag rechtlich abgesichert war.

»Und wie willst du die Sache mit Cris regeln?«, fragte Loren.

Sie zuckte mit den Schultern. »Darüber will ich jetzt nicht nachdenken.«

Sie hatte den ganzen Tag verzweifelt versucht, *nicht* daran zu denken.

LANDRY HATTE AUCH für das Abendessen eingekauft und erklärt, dass er für sie kochen würde. Er erwies sich als ein verdammt guter Koch. Sie half ihm, die Küche aufzuräumen, bevor sie sich ins Schlafzimmer zurückzogen, um fernzusehen und zu reden. Er streckte sich auf der Seite aus und hielt sie fest.

»Zeit für unser versprochenes Gespräch, meine Liebe.«

Sie schloss ihre Augen. »Okay.«

»Zuerst einmal der einfache Teil. Muss ich ein Kondom benutzen?«

Sie sträubte sich. »Ich bin negativ. Ich habe dir doch gesagt, dass ich seit Cris mit niemandem mehr zusammen war. Als er weg war, habe ich mich testen lassen, um sicherzugehen, dass der Mistkerl mich nicht angesteckt hat.«

Er küsste ihren Nacken. »Ich meinte für die Geburtenkontrolle. Es sei denn, du hast sie genommen, als ich nicht bei dir war. Ich habe dich nie dabei gesehen, und in deinem Badezimmer gibt es keine Packungen.«

Ihr Gesicht rötete sich. »Das ist kein Thema. Mach dir keine Gedanken darüber.«

»Warum?«, fragte er leise.

»Landry ...«

»Bitte? Ich kann und werde dich nicht zwingen, es mir zu sagen, aber ich möchte es gern wissen.«

Sie drehte sich zu ihm um und vergrub ihr Gesicht an seiner Brust. »Wegen dem, was er mir angetan hat.«

»Nicht Cris.« Das war eine Feststellung, keine Frage.

»Nicht Cris«, stimmte sie zu.

Er streichelte ihren Rücken. »Also gut, meine Liebe. Bei mir bist du sicher. Lass es raus. Bitte.«

Sie holte tief Luft. »Als er mich vergewaltigte, hatte ich innere Verletzungen. Blutungen, Infektionen und Narben. Sie haben mir gesagt, dass ich keine Kinder bekommen kann.«

Landry drückte sie noch fester an sich und kraulte ihren Kopf. »Rede mit mir«, forderte er sie auf. »Erzähl mir alles und ich werde dich nie wieder bitten, darüber zu reden, wenn du nicht willst.«

So dumm es auch war, sie fühlte sich bei ihm sicher. Sie hatten ein gemeinsames Band, ob richtig oder falsch. Sie erzählte ihm die Geschichte, von den nächtlichen Besuchen, die begannen, als sie vierzehn war. Ihr Stiefvater belästigte sie, ließ sich von ihr befriedigen, und das ging mehrere Wochen lang jede Nacht so weiter, bis zu der Nacht, in der er sie brutal vergewaltigte.

»Ich konnte es meiner Mutter nicht sagen«, flüsterte sie. »Er drohte, uns beide umzubringen, wenn ich es ihr erzähle oder zur Polizei gehe. Er sagte, niemand würde mir glauben und er würde den Leuten erzählen, dass er mich mit Alkohol und Drogen erwischt hatte und dass ich log, um mich zu rächen. Ich habe in der Highschool nie getrunken. Er war ein verdammter Tyrann. Gewalttätig. Er hat sie immer verprügelt. Als er merkte, wie sehr er mich verletzt hatte und wie stark ich blutete, lief er weg. Sie brauchten drei Wochen, um ihn zu finden.«

»Was ist mit deiner Mutter passiert?«

»Sie starb, bevor ich Cris kennenlernte. Ich war nach der Schule auf der Arbeit, und sie musste zur Apotheke, um ihre Medikamente nachfüllen zu lassen. Sie hatte so schlimmes

Asthma, dass sie nur noch Teilzeit arbeiten konnte. Deshalb blieb sie so lange mit diesem verdammten Arschloch verheiratet, wie sie es tat. Sie dachte, sie hätte keine andere Wahl.«

Sie holte tief Luft, um sich zu beruhigen. »Die Apotheke war nur zwei Blocks von unserer Wohnung entfernt, also ging sie zu Fuß, weil ich erst in ein paar Stunden nach Hause kommen würde und ich das einzige Auto hatte. Ein Fahrer, der Fahrerflucht beging, erwischte sie, als sie die Straße überqueren wollte.«

»Haben sie ihn erwischt?«

»Ja. Zwei Tage später. Ein kleines, reiches Arschloch. Seine Kumpels haben versucht, für ihn zu lügen und zu behaupten, sein Auto sei gestohlen worden, aber sie haben schließlich bewiesen, dass er vorher getrunken hatte.« Sie neigte ihren Kopf zurück und sah ihm in die Augen. »Ich habe seine verdammte Familie dafür verklagt. Meine Mutter hat etwas Besseres verdient. Ich habe das Geld benutzt, um mich aufs College zu bringen.«

»Was ist mit deinem Vater?«

Sie runzelte die Stirn. »Was soll mit ihm sein? Er hat meine Mutter verlassen, als sie erfuhr, dass sie schwanger war. Sie war erst siebzehn, als sie mich bekam, er war in seinen Zwanzigern. Ich habe keine Ahnung, wo er ist, und es ist mir auch scheißegal.«

Sie redeten noch stundenlang, bis nach zehn Uhr abends. Als sie gähnte, merkte er genau, wie müde sie sein musste, wie gestresst vom Reden über den ganzen alten Müll.

Sie war so eine starke Frau, unglaublich stark. Er strich ihr über das Kinn. »Lass uns schlafen, meine Liebe. Wir haben morgen einen langen Tag und eine noch längere Nacht vor uns.«

Ihre Augen suchten seine. »Heute Abend wird nicht gespielt, hm?«

»Wie wäre es mit einer romantischen Kuschelrunde, um unsere Kräfte zu sparen?«

»Was ist mit der Einweihung unseres neuen Bettes?«

»Ich brauche wirklich eine gute Nachtruhe. Ich habe das Gefühl, dass es in den nächsten Tagen noch mehr als nur gründlich eingeweiht wird.« Er küsste sie. »Wenn ich das Sagen habe, werde ich dich nur so viel wie nötig aus dem Bett lassen.«

»Du brauchst dich nicht zu verstellen, wenn du es nicht fühlst.«

»Hast du kein einziges Wort von dem gehört, was ich zu dir gesagt habe?« Er ergriff ihre Hand und legte sie auf seinen Schwanz, der hart geworden war. »Wenn ich kein Interesse an dir hätte, würde ich das jetzt nicht haben, oder?«

Sie grinste. »Oh, komm schon, lass uns spielen.«

Er beugte seinen Mund zu ihrem Hals und knabberte, mehr als nur ein spielerisches Necken. »Liebe, ich kann nichts anderes tun, als dich jetzt nicht zu ficken, glaub mir. Ich habe dir schon gesagt, dass ich das richtig machen will.«

Er hob sein Gesicht an, um ihr in die Augen zu sehen. »Außerdem wäre es mir lieber, wenn unser erstes Mal so abläuft, dass er dein liebliches Stöhnen hören kann, wenn ich dich nehme und dich zu meinem Eigentum mache. Ich möchte, dass er mein Gesicht sieht und die Geräusche hört, die ich machen werde. Ich will, dass der Schmerz in seine Seele eindringt, wie er es nicht so schnell vergessen wird. Vielleicht erinnert ihn das daran, zu denken, bevor er im Interesse anderer handelt, ohne vorher mit ihnen darüber zu sprechen. Ich möchte in sein Gesicht schauen, wenn ich meinen Schwanz in dich gleiten lasse, und den Schmerz in seinen Augen sehen und wissen, dass er wirklich versteht, was er uns angetan hat.«

»Du musst das nicht meinetwegen tun, weißt du.«

Er lächelte. »Ich kenne das. Ich tue es für mich. Ich habe meinen Stolz.«

»Uuuuund du bist ein Sadist.«

»Nun, das ist natürlich auch ein Punkt.«

KAPITEL ZEHN

Als Tilly am Sonntagmorgen aufwachte, stützte sich Landry auf einen Ellbogen und sah sie mit einem verspielten Lächeln an.

»Was?«, fragte sie.

Er schüttelte den Kopf, beugte sich zu ihr und küsste sie. »Ich meine das so gut wie nur irgend möglich, aber ich kann nicht glauben, dass ich dich heute heiraten werde.«

»Ich bin froh, dass du das als Erstes gesagt hast.«

»Ich hielt es für notwendig, um Missverständnisse zu vermeiden.« Er küsste sie wieder, dieses Mal lang, langsam und sanft, seine Zunge glitt zwischen ihre Lippen und schmeckte. Seine Wangen fühlten sich rau an und es dauerte nicht lange, bis ihre Hand hinter seinen Hals glitt, um ihn festzuhalten.

Er rollte sich auf sie und sie genoss das Gefühl, wie sein Gewicht ihren Körper in die Matratze drückte. Es war schon viel zu lange her und sie sehnte sich nach seiner Berührung. Sein harter Schwanz rieb durch seine Boxershorts an ihrem Oberschenkel.

Er hob seinen Kopf. »Du bist eine erstaunliche Frau, Tilly«, sagte er und seine Augen suchten die ihren. »Du hast eine wunderschöne Seele und ein grenzenloses Herz.«

Seine Schwärmerei war ihr ein wenig unangenehm. Sie wollte ihm nicht ihr Herz öffnen, um nicht verletzt zu werden. Ihr Haus, ihr Bett und ihre Beine? Klar, aber nicht ihr Herz.

Noch nicht.

Aber es fiel ihr schwer, es geschlossen zu halten.

»Die meisten Frauen«, fuhr er fort, »hätten mich zum Teufel gejagt.«

»Ich bin nicht die meisten Frauen.«

»Dafür würde ich mich beim Himmel bedanken, wenn ich ein religiöser Mensch wäre.« Seinem Blick nach zu urteilen, vermutete sie, dass er noch mehr sagen wollte. Sie wartete ihn ab. »Darf ich dich etwas fragen?«

Sie nickte.

»Wenn du am Ende unserer Vereinbarung erwägst zu gehen, würdest du mir dann wenigstens die Chance geben, meine Argumente vorzubringen oder neu zu verhandeln, damit du bleiben kannst?«

»Willst du nicht dein letztes Hemd verlieren?«, witzelte sie und versuchte, den Tonfall zu lockern.

Sein Gesicht sah traurig aus. »Ich war schon einmal pleite. Ich mache mir mehr Sorgen, dass du eher mein Herz als mein Geld wegnimmst.«

SIE DACHTE über seine Bemerkung nach, nachdem er aufgestanden war, um ihnen Kaffee zu machen. Sie begab sich unter die Dusche. Vielleicht war sie nicht die Einzige, die in dieser Sache mehr als ›nur‹ ein Geschäft sah. So dumm es auch klingen mag, sie empfand etwas für ihn.

Loren hatte bei dem Nagelstudio, das ihr die Nägel machte, ihre Verbindungen genutzt und sie gebeten, sich an einem Sonntag besonders um sie zu kümmern, obwohl sie normalerweise geschlossen waren. Landry zahlte dafür natürlich extra. Sie würde bald auf dem Weg dorthin sein, um Tilly abzuholen und sie für den Rest des Tages zu begleiten. Landry würde sie später im Club mit Cris treffen, bevor die Hochzeit stattfand.

Als Landry unter die Dusche trat, drehte sie sich um und ihre Blicke trafen sich. Ohne darüber nachzudenken, lag sie in seinen Armen, küsste ihn und wollte ihn am liebsten auf der Stelle verschlingen.

Er erwiderte ihren Kuss mit gleicher Leidenschaft, sein steifer Schwanz drückte gegen ihren Körper. Seine großen Hände glitten über ihre nasse Haut zu ihrem Hintern und hielten sie fest, damit sie sich nicht losreißen und seinen Schwanz zwischen ihre Beine schieben konnte.

»Später, meine Liebe«, sagte er heiser, während er sie festhielt. »Bitte quäle mich noch nicht. Ich bin schon zu kurz davor.«

Ihre Hände wanderten zu seinem Rücken, ihre Finger fuhren über seine Wirbelsäule und seine Brustmuskeln. »Warum ist das so wichtig für dich? Warum können wir es nicht jetzt machen und so tun, als wäre es das erste Mal vor Cris?«

»Es gab schon genug Versäumnisse in meiner Beziehung zu ihm und auch in deiner. Ein paar weitere Stunden der Qual sind es wert.« Er vergrub sein Kinn in ihrem nassen Haar. »Glaub mir, meine Liebe, du wirst heute Nacht gut und hart gefickt werden.«

Sie wollte genau jetzt gut und hart gefickt werden. Sie versuchte, sich gegen ihn zu stemmen, aber er stützte sich mit den Ellbogen auf seine Seite und schlang ihre Arme um sich. »Benimm dich, meine Liebe«, schimpfte er spielerisch.

»Du hast leicht reden. Du hast keine lange Durststrecke hinter dir.«

Eine kleine Anspannung löste sich aus seinem Körper. »Du hast recht.« Er trat vor, bis sie mit dem Rücken an der Wand stand. Dann ließ er sich auf die Knie fallen und sah zu ihr auf. »Du hast absolut recht. Das bin ich dir schuldig.« Er schob ihre Schenkel auseinander und senkte seinen Mund auf ihren Venushügel. Seine talentierte Zunge strich über ihren Kitzler und vertrieb alle rationalen Gedanken aus ihrem Kopf.

Sie hielt sich an seinen Schultern fest und merkte nicht, wie sehr sie ihre Nägel in ihn grub und ihre Beine zitterten, als er zwei Finger in sie presste. Es dauerte nicht lange, bis er ihr einen harten, schreienden Orgasmus entlockte. Danach stand er auf, zog sie in seine Arme und hielt sie fest, während sie ihr Gesicht an seine Brust legte und in seinen Armen weinte.

»Psst, Liebes, es ist alles in Ordnung.« Er zog sie sanft zu sich heran, bis sie bis sie unter der Gischt standen und er sie immer noch festhielt, um sie zu beruhigen. »Gut?«

»Scheiße. Gut beschreibt es nicht mal annähernd.«

Er gluckste. »Wenigstens kenne ich eine Möglichkeit, dich bei mir zu halten. Ich werde dafür sorgen, dass du im Bett gut befriedigt wirst.«

Sie lachte grob. »Woher willst du wissen, ob ich im Bett gut sein werde?«

»Wenn das, was du mit mir gemacht hast, ein Hinweis darauf war, wie gut du bist, Liebes, habe ich keine Zweifel daran, dass ich mehr als nur zufrieden sein werde.«

Er duschte als Erstes und kehrte mit einem Handtuch um die Hüften in die Küche zurück. Als es kurz nach acht Uhr an der Tür klingelte, überraschte ihn das nicht. Loren sollte zwar erst um halb neun kommen, aber er wusste von der Zeit, die er gestern mit ihr verbracht hatte, dass sie Tilly liebte, und nachdem sie sich von ihrem ersten Schock über die Nachricht erholt hatte, freute sie sich auf die Hochzeit.

Mit der Tasse Kaffee in der Hand ging er zur Haustür und öffnete sie.

Loren kam sofort herein. »Ich weiß, ich bin zu früh, aber ich …« Sie bemerkte sein Handtuch und errötete. »Tut mir leid. Ich wollte dich nicht aus der Dusche holen.«

Er lächelte, als er die Tür hinter ihr schloss. »Ich war schon längst fertig. Kaffee?«

»Oh. Ähm, ja.«

Er lächelte vor sich hin, als er sie in die Küche führte, denn er wusste, dass sie seinen Körper beim Gehen betrachtete.

Er hörte Tilly aus dem Schlafzimmer rufen. »War das die Türklingel?«

»Ja, mein Liebes. Loren ist da.«

»Verdammt noch mal!«

Er lachte, als er sich an den Tisch setzte und seine Beine übereinanderschlug. Lorens Röte vertiefte sich. »Kümmere dich nicht um sie«, sagte er. »Sie ist eine nervöse Braut.«

Lorens Blick war fest auf sein Handtuch geheftet, von dem er wusste, dass es drohte, aufzufallen und ihn zu entblößen. Er machte sich nicht die Mühe, es zurechtzurücken. Tilly kam im Bademantel und mit einem Handtuch im feuchten Haar in die Küche gestürmt. »Lor, ich wusste, dass du mir das antun würdest, ich …« Ihr blieb der Mund offen stehen, als sie Landry dort sitzen sah. »Herrgott noch mal, zieh dir bitte etwas an! Loren, hör auf, ihm nachzusabbern.«

Loren hatte sich einen Becher mit Kaffee eingeschenkt. »Verdammt, Tilly, du kannst nicht von mir verlangen, dass ich nicht hinsehe.«

»Er ist mein Verlobter. Lass mich ihn erst heiraten, bevor du anfängst, ihn anzustarren.«

Landry stand auf und zog Tilly für einen langen, tiefen Kuss in seine Arme. »Es tut mir leid, meine Liebe. Ich war hier drin, um meinen Kaffee zu holen. Verzeihst du mir?«

Sie sah verblüfft aus, als er sie küsste. »Aha.«

Er lächelte sie an und gab ihr einen Klaps auf das Kinn.

»Ich ziehe mir etwas weniger Freizügiges an.« Er verließ die Küche und ging kichernd ins Schlafzimmer.

Hinter ihm hörte er Loren sagen: »Mein Gott, Tilly, der Kerl ist verdammt geil!«

»Halt doch die *Klappe*!«

Er schloss die Schlafzimmertür, bevor er in schallendes Gelächter ausbrach. Es sah so aus, als hätte er die härteste Schlacht gewonnen – Tillys beschützende beste Freundin zu bezaubern.

Als er ein paar Minuten später in Jeans und Hemd wieder auftauchte, musste er feststellen, dass Loren die roten Kratzspuren gesehen hatte, die Tillys kurze, aber tödliche Nägel auf seinen Schultern hinterlassen hatten.

Er hoffte nur, dass diese Abdrücke so lange blieben, bis er Cris abgeholt hatte.

Was für eine Verarschung wäre das.

Tilly hatte jetzt ihren Kaffee und sah etwas gefasster aus. Als Landry in die Küche zurückkehrte, stand sie auf. »Ich ziehe mich an, damit wir gehen können.«

»Bekomme ich einen Kuss?«

Sie verdrehte die Augen, lächelte aber und beugte sich zu einem weiteren Kuss vor. Bevor sie sich von ihm löste, biss sie ihm in die Unterlippe. »Benimm dich«, ermahnte sie ihn, bevor sie ins Schlafzimmer ging.

Er lachte, während er ihr nachsah.

»Sie wird ganz schön anstrengend sein«, warnte Loren ihn von ihrem Platz am Tisch aus. Er drehte sich zu ihr um. »Ich weiß. Genau das hoffe ich auch.«

»Das geht mich nichts an. Warte, scheiß drauf, es geht mich sehr wohl etwas an. Sie ist meine beste Freundin. Was zum Teufel wird mit Cris passieren?«

Er zuckte mit den Achseln und nahm einen weiteren Schluck Kaffee. »Das hängt von Cris ab. Er wird im Gästezimmer schlafen. Oder auf dem Boden oder in der Garage, wenn ich es ihm sage. Vielleicht auch im Hinterhof, wenn er irgendetwas tut, was sie verärgert. Wenn es ihm nicht gefällt, weiß er, wo die Haustür ist.«

Loren sah ihn einen Moment lang an. »Sie hat nicht übertrieben«, sagte sie schließlich. »Du bist wirklich auf Blut aus.« Ihre Miene verhärtete sich. »Wenn du ihr etwas antust, bringe ich dich persönlich um.«

Er ging zum Tisch und setzte sich ihr gegenüber. »Loren«, sagte er leise, »ich werde dir jetzt etwas sagen, in der Erwartung, dass du es ihr gegenüber wiederholen wirst. Tilly ist etwas ganz Besonderes. Nur ein Idiot könnte das übersehen. Ich bin vieles, aber ich bin kein Idiot. Ich habe ihr heute Morgen schon gesagt, dass ich mich sehr dafür einsetzen werde, dass sie bleibt, wenn sie am Ende unserer Vereinbarung versucht zu gehen.«

Sie starrte ihn einen Moment lang an, bevor sie sprach. »Und nicht wegen des Geldes.«

Er schüttelte den Kopf. »Nicht wegen des Geldes. Ich weigere mich auch, denselben Fehler wie Cris zu machen und sie zu verlassen.«

Ihr Gesicht verhärtete sich. »Ich möchte dieses Arschloch erwürgen.«

Er grinste. »Ich bin sicher, das lässt sich arrangieren. Solange wir Tilly erst einmal aus dem Haus bekommen, damit sie dich nicht aufhält.«

Loren lachte. »Sie hat nicht gescherzt, als sie sagte, dass du ein Sadist bist, oder?«

»Nein, das hat sie nicht.«

Sie lehnte sich vor und senkte ihre Stimme. »Das ist eine Sache zwischen dir und mir. Verliebst du dich gerade in sie?«

Es war ihm egal, ob sie es Tilly erzählte oder nicht. Er nickte. »Ja, ich glaube schon.«

»Wenn ich dich also heute frage, ob du sie liebst, ehrst und wertschätzt, dann meinst du es auch so, oder?«

»Mit jedem Atemzug in meinem Körper.«

DIE FRAUEN SCHAFFTEN es kurz nach halb neun aus der Tür. Sie frühstückten auf dem Weg, um sich die Nägel machen zu lassen. Tilly nahm ihr Kleid mit und würde mit Loren und Ross zum Club fahren. Landry würde sie erst am Abend im Club wiedersehen.

Er hatte eine kleine Überraschung für Tilly vorbereitet und eine Limousine gemietet, die ihn und Cris zum Club fahren und die drei dann nach Hause bringen sollte. Dort würden sie Cris' Folterung ernsthaft beginnen.

Tilly hatte ihm gesagt, er könne seine Sachen in ihrem Schlafzimmer auspacken, und hatte schon ein paar Schubladen umgeräumt, um Platz zu schaffen. Zu seiner Überraschung stellte er fest, dass sie nicht viel Kleidung zu besitzen schien. Auch in dieser Hinsicht gab es zwei verschiedene Persönlichkeiten: das, was offensichtlich ›Tillys‹ Garderobe war und das, was ›Herrin Cardinal‹ gehörte. Tilly mochte weite Jeans und Shorts und übergroße, bequeme Hemden, die ihre Figur verbargen. Sie besaß ein paar Hosen und Freizeitkleider und ein schwarzes, vielseitig einsetzbares Gesellschaftskleid, aber nicht sehr viele Kleider, um ehrlich zu sein. Herrin Cardinal besaß mehrere Korsetts und Fetischkleider, Stiefel und Schuhe mit Stöckelabsätzen, aber auch hier nicht sehr viel. In ihrem Kleiderschrank war immer noch eine angenehme Menge leerer Platz, als er die Kleidung umräumte und sie näher zusammenschob, um Platz für seine Sachen zu schaffen.

Sie war definitiv kein Wäschetyp, das stand fest.

Nachdem er die Klamotten, die er dabei hatte, ausgepackt hatte, schlenderte er durch das Haus. Sie hatte ihn vorhin kurz herumgeführt, aber jetzt hatte er Zeit, es auf eigene Faust zu erkunden, bevor er Cris zurückholte. Sie liebte Bücher. Die

Wände eines Raumes, ihres Arbeitszimmers, wie er aufgrund des Schreibtisches und des Laptops vermutete, waren bis zur Decke mit Büchern ausgekleidet. Sie hatte einen kleinen Raum, der wahrscheinlich ursprünglich ein Arbeitszimmer war und in dem Trainingsgeräte standen. Ein anderer Raum war offensichtlich ein Verlies-Spielzimmer für ihre Kunden. Und ein Gästezimmer. Das Hauptschlafzimmer befand sich am anderen Ende des Hauses, auf der anderen Seite des Wohnzimmers, und war in zwei Räume unterteilt. Das Spielzimmer lag am gegenüberliegenden Ende des Hauses, im letzten Raum des Flurs. Dann kam das Gästezimmer und der Fitnessraum, der am nächsten an der Küche und dem Wohnzimmer lag.

Er würde sehen müssen, wie weit der Schall reichte. Es wäre nicht gut, wenn Cris nicht im Bett liegen und hören konnte, wie er ihr das Hirn rausvögelte.

Vielleicht musste er Cris auf dem Boden des Wohnzimmers schlafen lassen, damit er die volle Wucht abbekam.

Nachdem er gefrühstückt hatte, hob er die Schlüssel auf, die Tilly ihm auf dem Tresen hinterlassen hatte. Er betrachtete sie. Seine Schlüssel aus Kalifornien, für Autos, Haus und Büro, lagen auf der Kommode im Hotel.

Er würde Cris zurückschicken müssen, um den Umzug zu koordinieren. Das Telefon war kein Problem, denn er konnte von zu Hause aus arbeiten. Irgendwann würde er hier draußen ein weiteres Büro eröffnen, sobald er wusste, wie seine Behandlungen verlaufen würden.

Er fühlte sich ein bisschen schuldig, weil er Cris nicht früher von seiner Krebserkrankung erzählt hatte, aber nur ein bisschen.

Er würde es noch früh genug erfahren.

Landry kam zehn Minuten zu früh im Hotel an und fand Cris wie angewiesen abfahrbereit vor. Als er das Zimmer betrat, knöpfte er sofort sein Hemd auf und warf es auf das Bett. »Ich will mein hellblaues Hemd«, befahl er, als er ins Bad ging, um die Toilette zu benutzen.

Im Spiegel über dem Waschtisch sah er, wie Cris auf seine Schultern starrte, auf die Kratzspuren, die immer noch sichtbar waren. Tilly hatte die Haut zwar nicht durchbrochen, aber sie hatte ihre Nägel auf eine köstliche Art und Weise in seine Schultern gekrallt, die sogar ihm gefiel. Er lächelte ihn im Spiegel an, als Cris mit dem Hemd in der Hand dastand, das er gerade abgelegt hatte, und einen fassungslosen Gesichtsausdruck hatte. »Gibt es ein Problem, Sklave?«

Er schüttelte den Kopf. »Nein, Meister. Kein Problem.«

DER SKLAVE STARRTE seinem Meister hinterher, als dieser die Badezimmertür schloss. Sein Herz raste in seiner Brust. Er wusste verdammt gut, was sein Meister vorhatte. Der Meister zeigte ihm die Spuren auf seinen Schultern absichtlich.

Mit wem zum Teufel war er zusammen gewesen?

Die Eifersucht tobte in ihm und zwang ihn, tief durchzuatmen, um die Kontrolle zu behalten und Landry nicht zur Rede zu stellen. Als ihm klar wurde, wo er gewesen sein musste, schreckte er aus seiner Träumerei auf und erinnerte sich daran, dass er eigentlich das andere Hemd seines Meisters holen sollte. Während er sich beeilte, versuchte er, sich die Idee aus dem Kopf zu schlagen.

Nicht Tilly. Das würde er ihr nicht antun.

Sie würde das nicht mit ihm machen. Nicht seine Tilly.

Er drückte die Augen zu und atmete tief ein. Sie war nicht mehr sein Eigentum. Nicht mehr seit dem Tag, an dem er von ihr weggegangen war und sie freigelassen hatte.

Andererseits hatte er sich auch nicht vorstellen können, dass sie ein Profi-Domme werden würde.

Sein Meister war ein Sadist. Der Sklave wusste genau, wie wütend sein Meister über das war, was passiert war, aber das …

Nein.

Er weigerte sich, voreilige Schlüsse zu ziehen.

Als der Meister zurückkam, hatte der Sklave das Hemd fertig und das andere weggeräumt, ihr Gepäck stand auf dem Boden neben der Tür und wartete.

Der Meister starrte ihn an und verzog einen seiner Mundwinkel zu einem amüsierten Lächeln, während er sein Hemd zuknöpfte. »Was ist los, Sklave?«

»Nichts, Meister.«

»Was hast du angestarrt, als ich ins Bad ging?«

Katz und Maus. Das bestätigte nur den Verdacht des Sklaven. »Die Spuren auf deinen Schultern, Meister«, antwortete er leise. Es würde nichts bringen, zu lügen oder ›nichts‹ zu sagen, denn er wusste, dass sein Meister das Spiel so lange hinauszögern würde, bis er zugab, die Male gesehen zu haben.

Er grinste. »Ah, die.« Der Meister bot keine weitere Erklärung an, aber der Sklave wusste durch das zufriedene Grinsen seines Meisters, dass er genau das vorhatte. Eine Show zu seinem Vorteil und zur Belustigung des Meisters.

Der Sklave lud ihr Gepäck in den Wagen. Bevor er fragen konnte, ob sein Meister ihn fahren lassen wollte, setzte sich Landry hinter das Steuer und startete den Wagen.

Der Sklave kletterte auf den Beifahrersitz und schnallte sich an. »Hast du gefrühstückt, Sklave?«

»Ja, Meister. Es gab ein kontinentales Frühstück.«

»Brav.« Er setzte seine Sonnenbrille auf und drehte sich zu ihm um. »Hier sind die Grundregeln für heute – du sprichst nur, wenn ich es dir sage. Hast du verstanden?«

Er nickte und hoffte, dass das sicher war.

»Brav.« Er fuhr rückwärts aus der Parklücke und fuhr auf der US 41 nach Süden. Das Herz des Sklaven schlug ihm bis zum Hals, als er die Route erkannte, die sie nahmen. Es war dieselbe Strecke wie neulich.

Er spürte, wie sich der Fluorit-Anhänger durch seine Jeans in seine Hüfte grub, wo er ihn in der rechten Vordertasche trug.

Als sie in Tillys Einfahrt fuhren, stieg Landry aus und der Sklave folgte ihm. Ihm entging nicht, dass der Meister einen Schlüsselbund herauszog und die Haustür aufschloss.

»Bring das Gepäck«, befahl er, als er hereinkam. Als ob ihm das Haus gehören würde.

Mit einer tiefen Kälte, die sich in seinem Herzen festsetzte, gehorchte der Sklave. Es war ihm nicht erlaubt zu sprechen. Das bedeutete, dass er keine von den tausend Fragen stellen durfte, die ihm durch den Kopf gingen.

Der Meister stellte sich an den Tresen und legte in gewohnter Manier seine Schlüssel dorthin. »Ich zeige dir, wo du deine Sachen abstellen kannst.« Er ging einen Flur entlang und der Sklave folgte ihm in ein Gästezimmer. »Das ist von jetzt an dein Zimmer«, sagte der Meister, als er in der Tür stand. »Du wirst deine Sachen hier unterbringen. Diese Tür darf nur geschlossen werden, wenn ich es dir sage. Hast du das verstanden?«

Er nickte.

»Ich zeige dir, wo du meine Sachen unterbringen kannst.«

Auf tauben Füßen folgte er dem Meister. Tilly schien nicht zu Hause zu sein. Der Meister ging in das Schlafzimmer und öffnete mehrere Schubladen in einer großen Kommode. Ein paar seiner Sachen, die Kleidung, von der der Sklave wusste, dass er sie mitgenommen hatte, lag dort bereits ordentlich gefaltet. »Du kannst meine Sachen dort und im Schrank verstauen.« Er ging zu einem großen begehbaren Kleiderschrank und schaltete das Licht an. »Da.« Er zeigte auf ihn.

Er führte ihn zurück durch das Haus zur Garage. »Die Wäsche ist da drin. Das wird natürlich eine deiner Aufgaben sein. Nicht nur für uns, sondern auch für sie.« Er führte ihn wieder den Flur entlang zu einem Raum, der wie ein Arbeitszimmer aussah. »Stell meinen Laptop hier auf den Schreibtisch. Ich werde noch einen Schreibtisch besorgen und dann räumen wir um.«

Er verließ den Raum und ging durch eine weitere Tür. Der Sklave brauchte keine Erklärungen für die Nutzung dieses Raumes. »Du könntest hier eine Menge Zeit verbringen, wenn du dich nicht benimmst«, stichelte der Meister. »Oder auch wenn du es tust.« Er drehte sich zu ihm um, sein Gesicht wurde härter. »Du hast zwei Möglichkeiten, und nur zwei: bleib oder geh. Wenn du bleibst, dann nur unter meinen Bedingungen. Es wird keine Verhandlungen geben, keine Safewords, keine Gleichberechtigung. Du hast durch dein Handeln alle Rechte darauf aufgegeben. Hast du mich verstanden?«

Der Sklave nickte.

»Brav.« Der Meister ging zurück in die Küche, der Sklave folgte ihm auf den Fersen. »Setz dich.« Er zeigte auf den Tisch.

Der Sklave setzte sich.

Vor dem Stuhl des Meisters lag ein Block. Er hatte darauf eine Liste begonnen. Er setzte sich und ergänzte sie. »Du wirst den Umzug unserer Sachen aus Kalifornien koordinieren. Wir brauchen einen ausreichend großen Lagerraum in der Nähe des Hauses, in dem wir unsere Sachen unterbringen können. Nächste Woche fährst du zurück nach Hause, organisierst den Umzug und einen Autotransporter und kümmerst dich um alle Angelegenheiten auf der Arbeit, die persönlich erledigt werden müssen.« Er machte sich noch ein paar Notizen. »Ich kümmere mich um die Übertragung der Bankkonten. Wenn sie persönliche Unterschriften brauchen, kannst du das erledigen, während du dort bist.«

Er sah zum Sklaven auf. »Wir werden für die nächste Zeit hier leben. Achte beim Packen darauf, dass du die Kartons deutlich beschriftest, damit wir die Dinge, die wir hier brauchen, leicht von denen unterscheiden können, die ins Lager gehen müssen. Ich werde dir beim Auspacken nicht helfen können, also denk daran.«

Der Sklave hatte gedacht, dass nichts seine Benommenheit durchbrechen könnte, aber diese kryptische Bemerkung tat es. Er wollte unbedingt fragen, was er damit meinte, zwang sich aber, zu schweigen.

Nach ein paar weiteren Minuten lehnte sich der Meister zurück, starrte auf seine Liste, drehte dann den Block um und schob ihn über den Tisch. »Lies das durch. Wenn irgendetwas geklärt werden muss, darfst du das fragen und sonst nichts.«

Er versuchte, sich auf die Worte zu konzentrieren und nicht auf seine Gefühle. Nachdem er es dreimal durchgelesen hatte, nickte er. Der Meister hatte sich klar ausgedrückt. Er brauchte keine Erklärungen. Er blickte zu seinem Meister auf und wartete.

Die grünen Augen des Meisters bohrten sich in seine. »Mein Krebs ist zurück«, sagte er.

Er hatte sich geirrt, als er dachte, er hätte den Tiefpunkt erreicht. Die drei Worte hallten in seinem Gehirn wider und packten sein Herz mit einem harten, kalten Griff.

Meister fuhr fort: »Ich habe am Mittwoch einen Termin für eine Biopsie.«

Der Sklave hasste es, dass er Tränen in den Augen spürte. Er schloss sie und schluckte, versuchte sich zu beherrschen, um nicht zusammenzubrechen.

»Der einzige Grund, warum ich es dir jetzt sage, ist, dass ich es dir selbst sagen wollte und ich weiß, dass du es wahrscheinlich später am Abend ohnehin erfährst.« Er starrte den Sklaven einen Moment lang an. »Du darfst sprechen.«

Der Sklave schaute ihn an. »Ich liebe dich«, flüsterte er. »Bitte zwing mich nicht, dich zu verlassen. Bitte, lass mich bei dir bleiben und mit dir zusammen sein.«

Zum ersten Mal sah er, wie die Miene seines Meisters weicher wurde. »Ich werde dich nicht zwingen zu gehen. Nun, ich meine, unsere Beziehung zu verlassen. Du musst derjenige sein, der nach Kalifornien geht, um den Umzug zu organisieren, denn ich werde mich einer Behandlung unterziehen. Tilly wird für mich da sein, während du weg bist. Der Immobilienmakler hat gesagt, dass er ein Angebot für das Haus hat. Du wirst jedoch durch deine eigene Hölle gehen, bevor du auf der anderen Seite herauskommst. Wenn du dich entscheidest zu gehen, ist das deine Entscheidung, nicht meine.« Der Meister sah ihn lange an, bevor er wieder sprach. »Ich liebe dich, Cris, aber ich bin ein Mensch. Du weißt, wie ich bin. Bevor ich weitermachen kann, brauche ich mein Pfund Fleisch von dir für diese Sache. Nur so können sie und ich mit der Heilung beginnen.«

Der Sklave nickte, sprach aber nicht. »Ich fühle mich schuldig für das, was wir in den letzten Jahren hatten. Ich dachte, ich hätte meinen Engel zurück. Und dann erfahre ich, was du mit ihr gemacht hast ...« Er schaute einen Moment weg, um sich zu sammeln, bevor er sich wieder dem Sklaven zuwandte. »Sie ist durch die Hölle gegangen, weil du ihr das angetan hast. Das kann ich nicht wiedergutmachen. Ich kann ihr niemals den Seelenfrieden zurückgeben, den sie verloren hat, als du sie betrogen hast. Du hast ihr nicht nur das Glück genommen. Du hast ihr Vertrauen gestohlen und ihr Herz gebrochen. Sie hat etwas Besseres als dich verdient.«

Der Meister lehnte sich zurück, seine harte Maske verschwand wieder. »Wir werden heute Abend um halb sieben zu unserem Termin aufbrechen. Zieh Jeans, ein schwarzes Hemd und dein formelles Halsband an. Du wirst heute Abend nicht sprechen, egal, was zu dir gesagt wird, es sei denn, ich gebe dir die Erlaubnis dazu. Hast du verstanden?«

Der Sklave nickte.

»So wird es ablaufen. Von Mittwoch an werde ich mich auf meine Gesundheit und meine Heilung konzentrieren. Tilly und ich haben eine Vereinbarung getroffen. In den nächsten drei Jahren wird sie mir zur Seite stehen und mir helfen, das durchzustehen. Ich werde sie dafür reichlich entschädigen, keine Sorge. Ich werde sie nicht ausnutzen. Diese Vereinbarung ist zwischen ihr und mir, und sie freut sich darauf, ihre Ausbildung als Krankenschwester wieder nutzen zu können. Du wirst ihr und allen Anweisungen, die sie dir gibt, gehorchen. Du hast in dieser Sache kein Mitspracherecht. Ich habe auch mein Testament geändert. Wenn ich sterbe, bevor die drei Jahre um sind, bekommt sie alles, was ich habe, und ob sie dir etwas geben will oder nicht, ist ihre Sache.«

Er nickte, immer noch fassungslos.

»Wie du sehen kannst, schlafe ich in ihrem Bett. Ich nehme an, du hast dir jetzt zusammengereimt, woher die Striemen auf meinen Schultern kommen.«

Er nickte langsam.

Die Stimme des Meisters wurde fast zu einem Knurren. »Komm mir nicht in die Quere, wenn es um sie geht, Cristo. Wenn du das versuchst, wirst du auf deinem Hintern landen, bevor du blinzeln kannst. Irgendwelche Kommentare?«

Er fand seine Stimme wieder. »Bitte tu ihr nicht weh, Meister«, flüsterte er.

Der Meister lachte. »Ich bin nicht wie du«, sagte er, während er sich zurücklehnte. »Ich nehme meine Versprechen nicht zurück. Und ich verspreche, dass ich ihr niemals wehtun werde. Sie hingegen könnte dich auf eine Art und Weise verletzen, die du dir nie vorstellen könntest, und zwar viel tiefer, als ich es jemals könnte.« Er warf einen Blick auf seine Uhr. »Mach mir was zu essen. Ich möchte einen Salat mit Hühnchen. Es sind noch Reste im Kühlschrank.«

Der Meister stand auf. Der Sklave machte sich nicht die Mühe zu fragen, woher der Meister den Inhalt des Kühlschranks kannte. »Meister, darf ich dich noch etwas fragen?«

»Ja.«

Er nahm einen tiefen Atemzug. »Wie schlimm ist dein Krebs?«

»Das wissen wir noch nicht. Das wird die Biopsie am Mittwoch zeigen. Mach mir etwas zu essen und räume unsere Sachen weg. Danach sage ich dir, was du tun sollst.«

LANDRY MACHTE sich auf den Weg ins Schlafzimmer und atmete tief durch. Er musste den Kontakt zu seiner sadistischen Seite verlieren. Cris tat ihm fast leid, als er ihm die Nachricht von seiner Krebserkrankung überbrachte. Er sah entsetzt aus.

Er schloss die Augen. Mittwoch. Bis dahin würde er die Grenzen ausloten. Von da an würde er nach vorn schauen, nicht zurück, und ihre frühere Beziehung wieder aufnehmen, wenn Cris ihn nicht vorher im Stich lassen würde.

Ob Tilly nach vorn schauen konnte, lag an ihr.

Nach dem Mittagessen ging er ins Büro, um seine E-Mails zu bearbeiten, während Cris ihre Sachen einräumte. Er ignorierte Cris, als er nach dieser Aufgabe ins Büro zurückkehrte. Ohne hinzusehen wusste Landry, dass Cris in der Tür stand und auf seine nächsten Anweisungen wartete.

Zehn Minuten später hörte er ein leises Keuchen und drehte sich um. Cris kniete vor dem untersten Regal in der Ecke, das nicht gerade der günstigste Platz für Bücher war, da ein Stuhl den Zugang zu ihm versperrte. Sein Finger fuhr an mehreren Buchrücken entlang, während er die Titel untersuchte.

»Was ist das?« schnauzte Landry ihn an.

Cris schaute ihn nicht an. »Sie gehören mir«, sagte er leise. »Ich habe sie alle zurückgelassen, als ich ...« Er wandte sich schließlich an Landry. »Ich habe sie nicht mitgenommen.

Das waren meine Lieblingsbücher. Sie hat sie behalten. Diese drei Regale hier enthielten alle meine Bücher.«

»Hmpf.« Landry wandte sich wieder seiner E-Mail zu, doch innerlich spürte er eine kleine Genugtuung. Sie konnte seine Bücher nicht loswerden.

Das gab ihm Hoffnung, dass sie Cris eines Tages vielleicht verzeihen und ihm ihr Herz wieder öffnen könnte.

Gegen zwei Uhr lud er Cris ins Auto. Sie fuhren zu einem nahe gelegenen Walmart. Cris folgte ihm schweigend und schob den Einkaufswagen, während Landry Kerzen und andere Dinge suchte, die er für diese Nacht brauchte.

Cris wollte nicht darüber nachdenken, warum Landry sie gekauft hatte. Er vermutete, dass sie nicht zu seinem Vorteil waren.

Als sie ins Haus zurückkehrten, befahl Landry ihm, die Sachen im Hauptschlafzimmer auf das Bett zu legen, sich zu duschen und zu rasieren und dann im Wohnzimmer auf ihn zu warten.

Er tat wie ihm befohlen. Auf dem Weg zurück in sein Zimmer hielt er im Wohnzimmer inne. In der Ecke, in der ein riesiges Unterhaltungscenter stand, studierte er ihre CD- und DVD-Sammlung. Er fand einige, die ihm gehörten, aber entweder auf dem obersten Regal standen, wo sie sie normaler-weise nicht erreichen würde oder ganz hinten versteckt waren, wo es unbequem wäre, sie aufzubewahren, wenn sie häufig gebraucht würden.

Als er in sein Zimmer zurückkehrte, kam er nicht umhin, noch einmal am Schreibtisch vorbeizuschauen. Soweit er das beurteilen konnte, hatte sie alle seine Bücher aufbewahrt. Diejenigen, die nur ihm gehörten und nicht ihr, waren in den unbequemen Regalen in der hinteren Ecke zusammenge-pfercht. Aber die Bücher, die sie gemeinsam gekauft hatten und die ihnen beiden gefielen, die hatte sie auch noch.

Er wollte mit ihr reden, sich noch einmal entschuldigen, hoffentlich ohne, dass sie ihm dabei die Eier abhacken würde. Er wusste, dass er es nie wieder gutmachen konnte, aber er wollte, dass sie verstand, warum er getan hatte, was er getan hatte.

Er konnte Landry nicht sterben lassen.

Cris versuchte nicht zu denken, während er duschte und sich anzog. Er wartete wie befohlen im Wohnzimmer. Kurz vor sechs Uhr tauchte Landry aus dem Schlafzimmer auf. Cris' Herz klopfte in seiner Brust, als er sah, wie er gekleidet war.

Der Mann sah verdammt gut aus, besonders in seinem maßgeschneiderten Anzug. Cris fragte sich, wann er ihn gekauft hatte.

»Wie sehe ich aus?«, fragte er, als er sich umdrehte. »Du darfst antworten.«

»Sehr gut, Meister.« Keine Lüge. Er wollte auf die Füße fallen und sich an ihn klammern, ihn anflehen, ihm zu verzeihen und sie nach vorn schauen zu lassen. Die Einsamkeit, die er seit der Enthüllung verspürte, fraß an ihm.

Landry lächelte. »Tilly hat die Krawatte ausgesucht.«

Cris wusste nicht, ob er darauf etwas erwidern sollte, also hielt er den Mund.

»Ich möchte dich daran erinnern, dass du nicht sprichst, wenn ich es dir nicht erlaube.«

Cris nickte.

»Geh und hol die Spielzeugtasche. Ich möchte, dass du deine Handgelenkfesseln anlegst, die aus schwarzem Leder, nicht die mit den Haken. Ich möchte einen doppelendigen Clip und die geflochtene Lederleine mitnehmen. Lege das blaue Seil auf dem Bett aus, zusammen mit deinen Fußfesseln und dem großen Ballknebel.« Er deutete mit dem Daumen über seine Schulter auf das Hauptschlafzimmer. »Auf das Bett da drinnen. Mach es schnell.«

Cris' Herz hämmerte, als er dem Befehl nachkam. Als er die Sachen ins Schlafzimmer trug, fiel ihm auf, wie Landry die nicht angezündeten Kerzen aufgestellt hatte. Die frischen Blumen standen in mit Wasser gefüllten Vasen.

Es sah romantisch aus.

Er vermutete, dass sie nicht für ihn bestimmt waren. Er hatte das noch stärkere Gefühl, dass das Seil und die anderen Ausrüstungsgegenstände es waren.

Pünktlich um sechs Uhr dreißig hörte er ein Auto in der Einfahrt. Einen Moment später läutete es an der Tür. Er wollte gerade aufmachen, als Landry hinter ihm auftauchte. Dort stand ein Limousinen-Fahrer. »Mr. LaCroux?«

»Ja«, sagte Landry. »Wir sind gleich da.« Er schnappte sich seine Schlüssel, schaltete das Licht aus und schloss die Tür hinter ihnen ab. Cris trug die Leine und den Clip wie befohlen.

Der Fahrer hielt ihnen die Tür auf. Landry kletterte zuerst hinein und zeigte dann auf einen der seitlichen Sitze. »Du, dort«, sagte er zu Cris.

Er gehorchte.

Landry lehnte sich zurück und klopfte auf seine Hosentasche. »Das möchte ich keinesfalls vergessen.«

Cris fragte nicht, was er genau meinte. »Denk dran, heute Abend wird nicht geredet.« Cris nickte.

Landry lächelte. »Das ist mein braver Junge.«

KAPITEL ELF

Cris spürte, wie sich Hoffnung in seine Angst mischte, als er Landrys Worte in seinem Kopf wiederholte.
Das ist mein braver Junge.
Wenn Landry ihn noch wollte, würde er jede Strafe aushalten, die ihn erwartete. Er zweifelte nicht daran, dass sein Meister eine gewaltige Vergeltung im Sinn hatte.

Er erkannte, dass sie auf dem Weg zum Club waren. Cris versuchte, seine Angst zu unterdrücken. Er würde alles tun, was Landry von ihm verlangte, mit Ausnahme davon, Tilly wieder zu verletzen. Er hatte ihr schon genug wehgetan. Sie hatte etwas Besseres als ihn verdient, da gab es keinen Zweifel.

Als die Limousine vor dem Club hielt, verhärtete sich Landrys Gesicht und er beugte sich vor. »Denk dran, nicht reden. Wenn dir nicht gefällt, was heute Abend passiert, kannst du gehen und ich setze dich in ein Flugzeug zurück nach Kalifornien. Du hast dabei kein Mitspracherecht.«

Cris nickte.

Landry winkte ihn heran, befestigte die Leine an seinem Halsband und sicherte mit dem anderen Clip seine Handgelenke. Cris hatte das Gefühl, dass dies nicht die schlimmsten

Qualen waren, die er heute Abend erleiden würde, obwohl es schon einige Jahre her war, dass Landry ihn zur Strafe in der Öffentlichkeit an die Leine genommen hatte.

Er verachtete die Leine und die Demütigung, die sie ihm brachte.

Als der Fahrer die Hintertür öffnete, stieg Landry als Erster aus. Cris folgte dicht dahinter, als Landry an der Leine ruckte. Er zuckte zusammen, als Ross sie in der Lobby des Clubs traf. Es war sonst niemand da, obwohl die vielen Autos auf dem Parkplatz darauf hindeuteten, dass sich bereits mehr Leute im Verlies aufhielten.

Ross begrüßte Landry mit einem freundlichen Lächeln und einem Händedruck und ignorierte Cris völlig. Er wartete mit gesenktem Kopf, während die beiden Männer sich unterhielten. Nach ein paar Minuten erregte Landrys scharfe Stimme und ein Schnappen der Leine Cris' Aufmerksamkeit.

»Sklave!«

Cris trat näher und ließ seinen Blick auf dem Boden ruhen.

»Ross möchte dir etwas sagen, Sklave«, sagte Landry. »Sieh ihn an, wenn er mit dir spricht.«

Cris zwang seinen Blick nach oben. Der Mann, den er früher für seinen besten Freund gehalten hatte, warf ihm einen mörderischen Blick zu. »Du verdammter Hurensohn«, knurrte er. »Dich zu verlieren, hätte sie fast umgebracht. Tilly will nicht, dass ich dich kastriere, aber Landry hat gesagt, dass ich es darf.« Er schlug Cris mitten in den Bauch, sodass er sich vor Schmerzen krümmte.

Landry stand lächelnd da, die Arme verschränkt. »Du hättest seine besseren Rachefantasien hören sollen, die eine Propanfackel beinhalteten«, stichelte Landry. »Leider ist meine süße Tilly eine Spielverderberin. Zum Glück für dich hat sie Kastration und Verstümmelung verboten.«

Cris rang nach Luft und hustete, die Hände auf den Knien, um sich wieder zu erholen. Trotz seiner Schmerzen entging ihm der besitzergreifende Ausdruck nicht, mit dem Landry Tilly beschrieb.

»Ich würde ihn für sich selbst antworten lassen, Ross«, fuhr Landry fort, »aber ich habe ihm verboten, heute Abend ohne meine Erlaubnis zu sprechen. Das muss auf ein anderes Mal warten.« Er klopfte Cris auf die Schulter. »Das hast du sehr gut gemacht, muss ich sagen. Ich hatte zumindest einen Schmerzensschrei oder ein Schimpfwort erwartet, aber du hast geschwiegen.«

Den Blick wieder auf dem Boden, nickte Cris, nachdem er sich aufgerichtet hatte, und betete, dass Landry Ross nicht noch einmal auf ihn losgehen lassen würde.

Die Tür zum Kerker öffnete sich und eine Frau streckte ihren Kopf heraus. »Ross, Loren hat gerade angerufen. Sie sind auf dem Weg.«

Ross und Landry, mit Cris am Ende der Leine, betraten den Kerkerbereich. Cris wollte sich nicht umsehen. Er wusste, dass die kurze, wütende Stille, die ihn begrüßte, selbst wenn die Leute Landry fröhlich begrüßten, ihm mehr sagte, als er wissen musste. Mit einem geübten, vertrauten Ruck aus dem Handgelenk riss Landry die Leine nach unten. Cris kniete mit gesenktem Kopf auf dem Boden neben ihm.

Wenn er das ertragen musste, dann so gut er konnte. Er vermutete, dass dies der einzige Weg war, um Landrys Gunst wiederzuerlangen. Er versuchte, die Gespräche um ihn herum zu ignorieren und sich stattdessen in seine Erinnerungen zu vertiefen. Es verging kein Tag, an dem er nicht an sie dachte und sie vermisste. Es fühlte sich seltsam an, in ihrem Haus zu sein, ohne dass sie da war. Überall waren vertraute und seltsame Zeichen ihrer Anwesenheit, Dinge, an die er sich erinnerte, Dinge, die er noch nie gesehen hatte.

Eine bekannte Fremde.

Stimmen in der Nähe der Tür begrüßten jemanden. Als Cris nicht aufblickte, riss Landry mit einem kräftigen Ruck an der Leine, um ihm zu signalisieren, dass er seine Aufmerksamkeit haben wollte.

Loren trug ein wunderschönes blaues Brokatkorsett und einen langen, wallenden schwarzen Rock. Als Tilly hinter ihr eintrat ... verschlug es ihm schlagartig den Atem. Das lilafarbene Kleid stand ihr großartig.

Landry beugte sich vor und zog ihn bösartig am Haar, um seinen Kopf nach hinten zu reißen. »Ist sie nicht wunderschön? Denk nur ... Du könntest jetzt an meiner Stelle sein, anstatt wie ein Hund auf den Knien zu liegen.« Als Landry sein Haar losließ, tätschelte er Cris' Kopf.

Tilly und Loren gingen hinüber. Als es so aussah, als wolle Loren ihn treten, entging Cris nicht, wie Tilly geschickt zwischen sie trat, während sie sich unterhielten.

Cris spürte eine gewisse Erleichterung, aber auch eine Welle von Schuldgefühlen, weil sie das Gefühl hatte, ihn beschützen zu müssen, nachdem er ihr das angetan hatte.

Landry lächelte und beugte sich für einen Kuss von Tilly vor. »Du bist wunderschön, meine Liebe.«

Das war sie. Cris wollte aufstehen, sie in seine Arme nehmen und sie küssen. Ihm war aber auch klar, dass ihn das umbringen könnte, wenn er die versammelte Gruppe ansah und die Blicke, die ihm alle zuwarfen.

Landry reichte ihr seinen Arm und zerrte ohne zu zögern an Cris' Leine. Cris rappelte sich auf und versuchte, Schritt zu halten, denn er wusste, dass Landry nicht zögern würde, ihn von den Füßen zu reißen und über den Boden zu schleifen, wenn er nicht schnell genug folgte.

Loren und Ross gingen von Tilly weg und unterhielten sich mit ein paar anderen Leuten. Cris hatte eine böse Vorahnung, auch wenn er sie nicht wahrhaben wollte. Als ein Fotograf begann, gestellte Fotos von Tilly und Landry zusammen und mit anderen Leuten zu machen, erkannte er die Situation.

Nachdem Landry sich noch ein paar Minuten mit Tilly und

anderen unterhalten hatte, klopfte er ihr auf den Arm und küsste sie auf die Wange. »Ich bin gleich da. Ich muss mich um etwas kümmern.«

Sie ging hinaus und unterhielt sich mit den anderen, während Landry ihn in eine der Nischen mit Vorhängen zog, die der Privatsphäre diente. Er zog den schwarzen Vorhang hinter ihnen zu und drehte sich mit leiser Stimme zu ihm um.

»Du wirst ihr das nicht verderben, hast du mich verstanden, Sklave?« Cris nickte.

»Du hast dich bis jetzt perfekt verhalten. Mach weiter so.« Landry löste Cris' Hände, ließ die Fesseln aber an ihm. Dann griff er in seine Hosentasche und holte eine Ringschachtel heraus. Er öffnete sie, nahm einen schönen, filigranen Ehering heraus und reichte ihn ihm.

»Du wirst mein Trauzeuge sein, Sklave. Das passt doch gut, oder? Du darfst mir helfen, die Frau zu heiraten, die du liebst. Sie hat Ross gebeten, die Brautübergabe zu übernehmen.« Er musterte Cris. »Ab Mittwoch wird alles wieder so, wie es einmal war, denn dann gehe ich ins Krankenhaus. Wenn du bis dahin an meiner Seite bleiben willst, wirst du dich benehmen und gehorchen, ohne zu zögern, zu fragen oder dich zu beschweren. Verstanden?«

Cris nickte.

»Brav.« Er führte Cris aus der Nische.

Loren winkte Landry quer durch den Raum. »Bist du bereit?«, fragte sie, als sie zu ihr kamen.

Er nickte.

Etwa dreißig Leute versammelten sich, um zuzusehen. Cris kannte etwa ein Drittel der Anwesenden, die von legerer Abendgarderobe bis hin zu kompletten Fetischklamotten gekleidet waren.

Er vermutete, dass alle wussten, wer er war.

Tilly kam auf ihn zu, legte ihren Arm um Ross und trug

einen kleinen Strauß lila Blumen. Ross küsste sie zärtlich auf die Wange, bevor er sie an Landry weiterreichte.

Sie sah ihn nicht an, ihre Augen waren nur auf den Mann gerichtet, den sie gleich heiraten würde.

Cris hörte nicht auf die Worte. Er konnte es nicht. Mit gebrochenem Herzen sah er zu, wie sie das Gelübde aufsagte, das Loren ihr gesagt hatte, bevor sie den Ring, den Ross ihr reichte, an Landrys Finger steckte.

Nur weil Landry nach dem Ring griff, wusste Cris, dass er ihm den Ring geben sollte. Cris kämpfte mit den Tränen, er wollte nicht vor allen weinen und ihr die Freude verderben.

Loren klang aufrichtig glücklich. »Kraft der mir durch die Gesetze des Staates Florida verliehenen Vollmacht erkläre ich euch hiermit zu Mann und Frau. Du darfst deine Braut küssen.«

TILLY KONNTE NICHT GLAUBEN, dass sie das wirklich durchzog. Der Tag war wie im Flug vergangen, während Loren sie zielsicher durch die Vorbereitungen – ihre Nägel, ihr Haar und ihr Make-up, einfach alles – gelenkt hatte.

Sie versuchte, sich nicht auf Cris zu konzentrieren. Das hätte ihr Tag mit ihm sein können. Sie wäre bereit gewesen, ihr Leben mit ihm zu verbringen.

Sein Pech.

Stattdessen versank sie in Landrys grünen Augen. Seine sanften Hände fühlten sich glühend heiß an, als er ihr den Ring auf den Finger steckte und sein Gelübde sprach, ohne den Blick von ihr abzuwenden.

Als Loren sie für verheiratet erklärte, beugte sich Landry zu ihr und küsste sie mit einer sanften Leidenschaft, die die Wut unter ihrer Oberfläche zu entfachen drohte. Verdammt, sie wollte ihn doch, Rache hin oder her. Sie wollte, dass er ihr das Hirn rausvögelte. Sie kannte seine Spielchen, und vielleicht liebte er sie nicht, vielleicht konnte sie nicht ehrlich sagen, dass sie ihn liebte – noch nicht –, aber sie konnte und würde den heutigen Abend genießen.

Alle applaudierten, als sie sich küssten. Als er seinen Mund von ihrem löste, flüsterte er: »Ich kann es kaum erwarten, meine schöne Frau mit nach Hause zu nehmen und sie zu schänden.«

Ihre Knie wurden weich. Sie war froh, dass er ihr bereits seinen Arm zum Festhalten gereicht hatte. Für einen schwulen Mann war er verdammt gut darin, ihre Bedürfnisse genau zu erkennen.

Cris folgte den beiden, als sie auf die andere Seite des Kerkers gingen, wo Tische und Stühle aufgestellt waren. Landry hielt nur lange genug inne, um die Leine am Tischbein neben seinem Stuhl zu befestigen, den Clip an seinen Fesseln einzurasten, um sie zusammenzuhalten, und auf die Tür zu zeigen.

Cris kniete sich gehorsam neben Landrys Stuhl.

Sie schluckte den unangenehmen Kloß in ihrem Hals hinunter. Sollte sie das nicht genießen? Zu sehen, wie er niedergestreckt wurde? Sogar bei seiner öffentlichen Demütigung mitzumachen? War es nicht das, was sie gewollt hatte?

Landry lenkte sie ab, indem er ihr anbot, einen Teller mit Essen zu holen. Sie nickte. Während er weg war und sie mit den anderen sprach und deren Glückwünsche entgegennahm, wanderte ihr Blick zu Cris' gesenktem Kopf.

Als Landry zurückkam, setzte er sich neben sie und versperrte ihr den Blick auf Cris. Ihr entging nicht, wie Landry ab und zu ein Stückchen Essen von seinem Teller nahm und seine Hand neben sich nach unten streckte.

Sie versuchte, nicht daran zu denken und konzentrierte sich auf ihre Freunde. Loren und Ross saßen an ihrem Tisch, ebenso wie Kim und Kylee. Als es an der Zeit war, die Torte anzuschneiden, spürte Tilly ihre nächste Befürchtung. Obwohl es sich um eine wunderschön dekorierte Torte handelte und nicht um eine traditionell gestufte Hochzeitstorte, stand Landry bei ihr, um ihr beim Anschneiden zu helfen. Während alle sie anfeuerten und versuchten, sie dazu zu bringen, sich gegenseitig die Torte ins Gesicht zu schmettern, zwinkerte Landry ihr zu und gab ihr vorsichtig einen kleinen, überschaubaren Bissen.

Er küsste sie auf die Wange und flüsterte ihr ins Ohr: »Ich bin kein dummer Mann. Ich möchte eine Frau, die so gut mit der Peitsche umgehen kann wie du nicht verärgern.«

Seine Augen funkelten und sie konnte sich ein Lachen nicht verkneifen. Als sie an der Reihe war, strich sie ihm absichtlich mit dem Stück Kuchen über das Kinn und tupfte dabei ein wenig Zuckerguss auf ihn. Die Zuschauer johlten, wenn auch etwas enttäuscht.

Auch Landry lachte, aber bevor er sich das Kinn abwischen konnte, beugte sie sich vor und leckte den Zuckerguss ab, was die anderen zum Jubeln veranlasste.

Bevor sie einen Schritt zurücktreten konnte, küsste er sie erneut, der Geschmack des Kuchens war noch frisch auf seinen Lippen.

»Wir hätten mehr Zuckerguss kaufen sollen«, scherzte sie. »Für später.«

Er grinste. »Du bist genau meine Art von Mädchen.«

»Dann bin ich besser dein einziges Mädchen.«

LANDRY LEGTE ein kleines Stück Kuchen und eine Gabel auf den Boden neben Cris. Dann stand Ross auf, um einen Toast auszusprechen.

Er lächelte Tilly an. »Die meisten von euch wissen, was für eine besondere Freundin Tilly für meine Frau und mich ist«, sagte er. »Loren und ich lieben sie wie einen Teil unserer Familie, mehr als nur eine Freundin.« Er grinste Landry an. »Du kannst dich glücklich schätzen, sie zu haben, und ich vermute, sie wird keine Probleme haben, dich im Zaum zu halten.«

»Ganz und gar nicht«, stimmte Landry mit einem Grinsen zu.

Ross' Gesicht wurde weicher. »Du verdienst nur das Beste, Tilly. Du bist eine brillante Frau und hast in den letzten Jahren einen weiten Weg zurückgelegt. Ich weiß, dass ihr beide eine kleine Herausforderung vor euch habt, aber Landry, du hast dir die beste Frau ausgesucht – abgesehen von meiner Loren«, sagte er, »um diese Reise mit dir zu teilen.« Er hob seine Tasse. »Auf das Glück, auf deine vollständige Genesung, Landry, und auf eine hoffentlich vergnügliche Hölle für jemand anderen, die wir alle regelmäßig miterleben können.«

Tilly lachte und zwang sich, ihren Blick auf Landrys Gesicht zu richten und nicht zu Cris auf seiner anderen Seite zu fallen. Mit Plastikbechern anstelle von wirklichen Gläsern begannen alle auf ihre Tische zu klopfen, um einen weiteren Kuss von den Frischvermählten zu bekommen.

Mit einem Augenzwinkern beugte sich Landry vor und küsste sie lang und langsam, sodass ihr Körper in seinem Sog brodelte. Als das Publikum laut johlend zustimmte, flüsterte er: »Beeilen wir uns, damit wir mit ihnen fertig werden und zu dem kommen können, was uns wirklich am Herzen liegt.«

Leider hatte Loren einen DJ angeheuert. Sie mussten noch ein paar Tänze und Fotos machen, bevor Loren zufrieden war, dass sie Tilly eine richtige Hochzeit beschert hatte. Als sie für ihren ersten Tanz in die Mitte des Kerkers traten, wo alle Bänke und anderen Geräte aus dem Weg geräumt waren, nahm Landry sie in die Arme und führte sie um die Tanzfläche herum. Als sie sich umdrehten, erblickte sie erneut Cris, der neben Landrys leerem Stuhl kniete. Abgesehen von dem leeren Teller neben ihm sah es nicht so aus, als hätte er sich bewegt, sein Kopf war gesenkt, das Haar verdeckte sein Gesicht.

Landry drehte sie so, dass sie sich gegenüberstanden. »Konzentrier dich auf uns, Liebes«, flüsterte er. »Nicht auf ihn. Lass dir von ihm nicht den Tag verderben.«

»Du bist verdammt unheimlich.«

Er gluckste, als er ihr Ohr kraulte. »Nein, ich bin besitzergreifend. Ich will, dass du dich auf mich konzentrierst, nicht auf ihn. Und auf das, was ich später mit dir machen werde.« Der sinnliche Tanz ließ sie bald an nichts anderes mehr denken, als sie ihm in die Augen sah und ihre eigene Leidenschaft darin widergespiegelt sah.

Irgendwann drückte er seine Hüften gegen ihre und sie spürte seinen steifen Schwanz durch seine Hose. »Das bekommst du später, meine Liebe«, versprach er mit einem verspielten Grinsen.

»Ich bin froh, dass du flexibel bist.«

»Da wären wir schon zwei.«

Sie lehnte ihren Kopf an seine Brust, als sie den Tanz beendeten. Trotz der Umstände konnte sie nicht sagen, dass sie sich nicht besonders fühlte. Sie fühlte sich bei ihm sicher, auf jeden Fall. Sie spürte, dass er ein Mann war, der sein Wort hielt und ihr nicht wehtun würde. Sie fühlte sich bereits wertgeschätzt.

Als das Lied zu Ende war, applaudierten alle, bevor sie wieder auf ihre Tische hämmerten und »Küssen! Küssen!« riefen.

Einer seiner Mundwinkel schob sich zu einem sexy Grinsen nach oben. »Wie wär's, Mrs. LaCroux?«

Hitze stieg tief in ihrem Bauch auf, als sie ihre Arme um ihn schlang und ihm einen langen, sinnlichen Kuss gab. Seine Hände umfassten ihren Hintern und er drückte seine Hüften gegen ihre, während sie sich umarmten, bis er schließlich seinen Mund hob und den Kuss unterbrach.

»Ich denke, ich liebe dich, Madame«, sagte er lächelnd. Sie erwiderte sein Lächeln. »Ich denke, ich liebe dich auch.«

Tilly wollte bleiben und beim Aufräumen helfen, aber Loren winkte sie ab. »Nein, du gehst jetzt und hast Spaß.« Sie umarmte sie und dann Landry. »Geht und macht das, was ihr Vanille-Paare eben so macht«, neckte sie.

»Wer sagt denn, dass wir Vanille sind und nicht schmutzig?«, protestierte Tilly und lachte. »Mich nach allem, was wir zusammen erlebt haben, so zu nennen, ist eine Frechheit.«

»Nun, wenn er nicht dein Dom ist und du nicht seine Domme, was gibt es dann noch?«

Landry zog Tilly an sich, überrumpelte sie damit und ließ sie aufschreien, als er ihr in den Hals biss. »Ich bin mir sicher, dass uns noch eine Menge Dinge einfallen werden.«

Tilly gab ihm einen Klaps auf den Hintern. »Das glaube ich auch.« Loren zeigte auf Cris. »Oh, du. Arschloch. Komm her.«

Landry lachte, als er die Leine losmachte und den Clip entfernte, der seine Handgelenke zusammenhielt. »Geh besser mit ihr.«

Loren brauchte nur noch seine Unterschrift als Zeuge auf der Heiratsurkunde, eine weitere Demütigung. Loren lächelte, als sie sich die Stelle ansah, an der er unterschrieben hatte. »Wie fühlt es sich an zu wissen, dass du geholfen hast, sie zu verheiraten, Arschloch?« Cris antwortete nicht, obwohl Tilly merkte, wie sich sein Körper anspannte.

Tilly empfand eine weitere Runde Mitleid mit ihm. »Okay, genug gequält«, sagte Tilly. »Ich will jetzt gehen.«

Loren streckte ihr die Zunge heraus. »Landry hat recht, du bist eine Spaßbremse.«

Andere würden bleiben und spielen. Landry schickte Cris als Ersten zur Limousine und wies ihn an, hinten einzusteigen, aber ganz vorn zu sitzen. Alle anderen gaben den Frischvermählten eine Vogelfutterdusche, als sie zum Auto liefen und einsteigen wollten. Ross hatte bereits dafür gesorgt, dass Tillys Sachen in die Limousine gebracht wurden.

Landry zog Tilly auf seinen Schoß, als der Limousinenfahrer die Tür schloss, bevor sie losfuhren. »Jetzt, nach Hause.«

»Nach Hause.« Sie ignorierte Cris' schweigende Anwesenheit im vorderen Teil des Fahrgastraums. Stattdessen fuhr sie mit ihren Händen durch Landrys Haar. »Du kannst einen Anzug wirklich gut tragen. Du siehst in dem Ding verdammt brav aus. Sogar noch besser als im Laden.«

»Ich mag gut geschnittene Kleidung. Du solltest mal meinen Kleiderschrank sehen. Ich werde einen Schrank in einem der anderen Zimmer übernehmen müssen. Ich glaube, ich habe mehr als du.« Er sah zu Cris auf. »Stimmt's, Sklave?«

Cris nickte.

Er richtete seine Aufmerksamkeit wieder auf sie und senkte seine Stimme so tief, dass Cris sie nicht hören konnte. »Bist du bereit für heute Nacht, meine Liebe?«

»Ja.« Sie kuschelte sich enger an ihn. »Sehr bereit.«

Es schien, als würde sein Gesichtsausdruck weicher und trauriger werden, als seine Augen über ihr Gesicht wanderten. »Ich verspreche dir, dass ich dich nie verlassen werde, Tilly. Es sei denn, du sagst mir, dass ich gehen soll.«

Die Emotionen drohten sie zu überwältigen. »Bitte sag das nicht.«

Er runzelte die Stirn. »Warum nicht? Ich meine es ernst.«

Sie bemühte sich, nicht zu weinen und schaffte es schließlich, ihre Tränen im Zaum zu halten. »Mach mir keine Versprechungen, die du vielleicht nicht halten kannst.« Sie wollte ihre Hochzeitsnacht nicht ruinieren, indem sie an die Möglichkeit dachte, dass seine Behandlung den Krebs dieses Mal nicht besiegen würde.

Oder dass er sich eines Tages entscheiden könnte, zu gehen.

Er schien ihre Angst zu spüren, nickte langsam, streichelte ihre Wange und legte ihr Gesicht in seine Handfläche. »Ich verspreche dir mit jeder Faser meines Seins, bis in die tiefsten Winkel meiner Seele, dass ich bei dir bleiben werde, bis der letzte Atemzug meinen Körper verlässt.«

Sie keuchte, unfähig zu antworten.

»Ist dein Herz damit beruhigt, meine Liebe?«

Sie nickte und spürte, wie ihr die Tränen in die Augen stiegen. »Ja.« Sie zog seinen Kopf zu sich hinunter und küsste ihn, lange und tief und genoss das Gefühl seiner Hände auf ihr, seiner Arme um sie. Sie wollte weinen und wusste nicht, ob er es verstehen würde, aber sie wollte auch nicht vor Cris loslassen.

Landry schien es trotzdem zu spüren. »Ich nehme mein Gelübde ernst. Du bist für eine lange Zeit an mich gebunden. Wundere dich nicht, wenn du in drei Jahren gehen willst und ich mich an dein Bein klammere und dich anflehe zu bleiben. Du würdest es hassen, einen erwachsenen Dom weinen zu sehen, stimmt's?«

Sie kicherte über sein spielerisches Grinsen, was ihre Anspannung löste. »Ich kann mir nichts Mitleidigeres vorstellen.« Sie lehnte ihre Wange an seine Handfläche, die immer noch ihren Kiefer umschloss. Seine Finger streichelten ihren Hals, bis unter ihr Haar. Sie schloss ihre Augen und atmete tief ein. »Es ist schwierig, mit mir zu leben. Ich habe mir angewöhnt, die Dinge auf meine Art zu machen.«

»Dann machen wir es eben auf diese Weise. Die Kardinalsregel.«

Sie öffnete ein Auge. Sein Blick war immer noch auf sie gerichtet, sein Gesichtsausdruck ernst. Sie wusste, dass Cris sie nicht hören konnte, als sie flüsterte. »Wenn du genug von mir hast ...«

Er küsste sie. »Hör auf. Ich werde nicht genug von dir haben. Obwohl du mich vielleicht schon nächste Woche rausschmeißen willst, wenn du siehst, was für ein Jammerlappen ich bin.«

»Ich will mich nicht in dich verlieben und mir das Herz brechen lassen.«

Er küsste ihre Stirn mit seiner. »Ich schätze, Loren hat es ernst gemeint, als sie mich das gefragt hat.«

»Was meinte sie? Dich, was gefragt hat?«

»Heute Morgen, als sie kam, um dich abzuholen. Sie sagte, es sei eine Sache zwischen ihr und mir, aber sie wollte wissen, ob ich mich in dich verliebe und ob ich mein Gelübde ernst nehmen würde. Anscheinend meinte sie es ernst, als sie sagte, sie würde es nicht verraten.«

Ihr Herz raste. »Was hast du gesagt?«

»Ich habe ihr gesagt: Ja, ich liebe dich. Und ja, ich habe jedes Wort ernst gemeint.«

»Bitte sag jetzt nicht nur, was ich hören will.«

»Ich werde immer ehrlich zu dir sein, Tilly. Ob gut oder schlecht. Du kennst meine Vergangenheit, du weißt über Cris Bescheid. Wenn ich jemals das Gefühl habe, dass ich nicht mehr weitermachen kann, werde ich es dir sagen. Aber mach dich darauf gefasst, dass ich mein Bestes tun werde, um dich auf Händen zu tragen, wann immer ich die Gelegenheit dazu habe.«

Ihre Finger legten sich auf seine Schultern. »Trage mich auf Händen, soviel du möchtest, Kumpel.«

KAPITEL ZWÖLF

Landry wusste, dass es nicht mehr lange dauern würde, bis sie Tillys Haus erreichten, aber er wollte Cris so lange wie möglich quälen, da er seine Hände nicht von seiner Frau lassen konnte.

Das war ein Wort, von dem er nie gedacht hätte, dass er es einmal benutzen würde, wenn es um ihn selbst ging.

Seine Frau.

Er schob eine Hand auf ihren Oberschenkel, unter ihr Kleid, bis seine Finger ihr Höschen berührten. Er hakte einen Finger darunter und zerrte sanft daran, wobei sein Finger an ihrer nackten Muschi rieb. Sie war bereits so feucht, wie er hart war.

»Das ist eine ziemlich angenehme Überraschung, Liebes.«

Sie krümmte sich gegen seine Hand, ihre Augen fielen zu und sie lehnte ihren Kopf an seine Schulter. Er fickte sie langsam mit zwei Fingern und murmelte ihr leise etwas zu, damit Cris es nicht hören konnte. Dann zog er seine Finger zurück und schaute Cris an, der schweigend zusah. Dann saugte er ihren Saft von seinen Fingern, bevor er seine Hand wieder unter ihr Kleid gleiten ließ.

. . .

CRIS' Fingernägel gruben sich in seine Handflächen, als er zusah – unfähig, den Blick abzuwenden. Sie machte ihm nichts vor, dazu kannte er die Signale viel zu gut.

Landrys Mundwinkel verzogen sich zu einem Grinsen, während sich sein Blick verengte. Auch Cris kannte diesen Ausdruck.

Fordere mich heraus. Wage es.

Er würde ihn nicht herausfordern – und konnte es auch gar nicht.

Nachdem Landry offensichtlich wusste, dass er sich klar ausgedrückt hatte, wandte er sich wieder Tilly zu, flüsterte ihr etwas zu und küsste ihren Hals, während sie leise stöhnte, sodass er es von der Vorderseite des Fahrgastraums hören konnte.

Sein süßer kleiner Redbird, jetzt die Frau seines Meisters.

Landry war wirklich ein Sadist. Daran hatte er vorher nicht gezweifelt.

Als sie das Haus erreichten, zog Landry seine Hand zurück und strich ihr die Röcke glatt, bevor er sie küsste. Ihre Augen blickten glasig vor Leidenschaft. Landry hatte sie noch nicht kommen lassen, obwohl Cris ahnte, dass das einer der ersten Punkte auf der Speisekarte für diese Nacht war.

Sein eigener Schwanz pochte, als er sich an die Zeit mit ihr erinnerte und sich wünschte, es wäre sein Ring an ihrer Hand.

»Du steigst zuerst aus«, befahl er Cris. »Mach uns die Haustür auf und bring ihre Sachen rein.« Er warf Cris seine Schlüssel zu.

Er tat wie ihm befohlen, während der Fahrer den Kofferraum öffnete. Vor der Limousine angekommen, hob Landry Tilly in seine Arme, was ihr ein erschrockenes Quietschen entlockte.

»Was zum Teufel machst du da?«

»Ich trage meine Frau über die Schwelle«, sagte er, während er zur Haustür ging. »Das gehört sich einfach so.«

Sie schlang ihre Arme um seinen Hals. »Ich denke, wir sind alles andere als anständig.«

Cris beeilte sich, die Haustür zu entriegeln und zu öffnen und aus dem Weg zu gehen, während Landry mit ihr nach drinnen eilte.

»Bring ihre Sachen in unser Schlafzimmer und warte dort auf mich«, befahl Landry.

Cris ging los, um dem Befehl nachzukommen, während er sich den Kopf zerbrach. Was auch immer er sich in seiner Fantasie ausdachte, war wahrscheinlich schlimmer als alles, was Landry ihm antun würde.

Er hoffte es.

Nach ein paar Minuten betrat Landry das Schlafzimmer und schloss die Tür hinter sich. Das Lächeln, das er aufgesetzt hatte, verschwand aus seinem Gesicht. »Zieh dich aus.« Cris wagte nicht zu widersprechen. Er trat seine Schuhe aus und begann sofort, sein Hemd aufzuknöpfen. Als er nackt war, faltete er seine Kleidung ordentlich zusammen und hielt sie in der Hand, um auf Anweisungen zu warten.

Landry griff nach ihnen. »Gib sie mir. Geh und benutze das Bad.« Landry brachte seine Kleidung und Schuhe in den großen begehbaren Kleiderschrank neben dem Badezimmer, während Cris sich im Bad erleichterte. Mit rasendem Herzen kehrte er zurück und stellte sich neben das Bett, wo Landry mit der Seilrolle in der Hand wartete und die Decken und Kissen bereits vom Bett entfernt hatte. »Auf das Bett. Mit dem Gesicht nach unten.«

Cris gehorchte. Ohne eine weitere Erklärung begann Landry, ihn zu fesseln. Nun ja, nicht ganz, denn er ließ ihm die Hände frei. Er erkannte das Muster in Landrys Fesseln, das ihn sicher fixierte, ohne seinen Blutkreislauf zu unterbrechen, damit er länger gefesselt bleiben konnte.

Landry drehte ihn auf den Rücken, führte das Seil grob zwischen Cris' Beinen hindurch und fesselte auch seinen Schwanz und seine Eier, bevor er seine Arme festband. Dann schob Landry ihm den Ballknebel in den Mund und zog den Riemen um seinen Kopf fest.

Er versuchte, seine Atmung zu verlangsamen und ruhig zu bleiben, aber er hatte das Gefühl, dass er das, was jetzt kommen würde, nicht miterleben wollte. Landry beugte sich vor und griff ihm brutal in das Haar, sodass Cris zusammenzuckte. »Du bekommst heute Abend kein Safeword. Wenn du nicht in ernsthafter körperlicher Bedrängnis bist, gibst du nicht nach und tust nichts, was ich dir nicht befehle. Nicht, wenn du mein Sklave bleiben willst. Wenn du aus einem anderen Grund als körperlicher Not ein Safeword abgibst, bist du raus aus dem Spiel. Und du wirst deine Augen nicht schließen, außer um zu blinzeln. Du wirst jede einzelne Sekunde des heutigen Abends beobachten. Ich will, dass sie sich in dein Gehirn einbrennt. Verstanden?«

Cris nickte.

Landrys Augen verengten sich trotz seines Lächelns. »Brav.«

Der Blick und sein Tonfall ließen Cris erschaudern. Er hatte diesen Blick noch nie auf sich gerichtet gesehen, obwohl er Landry bei Geschäftsverhandlungen schon so agieren gesehen hatte.

Landry manövrierte ihn ans Kopfende des Bettes, wo er auf der Seite lag und sich über die gesamte Breite des Bettes ausstreckte. Landry schlug leicht auf Cris' gefesselten Schwanz und seine Eier, aber hart genug, um ihn zusammenzucken zu lassen. »Die wirst du heute Nacht nicht brauchen. Du hast Glück, dass du sie überhaupt behalten darfst, aber wie ich dir schon sagte, hat Tilly gesagt, dass ich dich nicht kastrieren darf.« Er zündete alle Kerzen an und stellte den Kabelfernseher auf einen klassischen Musikkanal ein, bevor er das Zimmer verließ.

. . .

LANDRY KAM mit einem verspielten Lächeln im Gesicht aus dem Schlafzimmer. Sie hatte es geschafft, die Sektflasche zu öffnen, ohne alles zu verspritzen. Er kam in die Küche und küsste sie hart und tief, sodass ihr der Atem stockte.

»Bist du bereit, unsere Nacht zu beginnen, Liebes?«, fragte er.

Sie nickte. »Ich habe den ganzen Tag an nichts anderes gedacht.«

»Ich auch.«

Sie legte ihm eine schützende Hand auf die Brust. »Nicht wegen unserer Rachefantasie«, gab sie zu. »Ich habe dich gewollt. Im Moment könnte ich auf den anderen Teil verzichten, wenn du es willst.«

Er schmollte. »Ach, aber Liebes, ich habe doch so eine hübsch verpackte Überraschung für dich.«

Lachend fragte sie: »Was hast du gemacht?«

»Ich zeige es dir.« Er reichte ihr die Flasche und zwei leere Gläser, nahm sie bei der Hand und führte sie zur Schlafzimmertür. Er stellte sich hinter sie und hielt ihr mit einer Hand die Augen zu. »Nicht gucken«, mahnte er. Er griff mit der freien Hand um sie herum, öffnete die Tür und schob sie ganz auf.

Er führte sie ins Schlafzimmer und küsste ihren Nacken. »Also gut, meine Liebe, ich präsentiere dir deine Hochzeitssuite.«

Als er seine Hand von ihren Augen nahm, keuchte sie, bevor sie Cris überhaupt gesehen hatte. »Oh, die Blumen sind wunderschön! Und die Kerzen auch.« Sie lehnte sich an ihn, als er einen Arm um ihre Taille schlang. »Du hast nicht gescherzt, als du sagtest, du hättest ihn verpackt, oder?«

Er knabberte an ihrem Ohrläppchen. »Liebes, würde ich dich mit so etwas aufziehen?« Er nahm die Flasche und die Gläser und schenkte ihnen Champagner ein. Dann reichte er ihr ihres und sie verschränkten die Arme. »Auf meine wunderschöne Braut«, sagte er und seine Augen hielten die ihren fest.

Ihr Herz schlug schneller. »Auf meinen schönen Mann«, antwortete sie atemlos. Sie nippten beide, dann nahm er ihr das Glas ab und stellte es zusammen mit seinem auf den Nachttisch.

»Komm her.« Als er seine Arme für sie öffnete, zog sie ihre Schuhe aus und ging auf ihn zu. Sein Kuss fühlte sich erst sanft an, dann immer intensiver, als er seine Lippen auf die ihren presste und die Kontrolle übernahm.

Für heute Abend war sie mehr als bereit, ihm das zu überlassen.

Es war leicht, Cris zu ignorieren, der da lag, gefesselt wie ein Truthahn zu Thanksgiving. Landry verzehrte ihre Seele, während seine Lippen ihre erforschten. Er griff um ihren Rücken herum und fand den Reißverschluss ihres Kleides. Langsam, während er sie fest in seinen Armen hielt, zog er ihn herunter. Kühle Luft strich über ihre Haut, als sich der Stoff öffnete.

Er hob den Kopf und lächelte. »Ich nehme an, ich sollte die Jacke ausziehen.« Er zog sie aus und warf sie auf den Stuhl in der Ecke. Dann ergriff er ihre Hände, ging mit dem Rücken zum Bett und führte sie zum Bett. Er setzte sich und zog sie auf seinen Schoß. »Hier will ich dich haben. Ich glaube, ich war ungefähr ... hier in der Limousine.« Er schob seine freie Hand wieder unter ihren Rock und unter ihr Höschen.

Eifrig nickend schlang sie wieder ihre Arme um seinen Hals. »Ja. Genau da.«

Sie stöhnte auf, als er mit Leichtigkeit zwei Finger in sie schob. Ihre Muskeln klammerten sich an ihn, während er sie langsam mit seiner Hand fickte.

»Gefällt dir das, Baby?«, neckte er sie.

Sie schloss die Augen und bekämpfte den Drang zu wimmern. »Oh ja.«

. . .

LANDRY KÄMPFTE GEGEN DEN DRANG AN, ihr das Kleid ganz zu zerreißen, ihre Beine in die Luft zu werfen und sie auf der Stelle hirnlos zu ficken. Sein Schwanz pochte fast schmerzhaft, als er ihre glitschige Muschi spürte. »Ich will die ganze Nacht mit dir Liebe machen«, sagte er. »Ich will dir zeigen, wie besonders du bist.«

Sie wippte mit ihren Hüften gegen seine Hand, weil sie mehr wollte. Sie wimmerte enttäuscht, als er seine Hand zurückzog.

»Pst, ist schon gut. Ich werde dir geben, was du willst.« Er griff nach dem Gummizug ihres Höschens und schob es ihre Hüften herunter unter dem Kleid. Sie half ihm und einen Moment später lag es auf dem Boden neben dem Bett.

Sie griff nach oben und löste seine Krawatte, während seine Finger zu ihrer Muschi zurückkehrten. Er küsste sie und liebte es, wie sie auf ihn reagierte. Cris' Körper war hart und kantig, während sie sich in seinen Armen weich und geschmeidig anfühlte. Seine Krawatte landete auf dem Boden, bald darauf auch sein Hemd. Ihre Hände wanderten über seine Brust, über seine Brustwarzen und ließen seinen Schwanz noch härter pochen. Er strich ihr Kleid über die Schultern und um ihre Taille herum und beugte dann seinen Kopf zu ihrer rechten Brust. Sie wiegte ihre Hüften noch fester gegen ihn, als er mit seiner Zunge an ihrer Brustwarze leckte, während er sie immer noch nährte.

Er hob seinen Kopf und begegnete ihrem Blick. »Komm noch nicht, meine Liebe. Ich will, dass du es so fühlst, wie du es noch nie gefühlt hast.«

Tilly stöhnte auf, als sich ihre Finger in seinem Haar verhedderten und seinen Mund zurück zu ihrer Brust drängten.

Bei jedem Zungenschlag gegen ihre Brustwarze spannte

sich ihre Muskulatur um seine Finger, bis sie wirklich in dieses leidenschaftliche Reich glitt, in dem es ihr egal war, was als Nächstes passierte, solange er nicht aufhörte.

Er zog sie wieder auf die Beine und führte sie ans Ende des Bettes. Dort griff er zur Kommode, um die Fernbedienung zu holen und schaltete auf Jazz um. Sie hielt ihre Arme um seinen Hals, während sie versuchte, an seinen Brustwarzen zu lecken. Er half ihr, aus ihrem Kleid zu schlüpfen und legte es auf dem Boden ab.

»Tanz mit mir, meine Liebe«, forderte er heiser auf. Wie viel Kontrolle würde er noch haben, wenn er endlich an diesem Punkt bei ihr ankam?

Ihr Körper schmiegte sich an seinen, während sie sich im Takt der Musik wiegten. Er eroberte ihren Mund, küsste sich langsam ihren Hals hinunter, über ihre Schulter und wieder zurück. Er ließ seine Hände über ihren Rücken wandern, die Hitze ihres nackten Körpers erreichte ihn durch seine Hose und war angenehm warm auf seiner nackten Brust. So weich und schön. Während sie tanzten und er sich in ihren Augen verlor, vergaß er für ein paar Augenblicke fast, dass Cris sie vom Bett aus beobachtete.

Langsam manövrierte er sie herum, sodass Cris einen Blick auf ihren nackten Rücken werfen konnte. Landry gab sich große Mühe, mit seinen Fingern über ihre Wirbelsäule zu streichen und seine Finger über die Rundungen ihres Hinterns zu legen.

Das musste ihn doch umbringen.

Um das Ganze noch schlimmer zu machen, zwinkerte er Cris über ihre Schulter zu und hielt seinen Blick für einige lange Momente fest, bevor er sich wieder zur Seite drehte, um ihr Profil beobachten zu können.

Sie versuchte, nach unten zu greifen und seine Hose zu öffnen, aber er lachte und fing ihre Hände auf. Er führte sie zu seinen Lippen und küsste ihre Handgelenke. »Langsam, meine

Liebe. Wir haben die ganze Nacht Zeit und sogar noch etwas mehr.«

Er ging zum Ende des Bettes zurück und setzte sich, sodass sie zwischen seinen Beinen stand. Nachdem sie ihre Hände auf seine Schultern gelegt hatte, beugte er sich vor und strich mit seiner Zunge über ihren Bauch, arbeitete sich weiter nach unten und stimulierte sie.

Ihre Finger krallten sich an seinen Schultern fest und sie stöhnte leise auf. »Gefällt dir das, Baby?«

»Ja!«

Er spürte Cris' Augen auf seinem Rücken und wusste, dass der gefesselte Mann einen guten Blick auf ihren nackten Körper hatte. Landry verbrachte einige Minuten damit, sie zu quälen, bis ihre Innenseiten der Oberschenkel glitschig von ihrer Leidenschaft waren. Sie schob ihn zurück aufs Bett und spreizte sich auf ihm, während er lachte.

»Was hast du mit mir vor?«, fragte er.

Sie ergriff seine Hände und hielt seine Arme über seinem Kopf fest, während sie ihn küsste. Ihre Hüften stießen gegen seine, was beiden ein Stöhnen entlockte. »Du verdammter Plagegeist«, sagte sie, »du bringst mich um.«

»Ich dachte, es ist der Mann, der die Kontrolle verlieren sollte?« Er drehte sie um, sodass ihre Hände nun über ihrem Kopf gehalten wurden. Als er sich aufsetzte und ihre Hände losließ, bewegte sie ihre Arme nicht, sondern ließ sie über ihrem Kopf.

»Bitte«, flehte sie.

Er wechselte ins Französische und wusste, dass dies Cris bis ins Mark treffen würde. »Willst du mich, meine Liebe?«

»*Oui!*«

Er lächelte. Sie war so nah am Subraum, dass es nicht viel brauchte, um sie dorthin zu bringen, aber er hatte versprochen, sie niemals so auszunutzen.

Er beugte sich vor und küsste ihren Hals, wobei er ihre

Haut mit seinen Zähnen streifte. Er würde mindestens einen wirklich guten Knutschfleck an ihrem Hals hinterlassen, den Cris in den nächsten Tagen nicht übersehen konnte. »Bist du bereit für mich?«

»*Oui*!« Sie krümmte sich unter ihm, bewegte aber ihre Hände nicht.

Er stand auf und öffnete langsam seine Hose, ohne seinen Blick von ihr abzuwenden. Immer noch auf Französisch fragte er: »Gehörst du nur mir, meine Liebe?«

»*Oui, Monsieur*!«

Er zögerte. Sie war dem Subraum gefährlich nahe. Die Versuchung war zu groß, sie noch näher heranzulassen. Sein Blick wanderte zu Cris, dessen Miene sich verfinstert hatte. Ja, er hatte es auch bemerkt. Wie könnte er auch nicht? Er war der Frau, die er einmal kannte, so nah, wie er ihr wahrscheinlich nie wieder kommen würde. Sie hatte sich über die Jahre zu sehr verändert.

Er beugte sich vor und stützte sich mit den Händen neben ihr auf dem Bett ab, ein Knie zwischen ihren Beinen. Wieder beugte er seinen Kopf zu ihrem Hals. Er wechselte zurück ins Englische. »Meine schöne Frau«, sagte er, während er ihren Nacken küsste, »du brauchst mich nicht so zu nennen.«

Sie schlang ihre Arme um ihn und begann, ihren Hügel an seinem Oberschenkel zu reiben, ihr Körper wand sich unter ihm, während ihre Hände über sein Fleisch wanderten. Eines ihrer Beine schloss sich um seins. »Bitte mach mich zu deinem Eigentum!«, flehte sie auf Englisch.

»Das werde ich tun, meine Liebe.« Er knabberte und saugte an ihrem Hals, unterhalb ihres Ohrs. Ihre Bewegungen unter ihm wurden immer drängender, während ihre Nägel über seinen Rücken strichen. Als er schließlich den Kopf hob, wusste er, dass der rote Fleck gerade so groß war, dass er noch ein paar Tage halten würde, aber nicht so auffällig sein würde. »Meine«, flüsterte er ihr ins Ohr. »Meine süße, schöne Frau.« Er hakte seine Arme unter ihren Knien ein und schob sie weiter zurück auf das Bett, bevor er wieder aufstand und seine Hose auszog.

Ein weiterer Blick auf Cris. Ihre Augen lernten sich kennen und Landry erkannte darin eine Mischung aus Wut und Schmerz.

Gut so.

Sie betrachtete Landrys Körper, das Kerzenlicht flackerte über seine feste, schlanke Gestalt, als er seine Hose herunterschob und sie beobachtete. Sein Schwanz sah im gedämpften Licht noch größer aus, sein Sack darunter schwer, umrahmt von dunklem Haar. Ihr Körper sehnte sich nach ihm, wollte spüren, wie dieser Schwanz sie nahm, wollte es nicht nur, weil es fünf schwierige Jahre gewesen waren, sondern weil sie sich danach sehnte, sich wieder mit einem wirklichen Körper zu verbinden, weil sie die warme Kraft eines vertrauenswürdigen Mannes brauchte, der sie von ihren Gedanken befreite, wenn auch nur für ein paar Minuten.

Sie brauchte *ihn*.

Gott, wie sehr wünschte sie sich, es nicht zu tun.

Er kam zu ihr, sein Körper bedeckte sie, während seine Lippen die ihren umspielten. Sie versuchte, mit den Hüften zu wackeln, um seinen Schwanz zu erreichen und ihn in sich aufzunehmen, aber er reizte sie und hielt sich gerade so weit außerhalb ihrer Reichweite, dass sie ihn nicht einfangen konnte.

Er hob wieder seinen Kopf und sprach auf Französisch. »Bist du bereit für mich?«

Sie nickte.

Langsam, quälend langsam, drückte er sich vor, sodass sein dicker Schwanz ihr verzweifeltes Geschlecht reizte. »Willst du, dass ich dich ficke?«, fragte er, immer noch auf Französisch.

Sie nickte. »Bitte!«

Als ob er sich zurückhalten würde, zitterte sein Körper, während er sich Zeit ließ, seinen ganzen Schaft in ihr zu versenken und ihre glatten Muskeln zu spreizen, während er von ihr Besitz ergriff.

Verdammt, es fühlte sich so gut an, als sein harter Schwanz Stellen berührte, die schon so lange nicht mehr berührt wurden, als er ihre Muskeln anspannte und dehnte.

Als er in ihr steckte, lehnte er seinen Kopf an ihre Schulter. Sein Atem rauschte in ihrem Ohr. »Mein Gott, du fühlst dich so gut an«, sagte er auf Englisch. »Ich wusste, ich hätte einen Cock-Ring benutzen sollen.« Sie versuchte, sich gegen ihn zu stemmen, aber er ließ sein Gewicht auf sie fallen und zwang sie, stillzuhalten. »Nein, beweg dich nicht. Ich explodiere sonst.«

Sie schlang Arme und Beine um ihn und knabberte an den Stellen, die sie an seiner Schulter erreichen konnte. »Bitte fick mich!«

»Ganz ruhig, Baby. Gib mir eine Minute. Ich will dich nicht enttäuschen. Du bist so verdammt eng, du hast keine Ahnung, wie nah ich dran bin.« Er küsste sie erneut und lenkte sie damit von der Tatsache ab, dass er sich noch nicht bewegte. Als er sich langsam zurückzog und seine dicke Eichel genau an ihrem Eingang war, wimmerte sie, als er ihr befahl, wieder stillzuhalten. »Nächstes Mal werde ich dich so hart und schnell ficken, wie du willst«, versprach er, »aber lass mich das bitte auskosten.«

Für ihren Geschmack war er nicht schnell genug, sein Körper glitt langsam über ihre Klitoris, aber nicht schnell genug, um sie zum Höhepunkt zu bringen. Nach ein paar Minuten erhöhte er das Tempo und kehrte ins Französische zurück. »Bist du mein braves Mädchen?«

Sie stöhnte und spürte, wie sich ihre Sinne überschlugen, als ihr Körper sich ihm noch mehr öffnete. »Ja!«

»Willst du für mich kommen?«

»Ja!«

Er hob seinen Kopf an. »Öffne deine Augen und sieh mich an.«

Sie zwang sich, ihre Augen zu öffnen. In dem schummrigen Raum sahen seine grünen Augen so dunkel aus wie Smaragde, sein Gesicht hart und stark. »Ich bin ganz nah dran, meine Liebe. Sei mein braves Mädchen und komm ... *jetzt*!«

Das Gefühl durchzuckte sie, verstärkt durch seinen plötzlichen, harten und schnellen Stoß. Der Versuch, die Augen offenzuhalten, erwies sich als aussichtsloser Kampf. Ihr Rücken wölbte sich und ihre Muskeln spannten sich um seinen festen Schwanz. Er drang härter, schneller und tiefer in sie ein. Ihre schweißnassen Körper bewegten sich in perfekt aufeinander abgestimmten Wellen, während sie sich ihm hingab.

»Noch einmal!«, befahl er. »Sei mein braves Mädchen und komm jetzt!«

Sie schluchzte, als der Höhepunkt sie überspülte. Er schwoll an und pochte in ihr, als er ein letztes Mal tief in sie stieß. Sein Körper spannte sich an und er stieß ein Stöhnen aus, bevor er seinen Körper auf den ihren sinken ließ und sie zärtlich küsste.

Sie schloss die Augen, spürte ihre Tränen und ließ sie fließen. Sie hätte sie nicht aufhalten können, selbst wenn sie es versucht hätte. Es spielte keine Rolle, warum, sie wollte sich keine Auszeit nehmen, um sich selbst zu analysieren. Sessel-Quarterback könnte sie später sein.

Viel später.

Nachdem er sie ausgiebig gefickt hatte.

Nachdem sie aufgehört hatte, in ihrem Kopf Vergleiche zwischen ihm und Cris anzustellen.

Er schlang seine Arme um sie und rollte sie auf die Seite, ohne sich zurückzuziehen. »Bist du okay, Baby?«, fragte er auf Englisch.

Sie nickte ihm zu und ließ sich gern von ihm festhalten. Er fragte nicht, warum sie weinte, sprach nicht, sondern lag einfach nur mit ihr in seinen Armen da und presste seine Lippen auf ihren Kopf.

Nach ein paar Minuten rieb sie ihr Gesicht an seiner Brust, sein Haar kratzte sanft an ihren Lippen. Als sie die zarte Beule einer Brustwarze spürte, berührte sie sie mit ihrer Zunge und genoss sein leises Zischen vor Vergnügen.

»Du riskierst einen weiteren Fick, wenn du so weitermachst«, neckte er sie. Sie kniff ihn.

Lachen mischte sich in seinen erschrockenen Protest. Als er sie auf den Rücken drehte, steckte sein Schwanz bereits in ihr. Sie hob ihre Arme wieder über den Kopf, um ihm ihre Unterwerfung zu zeigen, von der sie wusste, dass sie ihm nicht entgehen würde.

»Ich bin *dein* braves Mädchen«, sagte sie, diesmal auf Englisch.

Sein kurzer Blick der angenehmen Überraschung war es wert. Sie hoffte, dass sie Cris das Herz herausreißen würden.

Er schob seine Hände an ihren Armen hoch und verschränkte seine Finger mit ihren. Als er ihre Arme nach unten zog, schob sie sie wieder nach oben und lernte seinen Blick entschlossen kennen. Sie wollte, dass er den Kummer, den Schmerz und die Einsamkeit aus ihr herausfickte. Sie wollte, dass jeder Stoß seines Schwanzes die Erinnerungen noch weiter von der Frau, die sie heute war, wegtrieb. Sie wollte, dass dieser Mann – ihr Ehemann – sie so hart und schnell fickte, dass sie nie wieder an etwas anderes als daran, dass sie seine Frau war, denken würde, denn das war alles, woran sie sich erinnern würde. Das würde die Summe ihrer Existenz sein und sie konnte ihre Vergangenheit vergessen.

Die gute wie die schlechte.

»Ich brauche dich«, sagte sie. »Bitte. Nimm mich.«

Er löste seine Hände von ihren und zog sich von ihr zurück.

Bevor sie protestieren konnte, setzte er sich auf, drehte sie um und zog sie auf die Knie. Seine Hände streichelten ihren Rücken und ihren Hintern, bevor er seinen Schwanz mit ihrer Muschi in Einklang brachte. Die rauen Haare seiner Oberschenkel rieben an ihren Rückseiten, während er seine Beine benutzte, um ihre weiter auseinanderzuschieben.

»Bist du mein braves Mädchen?«

Ein Schauer der Vorfreude durchlief sie. Ihre Augen trafen sich mit denen von Cris und sie spürte einen weiteren Schauer. »Ja!« Sie bewegte ihre Hüften und versuchte, ihn dazu zu bringen, sie zu ficken.

Landrys Stimme klang amüsiert und spielerisch. »Möchte mein braves Mädchen noch einmal hart gefickt werden?«

»Bitte!« Sie versuchte, sich aufzuspießen, aber seine starken Hände hielten ihre Hüften fest.

Cris' Augen verließen die ihren nicht.

Landrys Hände massierten ihren Hintern. »Wie hat es dir gefallen, als ich dich das erste Mal gefickt habe, Baby?«

»Ich habe es geliebt, deinen Schwanz in mir zu haben!« Cris blinzelte, aber seine Augen wichen nicht von der Stelle.

»Nun, ich habe es auch geliebt, dich zu ficken. Du hast so eine süße, enge Muschi. Jeder Mann würde es lieben, dich zu ficken, und doch bin ich der Glückspilz, der mit dir verheiratet ist.« Seine Hände umklammerten sie fester. »Ich bin der *einzige* Mann, der das mit dir machen darf.« Er stieß zu, hart und schnell, und drang bis zum Anschlag in sie ein.

Ihre Hände krallten sich in das Laken, als sie aufschrie. Es fühlte sich so.

Verdammt.

Gut an.

CRIS BEOBACHTETE SIE, den zufriedenen Blick auf Landrys Gesicht und den Blick der lustvollen Hingabe auf ihrem. Er hatte die zweifelhafte Ehre zu wissen, dass keiner von beiden etwas vorspielte.

Das Bett wackelte, als Landry sie hart und schnell fickte. Ihre Wirbelsäule krümmte sich, als sie ihren Kopf zurückwarf und stöhnte: »Hör nicht auf!«

»Ich werde nicht aufhören. Ich werde dich die ganze Nacht lang lieben.«

Cris wünschte sich, er könnte durch die Tür fallen, dass sie sich öffnen und ihn verschlucken würde. Er hatte sich vorhin schmerzlich geirrt. Seine Fantasie und die Frage, was Landry auf Lager hatte, verblassten im Vergleich zur Realität.

Landry lehnte sich zurück, drückte sie fest an sich und zwang sie, sich aufzusetzen. Sie warf ihren Kopf auf seine Schulter, während sie auf seinem Schwanz ritt. Seine Hände wanderten über ihren Körper und landeten schließlich auf ihren Brüsten, wo er sie in seine Handflächen nahm und mit den Daumen über ihre Brustwarzen strich. Sie streckte ihren Körper nach hinten und schlang einen Arm um seinen Hals, während sie sich gegen ihn wogte.

Ihre Lippen berührten sich und Cris wurde wieder einmal zum stummen Zeugen statt zum gezwungenen voyeuristischen Teilnehmer. Er versuchte abzuschalten und sich vorzustellen, dass er an Tillys Stelle war, aufgespießt auf Landrys Schwanz und verloren in diesem Moment, aber er konnte es nicht.

Er dachte nur an das letzte Mal, als er mit Tilly geschlafen hatte, ohne zu wissen, dass es das letzte Mal war, dass er mit ihr schlafen würde.

In der Nacht zuvor war er für den Job nach L.A. geflogen, wo er fast drei Wochen später eine nur zwei Stunden alte E-Mail von einem alten Freund las. Auf einem E-Mail-Konto, das er nur noch selten und seit fast sechs Monaten nicht mehr gecheckt hatte. Während er in einem Hotelzimmer saß, das weniger als fünf Meilen vom Krankenhaus entfernt war.

Ein perfekter Sturm der Zufälle.

Landry fickte Tilly, als Cris darüber nachdachte, wie er die Intensivstation betrat und Jaimie und Gentry im Wartebereich sitzen sah, und er erinnerte sich an die schockierte Überraschung in den Gesichtern der Männer.

Gentry war aufgestanden und hatte ihn herzlich umarmt. »Verdammt! Ich wusste nicht, dass du noch hier wohnst.«

Er hatte sein Gesicht zu einem Ausdruck leidenschaftsloser Besorgnis geschärft. »Tue ich ja auch nicht. Was ist passiert?«

Gentry und Jaimie, die die Wohnung neben Landrys Haus bewohnt hatten, waren am frühen Morgen von der Polizei aufgesucht worden, die gerade dabei war, die Suche nach dem nächsten Angehörigen durchzuführen.

Er hörte zu, wie Gentry Landrys Verletzungen schilderte. »Wird er es schaffen?«, hatte er seinen alten Freund heiser gefragt.

Gentry zögerte und befeuchtete seine Lippen, bevor er antwortete. »Das wissen sie nicht.«

»Wer ist noch wegen ihm hier?« Er schaute sich um.

Jaimie schüttelte den Kopf. »Wir sind es, Bruder. Er hat niemanden, es sei denn, er hat noch Familie in Frankreich.«

Gentry und Jaimie logen für Cris und sagten dem Pflegepersonal, Cris sei Landrys Partner. Sie ließen die kleine Tatsache weg, dass Cris seit über sechs Jahren keinen Kontakt mehr zu Landry hatte, seit dem Tag, an dem er ausgezogen war.

Das Pflegepersonal rief einen der diensthabenden Ärzte an, der Cris den Ernst von Landrys Zustand erklärte. Nicht die Unfallverletzungen, denn die würden zwar schwer sein, aber er würde sich davon erholen. Aber der Krebs, den man bei der Operation entdeckt hatte.

»Was muss getan werden?« Cris fühlte sich wie betäubt und konnte sich noch nicht dazu durchringen, seinen ehemaligen Geliebten zu berühren, den Mann, den er immer noch liebte.

Seinen Meister.

»Er muss sofort behandelt werden. Ich brauche aber eine Unterschrift auf den Formularen.«

Cris spürte, wie er nickte. »Was immer Sie brauchen.«

Als der Arzt ging, um die Formulare zu holen, bemerkte Cris kaum, wie er ging. Alles, was er sah, waren Landrys geschlossene, geschwärzte und geschwollene Augen, seine gebrochene Nase, den zugeklebten Beatmungsschlauch, die Infusionen in seinen Armen und den Verband um seinen Kopf.

Wach auf, dachte er. *Sieh mich an, du Mistkerl.*

Der Mann, der ihn all die Jahre in seinen Träumen heimgesucht hatte, obwohl er Tilly liebte, bewegte sich nicht, eine Maschine atmete für ihn, Monitore zeichneten jeden Herzschlag auf.

Der Mann, von dem er einst dachte, er hätte ein Herz aus Stein.

Den Mann, den er hasste, weil er nicht aufhören konnte, ihn zu lieben, sosehr er auch versucht hatte, ihn zu vergessen.

Der Arzt kam zurück, reichte Cris ein Klemmbrett und zeigte ihm, wo er unterschreiben sollte.

Cris las den Papierkram nicht, aber er unterschrieb auch nicht sofort, sondern tat so, als würde er ihn durchlesen.

Er überlegte.

»Wird er es schaffen?«, fragte Cris und hasste es, wie erstickt seine Stimme klang.

Der Arzt sah ernst aus. »Ich kann nichts versprechen, Mr. Guerrero. Sein Zustand ist sehr ernst. Wenn wir sofort mit der Krebsbehandlung beginnen, haben wir eine Chance, sein Leben zu retten. Morgen können wir eine weitere Operation durchführen. Zusätzlich zur Operation braucht er eine Strahlen- und Chemotherapie. Ich will nicht behaupten, dass es leicht sein wird, aber der Onkologe hat schon Leute überleben sehen, denen es schlechter ging.«

Er unterschrieb den Papierkram und ging ins Wartezimmer, um wieder mit seinen alten Freunden zu reden.

Tillys Stöhnen holte Cris ganz in die Gegenwart zurück, in der Landry sie langsam fickte. Er ließ eine Hand zwischen ihre Beine sinken und spreizte seine eigenen weiter auseinander, um sie zu zwingen, sich weiter zu öffnen.

Cris beobachtete, wie Landrys Schwanz immer wieder in ihr verschwand und seine Eier bei jedem Stoß nach unten hüpften. Landry streckte seinen mittleren Finger aus und zeigte Cris einen umgedrehten Vogel, bevor er mit zwei Fingern ihre Klitoris rieb. Das entlockte ihr weitere glückliche Stöhngeräusche.

SEIN SCHWANZ FÜHLTE sich *verdammt* gut in ihr an. Sie spürte die gebändigte Kraft in seinen Händen und genoss es zu wissen, dass er so sanft und zärtlich mit ihr sein konnte, während der dunkle Meister in ihr Cris zu Brei schlagen konnte. Hände, die quälen und Schmerzen zufügen konnten, aber ihr allein so viel Freude bereiteten.

Sicherheit.

»Ich will noch einen von dir«, sagte er. »Ich will wieder spüren, wie du meinen Schwanz drückst.«

Der Klang seiner Stimme raubte ihr jedes Quäntchen Willenskraft aus der Seele. Alles, was sie wollte, war, ein Teil von ihm zu sein und sich von ihm nehmen zu lassen, wie er wollte.

»Bitte lass mich kommen.« Sie schlang einen Arm um seinen Hals, während sich ihre Finger in seinem Haar vergruben. Auf ihrem Rücken spürte sie, wie die Haare auf seiner Brust ihr Fleisch berührten und seine Haut warm an ihrer war.

Ihr Mann.

»Ich werde dich die ganze Nacht kommen lassen, wenn du willst, Herzblatt. Ich tue alles, um dich glücklich zu machen.«

Ihr Herz klopfte.

Herzblatt.

Er war der erste Mann, der sie so romantisch nannte, seit ...
Sie widerstand dem Drang, die Augen zu öffnen und presste
ihre Hüften gegen ihn, während seine Finger gekonnt ihre
Klitoris umspielten und sie dem Höhepunkt näherbrachten.

Der Teil von ihr, der nie einen anderen Menschen in
seinem Leben haben wollte oder brauchte, versuchte zu wider-
stehen, obwohl es sich so gut anfühlte. Dieser Teil von ihr
wusste, dass sie gefährlich nahe daran war, diesen fast Fremden
zu lieben.

Jetzt, zum ersten Mal seit Jahren, ließ sie den Gedanken zu,
den Rest ihres Lebens mit jemandem zu verbringen, in ihrem
Herzen Wurzeln zu schlagen.

»Baby, bitte, gib's mir«, forderte Landry sie heiser auf.

Der Tonfall seiner Stimme brachte sie noch mehr aus der
Fassung als seine Worte selbst. Sie klammerte sich an ihm fest
und ritt ihren Orgasmus aus, während er seinen Schwanz in sie
stieß. Seine Hände wanderten zu ihren Hüften und sie spürte,
wie sich seine Arme um sie legten und sie festhielten, während
er sie bis zu seinem Ende fickte.

Anstatt sie auf das Bett zu legen, lehnte er sich auf seinen
Fersen zurück, hielt sie fest und drückte ihren Körper an sich,
während sein Atem in ihrem Ohr rauschte.

»Mein Gott, ich kann nicht genug von dir bekommen«,
sagte er.

Ihr Herz schlug wieder schneller. Wenn das Teil seines
Racheaktes war, war er ein verdammt guter Schauspieler. Er
hörte sich auf jeden Fall aufrichtig an.

»In drei Jahren wirst du mich satthaben«, versicherte
sie ihm.

Seine Arme legten sich enger um sie. »Und jetzt hör auf, so
zu reden.« Er biss sie in die Schulter, nicht schmerzhaft, aber
gerade so viel, dass sie sich genüsslich wand und ihr Verlangen
zu ihrem Kitzler zurückschickte.

Er gluckste. »Oh, du lässt dich gern beißen. Warum hast du

mir das nicht früher gesagt?« Er wiederholte es mehrere Minuten lang auf ihren Schultern, hin und her, bis sie sich an seinem Schwanz wand, der wieder hart geworden war. »Hätte ich gewusst, dass es dir so gut gefällt, hätte ich es schon früher gemacht.«

»Du hast mich nie gefragt, ob ich es mag. Du hast mich nur gewarnt, dass du es tust.«

»Also, gefällt es dir?«

»So, ja.«

Er leckte über den Fleck, den er vorhin an ihrem Hals hinterlassen hatte. Er war bereits dabei, sich ein wenig dunkler zu färben. »Und wie ist das? Hat dir das gefallen?«

»Lass mich nur nicht so aussehen, als hätte ich einen Kampf mit einem Oktopus verloren.«

Er streifte mit seinen Zähnen über ihren Hals und biss ihr in den Hals. Nicht einmal annähernd hart genug, um die Haut zu durchbrechen. Ihr Herz raste, als ihr Körper auf ihn reagierte.

»Was gefällt dir noch?«, fragte er.

»Würde das nicht den Spaß daran verderben, es selbst herauszufinden?«

Seine Lippen berührten ihr Ohr. Er flüsterte so leise, dass sie wusste, dass Cris es nicht hören konnte. »Kann ich eine neue Regel aufstellen?«, fragte er.

»Okay.« Sie konnte kaum denken, geschweige denn sprechen.

Er küsste erneut ihren Hals. »Ich möchte, dass meine Frau so glücklich wie möglich ist. Wenn du nichts dagegen hast, dass wir uns lieben, habe ich auch nichts dagegen. Ich weiß nur nicht, ob ich mich in den nächsten Monaten dazu in der Lage fühlen werde.«

Sie legte ihre Hände auf seine. »Es macht mir nichts aus. Ich möchte es. Ich hatte schon Angst, du würdest mich nach heute Abend ausschließen.«

»Nie im Leben.« Noch ein Zwicken. Er wechselte die Position und legte sich mit ihr auf die Seite des Bettes, mit dem Rücken zu Cris. »Ich habe dir gesagt, dass ich möchte, dass du glücklich bist.«

»Ich habe auch eine Regel.«

Er lachte, sein Atem war warm an ihrem Hals. »Ja, meine Liebe?«

»Frag mich nie wieder, ob ich mich schon entschieden habe zu bleiben oder nicht, okay?«

Sie hörte das Zögern in seiner Stimme. »In Ordnung.«

Sie drehte ihren Kopf und sah ihn an. Diesmal ließ sie ihre Stimme sinken. »Du kannst davon ausgehen, dass ich noch lange, lange Zeit hierbleiben werde, wenn ich nichts anderes sage. Solange du es mit mir aushältst. Okay?«

Er lächelte breit und strich ihr über die Wange. »Ich danke dir.« Als er sie küsste, wollte sie den Rest der Welt vergessen.

Nach ein paar Minuten löste er seinen Körper vorsichtig von ihrem und beugte sich zu einem weiteren Kuss vor. »Bereit für weitere Sklavenfolter?«

Sie war tatsächlich bereit für einen weiteren Fick, aber sie war sich nicht sicher, ob er es auch war. »Wenn du es bist.«

Er stand auf und ging zu Cris hinüber. Sie rollte sich auf die Seite und stützte sich auf einen Ellbogen.

Landry packte Cris am Haar und riss seinen Kopf nach hinten, damit er ihm ins Gesicht schauen konnte. »Hat dir das gefallen, Sklave?« Er beugte sich näher zu ihm. »Ich kann dir ehrlich sagen, dass ich jede Sekunde davon geliebt habe. Ich hoffe, dir hat es auch gefallen, denn du wirst noch viel davon sehen. Und das nicht nur heute Abend. Ich hatte vergessen, wie schön es ist, mit einer schönen Frau Liebe zu machen.«

Er griff an Cris' Hinterkopf und löste den Ballknebelgurt. Dann riss er ihn ab und trat näher an Cris heran. »Ich möchte sie sogar noch einmal lieben. Öffne deinen Mund und lutsche mich. Mach mich schön hart für meine Frau.«

Sie merkte, dass sie den Atem angehalten hatte. Atemlos beobachtete sie, wie Cris gehorsam seinen Mund öffnete und Landrys Schwanz zwischen seinen Lippen saugte.

»Denk doch mal nach, Sklave«, fuhr Landry fort. »Näher wirst du einem Fick mit ihr nicht kommen, als dass du ihre süßen Säfte von meinem Schwanz saugst.« Dann sah er sie an und zwinkerte ihr zu. »Es sei denn, ich lasse dich mein Sperma aus ihrer Muschi lecken.« Er wackelte mit den Augenbrauen zu ihr.

Sie merkte, dass er es nicht ernst meinte, spielte aber mit. »Es gefällt mir, wie du denkst.«

Seine intensiven Augen verließen ihre nicht. »Ach, wirklich?«

»Oh ja, wirklich.« Sie krabbelte über das Bett und beobachtete Cris, wie er Landrys Schwanz bearbeitete. »Es macht mir nichts aus, wenn er dich für mich hart macht. Das bedeutet, dass ich einen noch härteren Schwanz haben werde, der mich fickt, einen wirklichen Männerschwanz.«

Landry holte scharf Luft. »Meine süße, bösartige kleine Frau, ich liebe deinen bösen Verstand absolut. Ich denke, es ist ziemlich ironisch, dass mich der Sklave erst hart machen muss, bevor ich deine Muschi ficke. Warum sollte ich jemals wieder seinen Arsch ficken wollen, wenn ich mit einer so schönen Frau zusammen sein kann?«

Sie berührte Cris' gefesselten Schwanz mit ihren Fingern. »Sieh dir das an. Er mag es. Es gefällt ihm, zu wissen, dass es jetzt zu seinen Aufgaben gehört, dich für mich vorzubereiten.« Die Spitze von Cris' Schwanz, geschwollen und violett, lugte aus den Fesseln hervor. Sie wusste genau, dass er hart war, weil Landry ihn gefesselt hatte, weil er trainiert worden war und weil er seit Wochen nicht mehr hatte kommen dürfen, und nicht so sehr wegen dem, was sie mit ihm machten.

»Du hast recht, meine Liebe. Weißt du was, Sklave? Ich denke, eine deiner neuen Aufgaben ist genau das. Du sollst dafür sorgen, dass mein Schwanz schön hart ist, wenn ich meine Frau ficken will. Und wenn ich dann fertig bin, dann darfst du mir einen blasen, du Glückspilz.«

Er zog seinen Schwanz heraus und sie merkte, dass er wieder ganz hart geworden war, sei es durch Cris' Aktionen, durch echtes Verlangen oder vielleicht durch verschreibungspflichtige Medikamente in Form von kleinen blauen Pillen.

Ehrlich gesagt, war es ihr egal, warum. Sie rollte sich auf den Rücken und spreizte ihre Beine. »Wann immer du mich willst.«

Sie war schnell dazu gekommen, das böse Schimmern in Landrys Augen zu erkennen. »Komm näher, meine Liebe«, sagte er.

Und das tat sie.

Er schob zwei Finger in ihre gut gefickte Muschi und streichelte sie sanft. »Schau, wie feucht du bist. Habe ich dich so feucht gemacht?«

»Du hast mich verdammt gut gefickt.«

»Das sehe ich.« Er zog seine Finger zurück und schob sie in Cris' Mund. »Siehst du, was ein wirklicher Mann tut, Sklave? Ein wirklicher Meister? Er kümmert sich gut um seine Geliebte.« Er wiederholte die Bewegung, ließ seine Finger in sie gleiten, beschmierte sie reichlich mit ihren gemischten Säften und schob sie dann wieder in Cris' Mund. »Siehst du, wie gut ich sie gefickt habe? Es wird verdammt lange dauern, bis ich wieder daran denke, dich zu ficken, wenn ich so eine schöne Frau habe, die will, dass ich sie ficke.«

Er kniete sich zwischen ihre Beine und stieß in sie hinein. »Ah, meine Liebe, du fühlst dich unglaublich an.« Er blieb stehen und griff nach Cris' Schwanz. Er wickelte seine Finger um das Seil, das ihn fesselte, und drückte fest zu, was Cris ein leises, schmerzhaftes Stöhnen entlockte.

»Was denkst du, meine Liebe? Soll ich ihn kommen lassen?«

»Das liegt an dir. Ich sage, wenn es ihn geil macht, soll er es genießen.«

Er pumpte Cris' Schwanz. Tilly vermutete, dass Cris kurz vor dem Subraum stand, wenn er nicht schon in diesen gekippt war. Wenn dem so ist, dürfte Landry keine großen Schwierigkeiten haben, ihn zu erregen. »Also gut, du Arschloch. Wenn es dich erregt, mir beim Ficken meiner Frau zuzusehen und meinen Schwanz zu säubern, dann komm.« Er wechselte ins Französische. »Wenn du nicht kommst, werde ich dir mit einem Stock die Eier versohlen.«

Cris stöhnte auf, als er Landry anstarrte und seine Hüften im Takt mit der Hand seines Meisters bewegte.

»Komm jetzt, Sklave!«

Er stöhnte erneut auf und sie sah zu, wie er über Landrys Hand zum Höhepunkt kam.

Landry lachte und wischte seine Hand an Cris' Bauch ab. »Sieh dir das an. Was bist du doch für ein bedauernswerter Mann! Du musst deinem Meister dabei zusehen, wie er seine Frau – deine Ex-Freundin – fickt, um zu kommen. Du bist ein geborener Perverser, nicht wahr?«

Tilly spürte, wie sich ihr Magen ein wenig drehte. Sie wusste ganz genau, dass es nicht die Situation war, die Cris so gemacht hatte, sondern Landrys sorgfältiges Training und sein Umgang mit ihm. Anfangs schien das eine großartige Idee zu sein, aber vielleicht waren sie ein bisschen zu weit gegangen.

Landry wandte sich ihr zu und küsste sie. »Kann ich dir noch einen entlocken, Baby?«

»Nein, ich denke, ich hatte schon so viel Spaß, wie ich für eine Nacht aushalten kann.« Außerdem kannte sie Cris, der seit über einer Stunde so gefesselt war, und sie befürchtete, dass er die Durchblutung in seinen Füßen und Beinen verlieren könnte. Die Domme in ihr konnte diese Sorge nicht mehr abstellen, sobald es Klick gemacht hatte. Sie ließ ihre Hände über Landrys Rücken zu seinem festen Hintern gleiten und wackelte mit den Hüften. »Es wird Zeit, dass du wieder etwas Spaß hast.«

Sie liebte sein verspieltes Grinsen, während er ihn langsam streichelte. »So gefesselt hält er noch mindestens eine Stunde durch.«

»Das ist verdammt gruselig.«

Er kniff sie in den Hals. »Du hast auf die Uhr geschaut.«

Sie grub ihre Nägel in seinen Hintern und drückte zu. »Dir entgeht nicht viel, oder?«

»Nicht mehr.« Er lehnte seine Stirn an ihre, während er stieß. Als er diesmal kam, war sein leises Keuchen, als sich sein Körper anspannte, die einzige Warnung, die sie hatte, bevor seine Bewegungen zum Stillstand kamen. Er drückte ihr einen sanften Kuss auf die Stirn. »Ich verspreche, der beste Ehemann zu sein, der ich sein kann, Tilly«, flüsterte er. »Ich werde dir nie etwas vorenthalten, was in meiner Macht steht, dir zu geben. Ich schwöre es.«

Sie schloss die Augen und genoss das Gefühl seines warmen, starken Körpers, der sich um ihren legte. »Ich werde dich daran erinnern.«

CRIS BEOBACHTETE DIE BEIDEN SCHWEIGEND, konnte aber ihr vertrautes Flüstern wegen der Musik nicht hören.

Noch vor ein paar Wochen war er dort, wo Tilly jetzt lag, und fühlte sich geborgen und wertgeschätzt. Es fühlte sich an wie Lichtjahre seither. Wenn er die Vergangenheit einfach losgelassen hätte, sie losgelassen hätte, jede Verbindung zu ihr, wären sie jetzt nicht hier. Er war selten länger als ein paar Tage weg, bevor er sich einloggte, um die Bilder von ihr anzustarren, das Einzige, was er außer seinen Erinnerungen an sie hatte. Wie konnte er sie loslassen, wenn er sie immer noch liebte?

Ohne diese Nachsicht hätte Landry nie von ihr erfahren.

Schließlich stand Landry auf und drehte sich zu ihm um. Er

bereitete sich auf die nächste unvermeidliche Demütigung vor, aber Landry band ihn los, während Tilly sich ein Laken überzog und sich abwandte, ohne aufzupassen.

Landry half ihm nicht, sich aufzusetzen, nachdem er ihn befreit hatte. Er starrte Cris an. »Hat dir das gefallen, Sklave?«

Cris antwortete nicht, obwohl er wusste, dass sein Schweigen ihm eine weitere Bestrafung einbringen könnte.

Landry überraschte ihn mit einem Lachen. »Beweg deinen Arsch aus meinem Bett, Sklave. Du kannst in deinem Zimmer ins Bett gehen, aber lass die Tür offen. Ich möchte, dass du alles hören kannst, was wir sonst noch machen.«

Cris nickte und kletterte vorsichtig aus dem Bett, wobei er auf das kribbelnde Gefühl in seinen Füßen achtete. Er hörte, wie Landry leise mit ihr sprach, als er das Schlafzimmer verließ. Der Weg zu seinem Zimmer fühlte sich eher wie ein Todesmarsch an.

Er zögerte an der Tür. Vor diesem Wochenende waren sie, wenn auch nicht in Landrys Bett, so doch wenigstens im selben Zimmer gewesen. Wie lange würde es dauern, bis er den warmen Komfort des Körpers seines Meisters wieder spüren würde?

Oder würde er das überhaupt jemals wieder?

Das leere Bett verhöhnte ihn. Ja, er könnte sich endlich auf einer Matratze zusammenrollen. Mit Decken, die die Kälte fernhielten. Und weichen, bequemen Kissen.

Wenn er die Möglichkeit hätte, würde er den harten Boden neben dem Bett seines Meisters nehmen.

Langsam machte er sich auf den Weg zu seinem Einzelhaftplatz und kroch unter die Decke.

TILLY KONNTE NICHT UMHIN, Cris zu beobachten, als er das Schlafzimmer verließ. Landry schlüpfte wieder zu ihr ins Bett und legte seine Arme um sie. Seine Lippen federten an ihrem Hals entlang.

»Was bedrückt dich, meine Liebe?«

»Was bedeutet sein Tattoo?«

»Hmm?«

»Das Kanji-Zeichen auf seinem Hintern. Was bedeutet es?«

Landry gluckste. »Warum? Willst du auch eins haben?«

Sie wusste, dass ihre Stimme schärfer klang, als sie meinte. »Hör auf zu scherzen.«

Er seufzte. »Es bedeutet ›Sklave‹.«

»Wie lange hat er es schon?«

»Tilly, das ist alt ...«

»Beantworte meine verdammte Frage.«

Seine Lippen zögerten im Nacken der Frau. »Sechs Monate, nachdem er bei mir eingezogen war, sah er, wie ein anderer Sklave in einem der Clubs, die wir besuchten, von seinem Meister während einer feierlichen Halsband-Zeremonie markiert wurde, und er bat mich, ihn ebenfalls zu markieren. Zu diesem Zeitpunkt lebten wir bereits Vollzeit als Meister und Sklave. Er trug bereits mein Halsband.«

»Ihn markieren?«

»Nun, dieser Sklave wurde gebrandmarkt. Es tut mir leid, ich gebe zu, dass ich ein Sadist bin, aber irgendwo gibt es eine Grenze. Ich sagte ihm, wenn er wirklich gebrandmarkt werden wolle, könne er eine Tätowierung akzeptieren oder gar nichts. Ich habe ihm auch gesagt, dass ich wollte, dass es etwas ist, das nicht sofort erkennbar ist, und das an einer diskreten Stelle ist, falls wir in Zukunft nicht mehr zusammen sein sollten. Da es ihm sonst Kummer bereiten würde.« Er schmiegte sich fest an sie. »Darf ich fragen, warum das so wichtig ist?«

»Weil ich es neulich im Club gesehen habe, als du mich zum ersten Mal angesprochen hast, und es einen Flashback ausgelöst hat. Ich wusste nicht, dass er es war, ich dachte nur, dass es ein sehr ähnliches Tattoo ist. Er hat mir nie gesagt, was es bedeutet. Er sagte immer, er sei besoffen gewesen und könne sich nicht erinnern.«

»Hmm.« Er gluckste. »Ich weiß nicht, ob ich ihn für diese Lüge bestrafen soll oder nicht.«

»Bitte nicht. Das ist nicht der Grund, warum ich gefragt habe. Ich wollte es nur wissen.«

Er lag einen Moment lang still da. »Ist alles in Ordnung mit dir?«

Sie holte tief Luft. »Ja.«

»Du klingst nicht wie eine Frau, die mit sich zufrieden ist.«

Sie rollte sich in seinen Armen zusammen und vergrub ihr Gesicht an seiner Brust. »Bin ich auch nicht«, gab sie leise zu.

Er kraulte ihren Kopf. Sie liebte es, wenn er das tat. »Bereust du es?«

»Gib mir ein oder zwei Tage Zeit, um dir das zu sagen.« Sie spürte, wie sich sein Körper anspannte und hob ihr Gesicht an, um seinen Blick kennenzulernen. »Ich meinte die Rache, nicht die Heirat mit dir. Ich bereue es absolut nicht, dich geheiratet zu haben.« Sie würde vielleicht viele Dinge in ihrem Leben bereuen, aber die Heirat mit Landry würde nie dazugehören.

Das hoffte sie.

Sie spürte, wie er sich entspannte und ein Lächeln in sein Gesicht zauberte. »Sie haben mich erschreckt, Mrs. LaCroux.«

Ein angenehmer Schauer durchlief ihren Körper. »Ich bereue es auf keinen Fall, so genannt zu werden«, flüsterte sie. Sie fuhr mit ihren Fingern über den Ehering, der neben ihrem Verlobungsring lag. Beide waren so neu, und doch fühlte es sich richtig an. Der Anblick des passenden Rings an seinem Finger jagte ihr einen weiteren angenehmen Schauer über den Rücken.

Er gehörte zu ihr, und sie gehörte zu ihm.

Wenigstens würde sie in den nächsten drei Jahren nicht allein sein und in einem leeren Bett aufwachen müssen.

Sie hatte jemanden, den sie liebte.

Er küsste sie, und obwohl ihr Körper für diesen Abend an seine Grenzen gestoßen war, füllten sich ihr Herz und ihre Seele mit Gefühlen, die sie schon viel zu lange nicht mehr hatte empfinden können.

»Ich bin froh, das zu hören«, sagte er. »Denn ich bereue es auch nicht, dich geheiratet zu haben.«

KAPITEL DREIZEHN

Als sie am frühen Montagmorgen erwachte, suchte Tilly instinktiv nach Landry und brauchte sich nicht weit zu bewegen. Sie fand ihn hinter sich geschmiegt, seine Schenkel drückten gegen ihren Rücken. Ihre erste Nacht als verheiratete Frau, eng umschlungen in den Armen ihres Mannes, war alles, was sie sich hätte wünschen können.

Wenn sie nicht die saure Gegenwart zählte, die an ihrem Gewissen nagte.

Cris wehtun? Verdammt, ja, sie wollte ihm die Scheiße aus dem Leib prügeln. Die sanftere Seite von ihr, der Teil von ihr, der immer noch Mitgefühl und Empathie hervorrufen konnte, fühlte sich mehr als nur ein bisschen krank angesichts dessen, was sie getan hatten. Hätte sie nach fünf Jahren nicht einfach weitermachen können? Sie waren so lange getrennt, wie sie zusammen gewesen waren.

Der Teufel auf ihrer Schulter sagte: »*Nein, verdammt*, der Mistkerl hat alles verdient und noch mehr.«

Wenn sie sich auf die Seite des Teufels stellte, fühlte sie sich weniger schuldig, also hörte sie auf ihn.

Landry wachte auf und ließ seine Hand zwischen ihre

Beine gleiten, ohne sie zu erforschen, er ließ seine Finger einfach dort ruhen. »Wir müssen zum Gericht gehen und unsere Heiratsurkunde ausstellen lassen.« Selbst der tiefe, schläfrige Klang seiner Stimme erfüllte sie mit Verlangen.

Sie zog es vor, ihn zu lieben, anstatt an Schuldgefühle zu denken. Sie wackelte mit den Hüften, um ihn zu mehr zu verleiten. Als Antwort bekam sie ein leises Kichern und er küsste sie. »Lass mich erst ein bisschen schlafen und aufwachen. Du hast mich letzte Nacht völlig erschöpft.«

»Vielleicht kann ich dich heute wieder erschöpfen.«

»Verlockende Frau.« Seine Zähne streiften ihre Schulter und bissen mit so viel Kraft zu, dass sie das Verlangen verspürte.

Sie wollte gerade aufstehen, um den Kaffee zu holen, als sie merkte, dass sie ihn bereits roch.

Cris.

Er war schon immer ein Frühaufsteher. Ein weiteres Puzzleteil machte klick, als sie mit Verspätung verstand, warum. Natürlich war er ein Frühaufsteher. Er war es gewohnt, die Dinge für Landry vorzubereiten.

Landry machte sich auf den Weg ins Bad, während sie sich ihren Bademantel überzog und in die Küche ging. Cris war nicht in Sicht, aber die volle Kaffeekanne, der sein letztes Glucksen von sich gab, war ein sicheres Zeichen dafür, dass er in letzter Zeit auf den Beinen gewesen war.

In der Hoffnung, dass er nicht auftauchen würde, schnappte sie sich ihren üblichen Becher und füllte ihn mit Kaffee. Landry gesellte sich nackt zu ihr und schlang seine Arme um ihre Taille, während er seine Hüften gegen ihren Hintern drückte.

»Was für eine schöne Art, jeden Morgen zu beginnen«, sagte er.

Sie wollte gerade etwas erwidern, als sie spürte, wie Cris hinter ihnen die Küche betrat.

»Guten Morgen, Sklave«, sagte Landry. »Hast du gut geschlafen?«

Tilly schloss ihre Augen.

»Gut genug, Meister. Ich danke dir.«

»Meine Frau und ich werden in einer Stunde unser Frühstück einnehmen. Pfannkuchen, Speck und Eier.« Er kniff spielerisch in ihr Ohrläppchen. »Möchtest du sonst noch etwas, meine Liebe?«

Sie schüttelte den Kopf.

»Oh, und Sklave?«

»Ja, Meister?«

»Du wirst meine Frau respektvoll ansprechen. Für dich ist sie Mrs. LaCroux. Ich erwarte auch, dass du aufstehst, wenn sie den Raum betritt.«

Tilly dachte nicht, dass sie sich das leichte Zittern in Cris' Stimme eingebildet hatte.

»Ja, Meister.«

»Brav. Ihr Wort ist für dich Gesetz, besonders in meiner Abwesenheit. Wenn sie mir jemals erzählt, dass du dich nicht benommen hast oder dich weigerst, ihre Befehle zu befolgen, oder auch wenn es nur zu ihrem Vergnügen ist, werde ich dich härter bestrafen, als du es je erlebt hast. Hast du verstanden?«

»Ja, Meister.«

»Ausgezeichnet. Bleib genau da stehen.« Sie spürte, wie sich Landrys Schwanz durch den Bademantel hindurch an ihrem Hintern verhärtete. Seine Hüften schwangen aufreizend gegen sie, während seine Zähne an ihrem Ohr knabberten und ihr das letzte Quäntchen Willen aus dem Körper zogen. Es hatte nicht lange gedauert, bis er das bei ihr herausgefunden hatte.

Er schlang seine Arme um sie, schnürte ihren Bademantel auf und öffnete ihn. Sie hielt ihre Augen geschlossen, während sich ihre Hände auf dem Tresen verkrampften. Langsam und heiß strichen seine Hände über ihre Haut, als sie Cris' Augen auf sich spürte.

»Meine Frau ist sehr schön, nicht wahr, Sklave?«

»Ja, Meister.« Tilly hörte den Tonfall in seiner Stimme. Sie hatte vielleicht nicht den Mut, die Folter der letzten Nacht zu wiederholen, aber Landry offenbar schon.

Sie spürte, wie der Bademantel von ihren Schultern rutschte, als Landrys Lippen ihm folgten. »Ich bin gesegnet, eine so süße, schöne Frau zu haben, Sklave. Meinst du nicht auch?«

»Ja, Meister.«

Seine Lippen kehrten zu ihrem Ohr zurück. »Vertraust du mir?«, hauchte er ihr ins Ohr.

Sie nickte.

»Wirst du mir das erlauben?«

Wieder nickte sie. Sie war sich nicht sicher, was er vorhatte, aber mit der Wärme seines Körpers, der sie umschloss, hatte sie nicht den Willen, sich ihm zu verweigern.

Der Bademantel fiel weiter herab. Er strich mit seinen Händen über ihre Arme und forderte sie auf, sie zu bewegen, damit er den Mantel ausziehen konnte. Er fiel in einer Stoff-pfütze auf den Boden.

Tilly öffnete ihre Augen nicht.

Seine Hände wanderten über ihren Körper und weckten ihr Verlangen, obwohl sie wusste, dass Cris nur wenige Meter entfernt stand. Landrys Daumen umfassten ihre Brüste und rieben ihre Brustwarzen. »Ich kann nicht genug von dir bekommen, Liebes«, sagte er, diesmal so laut, dass Cris es hören konnte. Er wiegte seine Hüften erneut gegen sie und sein Schwanz drückte hart und stolz in die Naht ihres Hinterns. »Spürst du, was du mit mir machst?«

»Ja.«

Seine rechte Hand verließ ihre Brust und glitt ihren Bauch hinunter, bis seine Finger ihre Spalte fanden. Dort suchte er den Eingang, ihre Säfte flossen bereits und erleichterten den Weg.

Landrys scharfes Einatmen verstärkte ihr eigenes Bedürfnis. »Oh, Liebes! Habe ich dir das angetan?«

»Ja!« Sie merkte, dass sie ihre Hüften im Takt mit seinen Bewegungen gegen ihn stemmte.

Er fingerte sie langsam und seine Hand glitt bei jedem Stoß über ihre Klitoris. »Du magst es, wenn dich ein wirklicher Mann fickt, oder?«

Sie ließ ihren Kopf zurück auf seine Schulter fallen. »Ja!«

Sein Fuß stupste ihre Beine sanft weiter an. »Fühlst du, wie hart mein Schwanz ist, Baby? Das ist es, was du mit mir machst.«

»Bitte!«

»Bitte was, Baby? Was ist denn los?«

»Bitte fick mich!« Alle Gedanken an Cris verschwanden, als ihre Leidenschaft zunahm.

Landry wusste genau, was seine Aufmerksamkeiten mit ihrem Körper gemacht hatten. »Ich werde dich so gut ficken, Baby. Lass einfach die Augen geschlossen und genieße es.« Seine linke Hand verließ ihre Brust. Sie hörte, wie er mit den Fingern schnippte. Dann fiel sein linker Arm auf ihre Taille und drückte sie an seinen Körper, während er sie einen Schritt von der Theke wegzog. »Lehn dich an mich. Ich werde dich nicht fallen lassen.«

Eine Berührung an ihrem Bein und sie verstand, was er getan hatte. »Bleib bei mir, meine Liebe«, murmelte Landry in ihr Ohr. Er wechselte zu Französisch. »Vertrau mir, Frau.«

Sie nickte. »*Oui.*«

Sie spürte, wie er seine Position leicht veränderte. Als sie Cris' Haar an den Innenseiten ihrer Oberschenkel spürte, wusste sie, was er befohlen hatte. Landry griff mit seinem linken Arm um sie herum und sie vermutete, dass er seine Hand in Cris' Haar gesteckt hatte, während Cris seinen Schwanz lutschte.

»So ist es gut, Cuck«, keuchte Landry auf Englisch. »Sorge dafür, dass ich für meine Frau hart bin.«

Landry hörte nicht auf, seine rechte Hand zu bewegen und hielt damit ihre Leidenschaft so weit am Köcheln, dass sie ihre Gedanken von Cris, der zwischen ihren Beinen kniete, ablenken konnte.

»Also gut, Cuck«, befahl er. »Steck meinen Schwanz in sie hinein.«

Ihr Körper zitterte, als Landry seine Finger zurückzog und sie spürte, wie sein dicker Schwanz gegen ihren Eingang drückte. Mit einem Ruck war er bis zum Anschlag in ihr.

Er lehnte sich nach vorn, sodass sie ihre Ellbogen auf den Tresen stützen konnte. »Lutsch meine Eier, Cuck«, befahl er heiser. »Und leck ihre Muschi.«

Landrys Hände kehrten zu ihren Brüsten zurück. Als Cris' Zunge über ihre Klitoris strich, zitterten ihre Beine. Landry wechselte wieder ins Französische. »Warte, Frau. Warte für mich. Du darfst nicht kommen.«

Sie ließ ihren Kopf auf den Tresen fallen und wimmerte, als Landrys Hände zu ihren Hüften wanderten. Er stieß langsam zu und das Gefühl seines Schwanzes in ihr brachte sie fast um den Verstand, während Cris' heiße Zunge gekonnt ihre Klitoris bearbeitete, bevor sie zu Landrys Eiern und wieder zurückwanderte.

»Was bist du nur für ein erbärmliches Arschloch!«, schimpfte Landry. »Ich wette, dein Schwanz ist steinhart, weil du das tun kannst. Du bist nichts weiter als ein Fickspielzeug zu meinem Vergnügen. Und du genießt jede Sekunde davon, nicht wahr?«

Landrys Stöße wurden härter und schneller. Auf Französisch sagte er: »Komm für mich, meine Liebe!«

Tilly drückte ihren Hintern fest gegen Landry, als sie zum Höhepunkt kam. Ihre Muskeln krampften sich um seinen dicken Schwanz, als das, was Cris tat, sie mit einer erderschütternden Welle über den Rand katapultierte. Landry wartete, bis er sicher war, dass sie fertig war, dann zog er sich zurück und schob seinen Schwanz in Cris' wartenden Mund.

»Jetzt, Cuck. Lutsche jeden Tropfen.«

Tilly stand da und atmete schwer, als Landry stöhnte und sein Körper sich anspannte, bevor er sich wieder entspannte. Landry hielt sie fest, während sie ein paar leise Schlürfe zwischen ihren Beinen hörte. Schließlich stieß Landry einen zufriedenen Seufzer aus. »Also gut, Cuck. Bedanke dich bei meiner Frau für das Privileg, sie zu lecken, meinen Schwanz zu lutschen und mein Sperma zu schlucken.«

»Danke, Mrs. LaCroux«, flüsterte er.

Landry schlang seine Arme um sie und drückte ihren Körper an seinen. »Und jetzt verschwinde und lass uns in Ruhe, Cuck. Und wehe, ich erwische dich beim Spielen mit deinem Schwanz. Du hast nicht die Erlaubnis zu kommen.«

»Ja, Meister.« Sie spürte, wie er die Küche verließ.

Landry bewegte sich nicht. Sie wollte das auch nicht. Eine Bewegung würde bedeuten, dass sie über das Geschehene nachdenken müsste, und dazu war sie noch nicht bereit. Landry kraulte ihren Nacken, küsste sie, strich mit seinen Zähnen sanft über ihre Haut und ließ sie angenehm erschaudern. »Ist alles in Ordnung mit dir?«

»Ich verarbeite es noch.« Es hatte sich mehr als gut angefühlt, aber die Tatsache, dass sie es zuließ, dass Cris sie so berührte, widerstrebte ihr.

Vor allem, wenn man bedenkt, dass es sich anfühlte, als hätten sie nicht einen Tag ohneeinander verbracht.

»Bist du böse auf mich?«

»Nein.«

Landry drückte ihr einen weiteren Kuss auf die Schulter. »Darf ich dich um etwas bitten?«

»Wirst jetzt aufdringlich?«, sagte sie lachend, um die Spannung zu lösen und ihre Schuldgefühle zu verdrängen, weil sie wieder einmal geholfen hatte, Cris zu quälen.

»Nein. Es ist nur eine Bitte.« Er küsste den Rücken ihrer anderen Schulter. »Ich habe eine Vorliebe für langes Haar. Würde es dir etwas ausmachen, dein Haar wachsen zu lassen, zumindest ein bisschen? Vielleicht schulterlang? Und vielleicht färbst du sie wieder in deiner natürlichen Farbe? Das würde dir so gut stehen. Die kurze Frisur und die Farbe lassen dich viel älter und härter aussehen, als du wirklich bist.« Er knabberte an ihrem rechten Ohrläppchen und flüsterte dann: »Ich weiß, dass du gesagt hast, kein Dom-Zeug. Das ist für mich in Ordnung, denn ich habe ja Cristo zum Quälen. Ich mag es trotzdem, etwas zu haben, an dem ich mich festhalten kann. Ich mag es, wenn ich dich am Haar packen kann, wenn du mir einen bläst, oder wenn ich dich küsse. Ich finde das unglaublich sexy.«

Ihr Herz pochte, als ihr die Augen zufielen. Schon pochte ihr Kitzler wieder. »Unter einer Bedingung«, sagte sie.

»Nenn sie.«

Sie drehte sich um und schlang ihre Arme um seine Taille. »Fick mich noch einmal. Jetzt sofort.«

Er grinste, trat einen Schritt vor und drückte sie gegen den Tresen. »Liebes, verlange das nächste Mal etwas Schwieriges von mir, ja?« Er hob sie auf den Tresen, während sie ihre Beine um seine Taille schlang. Sein Schwanz glitt ohne Widerstand in sie hinein, während er ihre Hüften packte und festhielt.

Sie schlang ihre Arme um seinen Hals und küsste ihn. Sie überließ sich seiner Zunge, während er ihr leises Stöhnen schluckte.

Er fickte sie hart und schnell, unnachgiebig und besitzergreifend. Sie ließ ihren Kopf auf seine Schulter sinken, während sie sich an ihn klammerte und ihr Körper darum kämpfte, es wieder zu schaffen.

Er kniff sie und sprach auf Französisch mit ihr. »Bereite

dich auf mich vor, meine Liebe.« Sie zappelte und stöhnte, als jeder Stoß tief in sie eindrang.

»Ich bin so nah dran«, sagte er und seine Lippen streiften ihren Hals. »Du *wirst* mit mir kommen.«

Sie spürte, wie sich ihr Körper unter seinen Worten und seinen Berührungen anspannte und sie sich wünschte, dass er es ihr wegnehmen würde.

»Komm jetzt für mich!«, befahl er.

Nicht so hart wie beim letzten Mal, aber ihr Körper gehorchte und gab sich ihm hin. Ihre Nägel gruben sich in seinen Rücken, als sie aufschrie.

»Sehr gut«, sagte er auf Englisch, laut genug, dass sie wusste, dass Cris es hören musste. Er fickte sie noch härter und stieß schließlich mit einem letzten, tiefen Stoß zu. Sein Körper zitterte und er lehnte sich gegen sie, um sie zu stützen. »Sehr gut, meine Liebe«, flüsterte er an ihrem Hals und küsste eine Spur über ihre Schulter bis hinauf zu ihrem Ohr. »Meine süße, schöne Liebe.«

Sie schloss die Augen, als sie in seinen Armen saß, den Kopf an seine Brust gelehnt. Sie wollte sich nicht bewegen. Sie wollte, dass der Moment in der Geborgenheit und Sicherheit, die sie empfand, stehen blieb. Er sollte nicht krank sein oder Schmerzen haben, sie sollte sich keine Sorgen um ihn machen müssen und nicht sehen, wie er sich durch seine Behandlungen quälte.

Sie sollte sich nicht schuldig fühlen für das, was sie mit ihm Cris angetan hatte.

Sie war immer noch an ihn gekuschelt, als er sie in ihr Schlafzimmer trug und sich auf das Bett setzte, während er ihr den Rücken streichelte. »Sprich mit mir«, sagte er leise. »Sag mir, was dich bedrückt.«

Sie schüttelte den Kopf. »Mir geht es gut.«

»Liegt es an mir?«

In diesem Moment lachte sie. »Auf eine gute Art und

Weise.«

Er zwang sie, sich zurückzulehnen und ihm in die Augen zu sehen. »Ich verspreche dir, ich werde nie versuchen, dich zu toppen.« Er lächelte. »Es sei denn, du bittest mich darum.«

Diesmal versuchte sie nicht, die Tränen zu verbergen, die in ihren Augen kullerten. »Ich mag es, wie ich mich bei dir fühle. Ich mag es, mich bei dir sicher zu fühlen.« Nach einer fünfjährigen Durststrecke wusste sie nicht, ob es ihre Gefühle waren, die ihren gesunden Menschenverstand überlagerten, oder ein echtes Gefühl, das anhalten würde, wenn sie mehr Zeit miteinander verbrachten.

Sie betete für das Letztere.

Mit seinen Daumen strich er ihr sanft die Tränen weg. »Ich möchte, dass du mir sagst, wie ich dich lieben kann. Zumindest bis wir uns besser kennen und ich deinen Körper und deine Stimmung besser einschätzen kann. Ich kann und werde alles sein, was du mir sagst, was du brauchst.«

»Wie kannst du das einfach auschalten?«

Er sah wirklich verwirrt aus. »Was denn?«

»Ein Meister zu sein. Oder ein Service-Top, oder was auch immer du gerade tust. Wie kannst du das trennen?«

»Ich könnte dir die gleiche Frage stellen. Ich bin einfach dein Mann, Tilly.«

»Du weißt, was ich meine. Wie kannst du das nicht von mir wollen? Du warst doch schon immer dominant.«

Er lächelte. »Ich habe dir doch gesagt, dass ich Cris habe.« Er drückte ihr einen weiteren Kuss auf, der ihre Muskeln auf angenehme Weise pulsieren ließ. Je länger der Kuss dauerte, desto länger wurde auch sein Glied, bis es wieder voll aufgerichtet und bereit war. Er glitt leicht in sie hinein. »Wenn ich jemanden schlagen will, dann lasse es es an seinem Arsch aus.«

»Du hast dir heute Morgen eine kleine blaue Pille reingeschmuggelt, stimmt's?«, neckte sie, als er sie zum Luft holen kommen ließ. Sie zerzauste sein Haar mit ihren Händen.

Eine Augenbraue wölbte sich. »Ob du es glaubst oder nicht, nein. Letzte Nacht, ja. Ich dachte, dass es vielleicht klug wäre, eine kleine Versicherung abzuschließen. Aber heute Morgen scheint er einen ganz eigenen Willen zu haben.« Er drehte sie auf den Rücken und streichelte sie lange und langsam.

»Wirklich?«

»Wirklich. Ich denke, er mag dich, Madame LaCroux.«

Sie kicherte. An Landrys Spiellaune musste man sich erst einmal gewöhnen, und das auf eine brave Art und Weise. »Ja? Nun, ich mag ihn auch.«

Er stieß erneut zu. »Gut. Denn er liebt es verdammt noch mal, in dir zu sein.«

»Dann zeig es mir, verdammt noch mal.«

Er knabberte an ihrem Halsansatz. »Noch einen für mich?«

»Nicht heute Morgen. Vielleicht später.«

Er senkte seine Stimme. »Was dagegen, wenn ich es ein bisschen übertreibe?« Sie kicherte. »Nur zu.«

»Du kannst gern mitmachen.« Er hob den Kopf und schaute ihr in die Augen, dann erhob er seine Stimme so laut, dass sie wusste, dass Cris ihn hören musste. »Oh, verdammt, Baby, deine Muschi ist so heiß!«

Ihr Herz schmolz angesichts des bösen Funkelns in seinen grünen Augen. »Fick diesen harten Schwanz in mich hinein. Ich liebe es, wenn mich ein echter Mann fickt!«

Sein Grinsen wurde noch breiter, als seine Stöße schneller wurden. »Ich werde in deiner süßen, herrlichen Pussy kommen.« Er wackelte mit den Augenbrauen und zwang sie, ihr Kichern zu unterdrücken.

»Komm für mich. Hör auf, dich zurückzuhalten und gib es mir.« Sie grub ihre Nägel in seinen Arsch und das machte ihn fertig. Er stieß einen lauten Schrei aus, als er in sie stieß, bevor er schließlich still auf sie fiel und seine Lippen auf ihren Hals presste.

»Wunderschön«, murmelte er. »Absolut wunderschön.« Er hob den Kopf. »Cuck!«, brüllte er.

Landry drückte ihr einen Kuss auf die Lippen, bevor er sich zurückzog und aufstand. Sie zog das Laken über sich, als Cris mit gesenktem Kopf in der Tür ihres Schlafzimmers erschien.

»Ja, Meister?«

Landry deutete auf seinen Schwanz. »Ich glaube, du weißt, was zu tun ist.«

Leises Bedauern mischte sich mit neugieriger Erregung, als Tilly beobachtete, wie Cris schweigend vor Landry kniete und seinen Mund öffnete. Landry griff Cris bösartig ins Haar. »Lutsch mich sauber, Cuck. Dann geh raus und mach uns Frühstück.«

Mit geschlossenen Augen leckte Cris mehrere Augenblicke lang Landrys Schwanz und Eier, bis Landry ihn wegschob. »Das ist genug, Cuck.« Er kletterte zu ihr aufs Bett. »Ich hoffe, das Frühstück ist heiß und wartet auf uns, wenn wir geduscht haben. Und mach die Schlafzimmertür hinter dir zu.«

Cris kletterte auf seine Füße, den Kopf immer noch gesenkt. »Ja, Meister.«

Als sich die Tür hinter Cris schloss, zog Landry Tilly in seine Arme. »Ist alles in Ordnung mit dir?«

Sie nickte. »Ich denke, ich bin bereit, mit der Rache aufzuhören.« Er kniff ihr in den Hals. »Natürlich, meine Liebe. Wie du willst.«

CRIS STAND DANEBEN UND WARTETE, während sie ihr Frühstück aßen. Ohne Hemd und in Jeans, mit einem formellen Halsband aus Leder und den dazu passenden Lederschuhen, die er trug. Landry ignorierte ihn und schnippte nur mit den Fingern nach ihm, damit er den Kaffee auffüllte.

Als sie mit dem Essen fertig waren, sah er Cris an. »Räum die Küche auf, Cuck. Nimm eine Dusche und zieh dich an.

Jeans und ein Hemd mit Knopfleiste. Halsband und Manschetten. In fünfundvierzig Minuten kannst du los.«

Cris nickte. »Ja, Meister.« Er verbeugte sich vor ihr. »Mrs. LaCroux.«

Landry führte sie ins Wohnzimmer, während Cris den Tisch abräumte. Er setzte sich auf die Couch und zog sie auf seinen Schoß. »Geht es dir gut, Liebes?«

Nein, es ging ihr nicht gut, denn ihre Schuldgefühle kehrten zurück und pickten nach ihr wie ein Vogel in einem Hitchcock-Film. »Ich bin in Ordnung.«

Er strich ihr über die Wange. »Liebes?«

Sie rollte mit den Augen, kuschelte sich an ihn und senkte ihre Stimme. »Lass uns das mit dem Cuckolding etwas langsamer angehen, okay?«

»Wie du willst.«

Sie genoss es, auf seinem Schoß zu sitzen und in seinen Armen geborgen zu sein. Kein Zweifel, daran könnte sie sich gewöhnen. Nach ein paar Minuten hörte sie, wie Cris in der Küche aufhörte und in sein Zimmer ging. Sie blickte in Landrys Augen. »Wirst du die Nacht mit ihm verbringen?«

Er sah wirklich verwirrt aus. »Nein, warum?«

Sie stupste ihn an. »Um ihm eine Nacht vor deiner Biopsie zu geben?« Er schüttelte langsam den Kopf. »Warum sollte ich das tun?«

»Willst du mich verarschen oder bist du absichtlich schwer von Begriff?«

»Ich meine es ernst. Warum?«

Sie kämpfte gegen den Drang an, ihn zu ohrfeigen. Mit leiser und fester Stimme sagte sie: »Weil du ihn liebst.«

»Du bist meine Frau. Warum sollte ich mit ihm schlafen, wenn ich dich habe?«

»Gib mir eine klare Antwort.«

Er grinste. »Ich bin sicher, das Wortspiel war nicht beabsichtigt. Liebes, ich gebe dir eine klare Antwort. Ich liebe dich. Meine Frau. Mrs. LaCroux. Er kann für sich selbst sorgen.«

Noch mehr Schuldgefühle. »Das ist nicht fair ihm gegenüber.«

»Ich habe nie gesagt, dass ich fair bin. Er weiß, worauf er sich eingelassen hat.« Er führte ihre Hände zu seinen Lippen und küsste sie. »Er ist mein Sklave. Er wird tun, was ich ihm sage, und mit Freude jeden Fetzen Aufmerksamkeit annehmen, den ich ihm vor die Füße werfe.«

Noch mehr Schuldgefühle. Ihr Fass lief über. »Das ist nicht das, was ich will. Ich wollte dich nie von ihm wegnehmen.«

Sein Blick verfinsterte sich. »Warum nicht? Gib ihm eine Kostprobe von dem, was du durchgemacht hast.«

»Ich dachte, wir würden ihn nicht über Mittwoch hinaus quälen.«

»Ist es schon Mittwoch?«

Sie verdrehte die Augen. »Willst du damit sagen, dass ihr am Mittwoch wieder zu dem zurückkehrt, was zwischen euch als normal gilt?«

Er zuckte mit den Schultern. »Vielleicht. Es ist noch zu früh, um das zu sagen.« Er kuschelte sich an ihren Hals. »Ich kann mich nicht darüber beschweren, wer mein Bett mit mir teilt. Soll er doch ein wenig Einsamkeit bekommen.«

CRIS FUHR, während sie auf dem Rücksitz saßen. Sie war sich nicht sicher, ob es ihr gefiel, dass Cris sein Halsband und seine Schuhe trug, aber das war nicht ihre Entscheidung. Auf dem Standesamt stellten sie ihre Heiratsurkunde aus und sie erhielt ihre Papiere, die sie zum Finanzamt bringen musste, wo sie ihren Führerschein umschreiben ließ.

Landry lächelte, als er sich ihren Führerschein ansah. »Mati... Entschuldige, Liebes. Tilly Cardinal LaCroux.« Er zeigte ihn Cris. »Klingt schön, nicht wahr, Sklave?«

Seine Augen blickten in ihre Richtung, bevor er Landry anschaute. »Ja, Meister«, antwortete er leise.

Landry gab ihr den Führerschein zurück und führte sie aus dem Büro dorthin, wo Cris das Auto geparkt hatte. Cris folgte ihnen dicht auf den Fersen. »Lass uns zu Mittag essen«, sagte Landry.

»Wir haben gerade gegessen«, erinnerte Tilly ihn. »Hast du schon Hunger?«

Seine Augen funkelten auf diese verruchte Art, von der sie wusste, dass er noch mehr im Ärmel hatte. »Es gibt hier in der Innenstadt von Sarasota ein paar schöne kleine Läden, die ich gern erkunden würde. Ich habe Lust, einen Spaziergang zu machen.« Sie erreichten das Auto und Cris wollte ihnen die Tür aufhalten, aber sie stellte sich ihm in den Weg und versperrte ihm den Weg.

Ihr Blick fiel auf das Halsband und die Schuhe, die Cris trug. Sie senkte ihre Stimme. »Was ist mit ihm?«

»Was soll mit ihm sein?«, fragte Landry. »Was er anhat.«

Er warf einen Blick auf Cris. »Er ist angemessen gekleidet. Warum?«

Ja, sie hatte versprochen, sich nicht in das einzumischen, was Landry mit Cris machte, aber das ging jetzt doch ein bisschen zu weit. Das Allerletzte, was sie tun wollte, war, sich deswegen auf einen Willenskampf mit Landry einzulassen.

Das Halsband und die Manschetten waren aus braunem, handgefertigtem Leder. Eine Sonderanfertigung, so wie es aussah. Zweifellos haben sie Landry ein paar hundert Dollar gekostet. Sehr schön und ja, in New York, Los Angeles, San Francisco oder sogar Miami völlig unauffällig.

»Sarasota ist trotz seiner künstlerischen Atmosphäre eine ziemlich konservative Stadt, Lan.«

Er hob eine Augenbraue zu ihr. »Ja? Was willst du damit sagen, Liebes?«

Cris wartete und beobachtete sie. Sie spürte seinen Blick

auf sich. Sie weigerte sich, ihn anzuschauen.

»Was ich andeuten will, ist, dass Cris vielleicht *etwas* im Auto lassen könnte, während wir uns die Stadt ansehen.«

»Liebes, ich bin mir sicher, sie wollen, dass er sein Hemd in den Geschäften trägt.« Landrys spielerisches Grinsen forderte sie heraus, ihm zu widersprechen.

Sie wusste ganz genau, dass er verstand, was sie meinte. Er wollte, dass sie ihn herausfordert. Sie zweifelte nicht daran, dass er Cris auf ihren Befehl hin zumindest das Halsband, wenn nicht sogar das ganze Hemd, ausziehen würde, aber dann wäre der Punkt in diesem Spiel, das er spielte, sein.

Bei dieser intellektuellen Mutprobe hätte sie metaphorisch zuerst geblinzelt.

Die sture, dominante Ader in ihr würde das nicht zulassen. Sie würde verdammt sein, wenn sie Landry direkt befehlen würde, Cris dazu zu bringen, sie zu entfernen. Auch ihr Stolz würde es nicht zulassen, dass sie ihm einfach sagt, was sie will. Schließlich schaute sie zu Cris, um zu erfahren, wie sie vorgehen sollte.

»Es macht mir nichts aus, Mrs. LaCroux«, sagte er leise.

Das war keine Hilfe. »Was willst du beweisen?«, fragte sie Landry. Sie sah ihn mit großen Augen unschuldig an. »Beweisen, meine Liebe? Was willst du denn damit sagen?«

»Die Unschuld steht dir nicht.«

»Ich weiß wirklich nicht, was du meinst.« Er schnippte mit den Fingern nach Cris und zeigte dann auf die Hintertür. Cris trat heran, um sie zu öffnen.

Sie stellte sich vor Landry, um ihm den Weg abzuschneiden, und drehte dem Auto den Rücken zu. Zeit, schmutzig zu spielen. Sie senkte ihre Stimme, damit ein Paar, das in der Nähe zu seinem Auto lief, sie nicht hören konnte. »Ich lebe in dieser Stadt. In gewissen Kreisen bin ich ziemlich bekannt. Einige meiner ehemaligen Kunden sind in diesem Teil der Stadt unterwegs ... beruflich, wenn du verstehst, worauf ich hinaus

will. Eines der Dinge, für die ich bekannt bin, ist meine Diskretion. Ich ziehe *keine* Aufmerksamkeit auf mich. Außerdem
weigere ich mich, irgendetwas zu tun, das Vanillas zeigen
könnte, was wir tun. Vor *allem* Kinder.«

Damit war der Ball in seinem Feld.

Landrys Kiefer verkrampfte sich, bis er schließlich brach
und lachte. »Ein Punkt für dich, meine Liebe.« Er schaute Cris
an. »Hast du den Schlüssel dabei?«

»Ja, Meister.«

»Du kannst deine Schuhe und dein Halsband ausziehen,
wenn du drin bist.« Er neigte seinen Kopf zu ihr. »Gut gespielt,
mein Schatz.« Sie trat aus dem Weg, damit Cris die Tür öffnen
konnte. Landry streckte seinen Arm aus und bedeutete ihr,
zuerst einzusteigen. »Gut gespielt.«

Als sie im Auto saßen, drehte sie sich zu Landry um. »Neue
Regel, Kumpel.«

»Ah, das hätte ich mir denken können.«

Ihr entging nicht, dass Cris sie im Rückspiegel beobachtete.
»Wenn du noch einmal versuchst, mit mir Psychospielchen zu
treiben, ist es aus mit uns. Und zwar auf der Stelle.
Verstanden?«

Er seufzte melodramatisch. »Ich schätze schon, meine
Liebe. Wenn du dir wirklich den ganzen Spaß am Leben
nehmen willst.«

Sie stupste ihn in den Schritt, sodass er zusammenzuckte.
»Wenn es dir nicht genug Spaß macht, dir das Hirn rausficken
zu lassen, dann werden dir auch Mindfucks keine Freude bereiten. Ich werde dich schneller zum Schweigen bringen als ein
Scheißhaufen in einem Schwimmbad. Versuch es einfach,
wenn du denkst, ich mache Witze. Vergiss die Kardinalsregeln
nicht.«

Er lachte wieder, bevor er sich zu ihr beugte, um sie zu
küssen. »Touché, Darling. Touché.«

Ihr entging nicht, dass Cris im Rückspiegel amüsiert

lächelte, als er das Auto startete, nachdem er Halsband und Handschellen abgenommen hatte.

CRIS FAND EINE PARKLÜCKE. Landry und Tilly gingen Hand in Hand die Main Street entlang in Richtung Five Corners Park gegenüber der Selby-Bibliothek. Cris lief schweigend hinter ihnen her und trug die Sachen, die Landry unbedingt für Tilly kaufen wollte. Sie vermutete, dass er die meisten Sachen nur kaufte, damit Cris sie tragen musste, und nicht, weil er sie wirklich wollte. Und ganz sicher nicht, weil sie es wollte. Als sie das Calliope Café an der Ecke Pineapple und Main erreichten, war Tilly bereit, den Spielen ein Ende zu setzen. Cris sah aus wie ein überladenes Packpferd.

Tilly übernahm das Kommando und bat die Wirtin um einen Tisch in der Ecke. Glücklicherweise kamen sie erst am Ende des Mittagsansturms an und konnten sofort einen Platz bekommen.

Landry schmunzelte, als die Kellnerin ihre Getränkebestellung aufnahm und sie verließ. »Ich muss sagen, ich bewundere dich, meine Liebe.«

»Warum?«

Er nickte Cris zu, der schweigend auf den Tisch starrte und die Hände in den Schoß legte. Am liebsten hätte sie ihn unter den Tisch getreten, nur um ihm irgendeine Reaktion zu entlocken.

»Was?«, fragte sie.

Er beugte sich vor und senkte seine Stimme. Mit seinen Lippen an ihrem Ohr sagte er: »Du hast Mitleid mit ihm.«

»Äh, na klar. Sherpa, der Packesel hier könnte sicher eine Pause gebrauchen. Es ist heiß heute.«

Ihr entging nicht, wie sich Cris' Lippen zu einem leichten Lächeln verzogen.

Ihr entging auch nicht, wie ihr Herz bei dem Anblick

pochte, dass sie ihn immer noch zum Lächeln bringen konnte. Wie oft hatte sie sich schon ein spielerisches Kitzeln durch ihre bissigen Kommentare verdient?

Sie bestellten. Besser gesagt, Tilly bestellte, und Landry bestellte für sich und Cris. Es war schon später Nachmittag, als sie endlich nach Hause kamen. Als sie zur Tür hereinkamen, nahm Landry sie hoch und trug sie in ihr Schlafzimmer.

»Was machst du da?«, fragte sie.

»Ich denke, das ist ziemlich offensichtlich.« Er legte sie auf das Bett und trat zurück, damit er sein Hemd aufknöpfen konnte. »Ich will das Beste aus dem heutigen Abend machen.«

Ihr Herz pochte bei seinem Anblick, als er sein Hemd auf den Boden fallen ließ.

Raubtierhaft kroch er auf das Bett und pirschte sich an sie heran, bis er sich über sie spreizte. »Weißt du eigentlich, wie wunderschön du bist?«

»Nein, aber vielleicht, wenn du ein paar Takte summst.«

Er lachte und küsste sie. »Oh, Schätzchen, *je t'adore.*« *Ich bete dich an.*

Tilly schlang ihre Arme um ihn. »*Moi aussi, je t'adore.*« *Ich bete dich auch an.*

Und das tat sie.

Sie starrte Landry in die Augen, als er sagte: »Pack einfach alles in den Schrank und mach die Schlafzimmertür zu, wenn du rausgehst.«

Sie bemerkte, dass er die Schlafzimmertür offen gelassen hatte. Sie drehte ihren Kopf um seine Schulter und sah, dass Cris dort stand, die Arme voll. Er ging hinein, stellte alles in den Schrank und ging, indem er die Tür hinter sich schloss.

»Also, wo waren wir, Liebes?«

»Woher wusstest du, dass er da war?«

Er lächelte und beugte sich vor, um sie in den Hals zu kneifen. »Ich habe seinen Abdruck in der Vase dort drüben gesehen.«

Sie reckte den Hals und sah ihn an, dann begann sie zu lachen. »Ich dachte, du hättest vielleicht übersinnliche Kräfte.«

Eine Augenbraue hob sich. »Übersinnliche Kräfte?«

»Außergewöhnliche Sklavenpositionierung.«

Er brach in Gelächter aus und ließ sich neben sie auf das Bett fallen. »Du wirst mich auf Trab halten. Ich kann es schon sehen.« Er zog sie auf sich. »In was für einer Stimmung bist du heute Abend, meine Liebe?«

»Das klingt nach einer Fangfrage.«

»Ist es auch.« Er zog sie an sich und küsste sie. »Süß und lustig, heiß und heftig oder die Scheiße aus dem Cuck prügeln?«

»Auf jeden Fall nicht Tür Nummer drei.«

Er seufzte melodramatisch. »Spielverderberin. Du hast wirklich ein weiches Herz, Liebes.«

»Halt die Klappe und küss mich.«

Er gehorchte und verdrängte bald alle Gedanken an ihre vorherige Diskussion – während er mit seinen Lippen über ihren Kiefer bis zu ihrem Hals wanderte, wo er zu knabbern begann. Ihre Bluse und ihr BH landeten kurz darauf zusammen mit seinem Hemd auf dem Boden.

Er lächelte, als er mit seinem Finger über ihre rechte Brustwarze strich. »Du hast also deinen Rachefeldzug hinter dir?«

»Wenn du mich bei Laune halten willst, lässt du die Diskussion jetzt gleich sein.«

Er beugte sich vor und leckte ihre Brustwarze. »Betrachte es als erledigt.« Er wiederholte die Behandlung mit ihrer linken Brustwarze und schon bald zappelte sie unter seinen Händen.

Landry arbeitete sich bis zu ihrer Hose vor, seine Lippen erkundeten und neckten sie. Tilly verheddert ihre Finger in sein Haar und versuchte, ihn zu drängen, schneller zu machen, aber er ließ sich nicht drängen. Als er sie schließlich nackt unter sich auf dem Bett liegen hatte, war sie vor Verlangen fast verrückt geworden. Er kniete sich auf den Boden neben dem

Bett, zog ihren Hintern an den Rand und drückte ihre Schenkel auseinander.

»Das ist es, was ich wollte, meine Liebe. Mach so viel Lärm, wie du willst. Je mehr, desto besser.« Mit diesen Worten beugte er seinen Kopf zu ihrem Schoß und leckte sie.

»Oh!«, keuchte sie. »Fuck yeah!« Ihr Körper zitterte, als seine Zunge langsam in sie eindrang und sie verwöhnte.

Er zog ihre Beine über seine Schultern und legte seine Hände um ihre Oberschenkel. So hätte sie seinem geilen Mund nicht entkommen können, selbst wenn sie es gewollt hätte.

Aber natürlich wollte sie das nicht.

In so kurzer Zeit hatte er mehr als genug über ihren Körper gelernt, um sie für immer in Atem zu halten, so kam es ihr vor. Es dauerte nicht lange, bis sie ihn um Erlösung anflehte.

Er hob seinen Mund von ihrer Klitoris. »Lauter, meine Liebe«, sagte er. »Und vielleicht werde ich das auch.«

Verdammt. Sie würde ihm das hier geben, aber sie würden später darüber reden, wenn sie wieder bei Verstand war und nicht mehr so dringend kommen musste. »Bitte, verdammt noch mal, lass mich kommen!«

Er gluckste. »Ausgezeichnet.« Er schob zwei Finger in sie hinein und es fühlte sich an, als würde ihr Hinterkopf explodieren, als ihr Höhepunkt in ihr Gehirn eindrang. Er schaffte es, ihren G-Punkt zu treffen, und ihr Rücken wölbte sich, als der Orgasmus kein Ende nehmen wollte.

Als sie schlaff auf dem Bett lag, küsste er die Innenseiten ihrer Oberschenkel, bevor er sich von ihr löste. Als er vor ihr stand, ließ er seine Hose fallen und entblößte seinen steifen Schwanz.

»Keine kleinen blauen Pillen, Liebes«, neckte er sie, während er ihre Beine packte, sie hochdrückte und mit einem langsamen Stoß tief in sie eindrang. »Das ist alles für dich, wegen dir.«

Seine grüne Augen hatten etwas an sich, das sie in seinen

Bann zog und sie als Geisel hielt. Er beugte sich vor und küsste sie, während er sie fickte. Seine langsamen, bedächtigen Stöße weckten noch mehr Leidenschaft in ihr. »Meine wunderschöne Frau. Ich bin ein verdammt glücklicher Mann.«

Wieder wollte sie die Zeit einfrieren, um ihn hier bei sich in dieser Perfektion zu halten. Kein Cris, keine Rache, kein vergangener Schmerz, keine zukünftigen Sorgen um Landrys Gesundheit. »Ich schätze mich auch ziemlich glücklich.«

Ein langsames Lächeln umspielte seine Lippen. »Komm mit mir«, flüsterte er. »Ich will spüren, was ich mit dir mache.«

Keine Trigger, kein Wechsel zu einer todsicheren Taktik, die sie garantiert zum Explodieren bringen würde. Nichts außer seinem Blick, seinem süßen, sexy Lächeln und dem verdammt guten Gefühl, wie dieser wunderbare Schwanz über ihre bereits geschwollene Klitoris glitt und Nervenenden in ihr streichelte, die schon zu lange ungenutzt geblieben waren.

Er veränderte seine Position leicht und lehnte sich mit ihren Beinen über seine Schultern nach vorn. »Zeig mir, was ich mit dir mache, Baby.«

Sie spürte nicht nur, wie ihr Körper bebte. Diesmal fühlte es sich so an, als ob ihr Herz explodieren wollte, als wollte es sich an ihn klammern und ihn nicht mehr loslassen.

Landry küsste sie, zärtlich und langsam. »Ich werde dein Vertrauen niemals missbrauchen, meine Liebe. Das schwöre ich dir. Lass es zu.«

Sie spürte, wie sie heimlich und sanft befreit wurde, wie eine zu große Seifenblase, die einem plötzlichen Luftzug nachgab. Und das war umso süßer, weil die Verbindung mit Landry einfach wunderschön war. Tilly keuchte, als sie es spürte, und mit zwei harten Stößen kam er in ihr.

Die Tränen überrumpelten sie. Ohne sich zurückzuziehen, drehte er sie sofort auf den Rücken, wobei er sie fest in seine Arme schloss. »So ist es gut, Süße«, flüsterte er und küsste ihre

Stirn, während seine Finger über ihre Wirbelsäule streichelten. »Das war sehr, sehr schön.«

Einen Moment lang befürchtete sie, dass sie hyperventilieren würde, als sie versuchte, wieder zu Atem zu kommen. So etwas war ihr noch nie passiert. Noch nie.

Nicht einmal mit Cris.

Keine Trigger, keine Befehle zu kommen, keine Unterstützung durch eine Hand, eine Zunge oder einen Vibrator. Nur sein Körper und diese verdammten Augen.

»Bitte sag es mir«, flüsterte er.

Sie schüttelte den Kopf und vergrub ihr Gesicht an seiner Brust, weil sie noch nicht sprechen konnte.

Er fragte sie nicht noch einmal. Er wartete, bis sie sich einigermaßen vernünftig fühlte.

»Danke.«

»Wofür?« Er klang amüsiert.

Sie hob ihren Kopf und küsste ihn. »Dafür, dass du mich geheiratet hast.«

»Ich denke, das hast du falsch verstanden, aber wie du willst, meine Liebe. Keine Ursache.«

Sie strich mit ihren Fingern über seinen Kiefer und spürte den Schatten der Bartstoppeln, der schon da war. Was bedeutete das? Dass sie ihm in ein paar Tagen mehr vertraute, als sie Cris seit Jahren vertraut hatte? Dass sie sich bei ihm auf eine Weise austoben konnte, wie sie es bei Cris nie konnte?

Warum fühlte sie sich schuldig, dass sie in all den Jahren, die sie mit Cris verbracht hatte, nie in der Lage gewesen war, diese einfache Befreiung zu erreichen, obwohl sie es stundenlang versucht hatten?

»Ich habe das Gefühl, dass ich hierhergehöre – zu dir«, gab sie leise zu.

Sein Blick wanderte für viele lange Momente über ihr Gesicht, bevor er sprach. »Vielleicht liegt das daran, dass du es tust.«

KAPITEL VIERZEHN

ls Tilly am Dienstagmorgen ihr Training beendete, traf sie Cris im Büro an. Er stand am Fenster und blickte auf den Garten, während er ein ziemlich ernst klingendes Gespräch führte.

Jeans, barfuß, kein Hemd, sein formelles Halsband und Handgelenkmanschetten. Seine Rückenmuskeln spannten sich an, als er seine Position änderte, ohne sich umzudrehen, und denjenigen, mit dem er am Telefon sprach, verbal niederschlug. Unaufgefordert schoss ihr eine Erinnerung durch den Kopf, wie sie ihm verführerische Rückenmassagen gegeben hatte, die immer in noch verführerischere Liebesspiele übergingen.

Sein wütender Ton riss sie aus ihrer Träumerei. »Das ist inakzeptabel! Wir müssen die Zahlen bis Freitagabend fertig haben. Das ist der geplante Termin seit drei Monaten, und niemand hat erwähnt, dass wir ihn nicht einhalten werden. Wo ist das Problem?«

Sie lehnte sich in den Türrahmen und hörte zu. Er klang wütend. Offensichtlich hatte die Person am anderen Ende des Handys, das an Cris' Ohr gepresst war, keine Ahnung, wie er gekleidet war oder was er in den letzten Tagen durchgemacht hatte.

»Nein. Besorg mir die Zahlen und gib sie mir bis morgen Abend. Ich fliege am Donnerstagmorgen los. Wenn sie mir nicht vorliegen, verlängern wir deinen Vertrag nicht.« Er legte auf und fluchte, dann drehte er sich um, als er sie dort stehen sah. »Hey.« Seine Stimme wurde weicher, sanfter.

Sklave im Haus. Bye-bye Cristo, der Executive. »Du hast immer noch ein paar Eier. Schön zu sehen.« Sie konnte und wollte sich den Spott nicht verkneifen.

Er warf sein Handy auf den Schreibtisch. »Sie werden uns einen sehr wertvollen Vertrag kosten, wenn sie mir nicht wie versprochen die vierteljährlichen Statistiken liefern.« Er wischte sich mit den Händen über das Gesicht und schien sich dann an seinen Status zu erinnern, denn seine Haltung wurde steifer. Seine Stimme änderte sich, sie klang zurückhaltend. »Es tut mir leid, Mrs. LaCroux. Brauchst du den Platz? Ich schiebe meinen Laptop weg, wenn du hier arbeiten willst.«

Sie schüttelte den Kopf, denn sie hatte sich immer noch nicht daran gewöhnt, dass dieser Name aus seinem Mund kam. »Nein.«

»Was ist denn?«

Sie zuckte mit den Schultern. »Nichts.« Sie war noch nicht in der Lage, ein ›Gespräch‹ mit ihm zu führen, aber sie konnte sich auch nicht überwinden, wieder zu gehen. Seine braunes Haar hingen ihm bis zu den Schultern, aber er hatte sie ordentlich gestutzt. Er strich sich mit den Fingern durchs Haar und zog es sich aus dem Gesicht.

Ein Gedanke kam ihr in den Sinn und sie zuckte zusammen. »Verdammt noch mal.«

»Ma'am?«

»Ich muss Bob anrufen und ihm die Nachricht überbringen.«

Er fragte nicht. Sie sah ihn an. »Weißt du, du hast ihn kennengelernt. ›Du musst ihn nicht für mich festhalten‹-Bob.«

»Ah. Er.«

»Ja, er. Ich habe Landry gesagt, dass er das beschissenste Timing der Welt hat. Ich meine, ernsthaft. Ich habe endlich einen Typen kennengelernt, den ich vielleicht ...« Ihr fiel ein, mit wem sie gesprochen hatte. »Vergiss es. Ich will dieses Gespräch nicht mit dir führen.«

Damit hatte sie die perfekte Ausrede, um zu gehen.

SIE RIEF AN, obwohl sie das eigentlich nicht wollte, und bat Bob, sie zum Abendessen in einem anderen Restaurant zu treffen, als sie es in der Woche zuvor getan hatten. Ein Teil von ihr wünschte sich nichts sehnlicher, als neben Landry in ihrem Bett zu liegen und die gemeinsame Zeit zu genießen, bevor morgen früh seine neue Runde in der Hölle begann.

Die Tatsache, dass Landry verstand, warum sie die Sache lieber früher als später erledigen musste, erleichterte ihre Schuldgefühle in dieser Hinsicht etwas. Wenigstens war Cris zu Hause bei Landry und half ihm bei den Vorbereitungen für den morgigen Eingriff.

Trotzdem fühlte sie sich nicht weniger schuldig wegen dem, was sie Bob gleich sagen würde. Nervös wartete sie auf ihn und fühlte sich schlecht, als er ein paar Minuten nach ihrer Ankunft mit einem zögerlichen Lächeln hereinkam.

Er wusste es. Sie spürte es in ihrem Bauch.

Sie stand auf, als er sich dem Tisch näherte und umarmte ihn, während sie sich wehmütig fragte, wie er wohl im Bett gewesen wäre.

Sie setzten sich. Nachdem der Kellner ihre Getränkebestellung aufgenommen hatte, lehnte sich Bob nach vorn und verschränkte seine Hände ineinander. »Fang ruhig von vorn an, aber ich habe das Gefühl, dass ich weiß, wie diese Geschichte enden wird.« Er nickte in Richtung ihrer linken Hand.

Sie betrachtete die Ringe dort. Da sie es noch nicht gewohnt war, sie zu tragen, hatte sie sie vergessen. »Scheiße. Bob, es tut mir leid. Das ist eine komische Geschichte.«

»Da bin ich mir sicher.«

Sie ließ den Sex- und Racheaspekt weg und auch ihren Verdacht, dass sie in ein paar Monaten auf dem besten Weg sein würde, Landry über alles zu lieben. Als sie fertig war, streckte sie ihre Hand aus, um ihn zu berühren, und er wich nicht zurück. »Es tut mir leid. Ich weiß, es klingt verrückt, aber ich vermisse es, Krankenschwester zu sein. Und ich kann mir eine Auszeit von den anderen Kunden nehmen. Wenn du willst, können wir uns im Club treffen und spielen, wenn ich Zeit habe. Nur als Freunde. Du weißt schon, Bob und Tilly.« Sie holte tief Luft und hoffte, dass er es verstehen würde. »Es ist nicht so, dass ich dich nicht sehen will. Und ich würde es total verstehen, wenn du sauer bist oder dich aufregst. Ich wollte dich nie verletzen. Es tut mir so leid.«

Er drückte ihre Hand und lächelte, aber er ließ sie nicht los. »Du bist eine unglaubliche Frau. Ich hatte einfach nur Pech. Um wie viel Uhr ist die Biopsie morgen?«

»Wir müssen ihn bis acht Uhr dort haben. Hoffentlich kann er morgen Nachmittag nach Hause kommen.«

Er sah nachdenklich aus. »Ein Glückspilz.« Sein Daumen streichelte ihre Hand. »Krankenschwester, hm? Versprich, dass du deinen Ex für mich quälst.«

Sie nickte. »Oooh, ja. Da werden noch eine Menge Folterungen der unlustigen Art auf ihn zukommen.« *Obwohl das Schlimmste jetzt hinter mir liegt. Hoffe ich.*

Sie aßen gut zu Abend und sie fühlte sich schuldig, als er darauf bestand, zu bezahlen. »Nein, das geht auf mich. Betrachte es als Hochzeitsgeschenk.«

Sie hörte keinen Sarkasmus in seiner Stimme und fasste

einen Entschluss. »Hör zu, lass mich das nächste Woche durchstehen, herausfinden, was los ist, und dann können wir unsere Sessions wieder fortsetzen. Kostenlos.«

Er lächelte, aber der Junge war verschwunden. Das war alles Bob. »Ich denke nicht, dass ich es riskieren kann, im Haus zu sein, wenn dein Ex da ist. Ich meine es ernst. Es wäre eine zu große Versuchung, ihn zu verprügeln. Ich will nicht, dass du mehr Stress hast, als du brauchst.«

»Ich fühle mich so beschissen deswegen. Ich kann dir gar nicht sagen, wie leid es mir tut.«

Er zuckte mit den Schultern. »Das ist schon okay. Wir müssen alle tun, was wir tun müssen.« Er streichelte ihre Hand. »Wenn sich das Leben wieder beruhigt hat, können wir uns vielleicht im Club zum Spielen treffen oder so.«

Oder so. Sie wollte es nicht sagen, aber sie kannte es. In seinem Herzen verstand er, dass ihm die Gelegenheit durch die Lappen gegangen war. Ihr Herz tat weh. Vielleicht war er nicht genau das, was sie von einem Partner erwartet hatte, aber sie hatte keine Zweifel, dass er sie nicht ohne Vorwarnung verlassen hätte.

Oder ohne Erlaubnis.

Draußen begleitete er sie zu ihrem Auto und umarmte sie noch einmal lange, bevor er sich von ihr entfernte. »Pass auf dich auf, Tilly. Wenn du jemals etwas brauchst, ruf mich bitte an.« Er lächelte, als er ihre Wange streichelte. »Und versprich mir, wenn du wieder frei bist, gibst du mir die erste Chance.«

Sie zwang sich zu einem Lächeln, um ihr gebrochenes Herz zu verbergen. »Das werde ich. Ich danke dir.« Er nickte und drehte sich um, um zu seinem Auto zu gehen. Als sie sich hinter das Lenkrad setzte, fingen ihre Ringe das Licht der Straßenlaternen auf dem Parkplatz auf und zwinkerten ihr zu.

Hatte sie die richtige Entscheidung getroffen? Das würde nur die Zeit zeigen.

. . .

ALS TILLY NACH HAUSE KAM, fühlte sie sich elend. *Erst war sie ganz allein, dann wurden ihr die Männer um die Ohren gehauen.*

Darunter auch einer, bei dem sie sich nicht sicher war, was sie von ihm halten sollte, der jetzt in ihrem Gästezimmer wohnte.

Es war schon nach elf, als sie in die Garage fuhr und ihr Auto abstellte. Sie blieb eine Weile sitzen und dachte nach. Sie hatte sich auf diesen Weg begeben. Jetzt musste sie ihn auch zu Ende gehen. Was würde es über sie aussagen, wenn sie ihre Meinung änderte und ihr Versprechen, Landry zu helfen, zurückzog, nur um eine Beziehung mit Bob zu führen?

Was sagte es über sie aus, dass sie das kleine bisschen Sicherheit, das sie jetzt beim Anblick der Ringe an ihrer linken Hand spürte, nicht aufgeben wollte? Eine Sicherheit, die absolut nichts mit Geld zu tun hatte.

Trotz der späten Stunde saß Cris am Küchentisch und arbeitete an seinem Laptop in dem ansonsten stillen Haus. Als sie kam, stand er auf. »Guten Abend, Mrs. LaCroux.«

Sie wollte schreien. »Okay, hör auf damit. Ich weiß, dass er dir gesagt hat, dass du es tun sollst, aber ich kann es nicht ertragen. Ich werde ihm sagen, dass ich ihn diesmal überstimmt habe. Mein Haus, meine Regeln. Nenn mich einfach Tilly und hör auf mit dem Ma'am-Scheiß.«

»In Ordnung. Wie du willst.«

Sie wies auf den Tisch. »Und du musst auch nicht so zu stehen, wenn ich den Raum betrete.« Sie holte eine Flasche Boylan-Cola aus dem Kühlschrank, schnappte sich den Kirchenschlüssel, der an einem Magnetstreifen an der Seite des Kühlschranks hing, und klappte den Deckel auf. Sie ließ sich auf den Stuhl gegenüber von Cris' Laptop fallen, wo er wieder Platz genommen hatte. »Lange gearbeitet?«

»Ja. Ich weiß, dass wir morgen viel zu tun haben werden. Ich möchte mich auf ihn konzentrieren können.«

»Und was genau machst du? Beruflich, meine ich. Programmierst du immer noch Software oder bist du nur ein Bürohengst?«

»Ich führe den Laden hauptsächlich für ihn. Ich arbeite an ein paar Lieblingsprojekten, aber die meiste Zeit mache ich Verwaltungsarbeit, verhandle Verträge und solche Sachen. Mein offizieller Titel ist Chief Operating Officer.«

»Und was macht er?«

»Er ist Eigentümer, Geschäftsführer und Präsident. Er programmiert immer noch ein bisschen, aber wir haben jetzt mehrere Programmierer, die für uns arbeiten. Er hat nicht mehr so viel Zeit, um selbst Hand anzulegen. Er macht mehr Betatests als alles andere, denn er koordiniert die Zusammenstellung der Schulungsunterlagen, die wir mit der Software ausliefern.«

»Kennen sie dich und ihn?«

Er lächelte. Sie erkannte diesen wissenden Ausdruck, spielerisch und mit einem Hauch von bösem Spaß dahinter. »Sie wissen, dass wir ein Liebespaar und Geschäftspartner sind, ja. Ich bin mir ziemlich sicher, dass meine Verwaltungsassistentin das weiß, denn der Meister hat mich einmal in meinem Büro knien lassen, bevor er sie zu sich rief, damit sie eine Telefonkonferenz mit zwei unserer Programmierer einrichten sollte.«

Er gluckste. »Ich hatte einen langen Tag hinter mir und wurde ein bisschen frech zu ihm. Er wollte mich an meinen Platz erinnern. Was die anderen angeht, so vermuten sie wahrscheinlich mehr, die Leute, die uns am nächsten stehen. Aber wenn man bedenkt, dass unser Unternehmen die letzten drei Jahre in Folge auf der Liste der zwanzig besten Tech-Unternehmen in L.A. stand, sagt niemand etwas, geschweige denn beschwert sich jemand. Die Personalabteilung hat immer eine Warteliste mit Leuten, die sich bei uns beworben haben. Wir könnten leicht hundert weitere Stellen besetzen, wenn wir sie zur Verfügung hätten.«

»Wie viele Leute arbeiten dort?«

»Ich habe zehn Vollzeit-Programmierteams mit jeweils zehn Mitarbeitern, einige Freiberufler, die wir regelmäßig hinzuziehen, und eine Verwaltung mit zwanzig Kollegen. Meine Verwaltungsassistentin leitet das Büro.«

Sie betrachtete ihn in einem neuen, emotionalen Licht. Der Cris, den sie kannte, arbeitete meistens allein, außer wenn er auf Reisen war und vor Ort arbeiten musste. Schon früh in ihrer Beziehung hatten sie ein System eingeführt, bei dem sie ihn während seiner Arbeitszeit nicht störte. Es kam selten vor, dass sie von der Schule oder von der Arbeit nach Hause kam und er nicht da war, es sei denn, er musste verreisen. Selbst wenn er arbeitete, war seine feste, wenn auch stille Anwesenheit in der Wohnung ein Trost.

Das hatte sie vermisst.

Sie ließ ihre Finger über das kalte Kondenswasser auf der Flasche gleiten und fragte leise: »Macht er dich glücklich?«

An seinem Stirnrunzeln konnte sie ablesen, dass er nicht antworten wollte. »Ich hätte nicht gefragt, wenn ich es nicht wissen wollte.«

Schließlich nickte er.

»Ich wünschte, du hättest es mir gesagt.« Sie hob eine Hand, um seine Worte zu stoppen. »Ich kann die Vergangenheit nicht ändern und du auch nicht. Ich versuche immer noch herauszufinden, was ich von all dem halte. Von dir.« Sie konnte ihn nicht ansehen. Das würde sie wieder zum Weinen bringen. »Sag mir einfach die Wahrheit. Sag mir, dass es nicht an mir lag.«

Er wartete darauf, dass sie seinem Blick begegnete. »Es lag nicht an dir, Tilly«, sagte er leise. »Du hast nichts falsch gemacht.«

Sie nickte und trank ihre Limonade aus. Mit einem leisen Rülpser warf sie die leere Flasche in den Mülleimer unter der Spüle und machte sich auf den Weg ins Bett.

· · ·

»ICH HABE DICH ÜBERSTIMMT«, sagte sie, als sie zu Landry ins Bett schlüpfte.

Er sah erschöpft aus, denn die Abführmittel, die er nehmen musste, um seinen Darm für die Biopsie zu reinigen, machten ihm zu schaffen. »Was?«

»Cris.« Sie rollte sich auf die Seite und küsste ihn. »Ich habe ihm gesagt, dass er mich nicht Mrs. LaCroux oder Ma'am nennen soll. Normalerweise macht es mir nichts aus, so genannt zu werden, aber die Förmlichkeit ...« Sie wusste nicht, wie sie es erklären sollte.

»Macht es dir Angst?«, schlug er vor.

»Vor ihm, ja. Es gibt keinen Grund, es ihm schwerer zu machen als nötig, und für mich wird es viel einfacher sein. Ich habe ihm auch gesagt, dass er nicht jedes Mal aufstehen muss, wenn ich den Raum betrete.«

»Oh, aber Liebes, ich hatte mich schon so darauf gefreut.«

Sie küsste ihn. »Nach vorn schauen, weißt du noch?«

Er hob eine Augenbraue. »Ach ja?«

Schuldgefühle stiegen in ihr auf, als sie sich daran erinnerte, was sie mit Cris gemacht hatten. »Ich muss es tun. Ich kann ihm das nicht noch einmal antun und ich fange an, mir zu wünschen, wir hätten es nicht getan.«

»Oh?«

»Ich bin im Grunde meines Herzens kein echter Sadist, wie du es bist.«

Er drückte sie fest an sich. »Du hast eine wunderschöne Seele, mein Schatz. Ich danke dir, dass du mir in dieser Situation zur Seite stehst.«

»Bedank dich noch nicht. Ich bin eine Schlampe, wenn es ums Pflegen geht.«

»Ich werde ein genauso beschissener Patient sein, keine Sorge.«

KAPITEL FÜNFZEHN

Am Mittwochmorgen sprach keiner von ihnen viel. Tilly hatte vor, noch früher als nötig aufzustehen, um vor ihrem Training noch Kaffee zu trinken, aber Cris kam ihr zuvor. Als sie auf dem Weg zum Training war, nickte er ihr zu. Sie nickte zurück.

Gedämpft stieg Landry später mit ihr unter die Dusche und zog sie in seine Arme. Als er sich an ihr verhärtete, küsste sie ihn und lehnte sich gegen die Wand, während er sich schnell in ihr entlud. Es waren keine Worte nötig. Sie entspannte und gab sich ihm hin, als er auf Französisch umschaltete und ihr ein Kommando ins Ohr flüsterte, dass sie für ihn kommen solle.

Es überraschte sie, als ihr Körper darauf reagierte, ein sanfter Höhepunkt, der ihr fast die Tränen in die Augen trieb, als er mit ihr fertig war.

Sollte sie so ihr Leben führen? Als sie sich beide erholten, dachte sie, dass es ein verdammt gutes Leben wäre, mit diesem Mann verheiratet zu sein.

Wenn er den Krebs besiegen könnte, wäre es vielleicht ein verdammt langes und gutes Leben.

Er ermutigte sie, zum Frühstück zu gehen, obwohl er das

nicht durfte. Als sie sich weigerte, rief er Cris zu, er solle ihr einen Bagel zubereiten, und schickte sie mit einem spielerischen Klaps auf ihren Hintern aus dem Schlafzimmer.

Später im Krankenhaus hielt Landry ihre Hand auf dem Weg von Tillys Auto zum Gebäude. Cris schnappte sich ihre Sachen aus dem Auto und folgte ihr schnell.

Tilly spürte Landrys Angst in Form von Stress, seine Anspannung in der Art, wie er ihre Hand hielt und wie er ging. Sie drückte seine Hand und als er auf sie herabblickte, zwinkerte sie ihm zu, was ihm ein Lächeln entlockte.

Gut so. Er brauchte heute ein Lächeln.

»Du hast versprochen, für mich zu kämpfen«, erinnerte sie ihn.

Er nickte. »Das werde ich.«

Sie gingen durch die Anmeldung, Cris stand schweigend daneben, bis Landry ihm eine medizinische Frage zu seiner Vorgeschichte stellte, an die er sich nicht mehr erinnern konnte. Cris schien sich alles gemerkt zu haben. Das Personal warf ihnen ein paar seltsame Blicke zu, auch die Krankenschwester, die kam, um Landry vorzubereiten, sobald er im Bett lag, das für die Operation vorbereitet war. Die Schwester schlug vor, dass Cris draußen warten könnte. Landry sagte ihr, dass er das nicht könne, seine Frau und sein Partner würden so lange wie möglich bei ihm bleiben.

Als Tilly einen Blick auf Cris warf, bemerkte sie, dass er bei dieser Bemerkung ein wenig munterer wurde.

Es hat begonnen zu tauen. Gott sei Dank.

Bevor die Sanitäter kamen, um ihn abzuholen, rief Landry Cris zu sich und forderte ihn auf, sich zu der Stelle zu beugen, an der er auf der Trage lag. Landry flüsterte ihm etwas zu und küsste ihn dann.

Cris nickte, vielleicht etwas zu heftig, seine Augen waren fest geschlossen, als er flüsterte: »Ich liebe dich auch, Lan.«

Tilly war dran. Er küsste sie. »Pass auf ihn auf, während ich schlafe, okay?«

»Nur ein kurzes Nickerchen. Dann holen wir dich zurück.«

»Kann ich dir sagen, dass ich dich liebe?«

Sie lächelte. »Nur, wenn ich es dir sagen kann.«

»Also gut.« Er strich ihr über die Wange. »Ich liebe dich.«

»Ich liebe dich auch, Buster.« Er küsste sie noch einmal, bevor sie ihn mitnahmen.

Cris stand an der Tür und sah fast wie ein verlorenes Hündchen aus.

Sie hatte nicht mit der Flut von Mitleid und Mitgefühl gerechnet, die sie für ihn empfand. Egal, was passierte, Landry liebte ihn, und er liebte Landry. Nur ein Idiot könnte das übersehen. Schon nach den wenigen Tagen, die sie zusammen verbracht hatten, wusste sie, warum Cris ihn liebte. Meister oder nicht, Sadist oder nicht, es war nicht schwer, Landry zu lieben. Man nahm ihn, wie er war, und er spielte keine blöden Spielchen. Na ja, normalerweise. Und die Spiele, die er spielte, hatten meist ziemlich konkrete Spielregeln, die man verstehen konnte, solange man den Mann und den Meister verstand.

Cris wollte ihren Blick zunächst nicht erwidern. Er stand da und hielt ihre Sachen, den Blick auf den Boden gerichtet. Sie griff nach oben, berührte sein Kinn und neigte seinen Kopf, sodass er sie ansah. Wenn sie es jetzt nicht sagte, vor allem, wenn er so verletzlich wirkte, würden ihr die Nerven durchgehen. Wenn sie es jetzt nicht sagen konnte, würde sie es wahrscheinlich nie sagen.

Um ihres Verstandes und ihres schlechten Gewissens willen, musste sie es sagen.

»Ich vergebe dir«, flüsterte sie. »Und es tut mir leid, was wir dir angetan haben. Das hattest du nicht verdient.«

Er schluchzte und warf seine Arme um sie. »Es tut mir so leid, Tilly«, sagte er immer wieder. Sie legte ihre Arme um ihn und hielt ihn fest, während er weinte, und führte sie schließlich zu den Stühlen, damit sie sich setzen konnten.

Als er sich endlich beruhigt hatte, nahm sie seine Hand und drückte sie. »Er wird wieder gesund. Er wird es schaffen. Wir werden ihn da durchbringen.«

»Ja.«

Sie drückte erneut seine Hand. »Bitte mach dir keinen Stress, wenn du versuchst, dich bei mir einzuschleimen, okay? Ja, ich bin immer noch wütend und verletzt. Das wird nicht auf magische Weise verschwinden. Ich brauche Zeit, um das zu verarbeiten. Sei auch nicht überrascht, wenn ich es dir ins Gesicht schmettere. Aber von diesem Zeitpunkt an will ich, dass wir uns auf ihn konzentrieren. Was auch immer in dieser Zeit zwischen dir und mir passiert, wir werden ihn zu unserer Priorität machen und uns um den Rest kümmern, wenn es soweit ist.«

Er umarmte sie erneut. »Okay. Ich danke dir, Tilly. Danke, dass du das für ihn tust.«

Sie gingen hinaus in den Warteraum. Sie ließ zu, dass er seinen Arm um ihre Schultern legte und genoss es, sich an seinen festen Körper zu lehnen.

Das hatte sie vermisst. Das Gefühl der Sicherheit, wenn sie bei ihm war.

Nun, emotional fühlte sie sich bei ihm nicht mehr sicher, aber die körperliche Sicherheit war immer noch da. Wenn sie nicht bei Landry sein konnte, würde sie sich damit zufriedengeben, dass Cris sie tröstete.

Für den Moment.

Sie versuchte, die Stimmung aufzulockern und stupste ihn sanft in die Seite. »Denk nicht, dass du bei mir wieder in die Dom-Rolle schlüpfen kannst. Wenn du das versuchst, gebe ich dir eine Ohrfeige.«

Er gab ihr einen Kuss auf die Stirn. »Ich verspreche, dass ich das nicht tun werde. Ich bin nur froh, dass du mit mir redest.«

Sie sprangen beide auf, als die Krankenschwester fast zwei

Stunden später nach Tilly rief. Sie versuchte, nur Tilly zurück in den Aufwachraum zu bringen, aber Tilly, die froh über ihre Jahre als Domme war, ließ sich das nicht gefallen und ergriff Cris' Hand, um ihn mit sich zu ziehen.

»Tut mir leid, uns gibt es nur im Zweierpack.«

Landry öffnete seine Augen nicht, als sie sich über ihn beugte und ihn küsste. Sie strich ihm das Haar aus der Stirn. »Hey, Hübscher. Willkommen zurück.«

Cris ergriff seine andere Hand. Landry drückte sie, öffnete aber immer noch nicht die Augen. »Ich hasse es, mich so zu fühlen«, murmelte er mürrisch.

Cris beugte sich zu ihm und küsste ihn. »Wir bringen dich nach Hause und du kannst den Abend damit verbringen, ihr dabei zuzusehen, wie sie mich verprügelt«, scherzte er.

Landry zwang sich zu einem schwachen Lächeln und riss ein Auge auf. Er schaute Cris an und drehte dann seinen Kopf zu ihr. »Geht es euch beiden gut?«

Sie nickte. »Während du geschlafen hast, haben wir das Friedensabkommen ausgehandelt und dein Krankenbett zur ›demilitarisierten Zone‹ erklärt.«

Er schloss wieder die Augen und nickte. »Das ist gut. Stell nur sicher, dass du ihn knebelst, wenn du ihn schlägst. Ich will nicht, dass seine Schreie mich wachhalten.«

LANDRY FÜHLTE sich immer noch ziemlich benommen, als der Arzt kam, um mit den beiden zu sprechen. »Ich denke, die Krankheit wurde recht früh erkannt«, sagte der Chirurg, »aber angesichts Ihrer Vorgeschichte müssen wir sie aggressiv behandeln.«

Landry blieb ruhig. Tilly überließ Cris die Hauptrolle in dem Gespräch. Gott sei Dank war er da. Obwohl sie mit der Terminologie vertraut war, hatte sie keinen Schimmer von

Landrys Behandlungsgeschichte. Als sie Cris zuhörte, erkannte sie den Geist ihres Meisters in seinem Verhalten.

Als der Arzt versuchte, sie als Landrys Frau in das Gespräch einzubeziehen, schüttelte sie den Kopf. »Er macht das schon«, sagte sie. »Reden Sie weiter. Wenn ich irgendwelche Fragen habe, werde ich sie stellen.«

Sie blickte zu Landry und bemerkte, dass er seine Augen wieder geöffnet hatte. Ein schwaches Lächeln umspielte seine Mundwinkel. Dann zwinkerte er ihr zu.

Sie halfen ihm beim Anziehen, nachdem sie das Gespräch mit dem Arzt beendet hatten. Cris half ihm in einen wartenden Rollstuhl und eilte dann hinaus, um ihr Auto zu holen und es vor die Tür zu bringen.

Landry war es anscheinend egal, dass die Krankenschwester, die mit ihnen wartete, jedes Wort hören konnte. Er griff nach oben und tätschelte Tillys Hand, die auf seiner Schulter ruhte.

»Ich habe also richtig gehört, dass du und Sklave euch wieder vertragen habt? Oder war das nur Wunschdenken meinerseits, kombiniert mit den Auswirkungen der Narkose?«

Es fiel ihr schwer, über den schockierten Gesichtsausdruck der Krankenschwester nicht zu lachen. Tilly beugte sich vor und gab ihm einen Kuss auf die Stirn. »Ich denke, du bist immer noch ein bisschen zugedröhnt, aber ja, Cris und ich haben unsere Differenzen geklärt.«

»Gut.« Er drückte wieder ihre Hand.

Ein Gedanke kam ihr und sie kniete sich neben ihn, um ihm ins Ohr zu flüstern. »Obwohl du gesagt hast, dass es nicht so ist, ging es doch nur darum, mich und Cris wieder zusammenzubringen, oder?«

»Nein. Und ich habe dir gesagt, dass es nicht so ist.« Er küsste sie. »Aber wenn ich es nicht schaffe«, flüsterte er, »dann übernimmst du doch für mich, oder?«

Es schlug ein, endgültig. Landry dachte nicht, dass Cris es

allein überleben könnte, wenn Landry starb.

»Du wirst nicht sterben, verdammt.«

Er strich ihr über die Wange. »Versprich mir, dass du nicht zulässt, dass er sich umbringt, wenn ich es tue. Dass du dich für mich um ihn kümmerst. Du wirst ihn für mich am Leben erhalten.«

Sie konnte nicht wütend auf ihn sein. Nicht, wenn er beschissen aussah und im Moment nicht ein Hauch von meisterlichem Benehmen in ihm steckte. »Du wirst nicht sterben, du Sturkopf.«

»Bitte, versprich es mir.«

Sie seufzte. »Ich werde ihn nicht im Stich lassen, wie er mich im Stich gelassen hat, wenn das deine Sorge ist.«

»Ich danke dir, meine Liebe.«

SIE SASS mit Landry auf dem Rücksitz, während Cris fuhr. Landrys Gesicht sah um Jahre älter aus als am Tag zuvor. Er lag mit seinem Kopf in ihrem Schoß. Irgendwann merkte sie, dass er eingeschlafen war.

Als sie nach vorn sah, entdeckte sie Cris' Blick im Rückspiegel. Ein Teil von ihr hasste es, dass sie immer noch den kleinen Funken spürte, den sein Blick in ihr entfachen konnte.

In ihrem Schlafzimmer brachten sie Landry ins Bett. Nachdem er wieder eingeschlafen war, zog sie sich um und ging in die Küche, wo Cris bereits etwas zubereitete.

Sie fühlte sich ausgelaugt und erschöpft. Sie setzte sich an den Tisch. »Stört es dich, wenn ich hier sitze?«

Er drehte sich zu ihr um, ein spielerisches Lächeln auf dem Gesicht. »Warum sollte es mich stören? Es ist dein Haus. Das ist mein Job.«

Er hatte bereits sein Halsband und die Handgelenkmanschetten wieder angelegt und stand nur mit seiner Jeans bekleidet da.

»Ich weiß, was er gesagt hat, Cris«, begann Tilly, »aber jetzt mal im Ernst. Ich erwarte nicht, dass du mein Sklave bist.«

»Wir beide haben Vollzeit so gelebt. Warum denkst du, ich hätte ein Problem damit, es jetzt zu tun?«

»Das ist nicht dasselbe.«

»In gewisser Weise schon.«

»Stört es dich, dass er sein Versprechen dir gegenüber gebrochen hat?«

Er runzelte die Stirn. »Was meinst du?«

»Er hat mich geheiratet. Er hat mich gefickt. Er hat jemand anderen in eure Beziehung gebracht.«

Er lehnte sich gegen den Tresen und dachte einen langen Moment über seine Antwort nach. »Das sehe ich nicht so.«

»Weil ich es bin?«

Er nickte langsam. »Ja. Ich denke schon. Wenn es jemand anderes gewesen wäre, irgendjemand anderes, wäre ich sauer gewesen, obwohl ich denke, dass ich es verdient habe.«

»Er liebt dich.«

»Ich weiß. Täte er es nicht, hätte er mich vor die Tür gesetzt.« Er wandte sich wieder dem Tresen zu.

»Wir müssen zusammenarbeiten, um uns um ihn zu kümmern.«

»Da bin ich ganz deiner Meinung.«

»Wenn ich dir etwas erzähle, versprichst du mir, ihm nichts davon zu verraten?«

Seine Schultern strafften sich. Sie erkannte diese Geste. Schließlich wandte er sich ihr wieder zu. »Dieses Versprechen kann ich dir nicht geben«, sagte er. »Es tut mir leid. Ich kann ihm nie wieder etwas vorenthalten. Ich werde keine dritte Chance bei ihm bekommen.«

Verdammt. »In Ordnung. Wenn ich nicht zugestimmt hätte, hätte er dich freigelassen, ohne dir von seinem Krebs zu erzählen.«

Cris sah schockiert aus. »Was?«

»Ja. Denn seit er das mit mir herausgefunden hat, macht sich ein Teil von ihm Sorgen, dass du nur zu ihm zurückgekommen bist, weil er ein Mitleidsfick war, wie er sagt. Er wollte nicht, dass du dich verpflichtet fühlst, zu bleiben. Er wollte nicht, dass du das allein durchstehen musst, wenn ich nicht da bin, um dir zu helfen. Ich denke, er macht sich auch Sorgen, dass du nicht mehr weitermachen willst, wenn er stirbt und dich allein lässt.«

Er schloss die Augen und atmete tief aus. »Das ist nicht der Grund, warum ich zu ihm zurückgegangen bin. Oh Gott. Ich habe es wirklich versaut, nicht wahr?«

»Meinst du?«

Er sah sie an. »Ich weiß, dass er versucht hat, sich umzubringen, Til. Er ist ein verdammt guter Fahrer. Die Highway Patrol sagte, es sah so aus, als ob er absichtlich gegen den Baum gefahren wäre. Er hat nicht gebremst. Es gab keine Bremsspuren. Die Nacht war klar, kein Verkehr, und er war stocknüchtern. Er hatte verdammtes Glück, dass das Auto OnStar hatte. Sie haben es gemeldet. Das hat ihm das Leben gerettet.«

Zeit für sie, schockiert zu sein. »Er denkt nicht, dass du das weißt. Ich habe ihn gezwungen, mir von dem Unfall zu erzählen. Ich musste ihm schwören, dir nichts zu sagen.«

Er lachte, lang und hart. »Mein Gott, wir Doms sind manchmal ein Haufen Arschlöcher, nicht wahr?«

»Schon wieder, meinst du?«

Sein Blick wanderte über ihr Gesicht. »Ich wusste, dass er nicht gegen den Krebs ankämpfen wollte«, gab er leise zu. »Danach nicht mehr. Er hatte ja niemanden. Es ist nicht so, dass ich ihn mehr liebte als dich, oder dass er mir leidtat. Ich ...«

Er zupfte an seinen Fingern. »Versetz dich in meine Lage, Til. Ja, ich habe die Sache völlig falsch angepackt. Das gebe ich zu. Aber auch wenn ich dein Meister war, war ich in meinem Herzen immer noch sein Sklave. Das war ich schon immer.

Auch wenn ich dich liebte, habe ich nie aufgehört, ihn zu lieben. Ich habe gebetet, dass Ross sich um dich kümmert, bis du stark genug bist, um auf dich selbst aufzupassen, aber ich wusste, dass du irgendwann auf dich selbst aufpassen kannst, so sicher wie ich wusste, dass er es nicht tun würde. Ich konnte ihn nicht sterben lassen. Ich hätte nicht damit leben können, ihm den Rücken zu kehren, nachdem ich wusste, dass er dann sterben würde. Ich habe die beste Entscheidung getroffen, die ich für möglich hielt, auch wenn ich weiß, dass es für dich eine schreckliche Situation war. Es tut mir leid.«

Sie spürte, wie eine Welle von Wut und Trauer versuchte, ihre mentalen Mauern zu überwinden und sie schlug sie verzweifelt zurück. »Ich habe das Halsband von Ross sechs Monate lang getragen. Das Einzige, was er von mir verlangte, war zu leben und mich auf sie zu verlassen. Ich durfte das Halsband für immer ablegen, sobald ich ihm und Loren versprechen konnte, dass ich mich nicht verletzen würde und dass ich es allein schaffen konnte. Er hat mich nie getoppt. Niemand sonst hat mich jemals getoppt.«

Er antwortete nicht.

»Hättest du mich verlassen, wenn wir verheiratet gewesen wären?« Sie wollte es nicht wissen, aber sie hatte das Gefühl, dass sie die Frage ein für alle Mal beantwortet haben musste, damit sie sich nicht mehr wie ein Hund mit einem Knochen darüber aufregen musste.

Er ließ sich viel Zeit mit seiner Antwort. »Ich weiß es nicht. Ich würde gern sagen, dass ich nicht gegangen wäre, aber das wäre eine Lüge, weil ich ehrlich gesagt nicht weiß, was ich getan hätte.« Er seufzte. »Der einzige Grund, warum du mit ihm zusammen bist, ist also, dass er dich gezwungen hat? Wegen mir?«

»Nein. Ich habe die Entscheidung aus dem Grund getroffen, was richtig ist. Er ist ein netter Kerl. Ich denke aber, dass ihr beide noch an eurer Kommunikation arbeiten müsst.«

Sein Lächeln sah traurig aus. »Vielleicht kannst du uns dabei helfen. Uns auf Kurs halten.«

»Verdammt noch mal.«

Sie schluckte ein Schluchzen hinunter, das sie zu ersticken drohte. »Seth wusste nichts von Kaden und Leah«, sagte sie. »Über ihre Dynamik. Sie waren beste Freunde, sind zusammen aufgewachsen. Bis Kaden seine Diagnose bekam, haben sie diesen Teil ihres Lebens vor ihm verborgen.«

Sie war sich nicht sicher, worauf sie hinauswollte, aber selbst als sie schniefte, beobachtete er sie ruhig und machte keine Anstalten, sie zu unterbrechen.

»Kade musste ihm alles beibringen«, sagte sie. »Und ironischerweise hatte Seth eine Ausbildung zum Krankenpfleger gemacht.« Sie putzte sich die Nase. »Aber Kade hat sich Sorgen um Leah gemacht ... danach. Wir haben über vieles gesprochen, ich und Kade.« Sie nickte langsam. »Er war einer derjenigen, die Ross und Loren am Anfang geholfen haben, mich zu unterstützen. Und er hat mir immer gesagt, wie stark ich bin, auch wenn ich es nicht geglaubt habe. Ich sollte mich daran erinnern, dass andere an mich glaubten, um mich zu schonen.«

Die Tränen stachen ihr in die Augen. »Was sie durchgemacht haben, wünsche ich meinem ärgsten Feind nicht. Er hat verdammt lange durchgehalten. Starb zu Hause.« Sie fuhr sich mit der Hand durch ihr kurzes Haar. »Irgendwie ironisch, dass der große Kerl da drin der Softie von uns dreien ist, oder?«

Cris lächelte und nickte, aber er unterbrach sie nicht.

»Leah ...« Tilly seufzte. »Kaden hatte Recht. Ich dachte, sie sei stark. Ich wusste, dass sie ihren eigenen Scheiß überlebt hatte, weil wir uns schon mal unterhalten hatten, aber er hatte recht, dass sie Seth brauchte. Genauso wie Kaden recht hatte, als er sagte, er wisse, dass ich es schaffen kann, wenn ich mich so lange wie nötig auf sie verlassen würde. Gott, er hat *alles* gesehen, nicht wahr?«

Cris nickte. »Ja. Es tut mir leid, dass ich nicht für dich oder für sie da war, als es passiert ist.«

Sie lehnte sich in ihrem Stuhl zurück. »Ich ging zu ihnen und verbrachte Zeit mit ihm. Als Freundin und Krankenschwester, aber auch, wenn Seth Besorgungen machen musste und Leah nicht allein mit ihm sein wollte oder wenn sie beide das Haus verlassen mussten. Am Ende wollte Kaden nicht mehr, dass andere Leute außer Seth und Leah ihn so sahen, also waren es meistens entweder ich oder Tony, manchmal auch Ed, die zu ihm gingen. Nicht Eddie«, klärte sie ihn auf, als sie seine offensichtliche Verwirrung bemerkte. »Rechtsanwalt Ed.«

»Ah.«

»Kade hat mich mal gefragt, was ich tun würde, wenn du zurückkommst. Ich habe ihm gesagt, dass ich das ehrlich gesagt nicht weiß. Am Anfang hätte ich dich gern zurückgenommen, aber dann hatte ich eine Phase, in der ich dich umbringen wollte, und dann ...« Sie zuckte mit den Schultern. »Ich wusste es zu diesem Zeitpunkt wirklich nicht. Weißt du, was er gesagt hat?«

Cris schüttelte den Kopf.

»Das Leben ist kurz. Zu kurz, um sich von Ängsten regieren zu lassen oder sich Gedanken darüber zu machen, was andere Leute über einen denken. Zu kurz, um es nicht mit Liebe zu füllen. Deshalb sollte ich jede Entscheidung, die ich treffe, mit der Erwartung treffen, dass morgen der letzte Tag sein könnte, an dem ich lebe. Oder der letzte Tag, an dem jemand lebt, den ich liebe. Denn, weißt du, Mama.«

Sie sah ihn lange an. »Ich schätze, der Sinn dieses Vortrags ist: Wie geht es jetzt weiter? Du und ich. Ich weiß nicht, wie ich mit dir umgehen soll. Ein Teil von mir will dir das Hirn rausprügeln und ein Teil von mir ...« Sie konnte nicht weitersprechen, da sie wieder von Schuldgefühlen geplagt wurde.

»Ich habe schon mehr, als ich mir erträumt habe«, sagte er. »Ich hätte nie gedacht, dass du mir jemals verzeihen würdest.

Alles andere betrachte ich als Bonus.« Nach einem Moment wurde ihr klar, dass sie ihn davon abhielt, das Abendessen zu kochen, also machte sie ihm ein Zeichen, dass er mit seiner Arbeit weitermachen konnte. Er wandte sich wieder dem Tresen zu. Anhand der Zutaten, die er zusammenstellte, nahm sie an, dass es sich um eine Art Suppe handelte.

Sie beobachtete ihn ein paar Minuten lang. »Was kochst du?« *Das Thema sollte doch sicher sein.*

»Hühnersuppe. Das ist eines seiner Lieblingsgerichte. Er wird nichts Schweres essen wollen, wenn er sich nicht so fühlt, wie er es sonst tut. Sie wird seinen Magen beruhigen und leicht zu verdauen sein. Er schläft ein paar Stunden und wenn er aufwacht, ist es schon fertig. Ich nehme frischen Ingwer, um sein Bäuchlein zu beruhigen.«

Ein unerwartetes Kichern durchfuhr sie, bis das Lachen aus ihr heraussprudelte. Er stand geduldig da und wartete auf ihre Antwort. »Was ist so lustig?«

Sie schnaubte. »›Sein Bäuchlein beruhigen?‹ Will *Wuddums* auch seinen *Bwankie* und *Baba*?«

Cris lächelte. »Hey, nur weil er ein Sadist ist, heißt das nicht, dass er nicht hin und wieder gern gestreichelt wird. Er hasst es, sich beschissen zu fühlen. Hat er dich gewarnt, dass er ein furchtbarer Patient ist?«

»Ja, ich denke, das hat er.«

»Das hat er ernst gemeint. Er ist ein wirklich launisches Arschloch, wenn er krank ist. Ich garantiere dir, wenn es ihm schlecht geht, verdienst du jeden Cent, den er dir zahlt.«

SIE SASS mit Landry im Bett und las, während er schlief. Nach einer Weile kam Cris leise herein und setzte sich auf den Boden auf der anderen Seite des Bettes, das Kinn auf die Arme gestützt. Sie hatte die Tür offen gelassen, falls er kommen wollte, damit er nicht klopfen und Landry stören musste.

Tilly versuchte, ihn nicht zu bemerken, aber sie konnte nicht verhindern, dass sie aus den Augenwinkeln einen Blick auf ihn warf. Cris' Blick wich nicht von Landrys Gesicht, sondern war ganz auf ihn gerichtet.

Hatte sie jemals so viel Hingabe für Cris als ihren Meister empfunden? Das hatte sie einmal geglaubt. Je mehr sie beobachtete, wie Cris mit Landry umging, desto klarer wurde ihr, wie viel tiefer die Beziehung zwischen den beiden Männern als Meister und Sklave war, als sie es jemals mit Cris erfahren hatte.

Mit Chris waren sie Geliebte, Freunde, Partner und fast verlobt gewesen, bis er verschwand. Aber obwohl sie Cris gedient und für ihren Meister gehalten hatte, war er eher ihr Beschützer, ihr Rettungsanker gewesen.

Ihr Anker der Vernunft.

Fuck.

Um ehrlich zu sein, war er mehr als alles andere ihr Service-Top gewesen.

Als sie spürte, dass ihre Hände zitterten, wurde ihr klar, dass sie da raus und allein sein musste. Mit ihrem Buch in der Hand stand sie vorsichtig auf, ohne Landry zu stören, und ging zu ihrem Büro, wo sie die Tür hinter sich schloss. Das Buch fiel ihr von den zitternden Fingern, als sie sich umarmte. Sie ging zum Fenster, um auf den Garten zu schauen, und in diesem Moment flossen die Tränen.

Egal, was sie in der Vergangenheit von sich dachte, was sie mit Cris erlebt hatte, war nichts im Vergleich zu dem, was er mit Landry teilte.

Cris hielt Landry zusammen. Cris hatte sie zusammengehalten, als sie sich zum ersten Mal kennenlernten, und sie durch die Hölle bis auf die andere Seite begleitet.

Auch wenn sie es nicht zugeben wollte, er hatte recht gehabt. Er kannte sie und wusste, dass es ihr wahrscheinlich gut gehen würde, während Landry es nicht schaffte. Cris war

ihr Klebstoff. Und bevor sie sich auf dieses verrückte Aben-
teuer mit Landry eingelassen hatte, hatten sie das gemeinsam,
ob sie es nun gemerkt hatten oder nicht.

Sie schloss die Augen und schluchzte und hörte zunächst
das leise Klopfen nicht. Als sie sich umdrehte, hatte Cris bereits
die Tür geöffnet.

Sie hasste sich selbst noch mehr, aber als er zu ihr kam,
öffnete sie die Arme und ließ sich von ihm auf den Boden
führen, wo er sie festhielt, während sie weinte.

Er sprach nicht, versuchte nicht, sie zu beruhigen, sondern
hielt sie einfach nur fest, bis sie sich schließlich aufsetzte und
sich von ihm abwandte, um sich die Augen zu wischen und zu
schniefen.

Ihr Lachen klang selbst für sie rau. »Du bist ein besserer
Sklave, als ich es je war«, sagte sie.

»Das ist nicht wahr«, konterte er. »Du warst wunderschön.
Ich war so stolz auf dich.«

»Vergangenheitsform.« Sie drehte sich um und sah ihn an.
»Seien wir ehrlich, du bist ihm tausendmal mehr zugetan, als
ich es je für dich war. Ich dachte, ich wüsste, was das bedeutet.
Dann sehe ich dich mit ihm und ... Verdammt, Cris, wenn du
mir nur einen Bruchteil dessen angetan hättest, was wir dir
angetan haben, hätte ich dich umgebracht.«

Er lächelte traurig. »Er brauchte sein Pfund Fleisch und du
auch. Es ist okay. Ich habe es verdient.«

»Nein, du hast nicht verdient, was wir getan haben.« Sie
stand auf und wich von ihm zurück, während er sitzen blieb.
»Das hattest du nicht verdient.«

»Ich bin sicher, sobald es ihm besser geht, wird es mehr
geben. Nur nicht so intensiv.«

»Wie kannst du damit einverstanden sein?«

Er zuckte mit den Schultern. »Welche Wahl habe ich
denn?«

»Du könntest ihn verlassen.«

»Willst du, dass ich das tue?«

Sie sah ihn lange und intensiv an. »Nein«, gab sie leise zu. »Das will ich nicht.«

Er kletterte auf seine Füße und bewegte sich so geschmeidig wie immer. Sie spürte, wie ihr Herz schlug, während sie sich an die Stunden erinnerte, in denen sie ihm beim Tai-Chi oder beim Training zusah und fasziniert beobachtete, wie sich seine Muskeln unter der gebräunten Haut kräuselten.

»Das ist auch nicht das, was ich will«, sagte er. »Ich liebe ihn, und ich liebe dich immer noch.« Er ging zur Tür, aber er blieb stehen und drehte sich um, bevor er ging. »Was hat dich beunruhigt? Wenn ich das fragen darf. War es etwas, das ich getan oder gesagt habe?«

»Ich denke nicht, dass ich jemals im Bett gesessen und dich stundenlang angestarrt habe, während du schliefst.«

Er nickte und ein trauriges Lächeln umspielte einen seiner Mundwinkel. »Das ist schon okay. Ich habe viele Stunden damit verbracht, dich beim Schlafen zu beobachten.«

Ihr blieb der Atem im Hals stecken, als er im Flur verschwand. Ihre Knie gaben nach und sie sank wieder auf den Boden.

CRIS schlich leise den Flur entlang, um nach ihm zu sehen. Landry schlief immer noch. Die Schmerzmittel in Kombination mit den Nachwirkungen der Narkose würden ihn bis zum späten Abend ruhig halten. Er nahm wieder seinen Platz auf dem Boden neben dem Bett ein und wartete.

Er würde sich niemals anmaßen, sich ohne die Erlaubnis seines Meisters auf ihr Bett zu setzen, selbst wenn sie anbot.

Nach einer Weile kam Tilly schließlich zurück, ihre Augen waren rot und ihr Gesicht verschmiert.

Er fühlte mit ihr und wünschte, er könnte sie noch besser trösten, als er es tat.

Er wünschte, er könnte ihr versprechen, alles besser zu machen, so wie er es früher getan hatte.

Sie kletterte ins Bett, ohne Landry zu stören, und rollte sich auf die Seite, damit sie ihn beobachten konnte. Als sich ihre Blicke trafen, wollte Cris sie in den Arm nehmen und ihr versichern, dass er mit dem neuen Status quo einverstanden war, doch er wusste, dass all diese Worte unausgesprochen bleiben mussten.

Das war der Wille seines Meisters. Das war das Einzige, was zählte.

Nein, er hätte ihr nie etwas angetan, das auch nur im Entferntesten mit dem vergleichbar war, was Landry ihm angetan hatte. Er wusste auch, dass einige denken würden, er sei ein schwaches Weichei, weil er es tolerierte.

Verdient er es? Er fühlte sich so.

Er kannte den Auftritt.

Absolut. Es gab keine Grautöne außer denen, die Landry entschied, obwohl er Cris in der Regel eine Stimme und eine Meinung gab. Doch hinter all diesen Dingen stand die Tatsache, dass es in Landrys Welt nur ein Credo gab: *Weil ich es sage.*

Das ließ ihm nur zwei Möglichkeiten: bleiben oder gehen.

Weggehen kam für ihn weder in seinem Herzen noch in seinem Verstand infrage.

Nach einer weiteren Stunde rührte sich Landry. Er schaute zuerst zu Tilly, die lächelte und ihm das Haar aus der Stirn strich. »Hey, Schlafmütze«, sagte sie. »Wie fühlst du dich?«

»Beschissen. Wo ist Cris?«

Cris' Herz machte einen Sprung, als er zu ihm hinübergriff und seine Schulter berührte. Er hatte seinen Namen gesagt! »Ich bin hier, Meister.«

Landry drehte sich langsam um und sah ihn an. »Ist das deine Spezialsuppe, die ich da rieche?«

»Ja, Meister. Ich habe sie so gemacht, wie du sie magst.«

Landrys Augen schlossen sich. »Das ist mein braver Junge. Du kümmerst dich gut um mich, stimmt's?« Er drückte Cris' Hand und drückte sie an seine Brust. »Warum erträgst du mich?«

»Weil ich dich liebe, Meister.«

»Ich liebe dich auch, Cris.«

TILLY BEOBACHTETE den Austausch und ein Kloß stieg in ihrem Hals auf. Landrys Verhalten gegenüber Cris konnte gar nicht anders sein als in der Hochzeitsnacht oder in den Tagen davor. Auch wenn es ihr im Herzen wehtat, die beiden zusammen zu sehen, würde sie niemals verlangen, dass Cris ging.

Landry brauchte ihn.

Er brauchte ihn auf die gleiche Weise, wie Leah Kaden und später Seth brauchte.

Auf eine Art und Weise, von der Tilly zwar dachte, sie sei schwach, aber sie hatte noch nie jemanden wirklich *gebraucht*.

Gewollt? Ja.

Aber ihr Kraftreservoir lag immer tief in ihr, auch wenn sie manchmal Hilfe brauchte, um es abzurufen.

Landrys Kraft kam von Cris.

Sie konnte vielleicht dabei helfen, Landrys Körper zu heilen, ihn zu Arztterminen zu fahren, ihm die verschriebenen Pillen in den Hals zu schieben und sogar sein Bett zu wärmen, aber dafür konnte er jede Krankenschwester oder Prostituierte bezahlen. Er *brauchte* sie nicht.

Er *brauchte* Cris.

Ein Teil von ihr wünschte sich, dass er sie brauchte, egal, was er sagte, während sie sich liebten.

Landry griff nach hinten und tätschelte ihr Bein. »Kann ich dich um einen Gefallen bitten?«

»Klar.«

»Bringst du mir bitte meine Computertasche aus dem Büro?«

Sie warf einen Blick auf Cris, der sie mit einem ›Ich habe keinen blassen Schimmer‹-Gesicht bedachte. »Ja, klar.« Sie holte sie und reichte sie ihm.

Mit einem gequälten Grunzen setzte er sich auf und öffnete die vordere Klappe, aus der er eine schwarze Ringschachtel aus Samt herauszog. »Ich habe dir nichts davon erzählt«, erklärte er ihr, »weil ich nicht sicher war, was zwischen Freitag und heute passieren würde. Ich wusste nicht, ob Cris hier sein würde oder ob du allein mit meinem armseligen Arsch festsitzen würdest.«

Sie lächelte. »Dein Arsch ist nicht armselig.«

»So bin ich ein guter Patient. Du hast den griesgrämigen Arschloch-Patienten-Modus noch nicht gesehen. Ich bin sicher, er wird das bestätigen.«

Cris lächelte, sagte aber nichts, während Landry die Schachtel öffnete und einen Ring herauszog, der seinem eigenen Ehering glich. »Weißt du noch, als ich dich neulich im Einkaufszentrum beim Juwelier gefragt habe, ob du mit mir zu Starbucks gehst?«, fragte er sie.

»Ja?«

Er hielt den Ring hoch. Er griff nach Cris' rechter Hand und schob ihn auf seinen Ringfinger. »Ich wollte dir eine kleine Belohnung dafür geben, dass du es bis hierher geschafft hast. Ganz im Ernst. Ich weiß, dass du langfristig hier bist. Es gibt einen Grund, warum ich ihn an deiner rechten Hand haben will und nicht an deiner linken.«

Er warf einen Blick auf Tilly. »Sie ist meine Frau. Ich würde lügen, wenn ich behaupten würde, dass ich mich nicht in sie verliebt habe. Sie hat das Recht, mich nicht zu teilen, wenn sie das will. Ich trage nur ihren Ring an meiner linken Hand.« Er richtete seinen Blick wieder auf Cris. »Das ist mein Versprechen an dich als dein Meister und eine greifbare Erinnerung daran, dass ich mich immer um dich kümmern werde, egal was passiert. Aber als mein Sklave gehörst du auch ihr. Du gehorchst ihr, egal ob sie dir sagt, du sollst ihren Arsch küssen oder ihr Geschirr spülen oder was auch immer. Hast du verstanden?«

Er nickte und starrte auf den Ring an seiner Hand. »Ja, Meister.«

Er streichelte Cris' Haar so liebevoll, dass Tillys Herz schmerzte, weil sie die Liebe zwischen den beiden spürte. »Das ist mein braver Junge. Wie lange noch bis zum Abendessen?«

»Wann immer du willst, Meister. Es ist fertig.«

»Gut. Ich esse hier drinnen. Gib mir einen Kuss und mach Tilly auch was zu essen, wenn sie Hunger hat.«

Cris schaute sie an.

»Ja, bitte«, sagte sie.

Cris sprang auf und küsste Landry, bevor er aus dem Schlafzimmer huschte. Sie hätte nie gedacht, dass sie Cris jemals mit Hoppeln in Verbindung bringen würde, aber es war die beste Beschreibung, die ihr einfiel.

Nach einem Moment schaute Landry sie an. »Ist alles in Ordnung, meine Liebe?«

Sie nickte, immer noch in Gedanken.

»Du bist doch nicht etwa sauer deswegen, oder? Dass ich ihm einen Ring geschenkt habe, ohne dir vorher davon zu erzählen?«

»Ich bin nicht sauer, aber warum hast du es mir nicht gesagt? Was ist mit der Ehrlichkeit?«

»Es tut mir leid. Ich wusste nicht, was zwischen der Hochzeit und jetzt passieren würde. Ich bin davon ausgegangen, dass es nur dich und mich geben würde. Das war nur für den Fall. Ich bin mehr als alle anderen schockiert, dass er nicht gegangen ist.« Sein Ton wurde weicher. »Ich denke, das zeigt, wie sehr er uns liebt.«

»Er ...« Sie hielt inne. »Uns?«

»Uns.« Er sah sie lange an, bevor er sprach. »Ich kann ihm

verzeihen und nach vorn blicken. Kannst du das auch?«

»Schon wieder dieses ›Du verzeihst ihm‹, obwohl ich diejenige bin, die verarscht wurde.« Sie schloss die Augen und holte tief Luft, um ihre Wut zu zügeln. »Ich habe ihm bereits vergeben, aber ich habe ihn auch gewarnt, dass ihm das von Zeit zu Zeit ins Gesicht geschleudert werden könnte. Ich bin immer noch wütend.«

»Gut. Das ist gesund.« Er grinste. »Normalerweise ist er zu Hause nackt, abgesehen von seinem Halsband. Macht es dir etwas aus, wenn ...«

»Können wir es nicht ganz so schnell übertreiben?« Um ehrlich zu sein, wäre der Anblick von Cris, der nackt herumläuft, gar nicht so schlecht, nur emotional sehr verwirrend. Kein Wunder, dass er sich immer so wohl in seiner eigenen Haut gefühlt hatte, etwas, das er ihr in ihrer gemeinsamen Zeit behutsam zu überwinden half.

Er strich ihr über die Wange. »Wenn du jemals über die Situation reden willst, wenn sich deine Gefühle für ihn positiv verändern, möchte ich, dass du weißt, dass ich es nicht hassen würde.«

»Du bist ein perverser Mann.«

»Nun, wie mir mal jemand sagte, war der Dom-Auftritt kein Hinweis?«

CRIS FRAGTE SICH, ob er noch glücklicher sein könnte. Tilly vergab ihm, und Landry auch. Der Ring blitzte bei der Arbeit, und er schaute ihn oft an. Er und Landry hatten darüber nachgedacht zu heiraten, als sich die Gesetze in Kalifornien geändert hatten. Dann hatten sie die Gesetze so schnell wieder geändert, dass sie keine Zeit mehr dafür gehabt hatten. Sie hatten nie Ringe ausgetauscht, denn für Cris war das Halsband das einzige Symbol, das er brauchte.

Er pürierte Landrys Suppe in der Küchenmaschine, um sie

für seinen Magen leichter zu machen. Er tischte Tilly die
Suppe auf, bereitete alles andere vor und brachte es zu ihnen
hinein.

Dann setzte er sich auf den Boden neben Landrys Seite des
Bettes und wartete.

Er bemerkte, dass Tilly ihn immer wieder anschaute.
Schließlich fragte sie: »Willst du etwas essen?«

»Ich esse, wenn ihr beide fertig seid.«

Ein paar Minuten später hielt sie es offenbar nicht mehr
aus. »Würdest du bitte essen? Du bist ja ganz schön
aufgedreht.«

»Das macht er gut«, scherzte Landry. »Es ist eines der
Dinge, die ich an ihm liebe.« Er schaute auf Cris hinunter und
strich ihm wieder durchs Haar. »Er ist mein braver Junge.«

Eine angenehme Wärme durchströmte Cris, als Landry
seine Hand auf seinem Kopf ruhen ließ. Nach Wochen, die sich
manchmal wie eine ständige kalte Qual anfühlten, war es eine
große Erleichterung, wieder diese Zärtlichkeit von ihm zu
bekommen.

Er ist mein braver Junge.

Cris kuschelte sich an Landrys Hand und fühlte sich
zufrieden.

Landry gab ihm einen Klaps auf den Kopf. »Nimm dir den
Abend frei, Cris. Ich meine es ernst. Geh nur und iss. Es ist
alles in Ordnung.«

Er schaute zu ihm auf. »Bist du sicher, Lan?«

Landry berührte sein Kinn. »Auf jeden Fall. Ich bin sehr
stolz auf dich. Außerdem musst du dich auf deine Reise
vorbereiten.«

Cris kniete sich hin und küsste Landry. »Wenn du etwas
brauchst, ruf mich an.« Sein Blick fiel kurz auf Tilly, die sich
schnell von ihm abwandte.

Er konnte es ihr nicht verdenken.

»Das werde ich«, versicherte ihm Landry. »Jetzt geh schon.«

Cris stand auf und ging zurück in die Küche, sein Kopf und sein Herz überschlugen sich.

Was auch immer von jetzt an passieren würde, er wusste, dass er damit umgehen konnte.

Denn der Meister liebte und wollte ihn immer noch.

Er schaute wieder auf den Ring, sein Lächeln tat fast weh.

DIE ERINNERUNG DARAN, wie Cris Landry anstarrte, hielt sie in dieser Nacht wach. Bei offener Schlafzimmertür hörte sie, wie Cris sich in der Küche bewegte, auch wenn er nicht viel Lärm machte. Sie warf einen Blick auf ihren Wecker und sah, dass es kurz nach vier Uhr war. Er musste in weniger als einer Stunde losfahren, um noch Zeit für die Rückgabe des Mietwagens zu haben und seinen Flug zu erwischen.

Landry schlief immer noch. Irgendwann hatte er sich von ihr weggedreht, aber ansonsten hatte er eine ruhige Nacht gehabt.

Sie zog ihren Bademantel an und ging in die Küche. Cris schaute überrascht vom Herd auf.

»Es tut mir leid, Til. Ich wollte dich nicht wecken.« Er hatte bereits geduscht und sich angezogen.

Zum ersten Mal, seit sie ihn gesehen hatte, sah er aus wie ihr Meister ... seit jenem Tag.

Khaki-Hosen, ein Chambray-Hemd, dessen oberster Knopf offen war, Halbschuhe. Sein Halsband aus Leder war verschwunden. Stattdessen entdeckte sie eine schwere, silberne Halskette. Sein Tageshalsband, offensichtlich. Die Krawatte war locker geknotet und bereit, sich zu schließen, sobald er den obersten Knopf zugemacht hatte. Er hatte sich rasiert und sein feuchtes Haar aus dem Gesicht gestrichen.

Er machte den Kaffee fertig und legte einen Zettel auf den Tresen, den er ihr dann hinstreckte. »Hier sind alle meine Telefonnummern. Ich habe mein Handy dabei, und außerdem noch die Nummern vom Büro und von zu Hause. Wenn du mich nicht erreichen kannst, rufe in der Zentrale an und frage nach Jennifer Carson, meiner Verwaltungsassistentin. Ich habe ihren Namen aufgeschrieben. Ich werde ihr sagen, dass ich dich gebeten habe, mich zu unterbrechen ...«

»Cris«, sagte sie leise. »Ist schon gut. Er wird alles gut.«

Er verkrampfte sich und wich ihrem Blick aus. »Ich fühle mich schrecklich, weil ich ihn verlasse.«

Sie setzte sich auf die andere Seite des Tresens, auf einen der Barhocker. Es wäre zu verlockend, um den Tresen herumzugehen und ihn zu umarmen, um ihn zu trösten, wenn sie die Küche betrat. Sie schaute auf den Zettel, den er für sie hinterlassen hatte. »Er hat dir gesagt, dass du das tun sollst. Du befolgst seine Anweisungen. Du wirst nicht lange weg sein, nur ein paar Tage.«

»Das heißt aber nicht, dass ich mich nicht scheiße fühle, wenn ich gehe.«

»Hör auf. Bitte! Es ist alles in Ordnung. Er wird wieder gesund.«

Er legte seine Hände mit den Handflächen nach unten auf den Tresen. »Ich weiß, dass du dich gut um ihn kümmern wirst, Til. Das ist nicht der Grund, warum ich so aufgeregt bin.«

»Ich weiß. Du liebst ihn und du machst dir Sorgen um ihn. Das ist nachvollziehbar.«

Er nickte. Einen Moment lang waren die einzigen Geräusche in der Küche das Plätschern des Kochtopfes und das leise Summen des Kühlschranks. »Ich habe genug Suppe für mehrere Tage gemacht. Er wird heute wahrscheinlich nicht viel essen wollen. Er wird den Tag im Bett oder auf der Couch verbringen, schlafen und fernsehen.« Er lächelte langsam, bevor er zu ihr aufsah. »Und mürrisch sein. Vielleicht ist es ja gut, dass ich hier rauskomme.«

Sie erwiderte sein Lächeln, dieses Mal musste sie es nicht erzwingen. »Das meinst du doch nicht ernst.«

»Nein, das tue ich nicht. Aber er ist wirklich ein schlechter Patient.«

»Ihr beide warnt mich ständig. Er kann nicht schlimmer sein als einige meiner Kunden.«

Er nickte. Als der Kaffee fertig war, goss er ihr einen Becher ein und schob ihn über den Tresen, nachdem er ihn für sie so zubereitet hatte, wie sie es mochte.

Nach all den Jahren erinnerte er sich immer noch daran, wie sie ihren Kaffee getrunken hatte. Sie wusste nicht, wie sie sich dabei gefühlt hatte, und sie wollte in diesem Moment auch gar nicht daran denken.

»Danke.« Sie stand auf, um zu gehen.

»Darf ich reinkommen und mich von ihm verabschieden, bevor ich gehe?«

Sie runzelte die Stirn. »Hm?«

»Ich wollte nicht ohne Erlaubnis reinkommen.«

Tilly kaute an der Innenseite ihrer Wange. Ein weiteres Gespräch, das sie heute Morgen nicht führen wollte. »Klar, natürlich darfst du. Aber er schläft noch.«

»Ich werde ihn nicht aufwecken.«

Sie ging zurück ins Schlafzimmer und holte ein paar Trainingsklamotten aus dem Schrank. *Wenn ich schon wach bin, kann ich das auch gleich erledigen.* Sie schloss sich im Badezimmer ein, um sich umzuziehen. Als sie wieder herauskam, fand sie Cris auf dem Boden auf Landrys Seite des Bettes kniend vor und starrte ihn im schummrigen Licht an.

Ein Teil von ihr hatte Mitleid mit Cris.

Ein Teil von ihr wollte ihm immer noch in die Eier treten. Zum Glück wich dieser Teil von ihr langsam der Vernunft.

Sehr langsam.

Und dann war da noch der schuldbeladene Teil von ihr, der sich wünschte, sie hätte ihn lieber ein paar Stunden lang angeschrien, anstatt mit Landry ein rachsüchtiges Sexspiel zu spielen. Betrogen werden passte überhaupt nicht zu ihr und hinterließ immer noch einen sauren Geschmack in ihrem Mund.

Nach einem Moment beugte er sich vor und küsste sanft Landrys Stirn. Der Mann rührte sich nicht. Sie blieb im tiefen Schatten neben der Badezimmertür stehen, als er das Schlafzimmer verließ, obwohl er wissen musste, dass sie dort stand und ihn beobachtete.

Sie ging zu ihrem Arbeitsplatz und kramte in ihrem Schreibtisch, bis sie ihre Kopfhörer gefunden hatte. Normalerweise trainierte sie mit lauter Musik, aber sie wollte Landry nicht wecken. Das Nächstbeste wären ihre Ohrstöpsel, aber sie machte sich Sorgen, dass sie ihn nicht hören würde, wenn er sie brauchte. Sie konnte sich die Kopfhörer um den Hals hängen und ihre Musik laut genug aufdrehen, um sie zu hören und ihn trotzdem zu hören, wenn er nach ihr rief.

Sie spürte Cris hinter sich in der Tür stehen und ignorierte ihn, bis er sich räusperte. Sie drehte sich nicht um. »Ja?«

»Ich gehe.«

»Okay. Gute Fahrt.« Die verdammten Tränen ... schon *wieder*. Wann zum Teufel würde sie ihr Gleichgewicht wiederfinden? Sie hatte seit Jahren nicht mehr so viel geweint und hasste sich für ihre Schwäche. Es war unmöglich, nicht an ihre übliche Abschiedsroutine zu denken ... von früher.

Der Kuss, seine Hand in ihrem Haar, seine üblichen Abschiedsworte an sie.

»Ich liebe dich, Redbird. Für immer und ewig.«

Doch er blieb unbewegt und sie kämpfte gegen den Drang an, sich umzudrehen und ihn hinauszuwerfen.

Ich schaffe das schon.

»Nochmals vielen Dank, Tilly. Dass du dich um ihn gekümmert hast. Ich weiß das zu schätzen.«

Sie schloss die Schublade etwas fester, als sie beabsichtigt hatte, und riss eine andere auf. *Wo sind die verdammten Kopfhörer?* »Ja, kein Problem. Wie gesagt, er ist ein toller Typ.«

»Ja.« Wieder Schweigen. »Okay. Ich werde jetzt abhauen. Ich lasse mein Handy so lange an, wie ich kann, falls du mich brauchst. Mein Flug geht um halb acht.«

»Ja. Ich weiß.« *Bitte, geh einfach weg!*

Sie spürte, wie er ging, und hörte, wie sich die Haustür leise öffnete und einen Moment später wieder schloss. Sie entspannte sich und legte ihre Stirn auf ihren Arm, der auf dem Schreibtisch lag. Wenigstens weinte sie dieses Mal nicht.

Das ist ein Fortschritt.

Sie trainierte fast doppelt so lange und hart wie sonst, bis sich der Schweiß im Bund ihrer Shorts sammelte und ihr Hemd an ihr klebte, selbst in dem kühlen, klimatisierten Haus. Sie schnappte sich ihre Handtasche und duschte in Cris' Badezimmer, weil Landry noch schlief. Sie war gerade durch die Küche gegangen, als ihr Handy, das auf dem Tresen lag, mit Lorens individuellem Klingelton klingelte. Sie stürzte sich darauf, um abzunehmen, bevor Landry geweckt wurde.

»Hey, Süße. Wie geht's deinem scharfen Gatten heute Morgen? Ist er okay?«

Sie betrat das Arbeitszimmer und schloss die Tür hinter sich. »Hi, und er schläft noch.«

Loren zögerte. »Und?«

»Und was?«

Loren seufzte. »Ergebnisse. Was ist los mit ihm? Ist er okay? Bist *du* okay? Sprich mit mir.«

»Wir werden die Ergebnisse erst in ein paar Tagen bekommen. Vom Scan und seinen Blutwerten wissen wir bereits, dass etwas nicht in Ordnung ist. Er wird operiert werden, aber welche Art und wie viel sie herausnehmen, muss noch bestimmt werden.«

»Also ... wie läuft es mit der anderen Sache?«

»Wenn du fragst, ob ich Cris schon getötet habe, lautet die Antwort nein. Er ist nämlich nicht hier. Landry hat ihn heute Morgen nach L.A. zurückgeschickt, um sich um das Packen und den Umzug zu kümmern und um geschäftliche Dinge zu regeln.«

Lorens Stimme hellte sich auf. »Oh! Er ist nicht da? Was dagegen, wenn ich vorbeikomme?«

»Klar, komm doch vorbei. Aber warte eine Weile, vielleicht nach zehn. Wahrscheinlich ist Landry dann schon wach und du kannst ihm Hallo sagen. Oh, und noch etwas?«

»Ja?«

»Bitte nenne ihn nicht ›scharfer Gatte‹, wenn du ihn siehst, okay?«

Loren lachte. »Aber er ist es! Hey, sein Spitzname ist viel besser als alle, die ich für Cris habe.«

»Stimmt. Mach's gut.«

Als sie ins Schlafzimmer zurückkehrte, öffnete Landry die Augen und streckte ihr die Hand entgegen. Sie setzte sich vorsichtig neben ihn, um ihn nicht anzustoßen, und beugte sich zu einem Kuss vor. »Morgen. Wie geht's dir?«

»Beschissen. Ist Cris gut weggekommen?«

»Ja. Er sollte schon in der Luft sein.«

Er nickte.

Sie beschloss, hinzuzufügen: »Er kam herein, um sich zu verabschieden, bevor er ging. Du hast es verschlafen.«

Sein trauriges Lächeln entging ihr nicht. »Danke.«

»Dafür, dass ich es dir gesagt habe, oder dafür, dass ich ihn in mein Schlafzimmer gelassen habe?«

»Beides.«

MEISTER GRIESGRAM WAR ETWAS MÜRRISCH, aber nicht allzu schlimm. Er zog sich auf die Couch zurück, um fernzusehen und zu lesen. Als Loren kam, unterhielt er sich gern mit ihr. So wie sie sie zum Lachen brachte, vermutete Tilly, dass auch Loren sich gern mit ihm unterhielt. Kurz vor der Mittagspause klingelte Tillys Handy, und sie ging in die Küche, um es abzunehmen. »Hey, ich habe nur eine Minute Zeit, aber ich habe vergessen, dir zu sagen, wie man seine Suppe aufwärmt.«

Schnell ging sie in die Küche und zog die Tür hinter sich zu. »Cris, ich bin mehr als imstande, Suppe aufzuwärmen.«

»Ich weiß, aber er mag sie auf eine bestimmte Art. Du musst eine Schüssel voll für zwei Minuten erhitzen und sie dann in der Küchenmaschine pürieren. So ist es schonender für seinen Magen. Und nimm nicht den Mixer, sondern die Küchenmaschine, weil ...«

Sie kämpfte gegen ihre Verärgerung an. »Sieh zu, dass du deinen Flieger nicht verpasst.«

»Tilly, bitte, warte! Sie muss erst erhitzt werden, aber nicht zu sehr, denn wenn du versuchst, sie kalt zu pürieren ...«

»Cris, es reicht. Ganz im Ernst. Es ist okay. Ich kann damit umgehen.«

»Tut mir leid.«

Sie zügelte ihre Wut. »Ich weiß, dass du dir Sorgen machst, aber konzentriere dich auf das, was er von dir will, und ich kümmere mich um ihn, während du weg bist.«

»Geht es ihm gut? Kann ich mit ihm reden?«

»Es geht ihm gut. Er ist im Wohnzimmer und redet mit Loren. Sie ist vorbeigekommen. Ich werde ihn für dich holen.«

»Nein, das ist schon okay. Ich will ihn nicht stören.« Er klang auch nicht bissig, als er es sagte.

»Ist schon in Ordnung, ich hole ihn.«

»Nein, ich muss mein Flugzeug erwischen. Würdest du ihm bitte sagen, dass ich angerufen habe? Dass ich nach ihm gefragt habe?«

Sie wollte ihm die Ehrerbietung aus dem Leib prügeln. »Ich werde es ihm sagen. Guten Flug.«

»Danke.«

Als sie aus der Toilette trat, stieß sie fast mit Loren zusammen, die gerade das Gästebad benutzte, das jetzt Cris' Bad war.

Sie schob Tilly zurück in den Raum und sah die Besorgnis im Gesicht ihrer Freundin. »Alles in Ordnung, Mädchen?«

»Ja.« Sie verdrehte die Augen über Lorens hochgezogene Augenbrauen. »Es war Cris, der sich vergewissern wollte, ob es Landry gut geht.«

Am späten Abend hatte Tilly es geschafft, seine Suppe mehrmals zu erhitzen und zu pürieren, und zwar in der richtigen Reihenfolge und offenbar auch auf die richtige Art und Weise, denn er beschwerte sich nicht und die Suppe landete nicht an ihrer Küchendecke. Sie musste sich allerdings einen Stabmixer zulegen. Sie hatte noch nie einen gebraucht, und ihre alte Küchenmaschine war schwer zu reinigen.

Landry bat sie, mit ihm fernzusehen, also setzte sie sich ans Ende der Couch und legte seinen Kopf in ihren Schoß.

»Das gefällt mir«, gab er zu. »Es macht Spaß.«

»Ja. Hier gibt es jede Menge zu lachen.«

Er neigte den Kopf, um sie ansehen zu können. »Ich meine es ernst. Ich verbringe gern Zeit mit dir.« Er grinste. »Auch wenn du für meinen Geschmack viel zu viele Klamotten trägst.«

Sie wuschelte ihm durch das Haar. »Ganz ruhig, Tiger. Kein Spiel für dich, das hat der Arzt angeordnet. Du sollst dich ausruhen.«

Er verschränkte seine Finger mit ihren und drückte ihre Hand. »Ich danke dir, Tilly. Du bist ein wahrer Segen.«

Als sie so dasaß, die andere Hand auf seiner Schulter, konnte sie nicht leugnen, dass es schön war, sich so mit ihm zu entspannen.

Das war eines der vielen Dinge, die sie vermisst hatte, seit ihr das Leben entrissen worden war.

DIE ARZTPRAXIS RIEF am Freitagmorgen vor dem Mittagessen an. Es war keine Überraschung, dass der Pathologiebericht positiv ausfiel. Der Arzt bestellte sie am späten Nachmittag zu einem Beratungsgespräch ein.

»Ich kann Sie am Montag in den OP-Plan aufnehmen. Sonst dauert es noch zwei Wochen, weil ich zu einer Konferenz verreise. Ehrlich gesagt würde ich es lieber vor meiner Abreise machen.«

Landry nickte, auch wenn sein Griff um Tillys Hand fester wurde. »Okay. Machen Sie einen Termin.«

Er saß ruhig auf dem Beifahrersitz und schaute aus dem Fenster, während sie fuhr. »Geht es dir gut?«, fragte sie.

»Ja. Cris wird erst am Donnerstag zurückkommen. Am Dienstag muss er zu Meetings.«

Zurück zum Thema.

Jetzt, wo sie Landry ganz für sich allein hatte, konnte sie Cris fast vergessen. Er brauchte Cris, trotz allem, was sie ihm angetan hatten.

Er liebte ihn. Er wollte ihn.

Aber vor allem brauchte Landry ihn, auch wenn der sture Dom es nicht zugeben wollte.

»Ich rufe ihn an und sage ihm Bescheid, wenn wir zu Hause sind.«

Landry wandte sich nicht vom Fenster ab. »Nein. Schon gut. Er wird sich schuldig fühlen, dass er nicht hier sein kann. Es gibt keinen Grund, ihn zu beunruhigen.«

Das konnte sie nicht auf sich sitzen lassen. »Landry, ich fühle mich nicht wohl dabei, ihm das vorzuenthalten. Es würde ihn noch mehr verärgern, wenn er es nicht wüsste.«

Sein sanfter Ton beunruhigte sie. »Tilly, bitte. Es ist alles in Ordnung. Ich werde es ihm sagen, wenn ich denke, dass es am besten ist. Ich will nicht, dass er sich Sorgen macht.«

Ah, da ist ein weiches Herz in ihm. Irgendwo begraben.

Ganz tief vergraben.

»Er macht sich schon Sorgen um dich.« Sie hatte schon genug Schuldgefühle, die sie nach ihrem Wochenendbetrug zu bewältigen hatte. Das Vorenthalten dieser Information könnte das Fass zum Überlaufen bringen.

»Bitte, Tilly.« Er klang nicht einmal wie er selbst. Sein weicher, resignierter Tonfall enthielt nicht den Hauch eines meisterlichen Befehls.

Es war ihr nicht ganz geheuer, aber sie wollte nicht mit ihm streiten und ihn stressen. »Okay, wie auch immer.«

Am Sonntagnachmittag hatte Landry Cris immer noch nichts von seiner Operation erzählt, und Tilly konnte es nicht mehr ertragen. Nachdem er sich zu einem Nickerchen hingelegt hatte, nahm sie ihr Handy mit ins Büro und schloss die Tür hinter sich.

Cris ging schon beim ersten Klingeln an sein Handy. »Til?«

»Ja. Keine Panik, er ist in Ordnung.«

Ein Teil von ihr hasste es, dass sie die wissende Sorge in seiner Stimme erkannte. »Was ist los? Was ist passiert?«

Das war genau das Gegenteil von dem, was Landry von ihr verlangte.

Andererseits hatte er zugestimmt, die Kardinalsregeln zu befolgen. Und ihrer Meinung nach wäre es das Beste, wenn Cris zumindest auf dem Laufenden gehalten würde.

»Erstens: Wir reden hier über mich und dich, nicht über Sklave und Tilly, okay?«

»Ja.«

»Landry hat dir nicht gesagt, dass sie ihn morgen zusätzlich auf den OP-Plan gesetzt haben. Wir müssen morgen früh da sein und wir wissen nicht genau, wann der Eingriff ist.«

»*Morgen?*«

Diesen Ton hatte sie von Cris noch nie gehört, diese Mischung aus Schock und Angst. »Ja. Er wollte dich nicht beunruhigen und hat gesagt, dass du am Dienstag Meetings hast, bei denen du dabei sein musst.«

»Ach, *so* ein Scheiß! Ich nehme den erstbesten Flug, in dem ich einen Platz bekomme.«

»Ich habe dich nicht angerufen, damit du nach Hause kommst. Das hat er nicht gewollt.«

»Tilly, ich kann nicht hier sitzen, während er operiert wird. Das geht einfach nicht. Ich muss für ihn da sein.«

»Du wirst Ärger bekommen.«

Er schnaubte. »Das wäre nicht das erste Mal, glaub mir.«

Das waren Geschichten, die sie gern hören würde. Später. Wenn sie es emotional verkraften konnte.

»Ich wollte nur nicht, dass du es im Nachhinein herausfindest.«

Er war einen Moment lang still. »Ist er noch sauer auf mich?«

»Nein! Ich wünschte, ihr zwei verdammten Doms würdet euren Kommunikations-Scheiß auf die Reihe kriegen.«

Wieder ein Zögern. »Ich bin kein Dom, Tilly.«

Doch, du warst mein Dom. »Männer. Ich meinte Männer.« Sie schloss die Augen und kniff sich in den Nasenrücken. Das hatte sie nicht gemeint, und das wusste er genau, aber er ließ es durchgehen. »Ich rufe dich einfach aus dem Krankenhaus an oder schicke dir eine SMS, wenn ich nicht wegkomme. Okay?«

»Ich bin so schnell wie möglich zu Hause«, sagte er.

»Cris ...«

»Es ist okay.« Sie hörte das Lächeln in seiner Stimme. »Er wird mir den Arsch versohlen, nicht dir. Danke, dass du es mir gesagt hast. Ich weiß es zu schätzen.«

»Kein Problem.« Sie legte auf, setzte sich in ihren Sessel und starrte in den Garten hinaus.

Cris erwähnte ihren Anruf nicht, als er sich später am Nachmittag bei Landry meldete, um ihn über die Arbeit und seine Fortschritte bei den Umzugsvorbereitungen zu informieren. Als sie in dieser Nacht neben Landry lag, lange nachdem er eingeschlafen war, starrte sie auf sein Gesicht. Selbst in seinen Träumen sah er besorgt aus.

KAPITEL SECHZEHN

Nach einer größtenteils schlaflosen Nacht kletterte Tilly kurz nach fünf aus dem Bett und ging zum Training. Auf dem Weg durch die Küche wollte sie schon Kaffee machen, entschied sich dann aber dagegen.

Landry konnte nur ein paar Schlucke Wasser trinken, da sie erst um sieben Uhr erfahren hatten, wann seine Operation stattfand. Es wäre grausam, ihn dem Kaffeeduft auszusetzen, wenn er nichts davon trinken konnte.

Andererseits war er ein Sadist. Möglicherweise wusste er die Ironie zu schätzen.

Sie brachte es trotzdem nicht fertig.

Nach dem Training warf sie einen Blick auf ihr Handy, das auf der Anrichte lag. Sie checkte es, aber keine Nachrichten von Cris. Würde er wirklich auftauchen?

Natürlich würde er das. Er war Cris.

Sie wusste nicht, wie viel sie den heutigen Tag emotional verkraften konnte. In gewisser Weise wäre es schön, Cris als Unterstützung zu haben.

Andererseits würde es ihr schwerfallen, den Schein zu wahren, wenn Cris da wäre.

Trotz ihrer wiederholten Bitten bestand Landry darauf, zu fahren. »Erlaube mir das, meine Liebe«, sagte er. »Bitte?«

Sie nickte. Er nahm auch ihre kleine Tasche mit ihrem Tablet, ihrem MP3-Player und ihren Kreuzworträtselbüchern und trug sie zusammen mit seiner eigenen Reisetasche in die Garage. Sie kamen an diesem Morgen kurz vor acht Uhr im Krankenhaus an.

Wie schon vor der Biopsie hielt er ihre Hand und streichelte sie immer wieder mit seinem Daumen. Sie meldeten sich an und wurden in den Wartebereich vor der Operation geführt, wo Landry einen Krankenhauskittel anzog, seine Infusion erhielt und das Warten begann.

Es kostete sie all ihre Kraft, nicht auf ihrem Handy, das sie auf lautlos gestellt hatte, nach Nachrichten von Cris zu suchen.

Sie waren bei ihrer Ankunft gewarnt worden, dass es bis zum späten Nachmittag dauern könnte, bis sie Landry mitnehmen würden. Um halb zehn war Tilly bereit, ins Bad zu gehen und Cris eine SMS zu schicken, aber dann kam die OP-Schwester des Chirurgen mit dem Anästhesisten herein.

»Hallo, Mr. LaCroux. Sieht so aus, als wären Sie an die Spitze der Klasse befördert worden. Unsere zweite Operation des Tages wurde abgesagt, weil sich der Patient erkältet hat. Dr. Evans möchte Sie als nächsten drannehmen.«

Tillys Nerven waren zum Zerreißen gespannt. Landry ergriff ihre Hand und zog sie zu einem Kuss heran. »Ganz ruhig, meine Liebe«, flüsterte er. »Ich bin gleich wieder da.«

Sie lächelte und küsste ihn erneut. »Ich liebe dich. Vergiss die Regeln nicht. Du musst zu mir zurückkommen.«

Sein strahlendes Grinsen brach ihr fast das Herz. »Auf jeden Fall. Und ich liebe dich auch.«

Sie schaffte es, nicht zu weinen, als sie sah, wie sie ihn wegrollten. Auf wackligen Beinen suchte sie die Toilette auf, bevor sie sich auf den Weg ins Wartezimmer machte.

Wie hatte Cris das allein durchstehen können? Nun, er war

wahrscheinlich nicht allein gewesen. Sicherlich hatten sie Freunde, an die er sich anlehnen konnte, um Unterstützung zu bekommen.

Aber das hatte sie ja auch. Sie konnte jederzeit Loren anrufen, sie wusste nicht, warum sie nicht schon früher daran gedacht hat.

Ihre Finger schwebten über der Tastatur ihres Telefons. Andererseits: Hatte sie Loren und Ross in den letzten Jahren nicht schon mehr als genug Arbeit abverlangt?

Nach einer Stunde, einer Tasse Kaffee, einem abgestandenen Plunder von einem Tablett im Wartezimmer und einem Update aus dem OP, das ihr mitteilte, dass es Landry gut ging, beschloss sie, dass sie nicht so stark sein konnte, wie sie dachte. Sie holte ihr Handy heraus und wollte gerade Loren anrufen, als Cris durch die Tür des Wartezimmers kam.

Sie war in ihrem ganzen Leben noch nie so erleichtert gewesen, jemanden zu sehen.

Sein Blick blieb sofort an ihr haften. Es fühlte sich ganz natürlich an, aufzustehen und sich von ihm in die Arme nehmen zu lassen.

Über die Konsequenzen würde sie später nachdenken. Im Moment freute sie sich über seine Unterstützung.

»Wie geht es ihm?«, fragte Cris.

»Sie sagen, es geht ihm gut. Er ist stabil.«

Er führte sie zu ihrem Platz zurück und gemeinsam saßen sie zusammen, ohne zu reden, aber Tilly lehnte sich an seine Schulter, um sich ein wenig zu beruhigen.

EINE STUNDE später brachte die Krankenschwester sie auf den neuesten Stand. Es ging Landry gut, aber der Arzt vergewisserte sich noch, dass es keine weiteren Stellen zu entfernen gab, bevor er Landry wieder zumachte. Das und die Aufwachphase würden noch mindestens zwei bis drei Stunden dauern.

Cris trug ihre Reisetasche, als sie zur Cafeteria gingen. »Hast du schon gegessen?«, fragte sie.

»Nein. Ich bin in Dallas umgestiegen. Ich habe den Anschlussflug ohnehin kaum geschafft. Ich hatte keine Zeit, etwas zu essen.«

Tillys Emotionen, die bereits zum Zerreißen gespannt waren, erlaubten es ihr nicht, sich Cris gegenüber zu öffnen.

Also entschied sie sich für eine Ablenkung. »Was hast du gestern gemeint, dass es nicht das erste Mal wäre, dass du in Schwierigkeiten gerätst?«

Er lächelte und sah auf den Tisch hinunter. Diesmal nicht in sklavischer Ehrerbietung, sondern amüsiert. Er blickte auf und um sich herum, damit ihn niemand hören konnte, und senkte seine Stimme.

»Ich bin nicht frech. Das war ich noch nie. Aber ich werde mich auf keinen Fall zurücklehnen und nicht für ihn da sein, wenn er mich braucht. Einmal musste ich für eine Reihe von Ausbildungstreffen nach Seattle. Eine seiner Operationen wurde um fast eine Woche vorverlegt, weil der Chirurg nicht in der Stadt war. Ich kam sofort nach Hause, und sobald er wieder eine Gerte halten konnte, hat er mir den Hintern versohlt.« Er lächelte. »Aber dann hat er mit mir die ganze Nacht im Bett gekuschelt und sich bei mir bedankt, dass ich da war.«

Er spielte mit seinem Kaffeebecher. »Landry und ich haben eine ganz andere Dynamik als du und ich«, sagte er, als er schließlich ihrem Blick begegnete. »Ich bin kein Masochist. Ich meine, ich weiß, dass du es auch nicht warst. Aber ich bekomme, was ich in unserer Beziehung brauche, indem ich ihm diene. Wenn das bedeutet, dass ich Bestrafungen oder schmerzhafte Spiele ertragen muss, ist das für mich in Ordnung.«

»Du hast mich nie gezwungen, so etwas zu tun. Du hast mich nie bestraft. Du hast mir nie wehgetan.«

Er lächelte, aber sie würde schwören, dass er traurig aussah.

»Weißt du noch, als du mich zu Tode erschreckt hast, weil du dein Handy vergessen hattest und den ganzen Tag mit Loren unterwegs warst, um dich massieren zu lassen und ins Kino zu gehen? Weder ich noch Ross konnten euch beide finden. Er hat mir erzählt, dass sie auch den Hintern versohlt bekommen hat.«

Sie schnaubte. »Oh. Das hatte ich ganz vergessen.«

Wie konnte sie nur? Sie hatte zwei Tage lang nicht bequem sitzen können, nachdem er sie mit der bloßen Hand versohlt hatte. Das war das einzige Mal, dass er sie auf diese Weise bestraft hatte. Manchmal musste sie dreißig Minuten in der Ecke stehen, weil sie vergessen hatte, ein gesundes Frühstück zu essen, obwohl er es ihr gesagt hatte, aber er hatte sie noch nie körperlich gezüchtigt.

Wie hätte sie die Angst auf seinem Gesicht vergessen können, gefolgt von Erleichterung und Wut, als sie an diesem Abend in die Wohnung kam? Wie er sie verzweifelt umarmte, bevor er sie auf die Couch zog, sie über sein Knie beugte und ihr den Hintern versohlte.

Sie hatte ihr Handy nie wieder vergessen. »Das ist nichts im Vergleich zu dem, was er mit dir macht«, stellte sie fest.

Sie hatte das Prügelspiel mit Cris genossen; seine Berührungen mit den Werkzeugen waren immer sinnlich und niemals schmerzhaft gewesen. Er nickte. »Ich weiß.« Er atmete tief ein und aus, als er seinen Kaffeebecher langsam in eine Richtung drehte, dann drehte er ihn in die andere Richtung. Sie sagte nichts, weil sie spürte, dass er sich auf seinen nächsten Kommentar vorbereitete.

Manche Dinge ändern sich nie. Das war eine alte Angewohnheit von ihm: Er drehte unbewusst seine Tasse oder Wasserflasche oder was auch immer er vor sich stehen hatte, hin und her, während er versuchte zu denken.

Sein Blick fiel wieder auf seine Hände. »Wenn ... ich etwas

sage, das du nicht hören willst, sag mir bitte, dass ich aufhören soll.«

»Mach dir keine Sorgen. Das werde ich.«

Er lächelte wieder, stellte aber keinen Augenkontakt her. »Bitte verstehe das, was ich jetzt sage, nicht falsch. Ich war bereit, den Rest meines Lebens mit dir zu verbringen. Du weißt ja, was passiert ist. Ich muss es nicht wieder aufwärmen.«

Er seufzte. »Ja, ich bin zu ihm zurückgegangen. Aber ich liebe ihn. Und ich bin kein Idiot. Ich weiß, dass er immer noch daran denkt, wie ich ihn verlassen habe, und obwohl er sich selbst die Schuld gibt, ist er auch nur ein Mensch, und im Hinterkopf hat er immer noch diese ›Was wäre, wenn‹-Erinnerung. Jeder Schlag, den ich einstecke, alles, was ich ertrage, ist der einzig sichere Weg, um ihm zu beweisen, dass ich ihn liebe. Ich werde alles ertragen. Denn ich liebe ihn. So abgefahren es auch klingt, aber je mehr ich einstecke, desto sicherer fühlt er sich, dass ich für immer bei ihm bin.«

Jetzt, wo sie Landry so gut kannte, verstand sie noch besser, was Cris meinte.

Sie kehrten in den Warteraum zurück und … warteten. Sie las auf ihrem Tablet und legte eine beruhigende keltische Instrumentalmusik auf, die sie über ihre Kopfhörer hörte, um ihre Nerven zu beruhigen. Cris hatte offenbar nichts mitgebracht, womit er sich beschäftigen konnte, und saß da und scrollte durch sein Handy.

Schließlich kam der Chirurg heraus, um mit ihr zu sprechen. Sie stellte Cris vor und war froh, dass sie die Vergangenheit ausblenden konnte: »Er hat alles gut überstanden.«

Tilly schloss die Augen, atmete tief und erleichtert durch und überließ es Cris, die Fragen zu stellen. Eine Krankenschwester würde sie abholen, sobald Landry von der postoperativen Nachsorge in ein Privatzimmer verlegt worden war.

Sie hatte nie Trost in der Religion gefunden. Sie betete nicht viel, aber sie schloss die Augen und bedankte sich im

Stillen bei den Mächten, die Landry in Sicherheit gebracht hatten.

Wenn er jetzt seine Krankheit besiegen würde, könnte sie vielleicht einmal ein Happy End erleben.

Ungeduldig wartend, sprang sie eine Stunde später auf, als die Krankenschwester den Warteraum betrat und sie herüberwinkte. Zwei andere Krankenschwestern schoben das Bett mit Landry den Flur entlang zu einem Aufzug. Tragbare Monitore überwachten seine Lebenszeichen, und er war an eine Schmerzpumpe angeschlossen worden.

Sie griff nach Cris' Hand und hielt sie fest, als sie mit den anderen in den Aufzug stiegen. Landrys Augen waren geschlossen und wenn er nach der Operation aufgewacht war, vermutete sie, dass die Schmerzmittel und die Nachwirkungen der Narkose ihn wieder eingeholt hatten.

Nachdem die Krankenschwestern ihn in einem Zimmer untergebracht und an Monitore und eine Sauerstoffkanüle angeschlossen hatten, um seinen Puls hochzuhalten, beugte sich Tilly vor und drückte ihm einen Kuss auf die Stirn, nachdem sie sein Haar zurückgestrichen hatte.

Er stieß einen Seufzer aus, an dem sie erkannte, dass er halbwegs wach war.

»Hallo, Hübscher«, flüsterte sie. Cris zog ihr einen Stuhl heran und sie setzte sich, dann griff sie durch das Bettgitter und fand seine Hand. »Wie fühlst du dich?«

»Als hätte mir jemand die Eingeweide aufgeschlitzt.«

»Komisch, dass du das sagst.«

Er drückte ihre Hand, während er ein schwaches Lächeln zustande brachte. »Nicht zum Lachen bringen, meine Liebe. Das würde im Moment zu sehr wehtun.«

Cris zog einen weiteren Stuhl auf die andere Seite und hielt seine Hand fest. »Hallo, Meister.«

Landry stieß einen weiteren Seufzer aus und Tilly beobachtete, wie er Cris' Hand lange und fest drückte, bevor er seine Finger entspannte. »Hallo, mein Lieber.«

Tilly tat so, als würde sie die Tränen in Cris' Augen nicht sehen. »Wie viele habe ich verdient?«, fragte er.

Das leichte Lächeln, das Landrys Lippen umspielte, entging ihr nicht. »Das besprechen wir später. Ich vermute, meine Frau wird sich für dich einsetzen, damit ich dich nicht bestrafe.«

»Nun, ich habe es ihm gesagt«, gab sie zu. »Es ist ja nicht so, dass du mich schlagen kannst«, stichelte sie.

»Was soll ich machen, wenn ihr beide euch gegen mich verbündet?«

»Denk an meine Regeln, Mister«, sagte sie ihm. »Tu, was die Ärzte sagen, und so weiter und so fort. Ich habe die Entscheidung getroffen, ihn anzurufen.«

»Stimmt.« Endlich riss er ein Auge auf und sah sie an. »Ich bin ein glücklicher Mann, dass ihr beide euch um mich kümmert.« Er wandte seinen Kopf zu Cris und zog an seiner Hand. Cris beugte sich vor, damit Landry ihn küssen konnte. »Mir geht's gut, Cris. Du kannst wieder rausgehen. Ich vermute, ich werde mindestens ein paar Tage hier drin sein.«

Cris sah Tilly an, unschlüssig.

»Wenn du gehen willst, ist das in Ordnung«, versicherte ihm Tilly. »Ich bringe eine Reitpeitsche mit, um ihn in Schach zu halten.«

Cris lachte. »Lan, dir ist schon klar, dass sie in Bezug auf deine Pflege viel strenger sein wird als ich, oder?«

Landry begegnete ihrem Blick. »Das hoffe ich.«

LANDRY BAT CRIS, die Fluggesellschaft anzurufen und herauszufinden, wann der nächste Flug zurück nach L.A. ging. Es gab noch freie Plätze für einen Flug in dieser Nacht, der in vier Stunden ging.

Genug Zeit, um zurück nach Tampa zu fahren, den Mietwagen zurückzugeben und durch die Sicherheitskontrolle zu kommen.

Landry drückte seine Hand. »Geh, es geht mir gut.«

Tilly kannte Cris, der nicht gehen wollte. Sie konnte es ihm auch nicht verübeln. Als Cris sie um ihre Meinung bat, konnte sie sich nicht dazu durchringen, sich über Landry hinwegzusetzen. Sie hatte versprochen, sich an das zu halten, was er tat, und es war es nicht wert, ihn zu stressen, nur damit Cris sich besser fühlte.

Cris nickte schließlich und buchte die Reservierung.

Lächelnd hielt Landry Cris seine Hand hin, um seinen Hals zu umfassen und ihn zu einem Kuss heranzuziehen. »Ich liebe dich, Cristo. Nach allem, was wir durchgemacht haben, riskierst du immer noch, dass dein Arsch zerfetzt wird, um zu mir zu kommen.«

»Ja, was soll ich sagen.« Er lächelte. »Du bist unwiderstehlich.«

Landry zuckte zusammen, als er ein Lachen unterdrückte. »Na los. Fordere dein Glück nicht heraus.« Er sah Tilly an. »Du auch, meine Liebe. Geh nach Hause und ruh dich aus. Es ist bald Zeit für das Abendessen. Ich komme schon zurecht. Ich werde wohl die ganze Nacht schlafen.« Er drückte den Knopf an seiner Schmerzpumpe.

Sie gaben ihm beide einen Gutenachtkuss und Cris begleitete sie schweigend die Treppe hinunter zu ihrem Auto. Sie wehrte sich nicht, als er sie in die Arme schloss. »Danke, Tilly«, sagte er leise. »Aus tiefstem Herzen.«

Sie wusste nicht, was sie sagen sollte, also entschied sie sich für: »Hast du Zeit für ein schnelles Abendessen? Gleich um die Ecke gibt es einen Sandwichladen.« Sie hielt inne, als sie lachte. »Du weißt, was ich meine.«

Er stieß einen Seufzer aus. »Das klingt gut. Ich danke dir.«

Er folgte ihr in seinem Mietwagen und ließ sie nicht bezahlen, als sie sich einen Tisch im hinteren Teil des kleinen

Restaurants sicherten. Sie waren die einzigen Gäste im Restaurant, auch wenn das Take-away-Geschäft an diesem Abend rege zu sein schien.

Er sprach leise und konzentrierte sich auf sein Essen. »Nochmals vielen Dank, dass du mich angerufen hast. Ich erwarte aber nicht, dass du dich bei ihm für mich einsetzt. Ich akzeptiere jede Strafe, die er mir auferlegt. Ich habe ihm nicht gehorcht.«

Sie griff über den Tisch und strich mit ihren Fingern über den Rücken seiner rechten Hand. Er trug seinen Ring. Sie vermutete, dass er ihn nie abnehmen würde.

Sie missgönnte ihn ihm nicht.

»Ich wollte dich nicht im Unklaren lassen. Ich weiß, dass du ihn liebst. Er ist einfach nur stur.«

Cris lächelte, bevor sein Blick zu ihr aufstieg. »Wenn du denkst, dass er jetzt stur ist, warte, bis er zu Hause ist.«

Sie verabschiedeten sich und es machte ihr nichts aus, dass er sie noch einmal in eine Umarmung zog. Es fühlte sich tröstlich an. Sie sah zu, wie er wegfuhr, bevor sie ihr Auto startete und nach Hause fuhr.

Sie machte sich nicht die Mühe, das Licht im Wohnzimmer einzuschalten, sondern ließ sich vom Schein der Herdlampe in der Küche leiten. Das Haus fühlte sich mehr als nur leer an.

Es war einsam.

Selbst Cris' Anwesenheit wäre willkommen gewesen.

Sie duschte, zog sich um und machte sich eine Tasse heiße Schokolade. Anstatt zu versuchen, allein in ihrem Bett zu schlafen, ließ sie sich auf der Couch vor dem Fernseher nieder und schlummerte ein.

KAPITEL SIEBZEHN

E inen Tag nach Cris' Rückkehr aus Kalifornien wurde Landry entlassen. Der Plan war, dass er nach der Operation mit der Chemotherapie beginnen würde. Tilly bot sogar an, Cris vom Flughafen abzuholen.

Ihre Habseligkeiten und Autos waren unterwegs und würden Anfang der nächsten Woche ankommen.

Nach den ersten paar Tagen, in denen sie die Hauptverantwortung für Landrys Pflege trugen, zog sich Cris zurück, um sich mehr auf die Arbeit zu konzentrieren, und überließ Tilly die Verantwortung.

Widerstrebend zwar, aber er tat es. Tilly erkannte, wie aufgeregt er immer noch war und jedes Mal aufsprang, wenn sie ihm eine Frage zur Pflege stellte, als ob er sich Sorgen machte, dass mit Landry etwas nicht stimmte. Als die Möbelpacker mit ihren Sachen ankamen, hatten sich die drei schon so etwas wie Normalität angewöhnt.

Tilly war überrascht, dass es ihr gefiel.

Landry schlief noch, als die Möbelpacker mit dem Stapel Kisten und Möbeln ankamen, die nicht für die Lagerung vorgesehen waren. Tilly half Cris dabei, alles in die Garage zu bringen, bis sie es später aussortieren konnten. Kaum waren die Möbelpacker weg, tauchte der Autotransporter auf. Eine Stunde später war sie endlich mit Cris allein, denn in ihrer Einfahrt standen eine Acura-Limousine und ein Mercedes, wie sie ihn noch nie gesehen hatte.

Sie ging um den Mercedes herum und beäugte ihn misstrauisch. »Was zur *Hölle* ist das?«

Er grinste. »Das Spielzeug des Meisters. Sein vierrädriges Spielzeug«, erklärte er. »Mercedes-Benz SLR McLaren.«

»Teuer?« Nervös suchte sie nach Anzeichen von Vögeln in den Bäumen über ihrer Einfahrt. Der Transporter hatte die Autos in einem geschlossenen Anhänger geliefert, nicht in einem offenen Autotransportanhänger, wie sie ihn von den Händlern kannte.

Er schmunzelte. »Til, sagen wir einfach, dass die Versicherung für dieses Auto für ein Jahr mehr kostet, als die meisten Leute für einen durchschnittlichen Mittelklassewagen ausgeben.«

»Ich nehme an, es muss in der Garage geparkt werden, wenn wir die Garage endlich wieder aufräumen?«

»Wäre keine schlechte Idee. Du siehst ziemlich nervös aus.« Er grinste.

»Leck mich.« Sie zuckte innerlich zusammen, als sie es sagte, aber er sprang nicht auf ihren Wink an.

»Kein Kommentar«, sagte er mit einem spitzbübischen Lächeln.

Sie gab ihm einen Klaps auf den Arm. »Sei nett zu mir, wenn du meine Hilfe willst.«

Sie sortierten und packten den ganzen Nachmittag Kisten aus. Als Landry aufwachte, erstickte sie jeden Protest gegen ihre Hilfe für Cris sofort im Keim. »Ich habe mich freiwillig gemeldet und es macht mir nichts aus, weil es entweder das war oder dich beim Schlafen anzustarren. Ich will, dass in diesem Haus so schnell wie möglich wieder ein bisschen Ordnung herrscht.«

Landry lehnte sich zurück in sein Kissen und lächelte. »Ja, Schatz.«

Cris brüllte vor Lachen. »Ich sollte mir dieses Datum vormerken, das Datum, an dem die Hölle offiziell zugefroren ist. Er hat ›Ja, Schatz‹ gesagt.«

Sie waren wieder in der Garage, als sie in der hinteren Ecke ein paar alte Kisten entdeckte, die sie einst verpackt hatte und die sie, obwohl sie sich darüber ärgerte, nie zu entsorgen wagte. Über die Jahre hatte sie sie vergessen.

Sie ging zu den Regalen hinüber, wo sie die obersten Fächer einnahmen.

»Hey, Cris?«, rief sie leise.

»Ja?«

Sie zeigte auf ihn. »Die wirst du auch brauchen.« Dann drehte sie sich um, eilte ins Haus und schloss sich für ein paar Minuten in Cris' Badezimmer ein, um ihre Fassung wiederzuerlangen. Sie traute sich nicht, in ihr Schlafzimmer zu gehen, weil sie wusste, dass Landry ihre Tränen sofort bemerken würde.

Als sie in die Garage zurückkehrte, hatte Cris alle Kisten heruntergeholt und geöffnet. Er saß im Schneidersitz auf dem Boden der Garage, mit nacktem Oberkörper und Halsband, während er sie langsam durchsuchte.

Er schaute sie nicht an, als er leise sprach. »Ich kann nicht glauben, dass du das alles aufgehoben hast.« Erinnerungsstücke, Familienfotos, diverser Krimskrams. Die Bücher, CDs und DVDs, die sie im Haus gelassen hatte. Er schaute sie endlich an. »Ich danke dir.«

Sie nickte und hatte Mühe, ihre Fassung zu bewahren. »Gern geschehen.« Sie räusperte sich. »Kann ich dir sonst noch bei irgendetwas helfen?«

»Ähm, ja, wenn du willst, da drüben stehen ein paar Kisten

mit seiner Kleidung. Sie sind beschriftet. Und die Kiste mit der Garderobe. Ich habe die meisten unserer Wintersachen ins Lager geschickt, bis ich sie später durchsehen kann.«

Sie übernahm das und war dankbar, dass sie ihre roten Augen auf Staub und Hitze schieben konnte, als sie den ersten Karton in ihr Schlafzimmer trug und auspackte.

Landry sah ihr vom Bett aus zu. »Ich würde dir ja gern helfen, Liebes, aber ich vermute, das würde mir sowohl bei dir als auch bei deinem Sklaven Ärger einbringen.«

»Da hast du recht, Buster. Bleib einfach da sitzen und sieh hübsch aus.«

Er lächelte. »Habe ich dir schon gesagt, wie sehr ich dich liebe?«

Sie blieb stehen und sah ihn an. Vor ein paar Wochen war sie noch allein gewesen.

Und jetzt ...

Lächelte sie. »Ich liebe dich auch.«

AM ENDE der nächsten Woche fühlte sich Landry ein wenig besser und wollte in den Club gehen. Sowohl Tilly als auch Cris versuchten, es ihm auszureden, aber das schien seine Entschlossenheit nur noch zu verstärken. Anstatt sich mit ihm zu streiten, gaben sie nach. Am Freitagabend fuhren sie mit Cris am Steuer, der bereits sein formelles Halsband und seine Handschellen trug, zum Club.

Loren starrte Cris an, umarmte aber Tilly und Landry. Immer wenn Loren im Haus vorbeikam, verschwand Cris in seinem Schlafzimmer; es war das einzige Mal, dass Landry ihm erlaubte, seine Schlafzimmertür zu schließen, ohne ihn vorher um Erlaubnis zu fragen.

»Ich hoffe, du verprügelst heute Abend einen bestimmten Typen«, sagte Loren zu Landry.

Tilly mischte sich ein. »Nein, du kannst nicht helfen.«

Loren schmollte. »Er hat Recht. Du bist ein Spielverderber.« Sie wollte noch etwas sagen, aber Ross war schon zur Stelle und rief ihr zu. »Ups, ich muss los.« Sie grinste Landry an. »Ich komme später nach, wenn Tilly beschäftigt ist.« Sie streckte ihrer Freundin die Zunge heraus und machte sich auf den Weg zu ihrem Mann.

Tilly bemerkte, wie Cris sie anlächelte, als er ihren Blick bemerkte. Er konnte sich nicht direkt vor Landry bedanken, aber als Landry sich umdrehte, um in die Spielzeugtasche zu greifen, zwinkerte sie Cris zu.

Das entlockte ihm ein breites, wenn auch kurzes Lächeln.

Abgesehen von dem kurzen Blick in der allerersten Nacht, in der sie Landry im Club begegnet war, hatte sie ihn nie in einer Szene mit Cris gesehen, weil Landry sich nicht wohl genug gefühlt hatte. Ein anderer Freund, den sie schon lange nicht mehr gesehen hatte, erregte ihre Aufmerksamkeit, und als sie ein paar Minuten später zurückkehrte, hatte Landry Cris ausgezogen und mit Hand- und Fußfesseln an eine Bank gefesselt.

Landry hatte sich eine Bank in der Ecke ausgesucht, und Tilly trat hinter ihnen an die Wand und setzte sich auf den Boden neben die Ausrüstung. Sie hatte sich für eine Hose und vernünftige Absätze zu ihrem Korsett entschieden und nicht für lächerlich hohe Stilettos. Sie war heute Abend nicht Herrin Cardinal, sondern Tilly LaCroux, und sie hatte keine Lust, unbequem gekleidet zu sein.

Landry streichelte langsam Cris' Rücken. Ihm waren die Augen verbunden worden, anstatt ihn mit einer Kapuze zu verhüllen. Tilly beobachtete Landrys starke Hände, die das Fleisch des anderen Mannes streichelten, und in ihrem Bauch kribbelte es.

Sie wünschte, sie wäre das.

Hör auf damit. Vergiss es. Du hast schon mehr bekommen, als dir zusteht.

Nach ein paar Minuten wurde ihr klar, dass dieser sinnlich dominante Landry ein ganz anderer Mann war als der bösartige Sadist, den sie zuvor erlebt hatte. Wenn dies ein Zeichen für ihre normale Beziehung war, beruhigte es sie und ihr Gewissen ein wenig, dass er diese Art von Zärtlichkeit für Cris zeigen konnte.

Es war nicht von Dauer.

Nachdem er Cris in einen Zustand versetzt hatte, der ihrer Meinung nach nicht ganz dem Subraum entsprach, begann Landry, ihn mit seinen bloßen Händen zu versohlen. Sie beobachtete, wie Cris sich an den Griffen der Bank festhielt und seinen Hintern zu Landrys Schwung bewegte, woraufhin der Sadist lachte.

Sie bemerkte auch, dass Landry Französisch sprach. »*Mein Sklave ist heute Abend sehr verspielt. Das gefällt mir.*« Er wechselte zur Reitgerte und verteilte sofort Striemen auf Cris' Hintern und Schenkeln. Es überraschte sie, dass er nicht mit einem Flogger anfing, aber sie stellte es nicht infrage. Er wusste offensichtlich, was er tat.

Von diesem Zeitpunkt an übernahm Landrys Sadismus die Oberhand. Sie beobachtete, wie er das Spiel geschickt auf- und abbaute und den Schmerzpegel jedes Mal eine Stufe höherschraubte, bis er zum Rohrstock und dann zum Singletail überging.

Tilly strich sich mit den Händen über die Arme, während sie fasziniert und erschrocken zugleich zusah. Sie hatte schon viele Male schwere Spiele gesehen. Sie war der Topp in unzähligen heftigen Szenen. Landrys Geschicklichkeit hob es auf eine andere Ebene, kalkulierte Schläge, die Cris' Körper rot und mit Striemen übersät hinterließen.

Er hielt inne, ging zu Cris' Kopf, packte ihn am Haar und zog ihn grob hoch, damit er ihm ins Ohr sprechen konnte. Sie konnte nicht hören, was Landry zu Cris sagte, und auch nicht, was er antwortete, weil die laute Musik durch den Kerkerraum schallte.

Landry lächelte und ließ Cris los, dann nahm er einen schweren Mop-Flogger in die Hand.

Er schwang ihn, traf Cris genau in die Eier und ließ Tilly vor Mitleid zusammenzucken.

Ihr entging nicht, wie Landry ihm auf Französisch befahl, zu kommen.

Drei weitere harte Schläge und er kam. Sein Körper zuckte auf der Bank, bis er erschöpft zusammenbrach. Landry löste zuerst seine Fußgelenke und massierte ihm die Füße, bevor er seine Handgelenke löste und ihm half, sich aufzusetzen.

Die Gefühle, die sie durchströmten, als sie die beiden beobachtete, überraschten sie. Landry stand da, die Augen geschlossen, und hielt Cris fest. Cris, dem die Augen nicht mehr verbunden waren, schlang seine Arme um Landrys Taille und saß auf der Bank, an den Körper seines Meisters gelehnt.

Es hatte etwas herzzerreißend Zärtliches an sich, wie er Cris hielt. Sie wusste, dass die Bindung, die sie hatten, niemals von ihr aufgehoben werden konnte.

Während sie abgelenkt waren, schlich sie sich vorsichtig ins Bad und spritzte sich Wasser ins Gesicht. Außer Lipgloss hatte sie sich nicht geschminkt, und auch ihr Haar, die nun langsam herauswuchsen und ihre alte Farbe annahmen, waren weder gegelt noch hochgesteckt.

Sie liebte Landry, und er liebte sie, ganz ohne Zweifel. Aber wie passte sie da rein?

LANDRY überstand seine erste Runde der Chemotherapie. In der Woche vor Beginn der zweiten Runde machte Landry zwar immer noch Liebe mit Tilly, aber sie erwischte ihn auch in intimen Situationen mit Cris. Eines Morgens beendete sie ihr Training und sah, dass Landry auf Cris' Bett saß, während Cris vor ihm kniete und ihm einen blies, seine Finger waren in Cris' Haar vergraben.

Ein anderes Mal kam sie vom Einkaufen nach Hause und erwischte Cris dabei, wie er Landry auf der Wohnzimmercouch einen blies.

Cris begegnete ihrem Blick nicht, als Landry ihn hinausschickte, um ihr beim Ausladen der restlichen Lebensmittel zu helfen.

Ein anderes Mal stieg Landry mit Cris unter die Dusche, und als sie an der Badezimmertür lauschte, die sie absichtlich offen gelassen hatten, hörte sie, wie Landry Cris befahl, sich einen runterzuholen, und wie Cris vor Lust stöhnte, als er zum Höhepunkt kam.

Beklemmende Gefühle durchströmten sie, während alte Erinnerungen darum kämpften, ihre Fassung zu einem blutigen Brei zu zermalmen. Sie konnte nicht behaupten, dass es ihr etwas ausmachte, dass Landry Cris auf diese Weise benutzte.

Aber die Sehnsucht, die sie spürte und die sie nicht genau benennen konnte, beunruhigte sie wirklich. Vermisste sie Cris? Wünschte sie sich, ein Teil ihrer Liebesbeziehung zu sein? Wollte sie Landry tatsächlich ganz für sich allein?

Wünschte sie sich, an die Bank gefesselt zu sein, während Landry das Sagen hatte? Sie konnte keine dieser Fragen beantworten.

IN DER NACHT vor Landrys nächster Chemotherapie liebte er sie, sodass sie völlig gesättigt und bereit war, einzuschlafen. Als sie langsam wegdämmerte, küsste er sie.

»Hättest du etwas dagegen, wenn ich ein bisschen Zeit mit Cris verbringe?«

Fast eingeschlafen, murmelte sie ihr Einverständnis und drehte sich um. Erst als sie hörte, wie die Schlafzimmertür leise geschlossen wurde, verstand sie seine Bemerkung und öffnete die Augen. Jetzt, wo sie darüber nachdachte, fiel ihr auf, dass er nicht zum Höhepunkt gekommen war.

Sie setzte sich auf, der Schlaf hatte sie aus ihrem Körper vertrieben. Nach ein paar Minuten kletterte sie aus dem Bett, schnappte sich ihren Bademantel und öffnete leise die Schlafzimmertür.

Am Ende des Flurs hörte sie leise Stimmen aus Cris' Zimmer. Landry hatte die Schlafzimmertür halb offen stehen lassen. Nachdem sie mit ihren Schuldgefühlen gekämpft und sie besiegt hatte, schlich sie den Flur hinunter und stellte sich vor die Tür. Sie konnte das Bett nicht direkt sehen, ohne die Tür weiter aufzustoßen, aber im Spiegel der Kommode sah sie alles im Licht des Vollmonds, das durch die offenen Jalousien fiel.

Sie lagen auf der Seite, Landrys Rücken drückte gegen Cris' Brust. Cris hatte seine Arme um Landry gelegt. Die Männer küssten sich, und sie merkte, dass Cris Landry fickte.

»Das ist mein braver Junge«, sagte Landry leise zu ihm. »Du kümmerst dich gut um mich, stimmt's?«

Trotz der vorangegangenen Session mit Landry, in der er ihr drei starke Höhepunkte beschert hatte, spürte sie ihren Kitzler pochen, als sie die beiden beobachtete. Landry war zwar immer noch Cris' Meister, aber sie beobachtete zwei verliebte Männer, die es miteinander trieben.

Cris' Arm glitt über Landrys Bauchmuskeln und er griff nach seinem Schwanz, den er langsam streichelte, während er seinen Geliebten fickte. »Mein Gott, Lan, ich liebe dich.«

»Zeig mir, wie sehr du mich liebst, Baby.«

Tilly lehnte sich gegen die Wand und ihr Herz raste, als sie den beiden zuhörte. Ein Teil von ihr wollte zu den beiden ins Bett kriechen.

Das war ein gefährlicher Gedanke.

Cris' Gesichtsausdruck konnte kein bisschen anders sein

als die unterwürfige Maske, an die sie sich in den letzten Monaten gewöhnt hatte. Er küsste Landry erneut, seine Hüften bewegten sich, während er stieß. »Kommst du jetzt für mich?« Er drückte Landrys Schwanz und streichelte ihn langsam. »Ich werde erst kommen, wenn du für mich kommst.«

Ihre Knie wurden weich. Er klang sogar wie ihr alter Cristo. Sie hielt sich an der Wand fest, als ihre Beine nachzugeben drohten.

»Fick mich«, drängte Landry. »Gib es mir.« Seine Stimme klang so bedürftig, wie sie es noch nie von ihm gehört hatte.

Nicht einmal während ihrer leidenschaftlichsten Zeit zusammen.

»Oh, ich werde es dir schon geben.« Er küsste Landry erneut, mit aller Kraft.

Landry stieß ein leises Stöhnen aus, das sie nur zu gut kannte, bevor er aufschrie. »Das ist es«, keuchte Cris, als er härter stieß, bevor auch er einen vertrauten Schrei ausstieß und dann still wurde.

Die Männer lagen umschlungen da und küssten sich, während sie sich von ihrem Liebesspiel erholten.

Tilly vergaß fast, sich zu bewegen, als er Cris leise sagen hörte: »Ich hole einen Waschlappen für dich, Meister.«

Zurück zum Sklaven.

Sie duckte sich in den Raum hinter der Tür und hörte, wie Cris im Bad Wasser laufen ließ. Einen Moment später hörte sie die Männer im Schlafzimmer wieder reden.

Auf leisen Sohlen rannte sie zurück in ihr Schlafzimmer, schloss leise die Tür, warf ihren Bademantel in den Schrank und legte sich ins Bett. Hoffentlich würde sich ihr Puls verlangsamen, bevor Landry zurückkam.

LANDRY LÄCHELTE, als er darauf wartete, dass Cris mit dem Waschlappen zurückkam. Es fiel ihm schwer, Tillys Blick im

Spiegel nicht zu treffen, während sie sie beobachtete. Er hatte gehofft, dass sie zu ihnen kommen würde, aber er konnte sie nicht dazu drängen, auch wenn er es sich noch so sehr wünschte.

Er hoffte, dass sie die Show genoss.

Cris kniete neben ihm auf dem Bett und wischte ihn ab. Landry zwinkerte ihm zu, und Cris beugte sich zu einem Kuss vor.

»Ich liebe dich, Cristo. Für immer und ewig, mein Lieber. Das weißt du doch, oder?«

Für das Lächeln, das Cris ihm schenkte, würde er töten. »Ich liebe dich auch, Lan.« Sein Lächeln verblasste. »Danke.«

»Wofür?«

»Dafür, dass du mich nicht rausgeworfen hast, als du es herausgefunden hast.«

Er gab Cris ein Zeichen, sich neben ihn zu legen. »Ich liebe dich. War ich in Versuchung? Ganz ehrlich? Ja.« Er streichelte Cris' Wange. »Ich liebe dich über alle Maßen. Du hast dich mir gegenüber mehr als bewährt. Bitte denke nicht, dass ich das nicht sehe.«

»Aber du liebst Tilly.«

Er nickte. »Das tue ich. Ich liebe sie sehr. Warum?«

Cris sah beunruhigt aus. »Was ist, wenn sie mich wegschicken will?«

Er stützte sich auf einen Ellbogen. »Dann müsste ich mich wohl genauso stark dafür einsetzen, dass du bleibst, wie sie sich dafür eingesetzt hat, dass du deinen Schwanz und deine Eier behältst, oder?«

Er war froh, dass er Cris lachend verlassen konnte. Nach einem letzten Gutenachtkuss kletterte Landry aus dem Bett und machte sich auf den Weg zurück in ihr Schlafzimmer. Tilly hatte sich im Bett eingerichtet, als ob sie schliefe, aber als er seinen Arm um ihre Taille legte und ihren Hals küsste, spürte er die Anspannung in ihrem Körper und wie ihr Puls immer noch raste. Er ahnte, dass er, wenn er seine Finger zwischen ihre Beine schob, sie noch feuchter finden würde, als er sie vorhin zurückgelassen hatte.

»Gute Nacht, Liebes«, flüsterte er ihr zu. »Gute Nacht.«

Langsam, dachte er. *Geduldig. Es lohnt sich, zu warten.*

Landrys nächste Chemotherapie raubte ihm den letzten Rest seiner guten Laune, obwohl sie die Krebszellen in seinem Körper abtötete. Tilly kämpfte gegen den Drang an, für Cris zwischen den Männern zu intervenieren, als Landry seine schlechte Laune an ihrem Sklaven ausließ.

Als Meister Griesgram sich in Meister Riesenarschloch verwandelte, verstand sie, was Cris durchgemacht hatte – allein beim ersten Mal. Landry war ihr gegenüber gelegentlich schroff, wenn er sich besonders schlecht oder müde fühlte, aber er entschuldigte sich immer sofort dafür.

Anders als bei Cris, der das alles einfach so hinnahm, ohne zu fragen oder sich zu beschweren.

Zwei Wochen nach Landrys Chemotherapie stand Cris mit seinem Laptop in der Küche und versuchte, zwischen dem Abendessen und einer Krise im Büro, in dem es erst drei Uhr nachmittags war, Multitasking zu betreiben. Tilly bot sich an, das Abendessen zu übernehmen, aber Landry, der auf der Couch lag, hörte ihren Ausruf.

»Wage es nicht, Sklave!«, schrie er. »Ich habe dir gesagt, du sollst das Essen kochen, verdammt noch mal, und das habe ich auch so gemeint.«

Sie beobachtete, wie Cris die Augen schloss und erkannte seinen alten Gesichtsausdruck, mit dem er versuchte, seine Wut zu zügeln. »Ja, Meister«, rief er zurück, bevor er Tilly ansah. »Trotzdem danke«, flüsterte er und schenkte ihr ein halbherziges Lächeln.

Sie kehrte ins Wohnzimmer zurück. »Lan, hör zu, er ist

beschäftigt. Lass mich das machen, Schatz. Ich hab doch nichts vor.«

»Nein.« Sein bockiger Gesichtsausdruck verriet, dass er in dieser Angelegenheit grundsätzlich auf seinem Standpunkt beharrte. Wahrscheinlich würde kein noch so gutes Zureden von ihr seine Meinung ändern.

Das hieß aber nicht, dass sie es nicht versuchen würde. Sie kniete sich neben ihn und zwang sich zu einem sinnlichen Lächeln. »Bitte? Ich verspreche dir, dass ich später ein bisschen für dich modeln werde, wenn du das möchtest.«

Sein Blick wanderte in ihre Richtung, dann wandte er sich wieder dem Fernseher zu. Vielleicht macht sie ja Boden gut. »Nein. Er kann das schon. Du brauchst seinen Job nicht zu machen. Ich will nicht, dass meine Frau arbeiten muss. Das ist die Aufgabe des Sklaven.«

Von der Küche aus und außer Sichtweite von Landry schüttelte Cris ängstlich den Kopf und ermahnte sie, es sein zu lassen, aber sie konnte es nicht. Sie verstand, dass Landry sich beschissen fühlte, aber er hatte Cris seit Tagen kaum ein freundliches Wort entgegengebracht.

Sie nahm einen tiefen Atemzug. »Ich denke wirklich, ich sollte mich um das Abendessen kümmern ...«

»*Verdammt noch mal*, Tilly, ich habe Nein gesagt. Und jetzt lass es.«

Tilly blinzelte, schockiert über seinen Tonfall und seine Worte. Sie wollte ihn gerade zur Rede stellen, aber Cris kam um den Tresen herumgerannt, bevor ihr eine Antwort einfallen konnte.

Cris stellte sich vor sie hin. »Landry, verdammt noch mal, *wage* es nicht diesen verdammten Ton mit ihr anzuschlagen!«

Landry setzte sich auf, sein Gesicht war rot vor Wut. »Was zum *Teufel* hast du zu mir gesagt, *Sklave*?«

Tilly versuchte, sich zwischen die beiden Männer zu drängen, aber Cris schob sie sanft hinter sich. »Du hast mich verdammt noch mal gehört. Lass sie in Ruhe, sie hat nur versucht zu helfen. Wenn du sauer sein willst, lass es an mir aus, nicht an ihr, verdammt noch mal.«

Landry stand auf, obwohl sie sah, dass ihn die Anstrengung schmerzte, und stellte sich Cris in den Weg. »Wie kannst du es wagen, du undankbarer Mistkerl!«

»Undankbar? Du bist derjenige, der sie wie Scheiße behandelt und nennst mich undankbar?«

»Jungs, bitte, hört auf! Ist schon gut.«

Landry ignorierte sie und trat vor, aber Cris weigerte sich, nachzugeben. »Nein, es ist nicht in Ordnung, Til«, beharrte Cris. »Er ist nur eine Nervensäge.«

»Diese Einstellung werde ich aus dir herausprügeln, Sklave«, knurrte Landry. »Ich muss dich daran erinnern, wer hier das Sagen hat. Dir Respekt beibringen.«

Tilly gefiel es nicht, wie blass Landry plötzlich aussah. Sie trat um Cris herum und erweckte ihre eigene Domme-Stimme wieder zum Leben. »Hört auf, alle *beide*!« Sie drängte sich zwischen Landry und Cris. »*Ich* werde das Abendessen kochen, und das ist auch schon alles. Die Kardinalsregel, schon vergessen? Es ist *mein* verdammtes Haus. *Du* wirst dich wieder auf die Couch setzen und fernsehen, und du wirst Cris seine Arbeit machen lassen. Das ist ein verdammter Befehl!«

»So kann er nicht mit mir reden! Ich weigere mich, dieses Verhalten von ihm zu tolerieren.«

»Was«, spottete Cris, »du meinst, dich zu beschimpfen, weil du dich wie ein Arschloch benommen und sie wie Scheiße behandelt hast? Wenigstens habe ich sie nie so behandelt. Ich habe *nie* meine Stimme gegen sie erhoben, du verdammtes Arschloch! Wenn du mich beschimpfen willst, dann nehme ich es hin. Aber wenn du sie wie Scheiße behandelst, kriegen wir uns in die Haare, denn das werde ich nicht dulden.«

Tilly zuckte zusammen, als Landry wütend brüllte und sich um sie herum stürmte, um an Cris heranzukommen. Sie weigerte sich, sich zu bewegen, und in diesem Moment veränderte sich Landrys Gesichtsausdruck von wütend zu schmerzerfüllt und er keuchte auf.

Auch Cris entging das nicht. »Was? Was ist los?«

Er krümmte sich vor Schmerzen. »Übel ...«

Cris rannte zum Mülleimer in der Küche, während Tilly Landry beruhigte. Sie stellten ihn vor ihm hin, als er gerade hellrotes Blut erbrach.

Fassungslos erstarrte Cris.

»Ruf sofort den Notarzt, Cris.« Sie war zu sehr damit beschäftigt, den Mülleimer unter Landry zu halten und zu versuchen, ihn zurück zur Couch zu bringen.

Als sie merkte, dass er sich nicht bewegt hatte, sah sie ihn an. »Cris! Nimm das verdammte Telefon und ruf den Notarzt! Ruf einen Krankenwagen!«

Das durchbrach seinen Schock und er rannte zum Telefon. Sie fuhr mit Landry im Krankenwagen, während Cris das Haus sicherte und in Tillys Auto folgte. Er holte sie im Warteraum der Notaufnahme ein, wo sie nur zehn Minuten blieben, bevor Landry zur Operation zurückgebracht wurde. Eine Krankenschwester zeigte ihnen, wo sie auf eine Nachricht aus dem OP warten sollten. Tilly führte Cris zu zwei freien Stühlen in dem Raum, der für sechs Uhr nachts ungewöhnlich voll zu sein schien.

Cris sah Tilly nicht an. »Das ist meine Schuld«, sagte er, und seine gequälte Stimme war kaum mehr als ein gequältes Flüstern. »Das ist alles meine Schuld. Er wird mich hassen.«

Sie ergriff seine Hand. »Hör auf! Es ist nicht deine Schuld!«

»Wenn ich ihn nicht wütend gemacht hätte, hätte er mich nicht angeschrien. Das ist wieder genau wie bei meinem Vater. Es tut mir leid, Tilly. Ich hätte einfach meinen Mund halten sollen, um ihn nicht noch mehr zu verärgern, aber ich konnte es nicht ertragen, dass er so mit dir redet.«

Sie verdrängte ihre aufgestauten Gefühle und konzentrierte

sich darauf, ihn zu trösten. »Vielleicht hat ihm das das Leben gerettet. Hätte er kein Blut gespuckt, wäre es vielleicht noch zu schlimmeren Blutungen gekommen, bevor wir gemerkt hätten, dass er ein Problem hatte. Du hast seine Blutung nicht verursacht, also hör auf.«

Er zog seine Hand weg und schlang die Arme um seinen Körper und versuchte, sich zu umarmen. »Tilly, ich weiß das zu schätzen, aber du musst meine Gefühle nicht schonen.« Seine Stimme wurde leiser. »Ich hätte einfach meinen Mund halten sollen. Es tut mir so leid. Wenn du das willst, gehe ich.«

Sie wollte ihn anschreien, aber der voll besetzte Warteraum verhinderte das. Sie ging vor ihm in die Hocke, nahm seinen Kopf in die Hände und tat etwas, was sie noch nie mit Cris gemacht hatte.

Sie kraulte ihn im Nacken .

»Hör mir zu, *Sklave*«, flüsterte sie, »du hast deinem Meister *nichts* getan.« Sie schüttelte ihn sanft, um die Worte zu unterstreichen. »Ihr habt euch gestritten. Deswegen hat er nicht geblutet.«

Seine Augen weiteten sich, als er sie ansah, seine Instinkte kämpften in ihm und ihre in ihr.

Sie wusste, dass sie seine Aufmerksamkeit hatte, und nutzte den Vorteil aus. »Wenn er aufwacht und herausfindet, dass ich dich nicht da rausgeholt habe, wird er *mich* mit einem Stock verprügeln wollen. Ich sag dir mal was, das werde ich nicht zulassen. *Du* bist der einzige Prügelknabe in unserem Haus.«

Er blinzelte langsam, bevor sich seine Lippen zu einem schwachen Lächeln verzogen. Sie stand auf und umarmte ihn, sein Gesicht an ihren Bauch gepresst, während er seine Arme um sie schlang und leise weinte.

»Mein Gott, ich liebe ihn, Til. Es tut mir leid. Ich weiß, das ist scheiße für dich. Es tut mir so leid. Ich konnte es nicht ertragen, wie er dich angeschrien hat. Es tut mir leid. Ich liebe ihn, aber ich kann nicht zuhören, wie er dich so behandelt, und mich nicht gegen ihn wehren.«

Sie streichelte sein Haar. »Ist schon gut. Ich liebe ihn auch.«

Sein Körper spannte sich an, als er zu ihr aufsah. »Du meinst es wirklich ernst, oder?«

»Ja, klar. Was denkst du denn, was ich in den letzten Monaten gesagt habe? Kein Job ist es wert, so einen Scheiß zu ertragen, wenn keine Liebe im Spiel ist.«

Er sah hoffnungsvoll aus. »Heißt das, dass du vielleicht nicht nach drei Jahren gehst?«

»Möglicherweise.« Sie streichelte wieder über sein Haar. »Du kennst die Regeln. Geh mir nicht auf die Nerven.«

»Die Kardinalsregeln.« Er lachte und lehnte seinen Kopf wieder an sie, sein Körper entspannte sich. »Ich liebe dich, kleines Mädchen. So sehr.« Er verkrampfte sich wieder, als ihm klar wurde, was er gesagt hatte. »Til, es tut mir leid ...«

»Es ist okay«, beruhigte sie ihn leise. Sie beugte sich vor und küsste seinen Kopf auf die Stirn. »Ich liebe dich auch noch. Ich bin mir nur noch nicht sicher, ob ich dich wirklich mag. Lass mir damit etwas Zeit.«

EINE STUNDE später kam der Arzt heraus, um mit ihnen zu sprechen, und die beiden standen auf, um ihm in eine ruhige Ecke zu folgen, um Landrys Zustand zu besprechen.

»Es geht ihm gut, er wird noch ein paar Stunden im Aufwachraum bleiben, dann verlegen wir ihn in ein Zimmer. Ich möchte, dass er mindestens ein paar Tage dort bleibt, nur um sicherzugehen.«

Sie seufzten beide erleichtert auf. »Wie schlimm war es?«, fragte Tilly.

»Es ist gut, dass Sie ihn rechtzeitig eingeliefert haben. Hätte er noch einen Tag gewartet, wäre sein Zustand vielleicht noch schlimmer geworden.«

»Was ist mit seinen anderen Behandlungen?«

»Ich habe mich bereits mit seinem Onkologen beraten. Sie sagten, wir geben ihm ein paar Tage Zeit, um sich davon zu erholen, bevor sie wieder beginnen. Aber abgesehen vom Blutverlust sah sein Blutbild gut aus, das ist sehr vielversprechend. Keine Sorge, das ist nicht ungewöhnlich.«

Sie lehnte sich an Cris' tröstenden Arm, als er sie dicht an seine Seite zog. »Danke, Herr Doktor.« Sie umarmte Cris. »Siehst du?«, murmelte sie gegen seine Brust. »Er wird wieder gesund.«

Er streichelte ihren Rücken und kraulte ihren Kopf. »Ich danke dir, Til. Danke, dass du für ihn da bist.«

Sie stupste ihn in die Brust. »Nicht nur für ihn. Sondern auch für dich.« Sie schaute ihm ins Gesicht, stellte sich auf die Zehenspitzen und küsste ihn. »Kein Gejammer mehr über Dinge, die du nicht kontrollieren kannst, richtig? Neue Regel.«

Er lächelte. »Verstanden. Die muss ich mir aufschreiben. Du hast mehr Regeln als er.«

»Es gibt nur eine Regel, die du aufschreiben musst.«

Er grinste. »Kardinalsregel – man muss ihr gehorchen.«

Sie ließ sich wieder von ihm umarmen, während sie lachte. »Das ist richtig. Kardinalsregel. Und wenn es ihm besser geht, werde ich Meister Griesgram eins auf die Nase geben. Er hat gegen meine ›Tu, was Tilly sagt‹-Regel verstoßen.«

Cris schnaubte amüsiert. »Ich möchte nicht in seiner Haut stecken.«

Sie gaben ihnen Bescheid, als Landry aus dem Aufwachraum kam und sich in einem Zimmer befand. Er sah blass und schwach aus. Tillys Herz schmerzte für ihn, weil sie sich ihren starken Mann zurückwünschte und wusste, dass er noch einen langen Weg vor sich hatte, bis es so weit war.

Inzwischen merkte sie, dass es ihr nichts ausmachte, Cris' Hand festzuhalten, um sich selbst zu trösten.

Landry öffnete seine Augen, als sie ihn auf die Stirn küsste.

»Es tut mir leid«, flüsterte er. »Ich habe dich gewarnt, dass ich ein schrecklicher Patient bin.«

Sie zwang sich zu einem Lächeln und stupste ihn sanft an der Schulter. »Ja, aber du bekommst selbst eine Tracht Prügel, weil du nicht auf mich gehört und getan hast, was ich gesagt habe. Du hast es versprochen.«

Er nickte. »Ich habe es verdient.« Er drehte sich zu Cris um. »Es tut mir leid.«

Cris sah schockiert aus. »Was meinst du?«

»Dass ich ein Arschloch war, Dumpfbacke. Das ist der Grund. Warum erträgst du mich, wenn ich so bin?«

»Weil ich dich liebe. Wie sehr werde ich also für dieses kleine Vergehen verprügelt?«

Ein schwaches Lächeln umspielte Landrys Lippen. »Nein. Du hast dich für sie eingesetzt. Dafür kann ich dich nicht bestrafen. Wenn ich sie nicht angeschnauzt hätte, wärst du nicht eingesprungen. Das ist meine Schuld. Ich gebe es zu.«

Ihr tat das Herz weh, als sie sah, wie Cris sich schnell über die Augen wischte. »Ich liebe dich, Lan. Mein Gott, du hast uns eine Heidenangst eingejagt.«

»Du hängst also immer noch an mir? Ich habe noch nicht ausgecheckt? Das kann nicht gut gewesen sein.«

Tilly lächelte. »Ja, so leicht kommst du uns nicht davon, Kumpel. Der Arzt sagt, du wirst wieder gesund, es ist nur ein kleiner Rückschlag. Ein geplatztes Blutgefäß. Sie haben es genäht und nach ein paar Tagen hier zur Beobachtung kannst du nach Hause.«

Er wollte gerade etwas sagen, als die Krankenschwester kam, um seine Werte zu messen und seine Medikamente zu überprüfen. »Es tut mir leid, aber die Besuchszeit ist vorbei«, sagte sie.

Landry krümmte ihnen einen Finger entgegen. »Kommt, gebt mir einen Kuss. Alle beide.«

Cris ließ Tilly als Erste gehen. Als sie zurücktraten, zeigte

Landry auf Cris. »Kümmere dich weiter brav um sie, hörst du? Das ist ein Befehl.«

Er lächelte. »Ja, *Sir*.«

Landry lehnte sich gegen sein Kissen. »Klugscheißer.«

»Mürrischer Bastard.«

»Göre«, schoss Landry mit einem neckischen, wenn auch müden Ton zurück. Tilly hatte den Eindruck, dass dies eine Art Tradition bei ihnen war.

»Dickkopf.«

»*Ich* bin dickköpfig?«, sagte Landry. »Du bist starrköpfig.«

»Das sagt der Richtige ...«

»Jungs«, unterbrach Tilly. »Konzentriert euch.«

Die Männer kicherten. Cris beugte sich für einen letzten Kuss vor. »Belästige deine Krankenschwestern nicht, Lan. Sie könnten dir den Aufenthalt zur Hölle machen. Vor allem, wenn ich sie besteche.«

Landry lächelte. »Sag brav Gute Nacht, Gracie, und bring mein Baby nach Hause.«

Tilly wusste, dass Landry das an Cris gerichtet hatte, aber sie ergriff Cris' Hand. »Gute Nacht, Gracie. Jetzt lass uns nach Hause fahren.«

Cris fuhr, während sie auf dem Beifahrersitz zusammengesackt saß und ihre Nerven blank lagen. Es war fast Mitternacht, sie hatte Hunger, war erschöpft und merkte erst spät, dass sie eine Nacht allein in einem viel zu großen Bett vor sich hatte.

Obwohl sie jahrelang allein geschlafen hatte, konnte sie die leere Fläche auf der anderen Seite der Matratze nicht mehr sehen.

Cris machte ihnen beiden Sandwiches. Sie nahm eine lange, heiße Dusche und versuchte gar nicht erst, einzuschlafen. Stattdessen zog sie sich ein übergroßes T-Shirt und eine Schlaf-Shorts an und rollte sich mit einer Decke auf der Couch ein, während sie einen alten Filmkanal einschaltete. Kurz nach

eins kam Cris ins Wohnzimmer zurück, nur mit einer Schlaf-
hose und seinem Halsband bekleidet.

»Kannst du auch nicht schlafen?«, fragte er.

Sie schüttelte den Kopf.

»Was dagegen, wenn ich mich zu dir setze?«

Er sah aus, als würde er erwarten, dass sie am Fußende der
Couch Platz macht, aber sie setzte sich auf und klopfte auf das
andere Ende. Sobald er saß, setzte sie sich auf seinen Schoß.
»Bilde dir nichts darauf ein«, brummte sie.

Er hielt ihre Hand fest. »Ich habe dir doch gesagt, dass ich
für jede Kleinigkeit dankbar bin, die mir zugeworfen wird.«

Fünf Minuten später schlief sie in seinem Schoß ein.

KAPITEL ACHTZEHN

Am nächsten Morgen erwachte Tilly mit einem Schreck auf der Couch und stellte fest, dass sie an Cris gekuschelt war. Irgendwann in der Nacht hatten sie die Position gewechselt. Er lag ausgestreckt neben ihr, seinen Arm bequem um ihre Taille.

Eine Flut von Erinnerungen durchströmte sie und ließ ihr Herz wehtun. In vielen Nächten hatten sie sich zusammengerollt, um einen Film zu schauen, nur um dann so einzuschlafen.

»Ich mache uns Kaffee«, murmelte er hinter ihr, »wenn du anrufen willst, um nach ihm zu sehen.«

»Woher wusstest du, dass ich wach bin?«

»Ich bin schon seit einer Weile wach.«

In diesem Moment wurde ihr klar, dass die runde Form, die sich gegen ihren Hintern presste, sein harter Schwanz war. Er fühlte sich so bequem und vertraut an, dass sie einen Moment brauchte, um zu begreifen, was er bedeutete. Sie hatte sich sogar noch enger an ihn geschmiegt, wie sie es gewohnt war.

Die Realität brach schließlich durch. Wie ein heißer Schürhaken in ihrem Nacken sprang sie von der Couch auf. »Ähm, okay. Ja, ich rufe an. Danke.«

Sie rannte in ihr Schlafzimmer und schloss die Tür hinter sich, denn der Schlaf war aus ihrem Körper vertrieben.

Sie hatte alles getan, um sich nicht umzudrehen und ihn zu küssen, mit ihm zu schlafen.

Sie presste ihre Stirn gegen die Tür und atmete mehrere Male tief durch, um sich zu beruhigen.

Landrys Krankenschwester versicherte ihr, dass er eine angenehme Nacht gehabt hatte und am Morgen frühstücken durfte, wenn auch nur in flüssiger Form. Als sie in die Küche zurückkehrte, diesmal mit einem Bademantel über den Klamotten, in denen sie geschlafen hatte, entging ihr Cris' verspieltes Grinsen nicht.

»Was?«, fragte sie.

»Es wird dich nicht beißen.«

Sie spürte, dass ihr Gesicht rot wurde. »Du weißt, dass ich dich nicht zwinge, mit einem Gewicht von 10 Kilo an deinen Eiern herumzulaufen, und ich habe ihm gesagt, dass er dich nicht kastrieren darf. Sei nicht so streng mit mir.«

»Es tut mir leid, Til.« Er sah immer noch amüsiert aus, als er ihr zuerst den Kaffee einschenkte und ihn dann anrichtete, bevor er ihn ihr reichte. »Du bist ja gerannt wie eine gesengte Sau. Dein Gesichtsausdruck war zum Totlachen.«

Leider ging ihr der Gedanke nicht aus dem Kopf, als sie duschen ging. Sie hatte verdammt gut geschlafen wie ein verdammter Fels.

Es kam selten vor, dass sie nicht gut schlief, wenn sie mit Cris zusammen war.

Sie ordnete diese unangenehmen Gefühle unter der Rubrik ›Ignorieren um jeden Preis‹ ein und machte sich auf den Weg zu Landry.

· · ·

LEIDER KAM ihr immer wieder in den Sinn, wie Cris sie im Wartezimmer genannt hatte.

Kleines Mädchen.

Die unerwartete Flut von Erinnerungen und Emotionen, die diese einfache Anrede in ihr auslöste, erschreckte sie. Trotzdem schlief sie die nächsten beiden Nächte mit Cris auf der Couch und schlief schnell ein, während sie sich Filme ansah, bis Landry aus dem Krankenhaus zurückkehrte.

Als Landry nach seiner Rückkehr nach Hause sofort ins Bett ging, um zu schlafen, lag sie da und starrte ihn an, während sie seine Gesichtszüge studierte. Sie hatte ihn vermisst, auch wenn Cris' Anwesenheit sie beruhigte. Vielleicht konnte sie sich eines Tages dazu durchringen, mit Landry darüber zu sprechen, das Thema anzusprechen und ihn noch mehr einzubeziehen, ihm diese Sehnsucht zu gestehen.

Sein kleines Mädchen zu sein.

Sie schlief mit dem beruhigenden, gleichmäßigen Geräusch seines Atems ein, der sie in süße Träume wiegte.

LANDRYS HEILUNG und seine Behandlungen schritten voran, bis er sechs Wochen später eine weitere Pause von der Chemo einlegte. Tilly arbeitete gerade an ihrem Computer, als Landry eines Abends ins Büro kam und ihr einen Kuss in den Nacken drückte.

»Viel zu tun, Liebes?«, fragte er.

»Nicht allzu viel. Warum?«

Er legte seine Arme um ihre Schultern. »Ich muss dich um einen Gefallen bitten.« Vor allem sein Tonfall ließ sie aufhorchen.

»Was?«

»Würde es dir etwas ausmachen, wenn ich heute Abend etwas Zeit mit Cris verbringe?«

Ihr Körper spannte sich an. »Warum sollte es mich stören?« So viel Zeit hatte er mit Cris nicht mehr verbracht seit dem letzten Mal. Der Nacht, in der sie sie zusammen beobachtet hatte, ohne dass sie davon wusste.

»Es ist in Ordnung, wenn du Nein sagen möchtest.«

»Es ist okay«, beharrte sie.

Er streichelte ihr über das Haar. »Bist du sicher? Ich möchte dir keinen Kummer bereiten.«

»Alles gut.« Sie schaltete ihren Computer aus. Wenn Cris Sex haben wollte, wollte sie am anderen Ende des Hauses sein, mit geschlossener Tür und einem Fernseher, der laut genug aufgedreht war, um den Lärm zu übertönen. Es war nicht mehr so einfach wie früher, Landry zu teilen.

Obwohl sie sich geschworen hatte, es nicht zu tun, schlich sie später, nachdem Landry sie geliebt hatte, den Flur entlang und verließ ihr Bett, um zu Cris zu gehen. Wie schon beim letzten Mal hatte er seinen eigenen Höhepunkt hinausgezögert, ihr aber zwei umwerfende Stöße verpasst, die sie normalerweise sofort in einen tiefen Schlaf versetzt hätten.

Cris' Schlafzimmertür stand mehr als zur Hälfte offen, aber sie blieb weit genug zurück, um sie im Spiegel zu beobachten. Landry hielt Cris fest und küsste ihn, zwei Liebende, die sich umarmten, und nicht ein Meister, der seinen Sklaven benutzt. Ihr Kitzler pochte, als sie sah, wie Landry Cris ritt und sich auf seinen Schwanz spießte. Es kostete sie all ihren Willen, nicht zu ihnen zu gehen.

Cris streichelte Landrys Oberschenkel, verdrehte seine Brustwarzen, griff dann nach unten und packte seinen Schwanz. »Das war's«, sagte er heiser. »Nimm meinen Schwanz. Lass mich dich zum Kommen bringen.«

Sie fühlte einen unangenehmen Rückschlag, als sie sich daran erinnerte, wie oft er das Gleiche zu ihr gesagt hatte, während sie ihn in ihrem Bett geritten hatte, und zwar in demselben Ton.

Cris schloss die Augen und warf den Kopf zurück. In diesem Moment sah Landry in den Spiegel und begegnete ihrem Blick.

Ohne Worte wusste sie es. Er hatte die ganze Zeit von ihrer Anwesenheit gewusst, und wahrscheinlich auch das letzte Mal. Er lächelte sie an, hörte aber nicht auf, sich langsam auf Cris' Schwanz zu heben und zu senken.

Er schaute immer noch in den Spiegel und streckte ihr seinen Finger entgegen.

Sie flüchtete in ihr Schlafzimmer, schloss leise die Tür hinter sich, lehnte sich dagegen und schnappte nach Luft, während ihr die Tränen über das Gesicht liefen. Verdammt, sie wollte nicht so die Kontrolle verlieren.

Sie konnte nicht mit Cris zusammen sein, nicht einmal auf diese Weise. Nicht nach dem, was sie überlebt hatte.

Nie wieder konnte sie sich diesem Mann gegenüber verletzlich machen, selbst wenn sie Landry als Fels in der Brandung hatte, der sie aufrecht hielt. Mit Klamotten auf einer Couch zu schlafen, war eine Sache. Ihm dabei zuzusehen, wie er verprügelt wird? Aber sicher.

Aber nicht das. Vielleicht eines Tages, aber nicht jetzt.

Sie kroch unter die Decke und versuchte einzuschlafen, aber ihr Herz raste in ihrer Brust. Nach etwa einer halben Stunde, die ihr wie eine Ewigkeit vorkam, kehrte er zurück und schlüpfte zu ihr ins Bett.

Keine Spur von Müdigkeit in ihrem Körper.

Er küsste ihren Nacken. »Alles in Ordnung, meine Liebe?«

»Ja.«

Er zwang sie, sich zu ihm umzudrehen. »Möchtest du, dass ich das nicht mehr tue?«

Sie schüttelte den Kopf. »Nein, ist schon gut.«

Er strich ihr das Haar aus dem Gesicht. Es war jetzt lang genug, dass er mit seinen Händen hindurchfahren konnte, während sie sich liebten. »Wenn du es dir wünschst«, grummelte er, »bist du jederzeit willkommen, mitzumachen.« Er knabberte an ihrem Halsansatz, und sie stöhnte leise, als ihr Körper sie verriet.

Er drang in sie ein und streichelte sie langsam. »Das habe ich für dich aufgehoben, meine Liebe. Nur für dich.«

Ihr Körper schmolz dahin und sie wand sich gegen ihn. Bevor er darum bitten konnte, kam sie zum Höhepunkt, als ihr pulsierender Kitzler sich perfekt an ihm rieb.

Ein weiterer schneller Stoß und er war bei ihr. Seine Lippen vergruben sich an ihrer Schulter und er flüsterte: »Du bist meine Liebe. Ich werde immer das Beste für dich aufheben.«

Sofort sank sie in seinen Armen in den Schlaf, während sein erweichender Schwanz in ihr vergraben war.

EINE WEITERE RUNDE THERAPIE, dann eine weitere Pause. Mit der Chemo-Pause kehrte Landry in eine verspielte, wenn auch etwas gedämpfte Stimmung zurück. Als er am nächsten Samstagmorgen aufwachte, rollte er sich auf sie und küsste sie.

»Guten Morgen, Tiger«, neckte sie ihn.

»Lass uns heute Abend in den Club gehen.«

Sie runzelte die Stirn. »Fühlst du dich dazu in der Lage?«

»Du bist schlimmer als Cris.«

»Nun, die Krankenschwester in mir kann den Vorfall mit dem Blutspucken nicht vergessen. Ich will nicht, dass du dich zu sehr anstrengst.«

»Der Arzt hat gesagt, ich kann tun, worauf ich Lust habe. Ich habe Lust, heute Abend in den Club zu gehen. Ich werde heute Nachmittag ein Nickerchen machen.«

Das spielerische Glitzern in seinen Augen entging ihr nicht. »Uuuund?«

Er grinste. »Ich möchte mit dir frühstücken und dann einkaufen gehen.«

»Einkaufen?«

Er küsste sie so lange und intensiv, dass sie spürte, wie ihr eigenes Verlangen in ihr aufstieg. »Einkaufen.«

Cris reagierte nicht, als Landry ihm sagte, dass er sich nicht die Mühe machen müsse, ihnen Frühstück zu machen, sondern dass sie beide ausgehen würden. Er nickte. »Ja, Meister. Irgendwelche Anweisungen?«

»Nutze den Tag für alle arbeitsbezogenen Angelegenheiten, die deine Aufmerksamkeit erfordern. Pass auf, dass du dich nicht überanstrengst, bevor wir heute Abend in den Club gehen.«

Sie nahm an, dass Landry das fast unsichtbare Kräuseln von Cris' Lippen bei dieser Aussage nicht entgangen war. »Ja, Meister.«

Sie bestand darauf, zu fahren, obwohl er versuchte, ihr die Schlüssel abzunehmen. »Hör auf, du Dickschädel. Ich kümmere mich um dich.«

»Wir streiten schon wie ein altes Ehepaar, und dabei haben wir noch nicht einmal unseren ersten Jahrestag. Wie findest du das?«

»Halt die Klappe und steig ins Auto.«

Er zwinkerte ihr zu. »Ja, Ma'am.«

Sie zeigte ihm von der anderen Seite des Wagens den Vogel und lächelte über sein amüsiertes Lachen.

Nach ihrem Brunch kehrten sie zum Auto zurück. »Wo willst du denn einkaufen gehen und warum haben wir Cris nicht mitgebracht?«

»Um die Überraschung zu verderben? Liebes, für was hältst du mich?«

»Für einen sadistischen Dom.«

»Ah, du kennst mich so gut. Hat Vertrautheit schon zu Verachtung geführt?«

»Nein, das ist so ziemlich das Einzige, was du noch nicht mit mir gezüchtet hast, du verdammter geiler Bock.«

Er brüllte vor Lachen. »Lass uns ins Temptations gehen. Das ist mein Plan.«

Sie konnte sich nur vorstellen, was er dort kaufen wollte, und es dauerte nicht lange, bis ihre Neugierde gestillt war. Als sie den Laden an der US 41 betraten, in dem es alles Mögliche gab, von Spielzeug für Erwachsene über Neuheiten bis hin zu Club- und Stripper-Klamotten, wusste sie, dass er sich etwas vorgenommen hatte.

Ein freundlicher Angestellter begrüßte sie. »Suchen Sie etwas Bestimmtes?«

Landry nahm Tillys Hand. »Ich fühle mich heute besonders pervers. Gibt es eine Möglichkeit, meine schöne Frau in ein katholisches Schulmädchen zu verwandeln?«

Tilly wurde rot, während der Angestellte lachte. »Hier entlang.«

Als Tilly Einspruch erheben wollte, beugte sich Landry vor und flüsterte: »Bitte, Liebes? Ich wollte dich schon immer mal so sehen.«

Sie murmelte ihre Zustimmung. Sie hatte schon einmal ein Outfit als Schulmädchen gehabt. Das war Jahre her.

Sie und Cris hatten es sogar in diesem Laden gekauft. Wenn sie genau das Gleiche auf Lager hatten, musste sie ein Machtwort sprechen. Das wäre eindeutig zu viel für sie.

Sie atmete erleichtert auf, als sie den kurzen, blau karierten Rock sah, der nicht rot war wie ihr anderer. Und auch der Blazer des Ensembles sah ganz anders aus. Als sie es Landry vorführte, zusammen mit einem Paar Plateau-Mary-Janes, die er ausgesucht hatte, brachte sein zufriedenes Grinsen ihr Herz zum Schmelzen.

Ja, sie würde es für ihn tragen. Um ihn so glücklich zu sehen, würde sie fast alles anziehen.

Oder gar nichts.

Er ging zu ihr hinüber. »Wir nehmen es«, sagte er zu dem Verkäufer. Dann küsste er ihr Ohr und drückte sich so nah an sie heran, dass Tilly spürte, wie sein harter Schwanz durch seine Hose hindurch an ihrem Oberschenkel rieb. Der Mann schien keine Unterwäsche zu besitzen. Zumindest keine, die er jemals unter einer Hose trug. »Weißt du, wie lange ich schon davon geträumt habe?«

»Gehst du heute Abend als Priester oder als Nonne verkleidet?«, neckte sie ihn.

Er knabberte an ihrem Ohrläppchen, denn er wusste genau, was das bei ihr auslöste. Sie kämpfte erfolgreich gegen ihr Stöhnen an. »Ich gehe als geiler Dom, der seinen Sklaven verprügelt, bevor er seiner Frau das Hirn aus dem Leib fickt.«

SEINE WORTE HALLTEN durch ihren Kopf, als sie sich auf den Weg zum Club machten. Als sie im Venture ankamen, führte Landry sie hinein und direkt zu einer Bank. Als er sich mit Cris in Szene setzte, spürte Tilly, wie ihr Körper reagierte, als sie die beiden beobachtete. Mehrmals trafen Landrys Augen die ihren, als er mit Cris spielte, und zogen sie als Teilnehmerin mit hinein, selbst als sie an der Wand saß und nichts weiter tat, als zuzusehen.

Es entging ihr nicht, dass er Cris nicht freiließ, als er fast eine Stunde lang mit Stöcken, Gerten und einem Singletail auf ihn losging.

Cris schien es nicht zu stören, denn er sah glücklich aus, als Landry ihn nach der Behandlung im Arm hielt und sich um ihn kümmerte.

Sie nahm die Schlüssel aus Cris' Jeanstasche, bevor er sich anziehen konnte. Als es Zeit wurde zu gehen, ging sie sofort zur Fahrertür und winkte die Männer nach hinten. »Ich fahre. Es ist sowieso mein Auto.«

Landry widersprach ihr nicht. Sie warf ein paar Mal einen Blick in den Spiegel und sah, wie Cris sich an Landry lehnte und dieser seinen Arm um ihn gelegt hatte. Als sie das Haus erreichten, schickte Landry Cris ins Bett. Als er ihr in ihr Schlafzimmer folgen wollte, hielt sie ihn auf.

»Geh und verbringe Zeit mit ihm«, sagte sie ihm.

»Liebes?«

Sie stellte sich auf die Zehenspitzen und küsste ihn. »Ich meine es ernst.« Sie lächelte. »Aber heb dir etwas Energie für mich auf.« Ohne ein weiteres Wort ging sie in ihr Schlafzimmer und zog sich aus. Sie wusste, was sie tun wollte, aber sie wusste nicht, ob sie den Mut haben würde, es durchzuziehen.

Zehn Minuten später ging sie nackt unter ihrem Bademantel den Flur hinunter und stand in Cris' Schlafzimmertür. Landry hatte sich heute Nacht nicht die Mühe gemacht, die Tür zu schließen. Cris lag nackt im Bett auf dem Rücken, und Landry kniete zwischen seinen Beinen und blies ihm einen. Nach ein paar Minuten, als sie mit pochendem Kitzler dastand und ihr eigener Saft an ihren Beinen herunterlief, ritt Landry auf Cris, wobei beide Männer lustvoll stöhnten, als er sich vollständig aufspießte.

Mit rasendem Herzen ging sie zum Bett hinüber. Landry schien nicht im Geringsten überrascht zu sein, sie dort zu sehen. Er zog sie zu sich und küsste sie, was ihr Verlangen noch mehr anheizte. Seine Augen leuchteten in dem schwachen Licht tief dschungelgrün.

Sie brach den Blickkontakt mit ihm nicht ab, als sie auf das Bett kletterte und sich auf Cris' Gesicht setzte, das Landry zugewandt war. Er war ihr Mann, und sie wollte sichergehen, dass Cris das nicht vergaß. Sie ließ sich auf ihn herab, Landrys Arme hielten sie fest, und Cris leckte sofort ihre Klitoris.

»Du bist wunderschön, Liebes«, murmelte Landry, als er sie küsste. »Umwerfend.«

Cris brauchte nicht lange, um sie zum Kommen zu bringen. Seine Zunge tauchte tief in sie ein und brachte sie der Erlösung näher. »Wage es nicht zu kommen, Landry«, sagte sie. »Du bist mein Mann. Spiel so lange mit ihm, wie du willst, aber dein

Schwanz sollte besser in meiner Muschi sein, wenn er heute Nacht explodiert.«

Cris stöhnte unter ihr auf, aber nicht als Beschwerde. Ihre Worte hatten den gewünschten Effekt und brachten ihn zum Höhepunkt. Sie klammerte sich an Landry, um ihn zu stützen, als ihr Orgasmus sie überrollte und sie aufschreien ließ.

Als sie sich erholte, sah sie in Landrys Augen und erkannte die Leidenschaft, die dort brodelte. Sie küsste ihn, zog sich von Cris herunter und schnappte sich ihren Bademantel von der Tür. »Ich warte auf dich.«

Sie hatte einen schwülen, verführerischen, hüftschwingenden Sprung aus dem Zimmer geplant, aber sie konnte kaum laufen. Sobald sie ihr Bett erreicht hatte, hörte sie Landry in der Tür. Als sie sich umdrehte, war er schon auf ihr, hob sie hoch und warf sie auf das Bett, wo er auf ihr landete und seinen Körper über ihren legte.

»Du bist verdammt schön, Frau«, knurrte er gegen ihre Kehle und seine Zähne streiften ihre Haut. Sein harter Schwanz drang schnell und tief in sie ein. »So verdammt sexy.«

Sie lernte jeden seiner Stöße mit ihren Hüften kennen. »Zeig es mir.«

Er biss zu, mit einem kleinen Stich im Biss. »Zeig du es mir zuerst.« Er wechselte ins Französische. »*Komm jetzt für mich!*«

Tilly stieß mit ihren Hüften gegen ihn, als ihr Körper darauf reagierte. »Sehr gut.« Er wechselte zurück ins Englische. »Ich liebe dich so sehr.« Dann biss er auf ihre Schulter, während er sie fast gewaltsam fickte.

Dadurch wurde ihr Höhepunkt in die Länge gezogen und ihr Körper erbebte unter ihm, als er seinen Samen in sie ergoss. Schließlich sackte er auf ihr zusammen. Er rollte sich auf die Seite und zog sie mit sich. »Mein Gott, ich liebe dich.«

Sie kuschelte sich fest in seine Arme. »Ich liebe dich auch.«

Kichernd streichelte er ihren Rücken und sagte: »Du bist teuflisch, Liebes.«

»Warum?«

»Blödsinn, du fragst mich warum?« Er umarmte sie ganz fest. »Dass du so einen Anspruch auf mich erhebst. Genial.«

»Du hast doch gesagt, dass ich den Sklaven benutzen kann, wie ich will, oder?«

»Taut dein Herz vielleicht etwas auf, wenn es um ihn geht?«

»Nein.« Sie schloss ihre Augen. »Wie du gesagt hast, ich erhebe meinen Anspruch. Auf dich.«

Er küsste ihren Kopf. »Betrachte mich als gut beansprucht, meine Liebe.«

KAPITEL NEUNZEHN

Sechs Monate nach Beginn von Landrys Behandlung waren die Ärzte überzeugt, dass er den Krebs besiegen würde. Jetzt mussten sie nur noch abwarten, bis die Ergebnisse der nächsten Blutuntersuchung kamen, um herauszufinden, ob er mehr als eine weitere Runde Chemo benötigte. Da er in einer Woche Geburtstag hatte, wollte Tilly sich etwas Besonderes für ihn einfallen lassen, um ihn zu feiern.

Cris musste zu einem Meeting nach L.A. fliegen, was er nicht gern tat, weil er so Landrys Geburtstag verpasste. Landry hatte ihn jedoch überstimmt, wenn auch sanft. Selbst Tilly musste zugeben, dass er taktvoll damit umging. Er versprach Cris, dass er sich nach seiner Rückkehr Zeit für ihn nehmen würde, was ihn ein wenig ärgerte.

In der Zwischenzeit würden sie das Haus für sich allein haben.

Aufgewühlte Gedanken führten zu unruhigen Nerven. Eine Idee, die sie seit Beginn dieser verrückten Sache immer wieder in Erwägung gezogen hatte. Da Cris fast ständig in der Nähe war und sie die Schlafzimmertür schließen konnten, konnte sie

ihren letzten Rest an Misstrauen nicht loslassen, um es ernsthaft in Betracht zu ziehen.

Sie ließ sich von Landry wirklich toppen. Zu Hause,
versteht sich. Nicht im Club.

Nur sie beide. Nur einmal, um zu sehen, was er tun würde.

Sie nahm sich die Zeit, sich vorzubereiten, während Landry
Cris am Tag vor seinem Geburtstag zum Flughafen fuhr. So
konnte Cris ein wenig Zeit mit ihm allein verbringen und
musste sich nicht mit Landrys Neugier auseinandersetzen,
wenn er sie bei den Vorbereitungen sah.

Als er zwei Stunden später vom Flughafen in Sarasota
zurückkehrte, hatte sie bereits alles, was sie brauchte, im Spielzimmer in ihrem Spielzeugschrank verstaut. Landry hatte
keinen Grund, dort hineinzugehen. Sie stand an der Theke und
machte ihnen einen Salat zum Mittagessen, als er hereinkam
und seine Schlüssel auf die Theke legte.

»Da ist ja mein kleines Mädchen.« Er schlang seine Arme
um sie und küsste ihren Hals. Es machte ihr nichts aus, dass ihr
Herz bei diesem Kuss so heftig schlug. Er drückte seine Hüften
in ihren Hintern. »Hast du vielleicht Lust, nach dem Mittagessen ein bisschen rumzumachen?«

»Wann bin ich jemals *nicht* in der Stimmung, mit dir
herumzumachen, Mister?«

Er knabberte an ihrem Hals, bevor er ihn wieder küsste.
»Ich bin so glücklich.« Er ließ sie los, damit sie ihr Mittagessen
zu Ende kochen konnte. Sie war sich unangenehm bewusst,
wie feucht sie bei dieser kleinen Zärtlichkeit geworden war.

Später half er ihr beim Aufräumen in der Küche. Dann zog
er sie in seine Arme. »Hast du noch Lust?«

Sie schob ihre Hände in die Gesäßtaschen seiner Jeans und
drückte seine Hüften an ihre. »Na klar.«

Landry grinste. »Für diese Reaktion hätte Cris eine Tracht
Prügel verdient.«

»Mit dieser Reaktion hätte er auch darauf abgezielt.« Sie

küsste ihn schnell, lachte über seine hochgezogene Augenbraue und drehte sich um, um zum Schlafzimmer zu gehen.

Ein leichter Klaps auf den Sitz ihrer Jeans ließ sie zusammenzucken. Als sie sich umdrehte, hatte er ein teuflisches Lächeln und einen unschuldigen Blick aufgesetzt. Wie er es schaffte, beides miteinander zu verbinden, war ihr ein Rätsel.

»Nun, das *hast* du gesagt, Liebes.«

Ursprünglich hatte sie geplant, es morgen Abend, an seinem Geburtstag, zu tun, aber während ihres Mittagessens hatte er erwähnt, dass sie im Ruth's Chris Steak House essen gehen würden.

Warum nicht jetzt?

Sie wandte sich wieder an ihn. »Tu mir einen Gefallen, setz dich auf die Couch und warte auf mich, bitte?«

Wieder hob sich die Augenbraue. »Warum?«

»Bitte? Es ist eine vorgezogene Geburtstagsüberraschung für dich.«

Er betrachtete sie einen Moment lang und nickte dann langsam. »Wird sie mir gefallen?«

Es war schon ein paar Wochen her, dass er mit Cris eine Szene gemacht hatte. Sie musste darauf vertrauen, dass er seine Frustration nicht an ihr auslassen würde. »Ziemlich sicher. Ich rufe dich, wenn ich so weit bin.« Als er sich mit dem Rücken zum Flur auf die Couch gesetzt hatte und nicht sehen konnte, wohin sie ging, ging sie zu Cris' Badezimmer und benutzte es, bevor sie leise ins Spielzimmer ging.

Konnte sie das tun? Sie war total aufgeregt und voller Vorfreude, bis sie mit der Realität konfrontiert wurde.

Schnell zog sie sich aus, verstaute ihre Klamotten im Schrank und zog einen Strumpfgürtel, ein Netzstrumpfband, Stilettos, die sie seit Monaten nicht mehr getragen hatte, und ein Korsett an. Sie zog die kleinsten ledernen Handgelenkstulpen an, die sie hatte und die ihr immer noch groß waren, weil ihre Kunden alle Männer waren, die größer waren als sie.

Keine Locken. So weit konnte sie heute nicht gehen.

Ihre Finger zögerten, als sie nach dem Halsband griff, das Ross ihr geschenkt hatte. Weiches, geschmeidiges Rindsleder mit einem handgefertigten Moral-Design. Eine normale Schnalle, nicht abschließbar.

Sie legte es an, ließ es aber eine Spur lockerer, als sie es normalerweise getragen hätte.

Die Fußfesseln ließ sie auf dem Boden liegen, damit er sie schnell greifen konnte, wenn er sie benutzen wollte, denn sie waren bereits mit Panik-Schnallen versehen. Sie legte die Gerten, einen Stock, ein paar Flogger und ihren vierfüßigen Singletail bereit. Nicht, dass sie ihm nicht vertraute, aber sie wusste, dass ihre Werkzeuge seinen geschickten Händen nicht gerecht wurden. Sie stellte zwei Flaschen Wasser und ihren MP3-Player mit ihrer Lieblingsmusik an die kleine Stereoanlage.

Ein Musikstück, das sie seit Jahren nicht mehr hatte hören können, von dem sie aber wusste, dass sie es heute brauchte.

Schließlich noch die Augenbinde und die Schleife. Sie löste den Klebestreifen von der Schleife und klatschte ihn mitten auf ihren Hintern.

Mit klopfendem Herzen legte sie sich mit dem Gesicht nach unten auf die kniende Bank und schob sich die Augenbinde über die Augen. Nach Gefühl befestigte sie ihre Handgelenksfesseln an den Augenhaken auf der Bank.

Sie musste erst schlucken, bevor sie sprechen konnte. »Okay«, rief sie.

Zuerst war sie sich nicht sicher, ob er sie gehört hatte. Aber dann hörte sie, wie sich die Tür öffnete und er scharf einatmete.

»*Mon dieu!*«

Ein warmer Schauer überkam sie. Vorfreude. Verlangen. Sie spürte, wie sie in den Subraum kippte, und er hatte sie noch nicht einmal berührt.

Nach einem langen Moment hatte er sie immer noch nicht berührt und sie spürte nicht, dass er näher kam. Dann sprach er und hörte sich an, als stünde er in der Nähe der Ausrüstung, die sie für ihn bereitgelegt hatte.

»Liebes?«, fragte er leise.

Sie hatte den Satz schon tausendmal in ihrem Kopf geprobt, aber ihre Stimme zitterte immer noch, als sie ihn sprach. »Das ist dein Geburtstagsgeschenk, von mir für dich. Ich vertraue dir. Ich wollte, dass es nur du bist. Ich wollte, dass es nur du und ich sind. Nicht er.«

Wieder Stille. Sie hörte ein Geräusch und vermutete, dass es das Treten seiner Schuhe war. Als er wieder sprach, seine Lippen fast neben ihrem rechten Ohr, erschrak sie. »Ich brauche das nicht von dir, meine Liebe, obwohl ich es zu schätzen weiß. Ich kann dich auch ohne das hier lieben.«

»Ich weiß.« Sie musste Luft in ihre Lungen pressen. »Ich möchte es dir geben. Wenigstens einmal. Mein Geburtstagsgeschenk für dich.«

Eine Hand streichelte sanft ihr Haar. »Ich weiß nicht, was ich sagen soll, Baby.«

»Du musst gar nichts sagen.«

Sie spürte, wie sich ihre Muschi auf vertraute Weise zusammenzog, als sich seine Finger in ihr Haar krallten, es festhielten und sie in Besitz nahmen, bis er ihren Kopf hochzog. Seine Stimme wechselte den Tonfall, tief und befehlend. »Du gibst dich mir heute hin, Mädchen?«

Sie hatte lange darüber nachgedacht, wie sie ihn nennen wollte.

»Ja, Meister.«

Wieder atmete er scharf ein. Er ließ ihr Haar los und trat um sie herum. Sie ahnte, wo er war, und nach einem Moment hörte sie das leise Rascheln von Stoff, als er sein Hemd auf den Boden fallen ließ. Jetzt stand er nur noch in seiner Jeans da. In ihren Gedanken stellte sie sich seine muskulöse Brust und seine Arme vor, die trotz der Folgen der Krebsbehandlung immer noch gut aussahen.

Ein Finger zeichnete leichte, träge Muster über ihre linke Arschbacke, dann über die rechte. Er gluckste. »Mit einer Schleife umwickelt?«

»Ja, Meister.«

»Du weißt, dass ich nicht mit einem Safeword spiele.« Sie schluckte schwer. »Ich weiß. Ich vertraue dir.«

Seine Hand verschwand wieder. Sie spürte, wie er die Schleife aufzog. Er löste ihren Strumpfgürtel und zog ihn aus, ebenso wie ihre Schuhe und Strümpfe.

Sie spürte, wie er die Lederfesseln um ihre Knöchel schnallte und sie an der Bank befestigte. Mit ihrem gespreizten und offenen Arsch war sie in mehr als einer Hinsicht ein erstklassiges Ziel.

»*Hmm.*« Eine Hand kehrte zurück, seine Finger streichelten ihr Fleisch. »Ich kann ehrlich sagen, dass ich zum ersten Mal seit langer Zeit keine Ahnung habe, wo ich anfangen soll.« Er gluckste wieder. »Das ist ein wunderbares Dilemma.«

Sie versuchte, ihre Atmung zu verlangsamen, und entspannte sich in seinen Berührungen, als er seine Finger zwischen ihre Beine tauchte und langsam zwei in sie schob.

»Oh, meine Liebe, du *bist* ganz wild darauf, dich mir heute hinzugeben, stimmt's?«

»Ja, Meister.«

»Ein Teil von mir will dich jetzt ficken, und ein Teil von mir will diesen süßen, hübschen, blassen Arsch zuerst rot färben. Die Qual der Wahl.«

Cris hatte ihr gegenüber immer ein Safeword benutzt, aber sie hatte es nie gebraucht. Er hatte immer aufgehört, lange bevor sie es wollte, obwohl sie wusste, dass sie nicht annähernd so viel Schmerz ertragen konnte, wie er es bei Landry tat.

Seine Hand strich sanft über ihren Hintern, aber nicht so sehr, dass es wehtat. »Ich denke, ich würde gern den ganzen

Nachmittag mit dir spielen und dich ficken, Baby. Würde dir das gefallen?«

»Ja, Meister.«

Sie spürte seine Finger an ihrem Halsband. »Woher kommt das?«

»Das ist das, was Ross mir angelegt hat.«

Sie spürte, wie er es abschnallte und entfernte. Dann küsste er ihren Nacken. »Wenn dir jemals ein Halsband um den Hals gelegt wird, dann nur von *mir*.« Der grollende Ton seiner Stimme ließ die wenigen festen Stellen in ihrem Körper schmelzen.

Zum ersten Mal dachte sie ernsthaft darüber nach, ihn zu bitten, ihr ein Halsband anzulegen.

Sie spürte seine Lippen auf ihrem Hintern. Dann biss er sie, härter, als er es normalerweise tat, aber er machte sich keine Sorgen, dass er dort einen Abdruck hinterlassen würde. Sie vermutete, dass das sein Ziel war. Sie stöhnte auf und wünschte sich, sie hätte sich entschieden, darum zu betteln, direkt zum Fickteil des Nachmittags überzugehen.

Er biss ihr in die andere Wange, genauso fest, so dass sie fast vor Schmerz aufstöhnte. Dann rieb er die Stellen mit seinen Händen. »Oh, meine Liebe. Das sieht wunderschön aus.« Sie spürte, wie er sich hinter ihr auf den Boden setzte und abwechselnd in sie biss und ihre Muschi leckte, bis sie bettelte und sich wand und vor Verlangen und angenehmen Schmerzen schrie. Sie wollte mit ihm in den Subraum, verdammt noch mal, und er brachte sie nicht ganz aus dem Konzept.

»Normalerweise tue ich so etwas nicht, aber ich muss es sagen, weil ich dich liebe. Du weißt, wie ich spiele. Bist du bereit, mir alles zu geben, was ich von dir haben möchte, während du über diese Bank gebeugt bist und unter meiner Kontrolle stehst?«

Ihr Magen wurde flau. »Ja, Meister.«

»Das ist meine Regel. Stimme ihr nicht zu, wenn du nicht auf die Umstände vorbereitet bist. Ich werde erst aufhören, wenn ich das Gefühl habe, dass ich aufhören muss. Das ist deine einzige Chance, abzulehnen, und ich werde dich befreien und mit dir ins Bett gehen und dich sofort durchficken.«

Es war sooo verlockend, aber mit ihrem Adrenalinspiegel wollte sie das nicht aufgeben. »Für heute gehöre ich dir, Meister. Du kannst mit mir spielen, wie du willst. Solange es nur du bist.«

Seine Hände streichelten sie erneut. »Natürlich bin nur ich es.« Er strich mit seiner Zunge über ihre Klitoris, was sie aufschrecken ließ, aber nicht erregte. »Also gut, meine Liebe. Ich werde mit dir spielen und dich ganz und gar besitzen.«

Er verschwand für einen Moment und sie hörte, wie er den Spielzeugschrank durchwühlte. Am Geräusch konnte sie nicht erkennen, was er herausholte, aber er kam zurück und rieb ihren Hintern mit seinen Händen. »Bist du wirklich bereit für mich, meine Liebe?«

»Ja, Meister.«

Er schlug ihr mit bloßen Händen auf den Hintern und steigerte nach ein paar Minuten das Tempo und die Kraft, bis er ihr eine harte Tracht Prügel verpasste, härter, als Cris sie jemals geschlagen hatte. Ihre Tränen kullerten, als sie sich gegen seine Hand stemmte und schrie, aber sie spürte, wie sie wieder an Höhe gewann, bis die Endorphine einsetzten und sie wusste, dass sie das Ziel erreicht hatte.

Wenn er sie nur für ein paar Minuten festhielt, würde sie ihn machen lassen, was er wollte.

Er ließ kein Pardon walten und versohlte ihr den Hintern, bis er wund war und sich heiß anfühlte. Sie wusste, wenn sie in den Spiegel schauen würde, wäre sie nicht nur knallrot, sondern man würde auch den deutlichen Abdruck seiner Hand sehen und die Bisswunden, die sich zweifellos schon in interessanten Lila-Tönen verfärbt hatten.

Als er von ihr abließ, schnappte sie nach Luft, ihr Gesicht war tränennass und doch sehnte sie sich nach Erlösung.

»Du bist wunderschön, Liebes«, sagte er, sein Tonfall war tiefer als sonst, aber selbst im Subraum erkannte sie, dass er noch nicht alles gegeben hatte.

»Halte dich nicht zurück«, keuchte sie. »Bitte.«

Seine Hand streichelte ihren Hintern. »Das werde ich nicht.« Dann spürte sie etwas Kühles und Nasses an ihrem Hintern und erkannte, dass er sie mit Gleitmittel beträufelt hatte.

Sie verstand, was er vorhatte, und ein Teil von ihr wollte sich gegen ihn wehren.

Ein Teil von ihr wollte ihn anflehen, es zu tun.

»Ich habe dich noch nicht so gehabt. Es ist mein Recht, dich so zu nehmen, oder?« Langsam stieß er mit einem Finger in ihre jungfräuliche Rosenknospe und ließ sich Zeit, bis sie stöhnte, sich gegen seine Hand stemmte und nach mehr bettelte. Er nahm einen zweiten, dann einen dritten. Als er die Finger seiner anderen Hand in ihre Muschi gleiten ließ, wollte sie explodieren, aber er sah das voraus.

»Komm nicht«, befahl er. »Dazu habe ich dir nicht die Erlaubnis gegeben.« Alle seine Finger verschwanden und sie wimmerte enttäuscht. Dann drückte etwas anderes gegen ihren Rand. »Pressen.«

Sie keuchte und schrie auf, als der Butt-Plug mit einem brennenden Druck in ihren Arsch geschoben wurde, während ihre Muskeln darum kämpften, ihn aufzunehmen, bis er ganz in ihr saß.

»Oh, Gott! Nein, er ist zu groß, nimm ihn raus!«

»Nein. Du schaffst das schon. Er bleibt da, bis ich ihn herausnehme und dich ficken kann. Ich will dich nicht verletzen. Du musst bereit sein, denn ich werde dich hart und schnell ficken und diesen süßen, jungfräulichen Arsch in Besitz nehmen.« Die Finger kehrten zu ihrer Klitoris zurück und innerhalb von Sekunden verwandelte er den Schmerz in ein brennendes Vergnügen, das sie nur mit Mühe unterdrücken konnte. »Jetzt ist es besser, nicht wahr, Baby?«, fragte er. »Du wolltest nur, dass ich mit deiner Klitoris zu spielen, damit sie sich wieder brav anfühlt, nicht wahr?«

Sie wimmerte, ohne etwas sagen zu können.

Er gab ihr einen Klaps auf den Hintern. Auch nicht sanft, sondern mit einem harten, stechenden Schlag, der sie aufschreien ließ. »Antworte mir, Baby. Du wolltest, dass ich mit deiner Klitoris spiele, stimmt's?«

»Ja!«

»Ja, *was?*«

»Ja, Meister!«

»Sehr brav«, gurrte er. »Das ist mein braves Mädchen.«

Tilly verlor die Zeit aus den Augen, als er sie erst mit dem Flogger und dann mit der Gerte schlug. Er hielt sie am Rande der Erlösung und weigerte sich, sie zum Höhepunkt kommen zu lassen, während ihr Schmerz und ihre Leidenschaft sie zur Raserei trieben. Wenn das so weiterging, wäre sie mit fast allem einverstanden, wenn er sie nur kommen ließe.

Alle Aktivitäten hörten auf. Sie stöhnte und wand sich, der Butt-Plug steckte noch immer in ihr, ihr Arsch war heiß und brannte von der Reitgerte und seinen Schlägen. Offenbar hatte er noch etwas anderes geholt, denn sie hörte, wie sich der Spielzeugschrank öffnete und schloss, bevor sie hörte, wie er den Reißverschluss seiner Hose öffnete und den Butt-Plug herauszerrte. Fast sofort drückte er seinen dicken Schwanz gegen ihren Rand.

»Bettle mich an, Baby.«

In diesem Moment würde sie um alles betteln. »Bitte, bitte fick meinen Arsch!«

»Das war nicht die richtige Art zu betteln. Du weißt es doch besser. Bettle auf die richtige Art und Weise.«

Ihre Gedanken rasten. *Das war nicht richtig gewesen?* Dann fiel es ihr ein. »Meister, bitte! Meister, fick meinen Arsch!«

»Oh, Baby, das ist so gut.« Sie hörte, wie etwas mit einem Brummen einrastete und hatte keine Zeit, die Quelle zu ergründen. Er stieß seinen geölten Schwanz tief in sie hinein, bevor er unter sie griff und den Vibrator gegen ihre Klitoris drückte. »Komm jetzt für mich, Baby.«

Sie schrie auf, als sich ihr Körper auf der Bank krümmte und sich gegen die Fesseln stemmte, während Wellen der Lust sie überspülten. Er fickte sie hart und drückte den Vibrator fest an sie, bis sie schluchzte und sich wand und versuchte, sich von ihm zu lösen. »Komm noch einmal, jetzt!«, befahl er.

Sie nahm vage wahr, dass er irgendwann auf Französisch umgeschaltet hatte und schon eine ganze Weile sprach. Ihr Körper reagierte und bockte gegen ihn, während er sie fickte und sie mit dem Vibrator zum Kommen brachte. Nach drei Orgasmen befahl er ihr, ihn anzuflehen, dass er aufhören solle, sie kommen zu lassen, bevor er den Vibrator abstellen würde. Dann packte er ihre Hüften und stieß zu, wobei seine Eier bei jedem Stoß gegen ihren Arsch klatschten und die Lust zu einem erotischen Brennen wurde, als sein Schwanz in sie eindrang.

»Flehe mich an, in dir zu kommen.«

Sie schluchzte. »Bitte, Meister! Bitte nimm mich! Bitte komm in mir!«

Ein letzter Stoß und er hielt still. Als ihr Körper nach der Szene in einen Sturzflug überging, spürte sie seine Jeans an ihren Oberschenkeln und seinen Körper über ihrem auf der Bank, während er sich erholte.

Sie lag da und schnappte nach Luft und zuckte zusammen, als er sich zurückzog. Sie nahm vage Geräusche aus Cris' Badezimmer wahr, als er sich wusch. Einen Moment später berührte etwas Nasses und Kühles ihren zarten Hintern.

»Halt still, Baby«, sagte er und seine Stimme war wieder

sanft. Er wusch sie mit dem nassen Waschlappen ab, bevor er ihr die Augenbinde abnahm. Er löste die Fesseln an ihren Hand- und Fußgelenken und half ihr, sich aufzusetzen. Als sie versuchte, aufzustehen, merkte sie, dass sie keine Kraft in den Beinen hatte.

Er hob sie auf und trug sie in ihr Schlafzimmer. Schwach klammerte sie sich an ihn, und als er sie auf das Bett legte, ließ er sie nicht los. Er streckte sich neben ihr aus und ließ zu, dass sie ihren Körper an ihn schmiegte. Er schmiegte seine Lippen an ihre Stirn und strich mit ihnen über ihre geschlossenen Augen.

»Hasst du mich?«, fragte er leise.

Ohne ihre Augen zu öffnen, lächelte sie. »Nein, Meister. Ich hasse dich nicht. Ich liebe dich mehr, als ich dir sagen kann.«

LANDRYS HERZ POCHTE. Wahrscheinlich konnte sie es sogar hören, so wie sie auf ihm ausgestreckt lag.

Meister.

Er konnte verstehen, dass sie das während der Szene sagte, die ihn in erster Linie überrascht hatte.

Aber es jetzt zu sagen?

»Du bist so schön. Ich liebe dich so sehr.«

Sie kuschelte sich enger an ihn. »Können wir ein Nickerchen machen?« Sie klang zufrieden.

Er hatte schon viele Gefühle bei ihr erlebt. Er konnte sich ehrlich gesagt nicht erinnern, dass sie jemals zuvor zufrieden geklungen hatte.

»Wir machen alles, was mein süßes kleines Mädchen will.«

Ihre Stimme klang fast wie die eines kleinen Mädchens. »Ich will hier bei dir liegen und ein Nickerchen machen, und später will ich kuscheln und fernsehen.«

Ein Bild tauchte vor seinen Augen auf. Er saß auf der Couch, sie auf seinem Schoß und Cris kniete nackt zu seinen

Füßen, den Kopf auf sein Knie gestützt. Die drei waren zufrieden und glücklich auf ihre schmutzige Art.

»Habe ich dir wehgetan, Baby?« Er hatte keine Zweifel daran, dass sie ihn nur noch mit einem Hauch von Sarkasmus ›Meister‹ nennen würde, wenn sie sich vollständig aus dem Subraum erholt hatte.

Sie wirkte viel entspannter, als er sie je gesehen hatte. »Nö.«

Plötzlich kam ihm ein anderer Gedanke. Ihm wurde klar, wie dumm und kurzsichtig er wieder einmal gewesen war. Aber es war das Risiko wert. Hoffentlich hatte sein Versäumnis, die Nase in seinem Gesicht zu sehen, diesmal niemandem geschadet.

Er schob sie in seinen Armen ein wenig hin und her, bis sie fest an ihn geschmiegt war. »Du warst Daddys braves Mädchen, nicht wahr?«

Wenn ein Mensch schmelzen konnte, dann tat sie es. Es war, als ob alle Anspannung plötzlich aus ihr herausfloss. Ihre Stimme klang noch weicher. »Ja.«

Er hob ihr Kinn zu sich und lernte ihre Augen kennen. »Mein Gott, du steckst ja voller Überraschungen, meine Liebe.« Er küsste sie zärtlich. »Du willst Daddys kleines Mädchen sein, nicht wahr?«

Ihre Augen wurden groß, aber sie nickte.

Landry ging ein weiteres Risiko ein und suchte nach weiteren Rissen in ihrer emotionalen Rüstung, von denen er vermutete, dass sie nur darauf warteten, von ihm entdeckt zu werden. »Du bist Daddys süßes kleines Mädchen, außer wenn du meine süße kleine Schlampe sein willst?«

Ihre Augen fielen wieder zu. Ein leises Stöhnen entkam ihr. »Ja!«

Sein Schwanz verhärtete sich in seiner Jeans. Heilige Scheiße, all die Monate zusammen und in gewisser Weise war sie immer noch eine Fremde für ihn.

Das erklärte auch, warum sie ihre alten Auslöser nicht

loslassen wollte. Es lag nicht daran, dass es mehr weh tat, sie loszuwerden, sondern daran, dass sie jemandem nicht genug vertrauen konnte, um sie loszulassen und dieses Bedürfnis nach ihr zu erfüllen. Sie brauchte diese Daddy/Mädchen-Dynamik, um einen Teil ihrer Seele zu nähren. Er fragte sich, wie lange sie mit Cris zusammen gewesen war, bevor er das herausgefunden hatte.

Er rollte sich auf sie und küsste sie. »Mein süßes Mädchen will keinen strengen Meister.« Er küsste sie und ihre Beine spreizten sich um seine Hüften, sodass sie sich an ihm reiben konnte. Sie schaute zu ihm auf, ihr Blick war voller Staunen. »Mein süßes kleines Mädchen möchte, dass ihr Daddy sie wie eine Prinzessin behandelt, außer im Schlafzimmer. Dann will sie seine verspielte kleine Schlampe sein, nicht wahr?«

Sie nickte, ihre Augen waren immer noch groß.

Er glitt mit seinen Händen ihre Arme hinauf, griff fest nach ihren Handgelenken und hielt sie über ihrem Kopf fest. »Aber nur für mich, richtig?«

Sie nickte etwas heftiger, ihre Augen verließen ihn nicht und ihre Hüften bewegten sich im Takt mit seinen.

»Denn wenn ich mich gut um mein süßes kleines Mädchen kümmere, wird sie meine verspielte kleine Schlampe sein, wann immer ich will, nicht wahr?«

Tilly nickte, ihre Unterlippe klemmte jetzt zwischen ihren Zähnen. Ihre Haut glühte. Er hatte keinen Zweifel daran, dass sie bereits kurz davor war zu kommen, so wie er mit ihr gesprochen hatte.

Er hielt ihre beiden Handgelenke in einer Hand, griff mit der anderen nach unten, öffnete seine Jeans und zog seinen Schwanz heraus. »Meine kleine Schlampe will jetzt noch einmal brav gefickt werden, stimmt's?«

Ein eifriges Nicken und ein verspieltes Lächeln.

Wie viele Geheimnisse waren wohl noch in ihr verborgen? Vielleicht sollte er ein langes, privates Gespräch mit Cris führen und sehen, ob er etwas herausfinden konnte. Aber damit würde er vielleicht die Grenze zum Respekt vor ihrer Privatsphäre überschreiten.

Ganz abgesehen davon, dass sie nicht mehr das Mädchen war, das Cris kannte, auch wenn ihr Liebesleben zwischen Cris' Abreise und seiner eigenen Ankunft ins Stocken geraten war.

Als er seinen Schwanz ausrichtete, neigte sie ihre Hüften, um ihm einen besseren Zugang zu ermöglichen. Er spießte sie brutal auf, fickte sie hart und schnell und brauchte ihr nicht befehlen, zu kommen. Schon nach wenigen Stößen schrie sie auf, ihre Muskeln zogen sich um seinen Schaft zusammen und überraschten ihn mit ihrer Intensität, aber mit dieser Ermutigung dauerte es nicht lange, bis auch er zum Höhepunkt kam. Er drehte sich um und behielt sie auf sich.

»Und wer bist du jetzt, Baby?«, fragte er.

Sie drückte sich an ihn und knabberte an einer seiner Brustwarzen. »Ich bin deine brave kleine Schlampe«, flüsterte sie.

Er lachte und hielt sie fest, um ihre Bewegungen zu stoppen. »Dann sei ein braves Mädchen und lass uns ein Nickerchen machen. Du hast Daddy erschöpft.«

Als Tilly aus ihrem Nickerchen erwachte, lag sie noch immer auf Landrys Brust. Er hatte sich nicht die Mühe gemacht, seine Jeans auszuziehen. Sie schloss ihre Augen und stöhnte leise auf. *Mein Gott, was würde jetzt passieren?* Ja, es hatte sich mehr als gut angefühlt. Sie hatte nicht damit gerechnet, wie sicher sie sich bei ihm fühlen würde, wie natürlich es sich anfühlte in alte Gewohnheiten zu verfallen, auch wenn sie noch nie mit ihm gespielt hatte.

Aber seit Cris sie an jenem Nachmittag im Krankenhaus so genannt hatte, war es ihr nicht mehr aus dem Kopf gegangen.

Als er ihr den Kopf kraulte, wusste sie, dass er wach war. »Können wir reden?«, fragte er.

Sie konnte ihm nicht in die Augen sehen. »Okay.«

»Liebes, lass mich das sein, was du für dich brauchst. Bitte?«

»Ich weiß nicht, was ich brauche.«

Er neigte ihr Kinn, sodass sie ihn ansehen musste. »Was auch immer passiert, ist eine Sache zwischen dir und mir. Nicht Cris. Es geht um uns. Ich habe dir gesagt, als wir angefangen haben, dass ich das sein will, was du brauchst.«

Sie fühlte sich bei ihm sicher. Er würde buchstäblich sterben, bevor er sie verließ.

Sie verschränkte ihre Arme auf seiner Brust, stützte ihr Kinn darauf und sah ihn an. »Ich denke nicht, dass ich mit ihm im Haus eine Szene spielen kann. Zumindest nicht im Moment.«

Er spielte mit ihrem Haar. Es reichte ihr jetzt bis zu den Schultern und er liebte es, mit seinen Fingern hindurchzufahren. »Willst du Daddy und Mädchen?«

Sie nickte. »Manchmal.«

Er lächelte spielerisch. Sie liebte das an ihm, dass sie den süßen und verspielten Landry zum Vorschein bringen konnte, während Cris diesen Teil von ihm nicht sehr oft zu sehen bekam. »Werde ich das Glück haben, Daddys verspielte kleine Schlampe regelmäßig zu sehen?«

Sie lachte. »Ja.«

Er täuschte einen erleichterten Seufzer vor. »Oh, gut. Ich hatte schon befürchtet, ich würde die Kleine nie wieder sehen. Sie ist wild.«

Tilly stupste ihn in die Rippen, bis er anfing, sie zu kitzeln. Am Ende lag sie auf dem Rücken unter ihm und wurde gekitzelt. Sie protestierte lautstark, aber er hörte nicht auf, bis sie endlich begriff, was er wollte.

»Daddy, bitte hör auf.«

Er lachte und knabberte an ihrem Halsansatz. »Du lernst

wirklich schnell, Süße.« Er drehte sie wieder um, Tilly obenauf, seine Hände ruhten auf ihrem Hintern. »Darf ich anfangen?«

Sie runzelte die Stirn. »Hm?«

»Ich weiß, dass ich dich nicht toppen kann, aber darf ich so ein Spiel mit dir anfangen oder muss ich auf deine Führung warten?«

Furcht ergriff sie, gemischt mit einer gehörigen Portion Sehnsucht. Sie verschränkte ihre Arme wieder über seiner Brust und starrte ihm mehrere Minuten lang in die Augen. Er hatte noch eine weitere geplante Runde Chemo zu überstehen, dann würden die Ärzte abwarten, was passiert. Wahrscheinlich könnte es seine letzte Runde sein, wenn es ihm weiterhin gut geht.

Sie musste stark für ihn sein, um ihm dabei zu helfen, das durchzustehen.

In der Zwischenzeit …

»Ich möchte, dass du es tust«, gab sie leise zu. »Aber ich behalte mir das Recht vor, meine Meinung darüber zu ändern, wenn es nötig ist.«

»Natürlich.«

KAPITEL ZWANZIG

Tillys Aufregung kehrte zurück, als sie die Stunden bis zu Cris' Rückkehr zählte. In den letzten Monaten hatte sie ihre Eifersucht unterdrückt und sie sicher im Zaum gehalten.

Landry verbrachte jede Nacht mit ihr, obwohl es nicht ungewöhnlich war, dass er vor dem Schlafengehen noch etwas Zeit mit Cris verbrachte oder sogar mitten in der Nacht aufstand, um kurz zu ihm zu gehen.

Das machte ihr nichts aus. Wenn er das mit jemand anderem gemacht hätte, hätte sie ihn mit bloßen Händen kastriert, aber aus irgendeinem Grund konnte sie in diesem Fall damit umgehen.

Normalerweise.

Landry hatte sie vor Cris' Rückkehr beiläufig gefragt, ob es ihr etwas ausmachte, wenn er die ganze Nacht mit Cris verbrachte – natürlich in Cris' Zimmer –, wenn er zurückkam. Als Wiedergutmachung dafür, dass Cris seinen Geburtstag verpasst hatte.

»Warum sollte es mich stören?«

Leider musste sie feststellen, dass es sie sehr wohl störte.

Er ist mein Mann, verdammt noch mal.

Ihn für ein oder zwei Stunden zu teilen, ist kein Problem. Aber die ganze Nacht?

Landry beobachtete sie aufmerksam. An der Art, wie er den Kopf neigte, erkannte sie, dass er ihre Reaktion beobachtete. »Liebes?«

Sie wandte sich ab und sah ihn nicht an. »Im Ernst, es ist okay. Es macht mir nichts aus. Ich hatte an deinem Geburtstag Zeit mit dir. Es ist alles in Ordnung.«

»Ich verspreche, dass ich nichts davon mit ihm besprechen werde. Das ist eine Sache zwischen dir und mir.«

»Ich weiß.« Sie hatte es geahnt, aber seine Zusicherung beruhigte sie.

Als Landry zum Flughafen aufbrach, um Cris abzuholen, nachdem er ihr einen innigen Kuss gegeben hatte, rief sie Loren an.

»Hey, Chica. Wie geht's deinem scharfen Gatten?«

»Es geht ihm gut. Er freut sich nicht auf die nächste Runde Chemo, aber es ist wahrscheinlich die letzte, also ist alles in Ordnung.«

»Gut. Was hast du auf dem Herzen?«

»Geht ihr heute Abend in den Club?«

Falscher Ansatz. Tilly nahm Lorens vorsichtigen Tonfall auf. »Ja? Und warum? Was ist denn los?«

»Nichts ist los. Cris musste die Stadt verlassen und ich durfte Landrys Geburtstag mit ihm allein verbringen, also dachte ich, ich wäre großmütig und würde Cris den Abend mit ihm allein verbringen lassen. Landry holt ihn jetzt ab.«

Lorens Tonfall entspannte sich ein wenig. »Oh. Du hast recht, das ist ziemlich erwachsen von dir. Verdammt, das heißt, er muss doch nicht in der Garage schlafen, oder?«

Tilly lachte. »Du weißt ganz genau, dass ich ihm das nicht antue.«

Sie seufzte. »Tja, man darf ja wohl noch träumen, oder? Sicher, willst du mitkommen?«

»Gehen wir vorher essen?«

»Auf jeden Fall.«

Sie warf einen Blick auf die Uhr, es war fast vier. Sie wusste, dass Landry Cris zum Essen ausführen würde, bevor er ihn nach Hause brachte. »Ich komme einfach zu dir und bringe meine Sachen mit. Dann fahre ich mit dir zum Essen und ziehe mich bei dir um.«

Aaaaber der vorsichtige Ton kehrte zurück. »Til, bist du sicher, dass alles in Ordnung ist?«

»Ja, ich habe nur keine Lust, heute Abend zu hören, wie ein Sklave geschlagen wird.«

Loren brüllte vor Lachen. »Also willst du in einen BDSM-Club gehen? Ähm, logisch, oder?«

»Ich meinte den Sklaven, mit dem ich zusammenlebe. Wir sehen uns dann gleich.«

»Du kommst jetzt gleich?«

»Wenn es dir nichts ausmacht.«

»Nein, es macht mir nichts aus, aber der Marquis de Sade war heute sehr verspielt. Gib mir noch etwas Zeit, bis ich mich etwas weniger unwohl fühle.«

Tilly konnte sich nur vorstellen, was Ross mit ihr gemacht hatte. »Keine Bilder, bitte. Sagen wir, ich komme gegen halb sechs.«

»Das passt perfekt.«

Tilly legte auf und packte schnell die Sachen zusammen, die sie mitnehmen wollte. Sie wollte gerade zur Tür hinausgehen, als ihr etwas einfiel.

Sie musste Landry eine Nachricht hinterlassen, damit er sich keine Sorgen machen musste.

Sie stellte ihre Sachen an der Tür ab, setzte sich an den Tresen und versuchte, sich etwas einfallen zu lassen, das auf dem Papier nicht bockig und eifersüchtig aussah.

Viel Spaß beim Ficken deines Sklaven heute Abend, ich komme allein zurecht ...

Mach dir keine Sorgen um mich, amüsiere dich ...

Ich habe Pläne gemacht ...

»Scheiße!« Sie starrte auf das leere Blatt Papier. Endlich schrieb sie etwas.

Ich gehe zum Abendessen mit L&R und dann in den Club für den Abend. Werde wahrscheinlich erst sehr spät zurück sein.

Sie zögerte.

In Liebe, T.

Um die Zeit bis zum Abendessen bei Loren zu überbrücken, ging sie in den Buchladen und kaufte sich einen hochwertigen Kaffee. Es war zwei Monate her, dass sie in den Club gegangen war und sie war die späten Nächte nicht gewohnt.

Ein glücklich verheiratetes Paar zu sein, hatte sie gezähmt.

Sie setzte sich in eine Ecke des Buchladens und blätterte in einer Zeitschrift, die jemand auf einem Tisch in der Nähe liegen gelassen hatte, aber sie schaute sich nur die Bilder an. Sie konnte sich sowieso nicht konzentrieren. Im Hinterkopf hatte sie das Bild von Landry, der sich schlafend an Cris schmiegte.

Warum gerade jetzt? Sie konnte zusehen, wie er Cris folterte, demütigte und fickte, aber der Gedanke, dass er mit dem Mann *schlief*, weckte ihre Eifersucht?

Aber er ist mein Mann.

War das eine Folge ihrer neuen Dynamik? War es die Erkenntnis, dass sie ihm in ein paar Monaten mehr vertraute als Cris in den Jahren, in denen sie zusammen waren? Nicht viel mehr, aber andererseits hatte sie auch die Gewissheit, dass er nicht einfach verschwinden würde, wie Cris es getan hatte.

Vielleicht war das ihr Fehler gewesen. Sie hatte sich zu große Hoffnungen gemacht. Hoffnung ist etwas für Dummköpfe und das hätte sie nie vergessen dürfen.

Loren öffnete die Tür, während Tilly ihre Taschen den

Gang hinauf trug. Loren trug einen Bademantel, von dem Tilly vermutete, dass er das verbarg, was von Ross' schmutzigem Ablenkungsmanöver an diesem Tag übriggeblieben war.

»Was ist los?«, fragte Loren.

»Nichts ist los!« Sie ließ ihre Taschen in der Tür zum Gästezimmer fallen. »Warum bist du so überzeugt, dass etwas nicht stimmt?«

»Dein Gesicht ist finster und du bist sauer.« Sie runzelte die Stirn. »Was zum Teufel hat Cris getan? Kann ich ihn kastrieren?«

»Mein Gott! Schluss mit den Kastrationsphantasien, ja?« Sie holte tief Luft und gab, nachdem sie sich an Lorens Tresen gesetzt hatte, ein wenig von dem zu, was sie bedrückte.

Nicht, was sie mit Landry gemacht hatte. Darüber würde sie nicht einmal mit ihrer besten Freundin sprechen.

Lorens Gesicht wurde weicher. »Sag Landry, dass du damit nicht einverstanden bist und scheiß auf Cris und seine Gefühle. Landry ist dein Mann. Du hast gesagt, er würde Cris ganz aufgeben, wenn du ihn darum bittest.«

»Ich will das nicht fragen. Normalerweise stört mich das nicht.«

»Weil du normalerweise da bist.«

Tilly nickte.

»Dann sag ihm, dass du nicht damit einverstanden bist, wenn er die Nacht mit Cris verbringt.«

»Du willst nur Cris' Gefühle verletzen.«

»Nein, ich will nicht, dass deine Gefühle verletzt werden, Mädel. Dass seine Gefühle verletzt werden, ist für mich nur ein netter Bonus.«

Tilly lehnte sich zurück und verschränkte ihre Arme hinter dem Kopf. »Meine Gefühle sind nicht verletzt. Ich bin mir nicht sicher, was meine Gefühle sind und warum ich sie habe.«

Loren klopfte ihr auf die Schulter. »Du bist in deinen Mann

verliebt. Um das herauszufinden, muss man kein Raketenwissenschaftler sein, Einstein.«

KIM UND KYLEE aßen mit ihnen zu Abend. Später fuhr Tilly mit Ross und Loren zurück zum Haus, um sich umzuziehen und in den Club zu gehen. Sie versuchte, nicht auf ihr Handy zu schauen, um die Uhrzeit zu überprüfen und zu sehen, ob es Nachrichten oder verpasste Anrufe von Landry gab. Sie fuhr mit ihren Freunden zum Club, denn sie wusste, dass sie normalerweise zu den Letzten gehörten, die den Club verließen.

Keine Ausrede für sie, früher nach Hause zu gehen.

Umso geringer war die Chance, die Geräusche der Männer zu hören, die sich hinter der geschlossenen Tür liebten, die zu öffnen sie sich nicht traute.

Fünf Minuten nach ihrer Ankunft bereute sie sofort ihre Entscheidung, mit Ross und Loren zu fahren. Bob kam herein, allein.

Oh, auch das noch.

Loren bemerkte offenbar ihre Besorgnis und folgte ihrem Blick. Sie beugte sich heran. »Ja, so ungern ich es dir auch sage, er tut mir leid. Er vermisst dich.«

Bob entdeckte sie, und sein strahlendes Lächeln löste noch mehr Schuldgefühle in ihr aus. Er ging auf sie zu und sie nahm den Mut zusammen, um sich mit ihm auseinanderzusetzen. »Hi, Tilly.« Es entging ihr nicht, wie er sich umschaute, als suche er jemanden.

»Ich bin allein hier«, sagte sie ihm. »Ich bin zwar mit Ross und Loren gekommen, aber ich bin allein.« Er entspannte sich. Sie hatte das also richtig erkannt. »Und was machst du hier?«, fragte sie.

Er zuckte mit den Schultern. »Ich komme manchmal hierher.« Sein Blick wanderte hinunter zu seinen Füßen. »Du weißt schon. Nur … rumhängen.« Sie bemerkte, dass er das Halsband trug, das sie für ihn gekauft hatte.

Wenn Landry heute Abend Cris das Hirn rausvögeln konnte, dann konnte sie auch etwas tun, um sich abzulenken. »Triffst du heute Abend jemanden?«

Sein Blick wanderte wieder zu ihrem Gesicht. »Nein. Ich dachte nur, ich komme vorbei und hänge ein bisschen ab.«

Ein Teil ihres Gehirns warnte sie, dass das eine sehr schlechte Idee sein könnte. »Willst du spielen? Als Freunde«, fügte sie mit einem Lächeln hinzu. »Tilly und Bob.«

Das süße Lächeln auf seinem Gesicht brachte sie zum Weinen. »Ja, das würde mir sehr gefallen.«

Als sie nach ihrer Ausrüstungstasche greifen wollte, kam er ihr zuvor und trug sie für sie.

Sie führte ihn in die hinterste Ecke des Kerkers, wo nur wenige Leute spielten, und setzte sich auf eine Bank.

Das war in vielerlei Hinsicht falsch. Sie sollte nicht mit ihm spielen, nur um sich von Landry abzulenken.

Andererseits hatte sogar Landry gesagt, dass er kein Problem damit hatte, wenn sie spielte. Sie würde ja auch nicht mit ihm schlafen.

Sie versuchte, den sehnsüchtigen Schmerz zu ignorieren, den das auslöste.

Er wartete auf ihre Anweisungen wie der brave Junge, an den sie sich erinnerte.

Heute Abend konnte sie mehr als nur die Herrin Cardinal sein.

»Zieh dich aus«, sagte sie leise zu ihm. Er lächelte und begann, sein Hemd auszuziehen.

Sie kramte in ihrer Tasche und fand ein Paar Handgelenkmanschetten, die sie ihm anlegte, als er vor ihr stand.

Er hatte wirklich einen schönen Körper. Genauso schön wie der von Landry. Und Cris.

Daran würde sie nicht denken.

Sie machte ihn an der Bank fest und begann, ihn mit ihren Händen zu massieren – etwas, das sie noch nie zuvor mit ihm gemacht hatte. Er entspannte sich unter ihrer Berührung und sie erkannte sofort, als er in den Subraum kippte.

Tilly ließ ihr Herz in die Szene fließen. Sie ließ sich Zeit, indem sie ihn immer wieder hoch- und zurückzog, sinnlicher Sadismus statt ihrer sonst so bösartigen Art mit ihm. Da brach ihre Wut auf Cris und Landry durch. Sie beugte sich vor und flüsterte in Bobs Ohr.

»Willst du mein braver Junge sein?«

»Ja, Herrin!«

Sie korrigierte ihn nicht. Tief im Subraum würde er wahrscheinlich alles tun, was sie von ihm verlangte.

»Willst du für mich kommen?«

»Ja, Herrin!«

So etwas hatte sie ihm noch nie bieten können. Verdammt, er hatte es verdient. Wenigstens einer von ihnen konnte den Abend mit einem besseren Gefühl beenden, als er ihn begonnen hatte. Sie griff mit ihrer linken Hand unter ihn und packte seinen steifen Schwanz. Mit ihrer rechten Hand versohlte sie ihn mit bloßen Händen.

»Komm für mich, Junge.«

Seine Hüften bewegten sich wie wild im Takt mit ihren Bewegungen, bis er einen Schrei ausstieß und sie spürte, wie seine heißen Säfte ihre Hand benetzten und seinen Schwanz noch glitschiger machten. Aber sie hörte nicht auf, sondern versohlte ihn mit noch mehr Kraft, melkte ihn und zwang seinen Schwanz, steif zu bleiben, bis er sie ein paar Minuten später anflehte, aufzuhören, auch wenn sie ihm einen weiteren, kleineren Orgasmus entlockte.

Erst dann hörte sie auf. Sie wischte ihre Hände an einem Handtuch ab und löste seine Handgelenke. Sie schnappte sich ein paar antiseptische Tücher aus dem Kanister neben der

Bank, säuberte sich und ihn und half ihm dann, sich aufzusetzen.

Sein Körper zitterte immer noch. Sie schloss die Augen und hielt ihn fest. Sie erinnerte sich an das kurze Intermezzo in ihrem Leben, in dem sie sich die Hoffnung erlaubt hatte, dass er vielleicht ein Teil ihrer Zukunft sein würde.

Ohne es zu merken, streichelte sie seinen Rücken, sein Haar, während er sich an sie klammerte.

Sie küsste auf die Stirn seines Kopfes. »Du bist ein braver Junge«, sagte sie sanft zu ihm. »Danke, dass ich heute mit dir spielen durfte.«

»Ich danke dir«, antwortete er.

Als er sich genug erholt hatte, um sich anzuziehen, ließ sie ihn aufstehen und wischte die Bank ab, um sie für die nächsten Spieler vorzubereiten. Ein kurzer Abstecher ins Bad, um sich die Hände zu waschen, und als sie zurückkam, stand Bob immer noch neben ihrer Ausrüstungstasche und wartete auf sie. Sie setzten sich auf ein kleines Ecksofa und unterhielten sich stundenlang. In seinem Leben hatte sich nicht viel verändert.

»Danke für das hier, Tilly. Ich weiß es zu schätzen.«

Sie schenkte ihm ein Lächeln. »Ich bin froh, dass du heute Abend gekommen bist. Kein Wortspiel beabsichtigt.«

Er stützte seinen Arm auf die Rückenlehne der Couch. Seine Finger streichelten ihren Arm. »Geht es dir gut? Behandelt er dich gut?«

»Ja. Er misshandelt immer noch meinen Ex.«

Da musste er grinsen. »Gut. Das freut mich.« Sein Lächeln verblasste. »Bist du glücklich?«

Spielverderber. »Landry ist ein guter Mann. Ich liebe ihn. Die Ärzte sind ziemlich zuversichtlich, dass er den Krebs besiegen wird.«

Seine Finger blieben an ihrem Arm. »Wird er nicht eifersüchtig, wenn du hier bist?« Er begegnete ihrem Blick. »Ich kann nicht sagen, dass ich mich freuen würde, wenn meine Frau mit einem anderen Mann zusammen wäre.«

»Er ist nicht so eifersüchtig.« Sie grinste. »Er hätte wahrscheinlich Spaß daran gehabt, mir dabei zuzusehen, wie ich das mit dir mache. Landry und ich haben etwas gemeinsam, weißt du.«

»Was?«

»Wir stehen beide auf nackte Männer.« Als er sie verwirrt ansah, erklärte sie ihm noch ein bisschen mehr von der Geschichte.

Er lachte. »Wenn ich dich also hier mit ihm treffe, sollte ich mich nicht wundern, wenn er auch mit mir spielen will?«

Sie grinste, ein plötzlicher Gedanke ließ sie heiß werden. »Vielleicht könnte ich dir einen Doppelgänger besorgen, wenn du willst.«

Seine Augen weiteten sich ein wenig. »Heilige Scheiße«, murmelte er. »Ich bin nicht schwul, aber ich muss zugeben, der Gedanke daran macht mich hart.«

Bevor sie sich stoppen konnte, beugte sie sich vor und streifte mit einem Kuss über seine Lippen. Nicht lang genug, um leidenschaftlich zu sein, aber ein bisschen länger als nur Freunde. »Ich werde mit ihm darüber reden.«

TILLY SAß FAST zwanzig Minuten lang in ihrem Auto in der Einfahrt und starrte auf das verdunkelte Haus. Sie hatte fast die ganze Nacht mit Bob gesessen und geredet. Es war noch nicht ganz vier Uhr und sie hätte einfach in ein Hotel gehen und bis zum Nachmittag warten können, bis sie nach Hause kam.

Aber das würde bedeuten, dass sie Landry eine SMS schicken oder ihn anrufen müsste, um ihn wissen zu lassen, dass sie nicht zu Hause sein würde, damit er sich keine Sorgen machte.

Sie schlug mit der Faust gegen das Lenkrad. Das war ihr Haus, verdammt noch mal. Nicht das Haus von Cris.

Ihr Mann, *nicht* seiner.

Es war ihr egal, dass sie sich jetzt schuldig fühlte, obwohl Landry ihr wahrscheinlich gern helfen würde, Bob zu toppen. Wahrscheinlich hätte er es auch genossen, zu sehen, wie sie ihn heute Abend toppen würde. Sie kannte Landry gut genug, um zu wissen, dass er das in diesem Zusammenhang nicht nur nicht für unangemessen halten würde, sondern wahrscheinlich auch denken würde, dass Bob heiß war.

Sie schnappte sich ihre Taschen und ließ sich durch die Vordertür herein. Sie dachte daran, die Spielzeugtasche mit ins Spielzimmer zu nehmen, entschied sich dann aber dagegen. Die Tür zu Cris' Zimmer war geschlossen und sie würde daran vorbeigehen müssen.

Sie ließ ihre Taschen in ihren Schrank fallen. Sie konnten bis morgen warten. Sie drehte sich um und betrachtete das Zimmer. Das Bett war genau so, wie sie es verlassen hatte, gemacht und das Korsett, das sie nicht angezogen hatte, lag noch auf der Bettdecke.

Der unerwartete Kloß in ihrem Hals war nur schwer hinunterzuschlucken. Abgesehen von seiner Zeit im Krankenhaus war dies die erste Nacht seit ihrer Hochzeit, die sie nicht gemeinsam verbracht hatten, zumindest teilweise.

Die Logik versuchte einzubrechen. *Landry gehörte zuerst zu Cris, nicht zu dir. Cris konnte die letzten Monate überhaupt nicht mehr mit ihm schlafen.*

Was war das für ein Gefühl?

Sie verdrängte diesen Gedanken und griff nach dem Korsett, bevor sie die Laken herunterzog. Sie warf ihre Kleidung in den Schrank und schlüpfte zwischen die Laken. Um vier Uhr dreißig wusste sie, dass der Schlaf nicht kommen würde.

Sie stand auf, suchte ihren Bademantel und zog ihn an. Dann öffnete sie leise ihre Zimmertür und ging auf den Flur. Leise hielt sie ihren Atem an und lauschte an Cris' Tür. Nichts.

Na ja, was wohl. Sie schlafen. Und das solltest du auch tun.

Der Schmerz in ihrem Herzen gefiel ihr nicht. Ein Teil von ihr war versucht, die Tür zu öffnen, hineinzugehen und sich neben Landry zu legen. Er würde sie zweifellos willkommen heißen.

Das wäre weder reif noch fair, aber wer hatte etwas von Fairness oder Reife gesagt, verdammt?

Sie kehrte in ihr Zimmer zurück. Sie schloss die Schlafzimmertür hinter sich und verriegelte sie.

T AGESLICHT STRÖMTE durch das Dachfenster ins Bad und fiel über den Wasserhahn im Waschbecken in ihre Augen. Sie hatte vergessen, die Badezimmertür zuzuschieben.

»Scheiße.«

Sie drehte sich um. Es war schon nach halb zehn, aber sie hörte nichts mehr im Haus. Eigentlich müssten beide Männer wach sein.

Sie ging ins Bad und beschloss, jetzt zu duschen. So brauchte sie Landry gegenüber keine Ausrede zu finden, warum sie heute Morgen nicht mit ihm duschen wollte.

Nicht, dass sie nicht gewollt hätte, aber sie konnte ihm noch nicht gegenübertreten. Sie gab es zu – sie ging ihm aus dem Weg.

Cris hat sicher wie ein Stein geschlafen.

Okay, verdränge diese Gedanken jetzt sofort.

Ich frage mich, wie Bob letzte Nacht geschlafen hat.

Sie stellte das Wasser so heiß ein, wie sie es aushalten konnte, und ließ es über ihre Haut rieseln. Bob hatte gestern Abend so glücklich ausgesehen, als sie mit ihm spielen wollte.

Und als sie die Tür für zukünftige Spielstunden mit ihm offenließ?

Es brach ihr fast das Herz, wie hoffnungsvoll er ausgesehen hatte.

Wenn es bei all dem ein Opfer gab, dann war er es, auch wenn sie nie mit ihm geschlafen hatte. Eigentlich sollte sie glücklich mit ihm zusammen sein, sich in ihn verlieben. Was zum Teufel hatte sie getan? Es ist ja nicht so, dass Landry sich in sie verliebt hat, weil er sie kannte und mit ihr zusammen sein wollte. Er wollte jemanden, der sich um ihn kümmert. Sie hingegen hatte drei Jahre lang mit Bob gearbeitet. Okay, es war nur ein Tag hier und da, und insgesamt hatte sie viel mehr Zeit mit Landry verbracht, aber trotzdem. Wer sagte denn, dass man Liebe nicht kaufen konnte?

Landry hatte ihre gekauft.

SIE ZOG sich an und ging in die Küche, um sich etwas zu essen zu machen. Landry saß am Tisch in der Küche mit seinem Laptop. Er sah auf, als sie sich näherte. Zuerst lächelte er. Dann verblasste es.

»Was ist los, meine Liebe?«

»Nichts.« Sie schob einen Bagel in den Toaster und wartete auf ihn, ohne zu ihm hinüberzugehen, um ihm einen braven Morgenkuss zu geben.

Er stieß sich vom Tisch ab und ging zu ihr. »Ist alles in Ordnung mit dir?«

»Alles gut.« Als er seine Arme von hinten um sie schlang, ließ sie sich von ihm auf die Wange küssen, aber sie drehte sich nicht um, um den Kuss zu erwidern, wie sie es normalerweise tun würde.

»Ich habe heute Morgen versucht, reinzukommen. Du hattest die Tür abgeschlossen.«

»Oh, habe ich das? Tut mir leid. Es war schon sehr spät, als ich heim kam.«

Endlich ließ er sie los. Sie hörte Cris unten im Flur, wahrscheinlich in der Wohnung, telefonieren. Landry ließ sie jedoch nicht allein. Er lehnte sich an den Tresen, verschränkte die Arme und sah zu, wie sie viel mehr Frischkäse als sonst auf den getoasteten Bagel schmierte.

Er senkte seine Stimme. »Wirst du mit mir reden?«

Sie machte sich auf den Weg zur Veranda und hoffte, dass er ihr nicht folgen würde. »Es gibt nichts zu besprechen. Ich will nur frühstücken. Ist das ein Verbrechen?«

Er folgte ihr nicht und sie fühlte sich noch schlechter, weil sie ihm eine Abfuhr erteilt hatte.

Schließlich kehrte sie ins Schlafzimmer zurück, und da folgte er ihr und setzte das Thema fort.

»Liebes, ist gestern Abend im Club etwas passiert?« Sie weigerte sich, seinen Blick kennenzulernen. »Nein. Ich bin in Ordnung.«

»Hast du gespielt?«

Sie dachte darüber nach, ihn anzulügen, entschied sich aber dagegen. »Ja.«

»Mit wem hast du gespielt?«

»Ist das wichtig?« Er seufzte, aber er zwang sie nicht. Schließlich gab sie zu: »Bob.«

»Ich verstehe.«

Sie drehte sich um und ging sofort in die Defensive. »Was? Darf ich nicht spielen? Du hast gesagt, solange ich keinen Sex mit einem anderen habe, ist es dir egal.«

Er nickte langsam. »Das ist richtig. Das habe ich. Aber du hast dich noch nie so aufgeregt. Ich würde gern wissen, warum.«

Sie wollte das eigentlich nicht sagen, aber sie wusste, wenn sie es nicht sagen würde, würde es weiter schwären. Sie schlich zu ihm hinüber und senkte ihre Stimme, damit Cris sie nicht hören konnte. »Du hast mir gesagt, dass du dich wie ein Mitleidsfick fühlst, als du herausgefunden hast, was Cris mir angetan hat, richtig?«

Er nickte und schaute sie an, sagte aber nichts.

»Nun, ich glaube, mir ist klar geworden, dass es mir genauso geht. Als ob du mich geheiratet hättest, weil du Mitleid mit mir hattest, wegen dem, was er mir angetan hat. Seien wir mal ehrlich, du bist schwul. Auch wenn du hetero wärst, hättest du mich normalerweise nicht mal auf dem Radar.« Als sie sich abwenden wollte, packte er ihren Arm und ließ sie nicht wieder los.

»Liebes, das ist nicht das, was ich für dich empfinde! Ja, am Anfang war es ein Geschäft, das Cris bestrafen sollte, aber ich habe nie gelogen, wenn ich dir gesagt habe, was ich fühle. Ich liebe dich. Du bist meine Frau und ich werde mein Bestes tun, um dich von meinen Gefühlen zu überzeugen, egal, wie lange es dauert.«

Sie schüttelte ihren Arm ab und zog sich zurück. »Ja. Damit ich nicht mit deinem Geld abhaue.«

Er schüttelte den Kopf. »Nein! Mein Gott, ich liebe dich. Was muss ich tun, um dich davon zu überzeugen? Wie ist das passiert?«

»Wenn die drei Jahre um sind«, sagte sie, »gehen wir wieder zu deinem Anwalt und ändern den Ehevertrag, damit alles dir gehört. Ich will nichts, nur das Gehalt, das du versprochen hast.« Sie schaute ihn nicht an. »Ich will fair sein.«

Er durchquerte das Schlafzimmer, packte ihre Arme und schüttelte sie. »Du hast versprochen, dass du mich nicht verlässt! Du kannst mich nicht verlassen!«

»Ich kann und ich muss dich nicht verlassen. Das ist mein Haus, schon vergessen?«

»Verdammt, Tilly, bitte rede mit mir!«

Sie strampelte gegen ihn, aber er hielt sie fester, bis sie schließlich nachgab und an ihm zusammenbrach. Er zog sie in seine Arme und setzte sich zu ihr aufs Bett. »Sprich mit mir, meine Kleine, bitte. Tu mir das nicht an. Töte mich nicht so, ich halte es nicht aus. Ich kann dich nicht verlieren.«

»Du gehörst zu Cris«, gab sie zu. »Du bist sein Meister, und er liebt dich.«

»Du hast gesagt, du liebst mich«, sagte er heiser. »Hast du das nicht ernst gemeint?«

»Doch. Ich meine es ernst. Deshalb kann ich dich mit ihm zusammen sein lassen.«

Welch eine Ironie, dass die beiden Männer, denen ihr Herz gehörte, zusammen in den Sonnenuntergang ritten, ohne sie.

»Nein. Ich werde dich nicht verlieren. Ich werde ihn wegschicken.«

»Das kannst du ihm nicht antun.«

»Ich habe dir von Anfang an gesagt, dass ich es tun würde, wenn du es mir sagst.«

»Aber du liebst ihn.«

»Und ich liebe dich und du bist meine Frau. Wenn du denkst, dass ich dich kampflos verlasse, denk noch mal nach.« Er zwang sie, ihn anzuschauen. »Das hat nichts mit dem Geld zu tun. Wir können heute hingehen und den Ehevertrag neu aufsetzen, wenn es dir dann besser geht. Wenn ich dich verliere, verliere ich mein verdammtes Herz, und das kann ich nicht noch einmal durchmachen.«

»Du liebst Cris. Das weiß ich. Es ist ihm gegenüber nicht fair, das zu tun. Nachdem er gegangen war, ging das Leben für mich weiter. Es hat zwar eine Weile gedauert, aber ich habe es geschafft. Ich kann es wieder schaffen. Du brauchst ihn und er braucht dich. Er kann sich nicht vorstellen, dass jemand anderes das ist, was du für ihn bist. Du hingegen bist der Beweis dafür, dass ich, wenn ich genug Zeit habe, jemand anderen finden kann.« Sie versuchte, von seinem Schoß aufzustehen, aber er ließ sie nicht los.

Er schüttelte den Kopf. »Hör auf damit. Ich werde nicht

gehen. Ich kann dich nicht verlieren.« Dann entdeckte sie die Tränen in seinen Augen und erstarrte. »Ich kann dich nicht verlieren«, wiederholte er mit heiserer, erstickter Stimme. »Bitte, Tilly, denk nach! Sprich mit mir. Verdammt, sag mir, was ich falsch gemacht habe, damit ich es wiedergutmachen kann! Ich brauche dich!«

Sie griff nach oben und wischte seine Tränen sanft mit dem Daumen weg, fasziniert davon, wie sie sich auf ihren Fingerspitzen anfühlten. Das war nicht der starke und wütende Meister, nicht ihr verspielter Ehemann und auch nicht der sanfte und liebevolle Daddy.

Er war ein verzweifelter Mann, der große Schmerzen litt.

»Falls es dir etwas sagt«, sagte er, »ich habe nicht geweint, als Cris mich verlassen hat, sondern erst viel später. Du bringst mich um, kleines Mädchen. Du bist mein Leben und ich kann dich nicht verlieren. Ich *brauche* dich. Ich will nicht ohne dich leben. Bitte!«

Sie warf ihre Arme um ihn und versuchte, mit der Flut an Gefühlen fertig zu werden, die sie übermannte. Nein, sie konnte ihn nicht verlassen. Er liebte sie.

So sehr, wie sie ihn liebte. Er *brauchte* sie.

Er murmelte in ihr Haar: »Bitte, ich liebe dich. Ich darf dich nicht verlieren. Verlass mich nicht.«

»Wie kannst du sagen, du würdest ihn loswerden und mich behalten? Du liebst ihn schon länger als mich.«

Er hob seinen Kopf und berührte ihre Stirn. »Wie du selbst gesagt hast, habe ich ihn schon einmal verloren und überlebt. Dich zu verlieren, würde mich umbringen.«

»Du hättest dich fast umgebracht, nachdem du ihn verloren hattest.«

»Das war eine dumme Entscheidung von mir. Ich hätte sie nicht treffen müssen. Gott sei Dank ist es mir nicht gelungen, sonst hätte ich dich nie kennengelernt.« Er küsste sie. »Ich gebe es zu. Ich bin ein selbstsüchtiger Mann. Ich will euch beide. Ich liebe euch beide. Aber wenn ich mich entscheiden muss, werde ich immer dich wählen.«

Was tat sie da? Warum sollte sie sich darüber aufregen? Warum sollte sie sich deswegen wie eine verrückte Gans aufführen?

»Würdest du lieber frei sein, um es mit Bob zu versuchen?«, fragte er leise. »Ist das der Grund für diese Situation? Dass du sehen willst, wohin die Dinge mit ihm führen könnten?«

»Nein!« Es traf sie – das war absolut die Wahrheit. Sie wollte nicht frei sein. Bob tat ihr leid, aber sie wollte Landry nicht verlieren. »Okay. Ich werde nicht gehen. Es tut mir leid. Ich bin ... Das alles hat mich einfach überrumpelt.«

Er umarmte sie fest und verzweifelt. »Mein Gott, du hast mir zwanzig Jahre meines Lebens Angst eingejagt, Kleines. Bitte erschrecke mich nicht noch einmal so.«

Tilly schloss ihre Augen und ließ sich von ihm in den Arm nehmen. Nein, sie wollte nirgendwo anders sein als hier.

»Ich glaube, ich brauche etwas Zeit, um die Sache mit Cris zu überdenken«, gab sie zu. »Es ist nicht fair ihm gegenüber, dass er keine Zeit mit dir verbringen kann, aber ich weiß nicht, wie ich meine Eifersucht überwinden soll.«

»Bist du deshalb so aufgeregt?«

Er wartete auf ihre Antwort, auch wenn sie einen langen Moment brauchte, um es endlich zuzugeben. »Ja. Ich weiß nicht, warum es mich nicht stört, wenn du ihn benutzt oder mit ihm spielst, aber wenn ich nicht wenigstens zusehen darf ... Ja, das ist eine Doppelmoral. Ich gebe es zu.«

Er strich ihr über die Wange. »Es tut mir leid, dass es dich verärgert hat. Hätte ich das gewusst, hätte ich es nie getan.«

»Siehst du, genau das ist der Punkt. Ich wusste nicht, dass es mich so verärgern würde, und ich sollte fairerweise meinen Mann stehen und damit umgehen.«

Er grinste. »Mir wäre es lieber, du würdest nicht männlich werden.«

»Du bist eine Nervensäge.«

Er schloss die Augen und lehnte seine Stirn an ihre. »Was immer ich tun muss, um dich glücklich zu machen, ich werde es tun. Wenn du willst, gehen wir heute zum Anwalt und ändern die Dinge. Ich darf dich nicht verlieren, mein Schatz. Bitte!«

Sie dachte eine Weile darüber nach. »Nein, ist schon okay.« Sie holte tief Luft. »Ich schätze, ich bin nicht so ein großer Mensch, wie ich dachte. Du bist mein Mann und dich mit ihm zu teilen, ist nicht so einfach, wie ich immer gedacht hatte.«

LANDRY DRÜCKTE seine Augen zu und hielt Tilly fest, weil er Angst hatte, sie loszulassen. Er durfte sie nicht verlieren. Er würde sie nicht verlieren.

Wenn sie sich nur öffnen und Cris wieder in ihr Herz ließe, würde sie die beiden auf keinen Fall verlassen. Er musste diese Kluft überbrücken, bevor etwas anderes passierte und er riskierte, sie für immer zu verlieren.

Er brauchte sie nicht anzulügen, was seine Gefühle betraf. Sie zu verlieren, würde sein Herz und seine Seele zerreißen. Und er brauchte sie, genauso wie er Cris brauchte.

Er musste sie nur dazu bringen, sich einzugestehen, wie sehr sie Cris immer noch liebte, und einen Weg finden, sie wieder und endgültig zusammenzubringen.

TILLYS ART, ihre Probleme zu verarbeiten, bestand darin, Cris in den nächsten Tagen das Leben zur Hölle zu machen. Landry vermisste ihren harschen Ton, ihre sarkastischen Kommentare und ihre wenig wohlwollende Behandlung nicht.

In gewisser Weise war Landry froh, das zu sehen. Es bedeutete, dass sie etwas fühlte, irgendetwas. Dass sie dem Thema in den letzten Monaten aus dem Weg gegangen war, hatte ihn frustriert. Solange er krank war, hatte er nicht die Energie, um etwas an der Situation zu ändern. Wenn es keine unvorhergesehenen Komplikationen gab, sah seine eigene Zukunft äußerst rosig aus.

Das bedeutete, dass er sich jetzt auf das eigentliche Problem konzentrieren konnte.

Landry hielt sich größtenteils aus dem Geschehen heraus, außer dass er zusah. Er ignorierte Cristos frustrierte Blicke in seine Richtung, wenn Tilly ihn wieder einmal für etwas beschimpfte.

Landry beschloss, ihn nicht aufzuklären. Er vermutete, dass Cris aus Gewissensgründen Einspruch erheben würde, und wenn Tilly dachte, sie würden zusammenarbeiten, könnte sie das tatsächlich vertreiben.

Sie zu verlieren, war keine akzeptable Option.

Auch wenn das bedeutete, dass Cris die Pfeile und Schleudern von Tillys eifersüchtiger Wut über sich ergehen lassen musste, sie würden durchhalten.

Sicherlich hatte Cris im Laufe der Jahre weitaus Schlimmeres durch seine eigenen Hände erleiden müssen.

Ganz zu schweigen davon, dass der Sadist in Landry sich über das Unbehagen seines Sklaven freute, vor allem, wenn Cris über sich selbst stolperte, auch wenn er wusste, dass Tillys Angriffe ungerechtfertigt waren, um sie zu beschwichtigen.

Im Laufe der nächsten Woche kochte ihre Wut so sehr, dass sie schon bei der kleinsten Kleinigkeit ausrastete. Landry saß am Küchentisch und arbeitete an seinem Laptop, als Cris vom Einkaufen kam und anfing, die Sachen wegzuräumen. Tilly war mit Loren zum Mittagessen gegangen und kam gerade nach Hause, als Cris mit dem Auspacken fertig war.

Landry lehnte sich zurück, verschränkte die Arme vor der Brust und wartete darauf, dass die Show beginnen würde. Er wusste auch, dass sie beginnen würde, denn Cris hatte bereits gegen eine der Kardinalsregeln verstoßen.

Sie enttäuschte ihn nicht. Sie schnappte sich das Bündel Plastiktüten von der Theke und schüttelte es vor Cris' Nase. » Verdammter Scheiß, was ist das?«

Cris holte sofort tief Luft, und Landry beobachtete, wie er sich bemühte, seine Stimme ruhig zu halten. »Es tut mir leid, Tilly. Die wiederverwendbaren Tüten waren in deinem Auto und ich habe vergessen, sie herauszuholen, bevor du gegangen bist.«

Sie warf sie auf den Boden. »Die kosten verdammte neunundneunzig Cent pro Stück!« Sie zeigte auf Landry. »Wie viele Millionen ist er wert, und du kannst nicht mal für zehn Dollar wiederverwendbare Einkaufstüten kaufen? Hast du verdammt noch mal die Fähigkeit verloren, selbstständig zu denken, Arschloch?«

Landry grinste. Oh, sie war wirklich sauer. Mindestens drei *verdammt* in nur ein paar Atemzügen. Er beobachtete, wie Cris einen weiteren tiefen Atemzug nahm, um die Kontrolle zu behalten.

»Du hast völlig recht. Es tut mir leid. Es wird nicht wieder vorkommen.«

Sie riss die Kühlschranktür auf. »Wo ist meine verdammte Cola?« Tilly trank nicht viel Limonade. Nur eine bestimmte Marke – Boylan – und nur die Geschmacksrichtungen Ginger-Ale und Cane Cola. Sie trank es auch nicht ständig, aber wenn sie es wollte, musste es da sein.

»Sie waren aus.« Das musste er Cris zugestehen. Er tat sein Bestes, um einen ruhigen Tonfall zu bewahren. Landry erkannte die Mühe von damals, als er sich während seiner Krankheitsphasen auf Cris stürzte. »Sie haben gesagt, dass sie morgen Nachschub bekommen sollten ...«

Sie knallte die Kühlschranktür zu und trat an ihn heran. »Willst du mir sagen, dass es in einem Radius von fünf Meilen um dieses Haus mindestens fünf Supermärkte gibt, die *alle* keine Boylan Cola mehr hatten? Du bist verdammt wertlos!«

Landry spürte, dass die Situation eine kritische Masse erreichte. Sie hatte ihn noch nie so direkt und über einen so langen Zeitraum verfolgt. Normalerweise zog sie es vor, ihn nur anzugreifen, hier eine bissige Bemerkung, dort eine Beleidigung, und es dann sein zu lassen. Sie sah aus, als würde sie ihn absichtlich zu einer großen Konfrontation anstacheln wollen.

Vielleicht war das die Gelegenheit, auf die er gewartet hatte, die Chance, dass Cristos tadellose Beherrschung so viel einstecken musste, dass er emotional reagieren würde.

»Es tut mir leid. Ich gehe los und besorge dir etwas. Normalerweise trinkst du es nicht jeden Tag, deshalb dachte ich nicht …«

»Gut gemacht, Arschloch. Du denkst. Das ist doch das Problem, oder? Du denkst zu viel. Deine Aufgabe, *Sklave*, ist es nicht zu denken, sondern verdammte Befehle zu befolgen. Vielleicht hat er dir das noch nicht in dein Erbsenhirn geprügelt. Vielleicht muss ich dir eine eigene Session verpassen, um dich zur Vernunft zu bringen und dich daran zu erinnern, dass du nicht zum Denken da bist, *du gottverdammtes Arschloch*!«

Die letzten drei Worte waren so etwas wie ein Schrei. Landry lächelte in sich hinein, als er sah, wie sich Cris' Beherrschung in Frustration auflöste.

Jetzt geht's los. Das ist meine Chance.

LANDRY SAß LACHEND AM TISCH, als Tilly hinausstürmte und die Schlafzimmertür hinter sich zuschlug.

»Was ist so verdammt lustig?«, fragte Cris und vergaß in seiner Wut vorübergehend, mit wem er gerade sprach.

»Warum zum Teufel lässt du dich von ihr so behandeln?«

Er runzelte die Stirn. »Was?«

Landry verdrehte die Augen. »Bist du einfältig geworden, Sklave? Warum lässt du dich von ihr wie Dreck behandeln?«

Er starrte seinen Meister an, sicher, dass er ihn falsch

verstanden hatte. »Du hast mir gesagt, dass ich tun muss, was sie sagt, wenn du sie heiratest.«

»Ich sagte, du musst ihr gehorchen. Ich habe nie gesagt, dass du dich von ihr wie Scheiße behandeln lassen musst, Arschloch.« Er grinste amüsiert.

»Okay, jetzt bin ich verwirrt.«

Landry stand mit seinem Kaffeebecher in der Hand auf und machte sich auf den Weg zum Trainingsraum. »Geh ihr nach. Du liebst sie, sie liebt dich. Ich habe nie gesagt, dass du dich von ihr wie Dreck behandeln lassen sollst. Es ist an der Zeit, dass du ihr zeigst, wie sehr du sie noch liebst.« Er wandte sich an Cris. »Aber wenn sie dir dabei die Eier abreißt, ist es deine eigene Schuld.«

»Ich kann ...« Er konnte nicht zu Ende sprechen, weil er nicht sicher war, ob er ihn richtig verstanden hatte.

Landry verdrehte wieder die Augen. »Geh. Fick. Ihr. Hirn. Raus.« Er deutete auf das Schlafzimmer des Meisters. Mit diesen Worten trat er in den Trainingsraum und schloss die Tür.

Cris starrte einen Moment lang auf die geschlossene Tür, dann eilte er aus der Küche und durch das Haus zum Schlafzimmer des Meisters.

Er machte sich nicht die Mühe, anzuklopfen. Als er die Tür aufstieß, drehte sie sich erschrocken um, wo sie sich gerade umgezogen hatte. Als er sie dort in BH und Jeans stehen sah, wurde sein Schwanz sofort hart.

»Was zum Teufel machst du hier drin? Hau ab!«

Ohne ein Wort überquerte er die Distanz, packte sie und küsste sie heftig. Er steckte seine Hand in ihr Haar und hielt sie fest, bis ihre Kräfte nachließen und er spürte, wie sie reagierte. Erst dann hob er seinen Kopf.

Seine Stimme klang erstickt. »Ich liebe dich, Redbird. Für immer und ewig, und das meine ich ernst. Es geht hier nicht um deine verdammte Limonade und auch nicht um die verdammten Einkaufstüten, und das wissen wir beide. Ich werde dir zeigen, wie sehr ich dich immer noch liebe und dich will.«

Sie fing wieder an, sich zu wehren, als er sie hochhob und auf das Bett warf. Sie sprang auf und kam auf ihn zu, mit mörderischer Wut in ihren Augen.

Er fing sie auf und drückte sie zurück aufs Bett, dann setzte er sich rittlings auf sie, die Arme über dem Kopf verschränkt. »Lass es raus, jetzt sofort, kleines Mädchen. Schrei mich an, schrei mich *an*, soviel du willst. Ich liebe dich und du liebst mich immer noch und ich bin es leid, so zu tun, als würde es mich nicht umbringen, wenn ich sehe, wie er dich fickt und ich dich nicht selbst anfassen kann.«

»Gut!«, schrie sie, und Tränen schossen ihr in die Augen. »Gut, denn ich hoffe, es frisst dich von innen heraus auf!«

Er küsste sie erneut, bis sie es aufgab, sich zu wehren. Als er den Kopf hob, sagte sie: »Dafür wird er dir einen Streifen aus der Haut reißen. Lass mich verdammt noch mal in Ruhe!«

»Er hat mir gesagt, ich soll zu dir kommen.«

»Blödsinn!«

»Nein, er hat recht. Das habe ich«, sagte Landry von der Schlafzimmertür aus. Sein plötzliches Auftauchen erschreckte sowohl Cris als auch Tilly.

Sie wurde wieder schlaff, dieses Mal offensichtlich unter Schock. »Was?«

Landry lächelte und ging zum Bett hinüber. »Ich hätte nicht gedacht, dass er den Mut dazu hat. Ich bin froh, dass ich mich geirrt habe.« Er streckte sich neben ihr aus und küsste sie. »Du liebst ihn immer noch. Er liebt dich immer noch. Ich würde es gern sehen, wenn ihr euch endlich küsst und versöhnt. Im wahrsten Sinne des Wortes. Ihr solltet euch nicht nur meinetwegen vertragen, sondern wieder zusammen sein.«

Tillys Blick weitete sich. »Du verdammter Mistkerl! Ich *wusste* es!«

»Nein, meine Liebe, so habe ich es nicht gemeint. Ich sehe doch, wie du ihn ansiehst, wenn ich ihn benutze. Die Sehnsucht, die du immer noch nach ihm hast, genauso wie er nach dir.«

»Er ist nicht mein verdammter Meister!« Sie wehrte sich wieder. »Geh verdammt noch mal runter von mir!«

»Bleib da stehen, Cris«, sagte Landry. »Ich habe nicht gesagt, dass du wieder seine Sklavin werden sollst. Ich meine, eine neue Dynamik mit ihm aufbauen.«

»Ich dachte, du wolltest mich nicht teilen. Noch eine Lüge?«

»Nein. Ich betrachte das nicht als Teilen. Ich habe dir von Anfang an gesagt, dass ich es begrüßen würde, wenn sich deine Gefühle für ihn jemals ändern würden. Er liebt dich immer noch, du liebst ihn immer noch. Ich liebe euch beide, und ich denke, dass du mich vor diesem Moment wirklich geliebt hast. *N'est-ce pas?*«

»Ich liebe dich«, sagte sie leise. »Ich liebe dich wirklich. Das weißt du doch.«

Er hob eine Augenbraue und sah sie an. »Du hasst mich jetzt nicht, weil ich ihn hierher bestellt habe?«

Nach einem langen Moment schüttelte sie schließlich den Kopf. Nur ein bisschen, aber genug.

»Lass sie los«, befahl Landry.

Cris setzte sich wieder auf seine Knie und ließ ihre Hände los, aber sie bewegte sich nicht.

Landry küsste sie erneut. »Ich werde ihn rausschicken, wenn du es wirklich willst. Ansonsten schauen wir einfach mal, was passiert.« Seine Stimme wurde sanfter. »Bist du es nicht leid, immer neue Gründe zu erfinden, um wütend auf ihn zu sein, Liebes?«

Cris beugte sich vor und knabberte sanft an ihrem Halsansatz.

Landry bewegte sich nicht.

Ihre Augen fielen zu und sie stöhnte leise.

Cris arbeitete sich weiter nach unten, ihre Brust hinunter, zwischen ihre Brüste, bis er die linke freigab und ihre Brustwarze zwischen seine Lippen nahm. Sie keuchte auf. Ihre Hand griff in sein Haar, zog ihn nicht weg, sondern hielt ihn fest an sich gedrückt. Er wollte keine Hoffnung in sein Herz lassen, aber er konnte es nicht verhindern.

Landry befreite ihre andere Brust und leckte an ihrer Brustwarze. »Sag uns, wir sollen aufhören, wenn du willst, Liebes, aber du würdest dir die köstliche Erfahrung entgehen lassen, dass zwei Männer jede deiner sexuellen Launen befriedigen. Von heute an stehen wir ganz unter *deiner* Kontrolle.«

Cris schloss die Augen, ihr Duft füllte seine Lungen. Er hätte sich nie träumen lassen, dass dieser Tag kommen würde, selbst nachdem sie ihm verziehen hatte. Er hätte nie gedacht, dass Landry ihn jemals etwas anderes sein lassen würde als ein betrogenes Spielzeug für sie beide.

Er hätte sich auch damit zufriedengegeben, nur um bei Landry zu bleiben und sie jeden Tag zu sehen.

»Bitte nicht aufhören«, flüsterte sie.

»Da ist ja mein süßes kleines Mädchen«, murmelte Landry an ihrer Brust.

Cris ließ die Brust in seinem Mund los und arbeitete sich weiter nach Süden vor, öffnete ihre Jeans und zog sie ihr herunter. Ihr Höschen folgte bald darauf.

Er schob ihre Beine auseinander und beugte seinen Kopf zu ihrem Schamhügel. Seine Zunge leckte sie, wirbelte um ihren Kitzler, entlang ihrer bereits feuchten Falten und tauchte in ihre heiße Muschi ein, und ihr Stöhnen klang für ihn wie der Himmel.

»Lass ihn dir zeigen, wie sehr er dich noch liebt«, sagte Landry zu ihr. »Lass ihn zurück in dein Herz. Hör auf, dich gegen deine Gefühle zu wehren, von denen du weißt, dass du sie noch hegst. Das macht dich nur unglücklich.« Sie stöhnte wieder und ihre Hüften bewegten sich gegen Cris' Mund. Er schlang seine Hände um ihre Schenkel und leckte und saugte. Die Erinnerungen an viele Nächte, die er so verbracht hatte, kamen mit fast überwältigender Kraft zurück.

»Komm für ihn, Liebes«, flüsterte Landry ihr zu. »Lass los, es ist alles in Ordnung. Ich bin ja bei dir. Ich verspreche, dass ich dich nicht verlassen werde. Ich will, dass du für ihn kommst.«

Tillys ganzer Körper zitterte, als Cris sie an den Rand des Abgrunds brachte. Ihre Hände griffen fast schmerzhaft in sein Haar, und er begrüßte es. Sie hielt sich fest, während er langsam über ihre Klitoris leckte und ihr Körper unter ihm vibrierte.

Landry murmelte ihr leise Ermutigungen zu.

In diesem Moment wurde Cris klar, dass dies die ganze Zeit Landrys Plan gewesen war.

Ich bin ein verdammter Trottel.

Er würde sich später mit Landry auseinandersetzen. Im Moment wollte er jede Sekunde, die er zwischen Tillys Beinen verbrachte, auf sie und ihr Vergnügen konzentrieren. Sie stöhnte und krümmte sich unter ihm, während er sie zur Erlösung trieb.

Landry küsste sie. »Komm für ihn, mein Mädchen. Lass es geschehen.«

Sie schrie auf, als ihr Griff um sein Haar fester wurde. Er fragte sich, ob er kahle Stellen haben würde, wenn sie fertig waren, und ihm wurde klar, dass es ihm egal war. Er blieb bei ihr und rang ihr jeden einzelnen Tropfen der Lust ab, bis sie zitternd auf dem Bett lag. Schließlich lockerten sich ihre Finger und fielen von ihr ab.

Sie rollte sich zu Landry, der sie in seine Arme nahm, dann kletterte er auf das Bett und legte sich hinter sie. Als er endlich Landrys Blick begegnete, entging ihm das zufriedene Grinsen seines Geliebten nicht. Er warf Landry einen Blick zu, um ihn wissen zu lassen, dass er sein Spiel durchschaut hatte.

Landrys Lächeln wurde breiter und strahlender, und Landry warf ihm einen Kuss zu. Cris schloss die Augen, schüttelte den Kopf und versuchte, nicht zu lachen.

Verdammte Doms.

TILLY LAG mit geschlossenen Augen in Landrys Armen und versuchte zu verarbeiten, was geschehen war. Sie spürte, wie Cris seine Position veränderte und kämpfte gegen den Drang an, sich an seinen Körper zu schmiegen. Was hatte das zu bedeuten?

So viele Jahre des Schmerzes, des Hasses und der Liebe.

Sie beschloss, in Landrys Armen zu bleiben und sich von ihm halten zu lassen.

Er strich ihr über die Wange. »Liebes?«, sagte er sanft. »Geht es dir gut?«

»Darauf komme ich gleich zurück.«

Sie spürte, wie er sie auf die Stirn küsste. »Du bist so schön. Ich liebe dich so sehr.«

Als sie sich stark genug fühlte, um damit umzugehen, öffnete sie ihre Augen und sah ihn an. Schöne grüne Augen. Sie las darin Sorgen. Vielleicht fragte er sich, ob er sie wirklich zu weit getrieben hatte.

Sie rollte sich in seinen Armen zusammen, den Rücken fest an Landrys Brust gepresst, und starrte Cris an, ohne etwas zu sagen. Auch er sah besorgt aus. »War das dein Plan?«, fragte sie Cris.

Landry antwortete zuerst. »Nein, meine Liebe. Er war von meinem Vorschlag genauso schockiert wie du.« Er knabberte ihr am Hals, was ihr einen Schauer der Freude über den Rücken jagte und sie zum Keuchen brachte. »Du wurdest immer wütender. Ich befürchtete, dass die Dinge sozusagen eine kritische Masse erreichen würden. Ich musste einen Weg finden, um deinen Schmerz zu durchbrechen. Es tut mir leid.

Wenn du auf jemanden wütend bist, dann auf mich, nicht auf Cris.«

Sie drückte seine Arme fester um sich. »Du hast seinen Namen gesagt.«

»In diesem Fall denke ich, dass wir drei als Gleichberechtigte miteinander reden sollten, oder?«

»Ja.«

Cris sah schweigend zu.

Sie starrte Cris ein paar Minuten lang an. »Was soll ich mit all dem emotionalen Müll machen, der in mir herumschwirrt? Sag mir das.«

Cris ergriff ihre Hand und küsste ihre Finger. »Es tut mir so leid. Ich werde alles tun, was du von mir verlangst, um es wieder gutzumachen.«

Ein Teil von ihr wollte ihren Schmerz und ihre Wut loslassen. Ein Teil von ihr wusste nicht, wie das geht.

Sie hat ihre Hand nicht weggezogen. Das war ihrer Meinung nach ein Anfang. Ihn als Hahnrei zu benutzen, um sexuelles Vergnügen zu haben, während sie mit Landry Liebe machte, und sich zu erlauben, Cris, den Mann, zu genießen, waren zwei verschiedene Dinge.

Aber ihn als Hahnrei zu benutzen, hinterließ trotzdem einen sauren Geschmack in ihrem Mund.

»Willst du, dass ich ihn rausschicke?«, fragte Landry.

»Nein.« Sie starrte Cris in die Augen. »Ich will sehen, wie du Cris fickst«, sagte sie zu Landry.

Sie musste ihn nicht zweimal bitten lassen. Mit einer geschmeidigen Bewegung verließ Landry das Bett und zog sich schnell aus. Cris stand ebenfalls auf und zog sich aus, bevor er leise ins Bett kletterte, wo er sich auf den Bauch legte.

Landry schnappte sich die Flasche Gleitmittel von ihrem Nachttisch und schmierte sich damit ein, bevor er etwas davon auf Cris' Hintern träufelte. Ihre Augen verließen Cris nicht, als sie neben ihm lag, nah, aber nicht berührend.

Sie wusste nicht, warum sie das fragte. Sie wusste nur, dass sie es sehen wollte.

Sie wollte ein Teil davon sein.

Landry glitt in ihn hinein und beide Männer stöhnten auf. Er gab Cris einen Moment Zeit, sich anzupassen, bevor er anfing zu stoßen. »Wie soll ich ihn ficken, Liebling?«, fragte er. »Hart und schnell, oder soll es eine Weile dauern?« Cris brach den Blickkontakt mit ihr nicht ab. »Lass es eine Weile dauern«, sagte sie ihm. »Ich will sehen, wie du den Mann liebst, nicht den Sklaven.« Sie rückte näher, ihr Gesicht war nur noch wenige Zentimeter von Cris' Gesicht entfernt. Er kämpfte darum, die Kontrolle zu behalten, sein Atem ging schwer und flach, während er versuchte, durchzuhalten und nicht zu kommen.

»Komm nicht«, flüsterte sie ihm zu.

Seine Augen weiteten sich ein wenig, aber er wandte seinen Blick nicht ab.

Tilly küsste ihn zunächst zaghaft, bevor sie sich ein wenig gehen ließ. Er erwiderte den Kuss eifrig, seine Zunge schob sich zwischen ihre Lippen, fand ihre und streichelte sie.

Landry streichelte seinen Rücken, seine Stöße waren lang und langsam, er zögerte am Ende jedes Stoßes, bevor er sich zurückzog, um erneut in ihn einzudringen.

Sie griff unter Cris und fand seinen Schwanz, der hart war und aus dem bereits Sperma tropfte. »Willst du für mich kommen?«, flüsterte sie ihm ins Ohr.

»Bitte!«

Sie zwang ihn, sich aufzusetzen, ohne dass Landry sich zurückziehen konnte. Sie kletterte unter Cris, packte seinen Schwanz und setzte ihn an ihren glitschigen Eingang. Cris sah glücklich und schockiert aus.

Dabei entging ihr nicht, dass Landry sich freute. »Wenn du kommen willst, dann kommst du in mir.«

Er küsste sie, während er seinen Schwanz in ihr versenkte

und hielt still, während er seinen Kopf auf ihre Schulter sinken ließ und stöhnte. »Oh, Tilly, ich liebe dich so sehr, Baby.«

Sie schlang ihre Arme um Cris und schaute Landry über seine Schulter an. »Fick ihm das Hirn raus«, befahl sie.

Landry grinste. »Dein Wunsch ist mir Befehl, meine Liebe.« Er packte Cris' Hüften und stieß in ihn hinein, ein bestrafender, brutaler Fick, bei dem das Geräusch seiner Eier, die bei jedem Stoß gegen Cris' Arsch klatschten, den ganzen Raum erfüllte. Das ganze Bett bebte.

Tilly griff wieder in Cris' Haar. »Gefällt es dir, seinen Schwanz in deinem Arsch zu spüren?«

»Ja!«

»Dann komm für mich und zeig es mir.«

Er schrie auf und seine Hüften machten kaum noch einen weiteren Stoß, bevor sie spürte, wie er in ihr pochte. Auch Landry spürte es, als sich seine Arschmuskeln um seinen Schwanz spannten und er schließlich losließ und zum Höhepunkt kam.

Als sie alle zur Ruhe kamen, ließ Tilly ihren Griff um Cris' Haar nicht los. »Wenn du jemals wieder ohne meine Cola nach Hause kommst, wenn ich sie auf die Liste gesetzt habe, werde ich dir persönlich einen Stock in den Arsch stecken«, murmelte sie, bevor sie ihm ins Ohr biss.

Selbst als er vor Schmerz aufjaulte, lachte er und Landry schloss sich ihm an. Endlich ließ sie sein Haar los und er hob den Kopf, um ihrem Blick zu begegnen.

»Ich liebe dich, Til.«

Sie strich ihm über die Wange und spürte, wie ihr die Tränen in die Augen stiegen. »Ich liebe dich auch, Cris.« Sie zog ihn wieder zu sich herunter, diesmal um ihn zärtlich zu küssen. Ihr Schmerz löste sich in einem Regen aus Tränen auf, als sie sich an ihn klammerte und schluchzte.

Irgendwann verließ Landry das Bett, um aufzuräumen, und Cris rollte sich mit ihr in seinen Armen auf die Seite. »Was immer du von mir willst, ich werde es tun. Alles, um es wieder-gutzumachen, das schwöre ich. Ich will dich nur glücklich machen, Baby.«

Schließlich ließ sie sich nieder und legte sich hin. Es fiel ihr auf, dass Landry nicht zurückgekommen war. »Ich weiß nicht, was ich im Moment von dir brauche. Wahrscheinlich werde ich dich noch eine Weile lieben oder hassen.«

Er küsste sie. »Was immer du mir gibst, ich werde es nehmen. Egal, was. Alles, was du brauchst.«

Sie starrte ihn an. »Ich brauche Zeit.«

CRIS' Haltung änderte sich. Landry ließ die Protokolle für den Tag fallen, als Tilly ihre ersten zaghaften Schritte in ihr neues Leben machte. Landry schenkte ihr nichts als seine Liebe und Unterstützung, denn er wusste, dass dieser ersten Verbindung nur Gutes folgen konnte, wenn er geduldig blieb.

Vor dem Schlafengehen betete er, dass sie Cris die Hand reichen würde, und sie enttäuschte ihn nicht. Sie hatten zusammen einen Film auf der Couch geschaut, Tilly lag mit dem Kopf in seinem Schoß und ihre Füße in Cris'. Als sie sich aufsetzte und ankündigte, ins Bett zu gehen, drehte sie sich zu Cris um und sagte leise: »Da ist Platz für drei, wenn du willst.«

Landry widerstand dem Drang, zu jubeln – knapp.

Er widerstand auch dem Drang, sie trotz seines schrei-enden Schwanzes auf das Bett zu werfen. Sie überraschte beide Männer angenehm, indem sie erst Landry und dann Cris küsste und sich zurück aufs Bett legte, um auf sie zu warten.

Sie liebten sich die halbe Nacht, reiner Vanille-Sex ohne jegliche Dominanzdynamik. Als sie sich erschöpft hatten, schlief Tilly schnell zwischen den Männern ein, den Rücken fest an Landrys Brust gepresst und Cris' Hände in den ihren verschränkt.

Landry sah Cris an und lächelte. »Zufrieden?«, fragte er leise.

Cris sah immer noch fassungslos und schockiert aus. »Ja.« Er lächelte. »Du bist nicht eifersüchtig?«

»Die beiden Lieben meines Lebens haben sich endlich versöhnt. Warum sollte ich eifersüchtig sein?«

Cris grinste. »Jetzt darfst du endlich polygam sein, du hinterhältiger Bastard. Das wolltest du doch sowieso schon immer.«

»Beschwerst du dich, mein Lieber?«

Cris blickte in ihr friedliches, zufriedenes Gesicht. »Nein, ich beschwere mich ganz bestimmt nicht.«

KAPITEL EINUNDZWANZIG

E inen Monat nach dem Ende der letzten Chemo-Runde sah Landrys Arzt zufrieden aus. »Wir sehen uns in sechs Wochen. Ich denke, danach können wir auf alle drei Monate umstellen.«

Landry schloss seine Augen und seufzte erleichtert, als Tilly seine Hand drückte. »Danke, Doktor«, sagte er.

Cris grinste von der anderen Seite des Untersuchungs-raums, wo er an der Wand lehnte, die Arme lässig vor der Brust verschränkt. »Ich spüre, dass es etwas zu feiern gibt.«

Landry sah ihn an und grinste. »Darauf kannst du deinen Arsch verwetten.«

»Im wahrsten Sinne des Wortes«, schnauzte Tilly. Seit der Versöhnung, so dachte sie, hatte sie endlich eine angenehme Dynamik mit Cris gefunden. Landry hatte das Meister-Zeug mit Cris ein wenig gelockert; im Alltag hatten sie immer noch diese Dynamik mit ihm, aber im Bett waren sie drei Liebende ohne Vorschriften.

Cris schlief jede Nacht mit ihnen in ihrem Bett, außer wenn er geschäftlich nach L.A. musste. Dann kam der alte Landry zum Vorschein, und Tilly begrüßte die Chance, loszulassen und sich ihm zu unterwerfen.

Vielleicht konnte sie diese Dynamik eines Tages mit Landry in der Nähe von Cris genießen, aber sie brauchte Zeit, um dorthin zu gelangen.

Es war ein Freitag, und später am Abend gingen sie in den Club. Landry überredete sie, ihr Schulmädchen-Outfit zu tragen. Als er sich mit Cris in Szene setzte, spürte sie eine unbekümmerte Freude in Landry, die sie noch nie erlebt hatte.

Sogar Cris schien trotz der Prügel, die er einstecken musste, glücklich und entspannt zu sein. Sie merkte, dass sie feucht wurde, als sie Landrys Szene mit ihm sah. Und das nicht nur wegen Landry. Es hatte etwas Köstliches, Cris dabei zuzusehen und zu wissen, dass er es genauso genoss wie Landry es tat. Der Gedanke, wie sie sie ans Bett fesseln und ihren Willen brechen konnten, bevor sie ihr das Hirn rausvögelten, ohne dass sie ihre ›Meister‹ waren, entfachte ihr Verlangen nur noch mehr.

Ihr Herz raste. Sie würde die glückliche Empfängerin eines wirklich guten, harten Ficks sein, wenn sie nach Hause kamen.

Sie konnte es kaum erwarten.

Loren beugte sich nah zu ihr. »Ihr drei seht heute Abend glücklich aus. Sogar Graf Craptastic.«

Sie hatte ihre Freundin noch nicht davon überzeugt, dass sich ihr Beziehungsstatus geändert hatte. Tilly zog Loren zur Seite in eine der privaten Nischen und schloss den Vorhang. »Versprich mir, dass du mich nicht anschreist. Oder mich schlägst.«

Loren runzelte die Stirn. »Was ist denn los?«

»Nun, zunächst einmal wurde Landry heute Morgen für gesund befunden.«

»Das ist doch gut, oder? Was stimmt also nicht?«

Tilly hatte das verheimlicht, um Loren ihre veränderte Beziehungsdynamik nicht zu zeigen. »Ich bin sozusagen wieder mit Cris zusammen.«

Loren starrte sie fassungslos an. »Mit zusammen meinst du, dass du ihm jeden Morgen die Scheiße aus dem Leib prügelst, oder?«

Tilly schüttelte den Kopf.

Loren fluchte. »Wie kannst du nur daran denken, dich von ihm anfassen zu lassen, nach dem, was der Wichser dir angetan hat?«

»Weil Landry recht hatte. Ich habe nie aufgehört, ihn zu lieben. Das weißt du doch.«

»Kannst du ihm nicht eine Glückwunschkarte schicken? Musst du ihn wieder in dein Herz lassen?«

»Ich bin jetzt stärker, Loren. Er ist nicht mein Meister oder mein Dom. Er ist einfach nur … Cris.«

»Was ist mit Landry? Er liebt dich über alles.«

»Und ich liebe ihn. Das ändert sich nicht.«

Die Erkenntnis überwältigte sie. »Oh, verdammt, du hast den Lügendetektor eingeschaltet. Schatz, bist du sicher, dass du dir das antun willst?«

»Ich verlasse Landry nicht, und er verlässt mich nicht. Egal, was passiert, wir haben immer noch einander. Wenn Cris beschließt zu gehen, ist das sein Problem. Ich bin es leid, so zu tun, als ob ich keine Gefühle für ihn hätte.«

Loren setzte sich auf den Stuhl und überlegte. »Was soll ich hier tun, Til? Ich kann noch nicht mal nett zu dem Mistkerl sein. Ich kann ihn kaum ansehen, es sei denn, ich schaue Landry dabei zu, wie er ihn vermöbelt. Was mir übrigens verdammt viel Spaß macht. Wir sollten Karten verkaufen. Wir würden ein Vermögen machen.«

»Ich verlange nicht von dir, dass du ihn magst, oder dass dir gefällt, was ich tue. Ich möchte nur, dass du mich als meine Freundin unterstützt.« Sie versuchte, die Worte zu finden. »Ich fühle mich vollständig. Endlich. Lan hat nie versucht, mich zur Unterwerfung zu zwingen.«

Sie würde Loren nichts von der Geburtstagsfeier erzählen.

Manche Dinge behielt man besser für sich. »Er liebt mich und hat mich gesund gemacht. Es macht es auch einfacher, mit Cris zusammen zu sein. Meine Eifersucht ist völlig verschwunden. Es fühlt sich richtig an, sie beide zu lieben. Ich denke nicht ernsthaft, dass ich jemals wieder Cris' Sklave sein kann, aber mit Lan fühle ich mich sicher und geborgen. Es ist, als könnte ich meinen Kuchen haben und ihn auch noch essen. Zum ersten Mal, seit Cris mich verlassen hat, bin ich wieder richtig glücklich.«

Loren seufzte melancholisch. »Ich kann dich nicht verurteilen. Ich habe nicht in deiner Haut gesteckt und ich hoffe bei Gott, dass ich das nie muss. Versprich mir, dass du mich den Bastard töten lässt, wenn er dir noch einmal wehtut.«

»Ich verspreche dir, dass du den ersten Schlag bekommst, wenn ich etwas übrig lasse.« Loren stand auf und umarmte sie lange und fest. »Bitte sei vorsichtig«, sagte sie. »Bitte lass nicht zu, dass er dir wieder wehtut.«

»Das wird er nicht. Er liebt mich auch noch.«

»Komische Art und Weise, das zu zeigen.«

Tilly lächelte. »Keine Sorge, Landry und ich haben in unserer Hochzeitsnacht unser Pfund Fleisch aus ihm herausgeholt. Und noch einiges mehr.«

Loren schnaubte. »Ich wünschte, ich hätte alles sehen können.«

Die Männer machten sich gerade fertig, als sie ein bekanntes Gesicht durch die Tür kommen sah.

Bob.

Ein verrückter Gedanke kam ihr in den Sinn. Landry hatte zugestimmt, dass Bob ihr bei der Szene helfen konnte, wenn er dafür offen war. Und nein, es hatte ihn nicht gestört, dass sie ihn zum Höhepunkt gebracht hatte.

»Wenn er dich zum Höhepunkt gebracht hätte, meine Liebe«, hatte er grinsend gesagt, »dann würde ich mich sicher anders und weniger wohltätig fühlen.«

Sie ging zu Bob hinüber und ließ sich sein Lächeln nicht entgehen, als sie ihn umarmte. »Schön, dich hier zu sehen«, sagte sie.

»Freut mich auch, dich zu sehen.«

»Allein?«

Er lächelte. »Ja.«

Sie zog ihn zur Seite und zeigte auf Landry und Cris, die gerade ihre Szene beendeten. »Ich habe mit Lan gesprochen. Ich kann mit dir eine Szene machen, oder wenn du willst, kann er auch.«

Er sah ein wenig zögerlich aus, aber ihr entging nicht die Beule in seiner Jeans. Nervös leckte er sich über die Lippen, bevor er antwortete. »Ich will nicht, dass dein Ex dir hilft.«

Sie drückte seine Hand. »Das wird er auch nicht.«

Ihr Halsband stand ihm gut. Seine blauen Augen richteten sich auf sie. »Okay«, sagte er leise. »Wenn es zu intensiv wird …«

Sie schenkte ihm ein Lächeln. »Ich breche die Szene ab, wenn du ein Safeword sagst.«

»Auch wenn er keins benutzt?«

»Wir halten uns an die Kardinalsregel – Die, der man gehorchen muss.«

Er lachte.

CRIS SASS in der Nähe an der Wand und sah zu. In eine leichte Decke gehüllt, erholte er sich noch immer von der intensiven Szene.

Tilly kümmerte sich um Bob, während Landry an der Wand lehnte, die Arme vor der Brust verschränkt, und zusah. Nachdem Bob mit verbundenen Augen an die Bank gefesselt worden war, winkte sie Landry zu sich. Gemeinsam begannen sie, ihn zu massieren und brachten ihn schnell in einen entspannten Zustand. Tilly trat an die Vorderseite der Bank, um sich neben seinen Kopf zu stellen und seinen Rücken zu massieren, während Landry begann, ihn mit bloßen Händen zu versohlen.

Bob stöhnte, aber er wackelte mit den Hüften und genoss es. Landry lächelte sie an.

Im weiteren Verlauf der Szene setzte Tilly Hilfsmittel ein, während Landry ihn massierte und seine sexuelle Spannung aufrechterhielt. Als sie ihm zwischen die Beine griff und seinen Schwanz streichelte, während Landry seine Brustwarzen kniff, bettelte er darum, zu kommen. Bob explodierte mit einem lauten Schrei und sein Körper wölbte sich auf der Bank so weit, wie es seine Fesseln zuließen, bis er wieder zusammenbrach.

Landry beugte sich über ihn und drückte ihr einen tiefen, leidenschaftlichen Kuss auf die Lippen. »Du bist verdammt sexy, meine Liebe«, murmelte er. »Ich hoffe, du weißt, dass du einen verdammt harten Fick bekommst, wenn wir zu Hause sind. Das war umwerfend.« Er presste seine Lippen auf ihr Ohr. »Vielleicht hilfst du mir eines Tages, den Sklaven zu toppen?«

»Gib mir noch etwas Zeit, bevor das passiert.«

Sie halfen Bob, sich aufzusetzen, und Tilly saß mit ihm an der Wand und kümmerte sich um ihn, während Landry ihr Spielzeug und die Bank aufräumte, damit andere sie benutzen konnten. Später, als sie zu viert in einem der Sozialräume saßen, Tilly neben Bob, unterhielten sie sich.

Bob starrte Cris an. »Ich schätze, ich kann dir jetzt nicht in den Arsch treten«, scherzte er.

Landry grinste. »Oh, nein, das kannst du auf jeden Fall, wenn du willst. Ich werde ihn sogar für dich festhalten.«

Tilly lachte. »Hör auf. Kein Arschtritt und kein Festhalten.«

Bob wandte seinen Blick nicht von Cris ab, sondern richtete seine Worte an Landry. »Ich will mich ja nicht beschweren, aber bist du wirklich damit einverstanden?«

Landry nickte. »Solange du daran denkst, dass sie mit mir verheiratet ist und mich als ihren Ehemann respektierst, habe ich kein Problem damit. Ich vertraue Tilly. Die Frage ist, ob du damit einverstanden bist.«

Kim und Kylee nutzten den Moment, um rüberzukommen und Hallo zu sagen. Sie beäugten Bob. »Wer ist dein Freund, Til?«, fragte Kim. »Wirst du etwa gierig?« Die Frauen hatten sich zwar zusammengerauft, aber sie machten keinen Hehl daraus, dass sie bi sind. Sie lebten diesen Lebensstil nicht rund um die Uhr, aber Kylee übernahm meist die dominante Rolle, wenn sie spielten.

Tilly verdrehte die Augen. »Du hast Bob schon kennengelernt. Er war einer meiner Kunden.«

Kylee entschied sich für die Unverschämtheit. »Ich habe dich mit ihm spielen sehen. Bist du wieder im Geschäft, oder ist er ein freier Mitarbeiter?«

Tilly lachte. »Bob, dir ist schon klar, dass du gerade eine Zielscheibe auf deinem Kopf hast, oder?«

Er lächelte. »Ich habe mich gefragt, was das für ein Gefühl ist.«

Kim, ein kleines, zierliches Ding, schlüpfte auf Bobs Schoß und schlang ihre Arme um seinen Hals. »Also, Bob. Bist du Single?«

Als Tilly ihre beiden Männer zusammengetrommelt hatte und sich von allen verabschiedete, um nach Hause zu fahren, sah sie ihre beiden Freundinnen bereits mit ihren Zungen in Bobs Hals stecken.

Sie konnte sich ein Lächeln nicht verkneifen. Kim und Kylee waren hartnäckig und hatten sich oft beklagt, dass sie keinen guten Mann finden konnten, der sie nicht dominieren wollte.

Warum habe ich nicht schon früher daran gedacht, ihn mit ihnen zu verkuppeln?

Sie beantwortete ihre eigene Frage.

Weil ich eifersüchtig war.

Sie verdrängte den leichten Schmerz über das, was *hätte*

sein können, und folgte ihren Männern zum Auto. Cris setzte sich hinter das Steuer, um sie nach Hause zu fahren. Er bemerkte Tillys Blick im Rückspiegel. »Göttliche Fügung?«

»Sieht ganz so aus.«

Landry legte seinen Arm über ihre Schulter. »Ich hoffe, Kim und Kylee haben nichts dagegen, wenn wir noch mit ihm spielen. Das hat Spaß gemacht. Es ist lange her, dass ich das tun konnte.«

Ihr entging nicht, wie sich Cris' Schultern anspannten. »Mach dir keine Sorgen«, beruhigte sie ihn. »Ich habe keine Lust, ein viertes Mitglied in unser Arrangement aufzunehmen. Nur spielen. Das ist alles, was ich tun kann, um euch zwei Arschlöcher bei der Stange zu halten.«

EPILOG

S ie feierten ihr einjähriges Jubiläum mit einem Spiel im Venture. Tilly beschloss, diesen Anlass zu feiern, indem sie Landry half, Cris zum ersten Mal zu toppen, bevor sie und Landry dann Bob toppten. Kim und Kylee machte es nichts aus, ihren ›Liebeshengst‹ mit Tilly und Landry im Kerker zu teilen, solange er noch mit ihnen nach Hause ging.

Auch die Schuldgefühle waren endlich verschwunden. Sie hatte keine nagenden ›Was wäre, wenn‹-Gedanken mehr, wenn es um Bob ging.

Zu Hause angekommen, liebten sich die drei, bis sie erschöpft zusammenbrachen. Landry lag zwischen ihnen, Cris auf seiner linken Seite. Cris hatte sich auf die rechte Seite gerollt und legte seine rechte Hand auf die Brust, seine linke Hand ruhte auf Landrys Bauch.

Tilly studierte den Ehering an Cris' rechter Hand, bevor ihr Blick auf die Ringe an ihrer eigenen linken Hand fiel. Landry ließ ein leises Schnarchen hören, wodurch sie wusste, dass er tief eingeschlafen war. Mit klopfendem Herzen griff sie über Landry hinweg nach Cris' rechter Hand und zog sanft an seinem Ring. Zunächst überrascht, entspannte er seine Hand und sah schweigend zu, wie sie den Ring über seinen Finger schob. Dann griff sie nach seiner linken Hand und schob sie auf den Ringfinger, bevor sie ihre Finger mit seinen verschränkte.

»Da«, flüsterte sie. »Das ist besser.«

Er schaute fassungslos, sein Blick war auf ihre Hände gerichtet. Als er ihren Blick leise kennenlernte, zwinkerte sie ihm zu.

Ein langsames Lächeln kroch über sein Gesicht. »Ich liebe dich, kleines Mädchen. Ich liebe dich so sehr und es tut mir so leid, dass ich dich verletzt habe. Ich werde den Rest meines Lebens damit verbringen, es wieder gutzumachen, das schwöre ich.«

Sie drückte seine Hand ganz fest. »Ich liebe dich auch. Wenn du noch einmal abhaust, werde ich dich jagen und auf sehr langsame und schmerzhafte Weise töten. Dann halte ich dich fest, während Bob, Loren und Ross sich an dir zu schaffen machen.«

Er versuchte, sein amüsiertes Schnauben zu unterdrücken, um Landry nicht zu wecken. »Nie wieder. Ich werde nicht gehen, es sei denn, er befiehlt es mir.«

Er ließ ein weiteres leises Schnarchen von sich, als er zwischen den beiden lag. »Gut.« Sie legte ihren Kopf auf Landrys Brust und schloss ihre Augen.

Sie genoss das Gefühl, wie Cris' Daumen sanft über den ihren strich. »Hast du noch meinen Anhänger?«

Sein Finger erstarrte. »Ja?«

»Ich würde ihn gern tragen. Nicht als deine Sklavin«, fügte sie schnell hinzu. »Ich vermisse ihn. Ich habe diese Kette geliebt.« Schließlich sagte sie: »Ich wusste immer, dass du mich liebst, wenn ich sie trug. Es war wie ein Ehering, sozusagen. Ich kann nicht mehr deine Sklavin sein. Und ich kann deinen Ring nicht tragen, weil ich seine Frau bin. Aber ich hätte ihn gern zurück. Ich liebe dich. Ich habe nie aufgehört, dich zu lieben, auch wenn ich dich gehasst habe. Ich trage seinen Ring. Aber ich hätte nichts dagegen, deine Halskette wieder zu tragen. Ich bin mir sicher, er auch nicht. Nur um fair zu sein«, sagte sie.

»Ich liebe dich auch. Für immer und ewig«, versprach er leise.

Sie lächelte. »Für immer und ewig«, stimmte sie zu.

MEHR WOLLEN?

Der zögerliche Dom
Suncoast Society Buch 4

»Ich habe ihr drei Versprechen gegeben, als wir geheiratet haben, Seth. Ich würde sie nie anlügen. Ich würde mich immer um sie kümmern. Ich würde sie beschützen und nie wieder zulassen, dass ihr jemand wehtut.«

Seth sah seinem Freund zu, wie er den Bourbon und das Eis in seinem Drink verrührte. Kaden hatte seine Brille auf den Tisch gelegt, sein Gesicht wirkte verhärmt und erschöpft. Irgendetwas stimmte mit seinem Freund heute Abend überhaupt nicht. Sie kannten sich seit über vierzig Jahren, seit sie Kleinkinder gewesen waren und ihre Mütter die besten Freundinnen – und das hier war einfach …

Falsch.

Kaden begegnete dem besorgten Blick seines Freundes. »Ich liebe sie, Seth. Sie ist mein Leben. Was soll ich nur tun?«

»Wovon redest du, Kumpel? Du machst mir Angst.«

Kaden lehnte sich in seinem Stuhl zurück. »Ich war heute beim Arzt.«

Ein Schauer durchfuhr Seths Seele. »Soll ich es aus dir herausprügeln oder was?«

Kaden nahm noch einen Schluck. Das war ihr wöchentlicher Männerabend, aber Seth wusste, dass dieser Abend nicht wie jeder andere war. »Ich sterbe«, flüsterte Kaden.

Das musste ein grausamer Scherz sein. Kaden war immer auf der Suche nach einer Möglichkeit, Seth einen Streich zu spielen und ihn zu verarschen. »Alter, das ist *nicht* lustig. Über so etwas macht man keine Witze.«

»Sehe ich aus, als würde ich lachen?«

Seth musterte ihn und ein kalter, harter Fels der Gefühle machte sich in seinem Magen breit. »Was zum Teufel?«

»Ich habe Krebs. Im besten Fall ein Jahr oder so.«

»Dann solltest du dir eine zweite Meinung einholen! Vielleicht irrt sich der Arzt. Die können sich irren, weißt du.«

Kaden schaute wieder auf sein Glas. »Das war schon meine *dritte* Meinung. Bauchspeicheldrüsenkrebs. Inoperabel.«

Ein betäubender Schock überkam Seth. Dieser Mann war in allem sein Bruder, außer im Namen und im Blut. Ein paar Jahre lang waren sie durch Entfernung getrennt gewesen, als Seth in der Armee gedient hatte, aber selbst damals hatten sie sich so oft wie möglich gemailt und telefoniert. Ansonsten standen sie sich immer sehr nahe.

»Sie haben Medikamente, Bestrahlung, Chemotherapie. Irgendwas muss es doch geben.«

»Nein. Ich weigere mich die Zeit, die mir noch bleibt, so zu verbringen. Sie haben gesagt, dass ich damit höchstens ein paar Monate überlebe, wenn ich Glück habe. Die will ich lieber nicht damit verbringen, mir die Seele aus dem Leib zu kotzen.«

»Aber es muss doch etwas geben ...«

Kaden schüttelte den Kopf. »Ich weigere mich so zu gehen, wie Dad gegangen ist. Ich gehe auf *meine* Weise.« Er nahm einen weiteren Schluck von seinem Drink.

Was sagst du in so einer Situation?

Seth schüttelte den Kopf. »Scheiße.« Er nahm einen Schluck Bier. »Wie geht es Leah?«, fragte er leise.

»Ich habe es ihr noch nicht gesagt.«

Seth starrte seinen Freund ungläubig an. »Was soll das heißen, du hast es ihr noch nicht gesagt?«

»Ich wollte sichergehen, bevor ich es tue. Ich war letzte Woche bei den ersten beiden Ärzten. Sie sind sich alle einig über die Diagnose – und die Prognose.«

Arme Leah. Kaden und Leah waren seit fast zwanzig Jahre verheiratet. Seth war in Übersee bei der Armee gewesen, als Kaden sie kennenlernte und innerhalb von drei Monaten heiratete. Seth hatte sie sofort gemocht, als er nach Hause kam und sie schließlich auch traf. Sie tat Kaden gut.

Seth war in einem Strudel von Gefühlen versunken, also musste Kaden seine Frage wiederholen. »Wie läuft's mit der Wohnungssuche?«

Was sollte der Scheiß? Kade hatte gerade die Bombe platzen lassen, dass er im Sterben lag, und jetzt stellte er ihm diese Frage?

Seth schüttelte betäubt den Kopf, während er versuchte, Kadens Neuigkeiten zu verarbeiten. »Ich bin noch auf der Suche. Es ist schwer, weil ich zur Schule gehe und so. Ich habe es satt, bei Ben zu wohnen, und muss wieder auf eigenen Füßen stehen.« Seths älterer Bruder hatte darauf bestanden, dass er während Seths Scheidung bei ihnen wohnte.

»Du hast dich also endgültig von der Schlampe getrennt? Ich wusste, dass die Papiere bald kommen würden.«

»Der endgültige Papierkram kam letzte Woche durch. Ich bin offiziell geschieden. Es hat nur zwei Jahre gedauert und ich habe meinen Arsch dabei verloren.« Er sah Kaden an und konzentrierte sich wieder auf das eigentliche Thema. »Hör auf, das verdammte Thema zu wechseln!«

Kaden lächelte wissend. »Das habe ich nicht.«

»Doch, hast du.«

Kaden lehnte sich zurück. »Wir müssen uns mal unterhalten.«

»Vergiss es. Du musst deinen Arsch nach Hause bewegen und es Leah erzählen.«

Kadens graue Augen richteten sich auf die seinen. »Zuerst muss ich mit dir reden«, sagte er und sein Tonfall wurde sanft und gleichmäßig. »Im Ernst.«

Seth holte tief Luft. »Okay, was?«

»Ich möchte, dass du bei uns einziehst.«

Seth blinzelte. »Was?«

»Wir haben jede Menge Platz.«

»Was?« Jeden Moment würde er aus diesem Albtraum aufwachen. Oder aus einem verrückten Traum, oder was auch immer das war. Das konnte nicht echt sein, das durfte nicht wahr sein.

Kaden beugte sich vor und senkte seine Stimme noch

weiter. »Ich möchte, dass du mir zuhörst, ohne zu unterbrechen. Ich will nicht, dass du mir heute Abend eine Antwort gibst, okay? Kannst du das für mich tun?«

Seth nickte langsam.

Kadens Blick wich nicht von ihm. »Ich muss dir ein paar Dinge über mich erzählen. Und über Leah. Du musst mir zuhören, damit du verstehst, wie ich mich fühle, denn es ist schwer genug für mich, darüber zu reden, ohne mich vor meinem besten Freund rechtfertigen zu müssen. Okay? Versprochen?«

Seth nickte wieder. Kaden war das Aushängeschild für ›*stille Wasser sind tief*‹. Sie standen sich nahe, aber während Seth alles auf den Tisch legte, hielt sich Kaden immer bedeckt. Das hatte er schon immer getan. Vielleicht war das der Grund, warum er seit fast zwei Jahrzehnten glücklich verheiratet war und Seth bereits seine dritte Ex-Frau hatte.

Kaden schlug seine Hände zusammen. »Du weißt, dass ich Leah liebe. Sie ist mein verdammtes Leben. Ich habe sie nie betrogen und sie hat mich auch nie betrogen.«

Seth nickte. Das wusste er. Er hatte ihre offensichtliche Liebe und Leidenschaft seit Jahren beobachtet und sie darum beneidet. Jeder Idiot konnte sehen, wie sehr sie sich liebten.

Was für ein Glückspilz.

»Es gibt ein paar Dinge, die ich dir nie erzählt habe. Über Leahs Vergangenheit. Darüber, wie wir uns kennengelernt haben. Einiges davon muss ich dir heute Abend nicht erzählen. Das erfährst du noch früh genug. Es genügt zu sagen, dass sie ein verdammtes Wrack war, als wir uns kennenlernten. Ich habe ihr wahrscheinlich das Leben gerettet. Sie hatte ein furchtbares Leben, bevor wir zusammenkamen.«

Kaden holte tief Luft. »Leah ist nicht nur meine Frau, Seth. Sie ist meine Sklavin. Ich bin ihr Meister, ihr Dom.«

Okay, Kaden wollte ihn *auf jeden Fall* verarschen. Seth

kämpfte und verlor den Kampf gegen sein Grinsen, und
Erleichterung machte sich in ihm breit. »Du machst dich über
mich lustig. Verdammt, du hast mich schon wieder reingelegt,
du Scheißkerl! Für einen Moment hast du mich wirklich
erschreckt, Kumpel. Das war überhaupt nicht lustig.«

Das erklärte alles. Kaden hatte es geschafft, ihm den ultima-
tiven Streich zu spielen. Die Erleichterung begann seine Angst
zu verdrängen.

Kadens Augen, sein ernster Blick, veränderten sich nicht.
»Ich verarsche dich nicht«, sagte er leise. »Du musst mich
ausreden lassen. Du hast es versprochen.«

Der harte, kalte Stein in Seths Magen drehte sich um. Er
schluckte schwer und nickte, als sich seine kurzzeitige Erleichterung verflüchtigte.

Kaden fuhr fort. Zum ersten Mal in seinem Leben sah Seth
etwas, das ihn regelrecht erschütterte.

Tränen in Kadens Augen.

»Wir sind schon seit kurz nach unserem Kennenlernen
dabei. Es war nicht geplant. Es ist einfach passiert. Ich wollte es
nicht tun, aber sie brauchte es. Es hat ihr geholfen, wieder
gesund zu werden. Ich weiß, das klingt komisch, aber glaub
mir, so war es. Wenn du sie vorher gesehen hättest ...« Er hielt
inne und nahm noch einen Schluck. »Wenn du sie gekannt
hättest, als ich sie zum ersten Mal getroffen habe, wüsstest du,
wovon ich rede.«

»Ich habe ihr versprochen, dass ich sie beschützen und für
sie sorgen würde. Das habe ich immer getan. Ich habe nicht
viel Zeit, um die Dinge in Ordnung zu bringen, denn auch
wenn der Krebs relativ früh entdeckt wurde, ist er aggressiv
und schreitet schnell voran. Ich muss wissen, dass es jemanden
geben wird, dem ich mein Leben anvertrauen kann, der in
meine Fußstapfen tritt und diese Versprechen für mich einhält,
wenn ich nicht mehr bin.« In diesem Moment traten ihm

Tränen in die Augen, die er wütend wegwischte. »Ich muss wissen, dass sie in Sicherheit ist. Ich will sicher sein, dass sie sich nicht umbringt oder auf der Suche nach dem, was sie braucht, bei einem Arschloch landet, das sie missbraucht.«

Seth fühlte sich wie betäubt und fragte sich, wann er endlich aufwachen würde. Das konnte nicht echt sein. Sein Gehirn akzeptierte nicht, dass dies wirklich geschah. Er wusste, dass seine Stimme leise und schwach klang, weil sich ein emotionaler Schock eingeschlichen hatte. »Was fragst du mich, Kumpel?«

»Ich möchte, dass du morgen Abend zum Essen kommst. Ruf Leah nicht an. Komm einfach um sieben vorbei. Ich muss mit ihr über die Neuigkeiten sprechen und ihr sagen, was ich tun will. Ich will deine Antwort nicht heute Abend. Ich möchte, dass du ernsthaft darüber nachdenkst. Ich möchte, dass du bei uns einziehst. Du kannst zur Schule gehen und deinen Abschluss machen, und ich werde dir beibringen, was du wissen musst, um für sie zu sorgen.«

Kaden streckte die Hand aus und packte Seths Arm, sein Griff war schmerzhaft fest. »*Bitte*. Ich möchte, dass du ernsthaft darüber nachdenkst.«

Das war zu viel für Seth, als dass er es auf einmal verarbeiten konnte. »Du lässt die Bombe platzen, dass du sterben wirst, und jetzt verlangst du von mir, dass ich deine Frau für dich schlage, wenn du tot bist? Willst du mich *verarschen*?«

Er konnte nicht nur nicht begreifen, dass Kaden im Sterben lag, sondern auch nicht verarbeiten, dass sein respektabler, erfolgreicher, sanftmütiger und gutherziger Freund seit vierzig Jahren ein geheimes Leben führte, von dem Seth nichts wusste.

Kaden schüttelte heftig den Kopf. »So ist es überhaupt nicht. Es gibt eine Menge Dinge, die ich dir nicht sagen kann, weil es etwas Persönliches zwischen mir und Leah ist. Es sei denn, du versprichst uns zu helfen. Und es gibt einiges, das du nicht verstehen wirst, wenn du es nicht selbst erlebst. Es ist nicht wie der Scheiß, den man im Internet sieht. Ich meine, ja, manche Leute stehen darauf, aber für uns ist es nicht so. Wir sind so die ganze Zeit über. Wir leben so. Wir sind *glücklich* damit.«

Kaden holte tief Luft. »Leah ist dadurch gesund geworden. Aber sie braucht bestimmte Dinge, Seth. Sie wird immer bestimmte Dinge brauchen. Ich mache mir Sorgen, dass sie, wenn ich nicht mehr da bin und sie sich an andere wendet, die sie nicht kennen und denen sie egal ist, sich emotional verletzt, bis sie wieder an einen Punkt kommt, an dem ihr Leben in Gefahr schwebt. Wenn sie sich nicht schon vorher umbringt.«

Kaden ließ Seths Arm los. »Ich bin auch ein Lehrer. Die Wochenend-Seminare, zu denen wir gehen? Ich unterrichte eine Menge. Ich unterrichte Shibari.«

Eine andere Dimension. Das war es! Er war durch ein verdammtes Wurmloch gefallen. »Shi-*was*?«

»Shibari. Japanische Seilfesselung.« Kaden nahm noch einen Schluck. »Und ein paar Peitschenkurse. Bitte. Komm morgen Abend zum Essen. Dann kann ich es dir besser erklären. Ich zeige es dir. Ich habe dich noch nie um etwas gebeten, Mann. Aber ich brauche dich jetzt. Wir beide brauchen dich. Bitte!«

Eine Welle von Schuldgefühlen überkam Seth. Nein, Kaden hatte ihn noch nie um etwas gebeten. Noch nie. Aber Kaden hatte seinen Arsch schon öfter aus dem Dreck gezogen, als ihm lieb war.

Er dachte einen langen Augenblick darüber nach. »Okay. Ich komme zum Abendessen, aber ich kann dir nicht versprechen, dass ich Ja sagen werde. Ich weiß ja nicht einmal, was du von mir willst.«

Verdammt, er konnte nicht einmal versprechen, dass er nach dieser Bombe nüchtern sein würde.

Hoffnung erhellte Kades Gesicht. »Das ist alles, worum ich dich bitte, nur dass du mir zuhörst.«

»Du weißt nicht, ob Leah darauf eingehen wird.«

Er nickte grimmig. »Das wird sie. Glaube mir, das wird sie.«

https://geni.us/reluctantdomde

HOLEN SIE SICH IHR KOSTENLOSES BUCH!

Tragen Sie sich in unsere Mailingliste ein, um Ihr kostenloses Buch zu erhalten.

https://geni.us/jungfrauunddervampir

BÜCHER VON LESLI RICHARDSON

ÜBER DEN AUTOR

Über die Autorin

Die Autorin Lesli Richardson, die besser unter ihrem erfolgreichen Pseudonym Tymber Dalton bekannt ist, lebt mit ihrem Ehepartner und zu vielen Haustieren in der Region Tampa Bay in Florida. Sie schreibt in einer Vielzahl von Hitze-stufen und Genres, von Mainstream-Sci-fi bis hin zu heißem Ménage. Die USA Today-Bestsellerautorin (als Tymber) und zweifache EPIC-Preisträgerin ist nebenberuflich Wikinger-Schildmaid in Ausbildung und liebt es, mit ihren Freunden Tontauben zu schießen und D&D zu spielen. Sie ist außerdem die Autorin von über zweihundertfünfzig Büchern, darunter *The Reluctant Dom*, *Cross Country Chaos*, *Her Vampire Obsession*, die Bleacke-Shifters-Serie, die Governor Trilogie, die Determi-nation Trilogie, die Great Turning Trilogie, die Suncoast-Society-Serie, die Love-Slave-for-Two-Serie, die Triple-Trou-ble-Serie, die Coffeeshop-Coven-Serie, die Good-Will-Ghost-Hunting-Serie, die Drunk-Monkeys-Serie und viele andere.

Sie lebt in ihrer eigenen kleinen Welt, aber das ist in Ordnung – alle kennen sie dort.

Sie liebt es, von ihren Lesern zu hören! Schauen Sie auf ihrer Website vorbei und melden Sie sich für ihren Newsletter an, um über die neuesten Nachrichten, Sneak Peeks und Veröf-fentlichungen auf dem Laufenden zu bleiben.

Ehrliche Rezensionen sind immer willkommen; sie tragen zur Sichtbarkeit eines Buches bei und können seine Platzierung auf den Websites von Buchhändlern verbessern. Selbst nur ein paar Zeilen darüber, was Sie beim Lesen des Buches empfunden haben, sind hilfreich. Vielen Dank, wir wissen Ihre Zeit sehr zu schätzen!

Newsletter: https://tymberdalton.com/newsletter/
http://www.tymberdalton.com

www.ingramcontent.com/pod-product-compliance
Lightning Source LLC
Chambersburg PA
CBHW020007120726
47903CB00004B/1176